플레인송
PLAINSONG

PLAINSONG
by Kent Haruf

Copyright ⓒ Kent Haruf, 1999
Korean Translation Copyright ⓒ MUNHAKDONGNE Publishing Corp., 2022

This Korean edition is published by arrangement with Sterling Lord Literistic, Inc.
through Danny Hong Agency.

이 책의 한국어판 저작권은 대니홍 에이전시를 통해
Sterling Lord Literistic, Inc.와 독점 계약한 (주)문학동네에 있습니다.
저작권법에 의해 한국 내에서 보호를 받는 저작물이므로
무단 전재 및 무단 복제를 금합니다.

플레인송

켄트 하루프
장편소설

한기찬 옮김

PLAINSONG
KENT HARUF

문학동네

캐시를 위해

그리고 루이스와 엘리너 하루프를 기리며

플레인송—초기 기독교 교회에서 사용한 단선율로 작곡된 성가로, 모든 곡이 꾸밈없고 단순한 선율과 곡조를 특징으로 한다.

거스리

여기 이 남자, 홀트에 사는 톰 거스리가 자기 집 주방 뒤편 창가에서 담배를 피우며 해가 막 떠오르는 뒷마당 쪽을 내다보고 있었다. 그는 해가 풍차 꼭대기에 이르면서 펼쳐내는 광경을 한동안 지켜보았다. 목재 플랫폼 위쪽, 쇠붙이로 된 꼬리와 날개를 따라 햇살의 붉은빛이 점점 더 진해졌다. 이윽고 그는 담뱃불을 끄고 위층으로 올라가, 아내가 아직 자고 있는지 아닌지 알 수 없는 손님방의 닫힌 문 앞을 그대로 지나친 다음 복도를 지나 두 아들이 쓰고 있는 주방 위쪽 베란다방으로 향했다.

그 방은 오래된 간이침실로 삼면이 커튼이 없고 바람이 잘 통하는 전면 유리창으로 되어 있고, 소나무 널마루가 깔려 있었다. 가까이 가보니 아이들은 북쪽 창 밑에 놓인 침대에서, 아직 초가을이라 그다지 춥지 않은데도 서로 몸을 바싹 붙인 채 여전히 잠들어 있었다. 아이들은 몇 달 전부터 같은 침대를 쓰고 있었는데, 큰애는 흡사 무언가로부터 자신들을 지키기라도 하듯 한쪽 팔을 동생 앞으로 뻗은 자세였다. 각각 아홉 살, 열 살인 형제는 진갈색 머리에 평범한 얼굴이고 뺨은 여자애처럼 맑고 고왔다.

문득 밖에서 서풍이 불면서 풍차의 꼬리가 돌기 시작하고 이어서 풍차의 날개가 떠오르는 태양을 배경으로 윙윙대며 선회했다. 잠시 후 바람이 가라앉자 날개의 회전 속도가 점점 줄어들다가 이윽고 멈췄다.

얘들아, 그만 일어나거라. 거스리가 말했다.

그는 잠옷 가운 차림으로 침대 발치에 서서 두 아이의 얼굴을 바라보았다. 숱이 줄어들고 있는 검은 머리에 안경을 쓴, 키 큰 남자인 그가. 큰애가 뻗었던 한쪽 팔을 치우고 두 아이는 이불 속으로 더 깊이 파고들었다. 한 아이가 고른 숨소리를 냈다.

아이크.

네?

이제 그만 일어나렴.

일어났어요.

보비, 너도.

거스리는 창밖을 내다보았다. 해는 아까보다 더 높이 떠올라, 눈부신 햇살이 사다리꼴 풍차 받침대 아래로 미끄러지듯 내려가며 사다리 단 하나하나를 분홍빛이 섞인 황금빛으로 물들이고 있었다.

다시 침대 쪽으로 고개를 돌린 그는 아이들의 얼굴에 나타난 변화로 이제 아이들이 잠에서 깼다는 것을 알 수 있었다. 그는 다시 복도로 나와 닫힌 손님방 문 앞을 지나 욕실로 들어간 다음 면도와 세수를 하고 집 앞쪽에 있는, 레일로드 스트리트가 내려다보이는 자기 침실로 돌아와 옷장에서 셔츠와 바지를 꺼내 침대 위에 펼쳐놓은 후 가운을 벗고 옷을 입었다. 복도로 돌아오니 아이들이 자기들 방에서 작지만 또렷한 목소리로 벌써부터 무엇인가 의논하는 소리가 들렸다. 큰애의 목소리에 이어 작은애의 목소리가 사이사이에 들려왔다. 어른들 없이 자기들끼리만 있을 때 어린 사내아이들이 이른아침에 낼 법한 건조하고도 딱딱한 어조였다. 거스리는 아래층으로 내려갔다.

십 분 후 아이들이 주방으로 들어왔을 때, 그는 가스레인지 앞에 서서 까만 주물팬에 든 달걀을 휘젓고 있었다. 그는 아이들 쪽을 바라보았다. 두 아이는 창가에 놓인 나무 식탁에 앉았다.

아침에 기차 소리 못 들었니?

들었어요. 아이크가 대답했다.

그럼 그때 일어났어야지.

좀 피곤해서요. 보비가 대답했다.

그건 너희가 밤에 잘 안 자서 그런 거야.

우린 잘 자는데요.

하지만 침대에 들어가 바로 잠들지 않잖아. 거기서 너희들이 얘기하고 장난치는 소리가 나한테도 들리거든.

아이들은 똑같은 푸른 눈으로 아버지를 바라보았다. 한 살 터울인데도 두 아이는 쌍둥이처럼 보였다. 둘 다 청바지와 플란넬 셔츠 차림이고 빗질하지 않은 진갈색 머리카락이 단정한 이마 위로 똑같이 흘러내려 있었다. 둘은 잠이 덜 깬 얼굴로 식탁에 앉아 아침식사를 기다렸다.

거스리가 김이 오르는 달걀 요리와 버터 바른 토스트가 담긴 두꺼운 사기 접시를 가져와 식탁에 내려놓자, 아이들은 토스트에 잼을 발라서는 접시 위로 몸을 숙이고 즉각 먹기 시작했다. 그들은 거의 자동적으로 음식을 씹었다. 거스리는 우유 두 잔을 식탁으로 가져왔다.

그는 식탁 앞에 서서 아이들이 먹는 모습을 지켜보았다. 난 아침 일찍 학교에 가봐야 해. 이제 곧 나갈 거야. 그가 말했다.

저희랑 같이 아침을 드시지 않고요? 아이크가 물었다. 아이는 잠시 씹는 동작을 멈추고 아버지를 올려다보았다.

오늘 아침엔 그럴 수가 없구나. 그는 주방을 가로질러 프라이팬을 개수대 안에 넣고 그 위로 물을 틀어놓았다.

어째서 이렇게 일찍 가시는 건데요?

어느 학생 때문에 교장 선생님을 만나야 하거든.

어떤 학생인데요?

미국사 수업을 듣는 학생이야.

그 학생이 무슨 짓을 했는데요? 다른 학생 시험지를 훔쳐봤나요? 보비가 물었다.

그런 일이 아냐. 그리고 그애의 행실로 봐서는 앞으로도 그런 일은 없을 것 같구나.

아이크는 자기 달걀 요리에서 뭔가를 집어내 접시 가장자리에 놓았다. 그러고는 다시 아버지를 올려다보며 말했다. 그런데 아빠.

왜.

엄마는 오늘도 내려오지 않으실까요?

글쎄다. 네 엄마가 어떻게 할지 난 잘 모르겠구나. 하지만 걱정할 것 없다. 그렇게 마음을 먹으렴. 다 잘되겠지. 이건 너희와는 상관없는 일이야. 그가 대답했다.

그는 두 아이를 유심히 바라보았다. 두 아이 모두 먹기를 멈추고 창 너머로, 말 두 마리가 있는 우리와 헛간 쪽을 물끄러미 내다보았다.

어서 먹어라. 신문 배달을 마치고 학교에 가려면 지각하겠구나. 그가 말했다.

그는 다시 위층으로 올라갔다. 침실 서랍장에서 스웨터를 꺼내 입고 복도로 나온 그는 닫힌 방문 앞에서 걸음을 멈췄다. 그러고는 잠시 귀를 기울였으나 방안에서는 아무 소리도 나지 않았다. 그가 들어가보니 방안은 캄캄했다. 너무 일찍 세상을 떠난 여자의 장례식이 끝난 후 텅 빈 교회 안에 들어서기라도 한 것처럼 고요하고 으스스한 느낌이 들었다. 부자연스러운 침묵과 정적인 공기가 앞을 탁 막아서는 것 같았다. 두 창문의 가리개는 모두 창턱 끝까지 내려져 있었다. 그는 그 자리에 선 채 그녀를 내려다보았다. 엘라를. 두 눈을 감은 채 침대에 누워 있는 그녀를. 거스리는 흐릿한 빛 속에서 그녀의 얼굴을, 분필처럼 창백한 두 뺨과 여윈 목 위로 지저분하게 뭉치고 늘어져 얼굴 대부분을 가리고 있는 금발 머리를 간신히 알아보았다. 그 모습만 보아서는 그녀가 자고 있는지 아닌지 알 수 없었지만, 아닐 거라고 결론지었다. 그녀는 그가 자기 방에 들어온 이유를 어서 말하고 다시 나가기만 기다리고 있을 터였다.

혹시 뭐 필요한 거 없어?

그녀는 눈도 뜨지 않았다. 그는 대답을 기다렸다. 그러면서 방안을 둘러보았다. 서랍장 위, 국화를 꽂아놓은 꽃병에서 갈아주지 않아 부패한 물 냄새가 올라오고 있었다. 그는 그녀가 그 냄새를 의식하지 못하는 건지 의아했다. 대체 그녀는 무슨 생각을 하는 것일까?

그럼 저녁때 봐. 그가 말했다.

그는 다시 대답을 기다렸다. 여전히 아무런 기척도 없었다.

그래, 좋아. 그가 말했다. 그는 복도로 나와 방문을 닫고 층계를 내려갔다.

거스리가 방을 나가자마자 그녀는 침대에서 고개를 돌려 문 쪽을 바라보았다. 강렬한 눈빛을 띤 그 큰 눈에서 잠기운이라고는 찾아볼 수 없었다. 잠시 후 그녀는 다시 고개를 돌려 창문 가리개 가장자리로 들어오는 가느다란 빛줄기 두 개를 바라보았다. 흐릿하고 어둑한 허공에서 미세한 먼지 입자가 아주 작은 수생 생물체처럼 춤추고 있었다. 이윽고 그녀는 다시 눈을 감았다. 한 팔을 얼굴에 얹고는 잠이 들기라도 한 것처럼 꼼짝도 하지 않았다.

아래층에 내려와 집을 나서던 거스리의 귀에, 다시 주방에서 활기차고 높고 또랑또랑한 목소리로 얘기하는 두 아이의 목소리가 들려왔다. 그는 잠깐 걸음을 멈추고 귀를 기울였다. 학교에 관련된 이야기였다. 그애가 이것도 그렇고 저것도 그렇고 다른 것도 그렇다고 말하니까 다른 애가 그것들 모두 아니라고 했어. 자갈 깔린 학교 뒷마당 일이라면 자기가 더 잘 안다고 하면서 말이야. 집을 나선 거스리는 포치와 진입로를 가로질러 픽업트럭으로 갔다. 왼쪽 뒷바퀴 펜더에 팬 자국이 깊게 나 있는 빛바랜 빨간색 닷지 트럭이었다. 날이 맑고 화창한데다 아직 이른아침이고 대기는 신선하고 쩽해서 한순간 힘이 나고 희망이 솟는 기분이었다. 그는 주머니에서 담배를 꺼내 불을 붙인 후 그 자리에 선 채 은백양나무를 바라보았다. 잠시 후 트럭에 올라 시동을 걸고 진입로를 나온 뒤 레일로드 스트리트를 빠져나와 대여섯 블록 떨어진 메인 스트리트로 향했다. 달리는 트럭 뒤로 도로의 먼지가 기둥을 이루며 피어올랐고, 공중에 떠오른 먼지는 햇살 속에서 눈부신 황금 조각처럼 반짝였다.

빅토리아 루비도

잠을 깨기도 전에 그녀는 가슴팍과 목덜미를 타고 올라오는 그것이 느껴졌다. 그녀는 잠옷으로 입는 흰 팬티와 넉넉한 티셔츠 차림으로 재빨리 침대에서 일어나 욕실로 달려갔다. 그러고는 타일 바닥에 쭈그리고 앉아 얼굴과 입으로 흘러내리는 머리카락을 한 손으로 잡고 다른 한 손으로는 변기 가장자리를 움켜쥔 채 구역질을 하며 뱃속에 든 것을 토했다. 온몸이 경련으로 뒤틀렸다. 입가에서 침 한 줄기가 흘러나와 고무줄처럼 탄력 있고 길쭉하게 늘어지더니 끊어지며 아래로 떨어졌다. 그녀는 자신이 약해지고 텅 빈 듯 느껴졌다. 목구멍이 타는 것 같고 가슴팍이 아팠다. 갈색을 띤 얼굴은 이상하리만큼 창백하고 튀어나온 광대뼈 아래쪽은 움푹 팬 채 흙빛을 띠었다. 까만 눈은 평소보다 더 크고 더 까매 보였고 축축한 땀이 얇은 막을 이루며 이마를 덮고 있었다. 그녀는 웅크리고 앉은 자세 그대로 구역질과 발작이 지나가기만을 기다렸다.

그때 한 여인이 문간에 나타났다. 그녀가 불을 켜자 욕실은 눈부신 노란빛으로 가득찼다. 이게 무슨 일이야? 빅토리아, 왜 그래?

아무 일도 아냐, 엄마.

아무 일도 아니긴. 여기서 난 소리를 내가 못 들은 줄 아니?

그냥 가서 자요, 엄마.

거짓말하지 말거라. 너 줄곧 술을 마신 거지?

아니라니까.

거짓말 마라.

거짓말 아냐.

그럼 이게 무슨 일이냐?

빅토리아가 바닥에서 일어섰다. 두 사람은 서로를 바라보았다. 여인은 사십대 후반쯤으로 마른 몸에 얼굴이 수척하고 지쳐 보였으며 방금 침대에서 일어났음에도 여전히 피곤한 것 같았다. 그녀는 얼룩이 묻은 파란 새틴 가운을 늘어진 가슴 위로 모아 잡고 있었다. 머리를 염색했는데 최근에 한 것은 아니었다. 자연 모발 색으로 보기 어려운 적갈색 머리였고, 관자놀이와 이마 위쪽으로 올라온 흰 뿌리 부분이 보였다.

빅토리아는 세면대 물을 틀고 수건을 적셔 얼굴에 갖다댔다. 얇은 티셔츠 앞자락으로 물이 뚝뚝 떨어졌다.

여인은 딸을 지켜보다가 가운 주머니에서 담배와 라이터를 꺼내 불을 붙인 다음 문간에 선 채 담배를 피웠다. 그러면서 한쪽 발가락으로 다른 쪽 다리의 맨 발목을 긁었다.

엄마, 지금 여기서 담배를 꼭 피워야 해?

내가 너 때문에 여기 온 거 아니냐. 그리고 여긴 내 집이야.

제발 그만해, 엄마.

다음 순간 빅토리아는 다시 속이 불편해졌다. 그것이 목을 타고 올라오는 것을 느낄 수 있었다. 그녀는 다시 변기 앞에 주저앉아 구역질을 했다. 어깨와 가슴이 헛구역질로 뒤틀렸다. 그녀는 좀전에 그랬던 것처럼 반사적으로 까만 머리카락을 한 손에 그러쥐었다.

여인은 그 자리에 서서 담배를 피우며 살피는 듯한 눈길로 자기 딸을 내려다보았다. 이윽고 빅토리아의 구역질이 멎었다. 그녀는 몸을 일으키고 다시 세면대로 향했다.

지금 내가 무슨 생각을 하는지 알아, 아가씨? 여인이 말했다.

여자아이는 다시 물에 적신 수건을 얼굴에 갖다댔다.

이건 임신 증세야. 내 생각에 넌 아기를 가진 거고 그래서 토할 것 같고 속이 불편한 거지.

빅토리아는 수건을 얼굴에 댄 채 거울에 비친 엄마를 바라보았다.

안 그래?

엄마.

내 말이 맞지, 안 그래?

엄마, 그만해.

이런 멍청한 걸레 같은 계집애.

난 걸레가 아냐. 그렇게 부르지 마.

그럼 뭐라고 부르지? 그게 바로 네가 한 짓이잖아. 전에 내가 말했지. 지금 네 꼴 좀 봐. 무슨 일이 일어났는지 보라고. 내가 뭐라고 했니, 응?

엄마가 했던 말이 한두 가지가 아니잖아.

내 앞에서 똑똑한 척 굴지 않는 게 좋을걸.

빅토리아의 눈에 눈물이 차올랐다. 좀 도와줘, 엄마. 엄마의 도움이 필요해.

그러기엔 너무 늦었구나. 너를 이 꼴로 만든 건 너 자신이니까 알아서 해결하거라. 네 아비도 내가 자기를 건사해주길 바랐지. 아침마다 집에 돌아와서는 몸이 아프다고, 자기가 세상에서 제일 가엽다고 한탄했거든. 난 너까지 건사해줄 생각이 없다.

엄마, 제발.

넌 그냥 이 집에서 나가면 되는 거야. 네 아비가 결국 그랬듯이 말이지. 넌 똑똑하다니까 그런 것쯤은 알 테지. 난 이런 꼴을 한 너를 여기에 살게 놔둘 생각이 없어.

설마, 진심으로 하는 말은 아니지?

내 말이 진심인지 아닌지 두고 보거라. 두고 보면 알 거야, 아가씨.

집 안쪽에 있는 자기 방에서 빅토리아는 학교에 가려고 어제 입었던 것과 똑같은 미니스커트에 흰 티셔츠, 진 재킷을 입고 긴 끈이 달리고 광택이 나는 빨간 백을 어깨에 멨다. 그러고는 아무 것도 먹지 않은 빈속으로 집을 나섰다.

몽롱한 상태에서 우중충한 길을 벗어나 포장된 메인 스트리트로 나선 후 철로를 가로지른 다음, 널찍하고 인적이 없는 이른아침의 인도로 접어들어 상점 쇼윈도를 지나며 거기에 비친 자신의 모습을, 걸음걸이와 몸의 움직임을 살펴보았지만 아직 알아챌 만한 어떤 변화도 찾아볼 수 없었다. 겉으로는 어떤 것도 알 수 없었다. 스커트와 재킷을 입은 그녀는 엉덩이 근처에서 달랑거리는 빨간 백을 둘러멘 채 계속 걸어갔다.

아이크와 보비

두 아이는 각자 자신의 자전거에 올라타 진입로를 벗어나고 자갈이 깔린 레일로드 스트리트로 나선 다음 시내가 있는 동쪽으로 향했다. 대기는 아직 차가웠고, 말똥과 수목과 마른 잡초와 근처의 흙 냄새, 그리고 뭔지 알 수 없는 것의 냄새가 풍겼다. 까치 한 쌍이 미루나무 가지에 앉아 깍깍 울더니, 그중 한 마리가 프랭크 부인의 집 너머에 있는 숲으로 날아갔고 남은 까치 한 마리도 탁한 소리로 빠르게 네 차례 더 깍깍거린 다음 날개를 푸덕이며 날아가버렸다.

두 아이는 자갈길을 따라 달리다가, 높은 창문에 판자를 대놓은, 이제는 텅 빈 낡은 발전소 건물을 지나쳐 메인 스트리트로 접어든 다음, 팅기듯 철로를 가로질러 포석이 깔린 철도역 구내에 도착했다. 역사는 지붕이 초록색 기와로 된 단층짜리 붉은 벽돌 건물이었다. 안에는 공기가 잘 통하지 않아 먼지 냄새가 나는 어두컴컴한 대합실에 교회 신도석처럼 등받이가 높은 긴 나무의자 서너 개가 철로 쪽을 마주보고 늘어서 있고, 까만 격자 창살을 친 창이 달린 매표소가 있었다. 역사 건물 밖 포석 바닥에는 쇠바퀴가 달린 낡은 녹색 우유배달 수레가 벽에 붙여 놓여 있었다. 그 수레는 지금은 사용되지 않았다. 하지만 랠프 블랙 역장은 그것이 구내에 있는 풍경이 마음에 들었는지 수레를 그 자리에 그대로 두었다. 역장은 별로 할일이 없었다. 상행선과 하행선 열차가 홀트역에 정차하는 시간은 겨우 오 분이었지만, 승객 두어 명이 오르내리고 화물칸 짐꾼이 〈덴버 뉴스〉 뭉치를 철로 옆 플랫폼에 내려놓기에는 충분한 시간이었다. 그곳에 노끈으로 묶은 신문 한 뭉치가 놓여 있었다. 맨 밑 신문은 거친 포석에 찢어져 있었다.

두 아이는 우유배달 수레에 자전거를 기대놓았다. 아이크가 주머니칼로 노끈을 잘랐다. 그런 다음 그들은 그 자리에 쪼그리고 앉아 신문 장수를 헤아려서 두 덩어리로 만든 다음 하나씩 둘둘 말아 고무줄에 끼웠다.

아이들이 그 일을 거의 끝낼 때쯤 랠프 블랙이 매표소에서 나오더니, 앞에 서서 그들 위로 길고 어두운 그림자를 드리운 채 두 아이가 일하는 모습을 지켜보았다. 마른 체격에 배가 불룩한 그 노인은 시가를 씹고 있었다.

어이, 꼬마들. 오늘 아침엔 어째서 늦은 거냐? 신문 뭉치가 저쪽에 있은 지 거의 한 시간은 됐을걸. 그가 말했다.

우리는 꼬마가 아녜요. 보비가 맞받았다.

랠프가 소리 내어 웃었다. 그럴지도 모르지. 하지만 어쨌든 늦은 건 늦은 거잖아. 그가 말했다.

아이들은 아무 말도 하지 않았다.

안 그래? 내 말은 어쨌든 너희들이 늦었다는 거야. 랠프가 말했다.

그게 아저씨와 무슨 상관인데요? 아이크가 물었다.

말버릇이 그게 뭐냐?

그러니까 제 말은요…… 아이크는 말을 끝맺지 않고 동생 옆 포석 위에 주저앉은 채 계속 신문을 말았다.

됐다. 두 번 다시 그런 식으로 말하지 말거라. 또 그랬다간 누가 네 쪼그만 엉덩이를 두들겨팰 테니. 내게 원하는 게 그런 거냐? 그렇다면 기필코 그렇게 해주마.

그는 아이들의 정수리를 물끄러미 내려다보았다. 두 아이가 더이상 아무 대꾸도 하지 않고 그의 존재를 아예 무시하자 그는 철로를 따라 먼 곳을 내다보며 아이들의 머리 너머 철로 쪽으로 갈색 담배 찌꺼기를 뱉었다.

그리고 저 수레에 너희 자전거를 기대놓지 마라. 전에도 말했 잖아. 다음에 또 그러면 너희 아빠에게 이를 거야. 그가 말했다.

아이들은 신문을 마저 말고는 자리에서 일어서서 자전거 위에 놓인 캔버스 천 가방에 말아놓은 신문을 집어넣었다. 랠프 블랙은 만족스러운 표정으로 아이들을 지켜보더니 가장 가까운 철로에다 다시 한번 담배 찌꺼기를 뱉고는 매표소로 돌아갔다. 매표소 문이 닫히자 보비가 말했다. 우리한테 자전거 대놓지 말라는 얘기 한 적도 없으면서.

그냥 데데한 늙은이야. 전에 우리한테 그런 얘기 한 적도 없고 말이야. 자, 그만 가자. 아이크가 대꾸했다.

아이들은 서로 헤어져 각자 맡은 구역에 신문을 배달하기 시작했다. 두 아이는 시내를 둘로 나누어 각기 절반씩 맡아서 신문을 배달했다. 보비는 홀트에서도 좀더 오래되고 안정된 남쪽 지구를 맡았다. 그곳은 느릅나무와 아까시나무, 팽나무, 상록수 들이 늘어선 널찍하고 평평한 거리였다. 쾌적해 보이는 이층 주택 앞에 전용 잔디밭이 있고 그 뒤로는 자갈 깔린 진입로에 연결된 차고가 있었다. 아이크가 맡은 구역은 양쪽으로 상가와 상가 위쪽 어둑한 아파트가 있는 메인 스트리트의 세 블록과, 철로 건너 북쪽 지구였다. 그쪽 주택은 규모가 작고 사이사이에 공터가 있었다. 파란색이나 노란색, 연두색 칠을 한 집 뒤편으로 철망을 친 닭장과 군데군데 사슬로 묶어놓은 개들이 눈에 띄었으며, 낮게 늘어진 뽕나무 가지 아래에서 껍데기뿐인 자동차가 털비름과 치트풀에 파묻힌 채 녹슬어가고 있었다.

아이들이 〈덴버 뉴스〉를 배달하는 데에는 한 시간쯤 걸렸다. 두 아이는 메인 스트리트와 레일로드 스트리트 교차로에서 다시 만나 울퉁불퉁한 자갈길 위로 페달을 밟으며 집으로 향했다. 프랭크 부인네 집 옆뜰에 늘어선, 향기로운 꽃은 이미 오래전에 시

들어 말라버리고 하트 모양의 잎만 도로의 먼지를 뒤집어쓴 채 남아 있는 라일락 덤불을 지나, 작은 나무집이 설치된 은백양나무가 모퉁이에 서 있는 작은 목초지를 거쳐, 자신들의 집 진입로로 들어와 집 옆쪽에 자전거를 세워두었다.

아이들은 이층 화장실에 들어가 빗에 물을 묻혀가며 머리를 빗었다. 웨이브를 만들고 오므린 손가락으로 머리카락을 부풀려 이마 위쪽으로 뻣뻣하게 세웠다. 뺨과 귀 뒤쪽으로 물이 뚝뚝 떨어졌다. 그들은 수건으로 물기를 닦고 복도로 나선 다음 손님방 문 앞에 서서 잠시 망설였다. 이윽고 형 아이크가 문손잡이를 돌리고는 동생을 데리고 조용하고 침침한 방안으로 들어섰다.

여자는 흡사 깊이 모를 비탄에 잠긴 사람처럼 여전히 한 팔로 얼굴을 가린 채 손님용 침대에 바로 누워 있었다. 무슨 헤어날 길 없는 생각이나 자세 속에 갇히기라도 한 것처럼 숨조차 쉬지 않는 듯 꼼짝도 하지 않는 여윈 여자. 아이들은 걸음을 멈추었다. 아래로 내려놓은 창문 가리개 가장자리로 짧은 빛줄기들이 흘러들고 있었다. 아이들은 방 안쪽 높다란 서랍장 위에 놓인 꽃병에 꽂힌 죽은 꽃 냄새를 맡을 수 있었다.

무슨 일이지? 여자가 물었다. 그녀는 움찔거리지도 몸을 움직이지도 않았다. 목소리는 속삭임에 가까웠다.

엄마?

응.

괜찮으세요?

이리 가까이 오렴. 여자가 말했다.

아이들은 침대로 다가갔다. 여자는 얼굴에서 팔을 내리고 두 아이를 차례로 바라보았다. 어슴푸레한 빛 속에서 아이들의 젖은 머리카락은 아주 검게 보였고 파란 눈도 거의 까만 빛을 띠었다. 아이들은 침대 곁에 서서 엄마를 바라보았다.

좀 나았어? 아이크가 물었다.

일어날 수 있어? 보비가 물었다.

그녀의 눈은 열에 시달리는 사람처럼 흐리멍덩했다. 학교 갈 준비 다 했니? 여자가 물었다.

네.

지금 몇시지?

아이들은 서랍장 위에 놓인 시계를 보았다. 여덟시 십오 분 전이야, 아이크가 대답했다.

이제 그만 가렴. 지각하고 싶지 않겠지. 여자는 살짝 미소를 지어 보이며 아이들을 향해 한 손을 뻗었다. 가기 전에 한 사람씩 엄마한테 뽀뽀해주겠니?

아이들은 한 사람씩 몸을 앞으로 숙이고는 여자의 뺨에 어린 사내아이 특유의 어색한 동작으로 재빨리 입을 맞추었다. 여자의 뺨은 차가웠고 그녀 특유의 냄새가 났다. 여자는 아이들의 손을 잡아 자신의 차가운 뺨 양쪽에 잠시 갖다댄 채 두 아이의 얼굴과 젖어 있는 진갈색 머리카락을 바라보았다. 아이들은 그저 어머니의 눈에 힐끗 시선을 던졌다. 두 아이는 어색하게 침대 쪽으로 몸을 기울인 채 어서 이 순간이 지나가기를 기다렸다. 마침내 여자가 손을 놓아주자 아이들은 몸을 일으켜세웠다. 이제 가보렴, 여자가 말했다.

다녀올게, 엄마. 아이크가 말했다.

얼른 나아. 보비가 말했다.

아이들은 방에서 나와 문을 닫았다. 다시 환한 햇살이 쏟아지는 바깥으로 나온 두 아이는 진입로를 가로지르고 레일로드 스트리트를 지난 후 도랑풀을 헤치며 오솔길을 내려가 철로를 건너고 오래된 공원을 통과해 학교로 향했다. 운동장에 도착하자 형제는 서로 헤어져 각자의 친구들과 합류했으며, 시작종이 울려 교실로 들어갈 때까지 동급생인 다른 사내아이들과 서서 이야기를 나누었다.

거스리

　고등학교 행정실의 직원인 주디는 책상 앞에 서서 상체를 숙인 자세로 누군가와 전화 통화를 하면서 분홍색 메모 패드에 메모를 하고 있었다. 그녀는 엉덩이 부분이 꼭 끼는 짧은 원피스에 스타킹과 뾰족한 하이힐 차림이었다. 접수대 앞에 선 거스리는 그런 그녀를 지켜보았다. 잠시 후 그녀는 그를 올려다보고는, 상대가 말도 안 되는 이야기를 해서 기가 막힌다는 듯이 눈을 굴려 보였다.

　이해하겠어요. 아뇨. 저도 교장 선생님께 말씀드릴게요. 무슨 말씀을 하시는지 잘 알아요. 그녀가 전화에 대고 말했다. 이윽고 그녀는 수화기를 거칠게 내려놓았다.

　누구였어요? 거스리가 물었다.

　어떤 학생 어머니요. 그러면서 그녀는 다시 메모 패드에 메모를 했다.

무슨 일로 전화했는데요?

어젯밤 학교 연극 때문에요.

그게 왜요?

그거 안 보셨어요?

안 봤어요.

보셨어야 했는데. 아주 좋았거든요.

근데 그게 왜 문제가 되는 거죠? 거스리가 물었다.

아, 린디 레이번이 검은 슬립 차림으로 걸어나와 독창하는 부분이 있었거든요. 그런데 조금 전 전화한 이 사람은 열일곱 살짜리 여자애가 공공장소에서 그런 차림을 해서는 안 된다는 거죠. 공립 고등학교에서 그런 걸 용인해서는 안 된다면서 말이에요.

그건 실상을 좀 알아봐야 할 것 같은데요. 거스리가 말했다.

아, 그애는 가릴 데는 다 가렸어요. 문제될 만한 건 전혀 없었어요.

그럼 그 학부모는 그 문제에 대해 당신이 뭘 어떻게 해주기를 바라는 거예요?

내가 아니라, 교장 선생님과 이야기하고 싶답니다. 하지만 지금 교장 선생님은 자리에 안 계시거든요.

어디 계신데요? 저도 교장 선생님을 만나러 일찍 온 거거든요.

아, 출근은 하셨어요. 다만 지금 복도 건너편에 계신답니다. 그러면서 그녀는 고개로 화장실 방향을 가리켰다.

교장실에서 기다리지요. 거스리가 말했다.

그러세요. 그녀가 대답했다.

거스리는 교장실로 들어가 교장 책상 맞은편 자리에 앉았다. 책상 위에는 로이드 크라우더의 아내와 세 아이 사진이 든 접이식 황동틀 액자가 놓여 있고, 뒤편 벽에는 커다란 미송나무 앞에서 나뭇가지 모양의 뿔이 달린 노새사슴의 머리를 든 채 한쪽 무릎을 꿇은 자세로 앉은 로이드 크라우더의 사진이 걸려 있었다. 그 옆의 벽에는 회색 파일 캐비닛이 놓여 있고 그 위로 큰 사이즈의 학사일정표가 걸려 있었다. 거스리는 자리에 앉아 사진 속의 사슴을 바라보았다. 눈을 반쯤 감고 있는 사슴은 그저 졸린 듯 보였다.

십 분쯤 지나 교장실에 들어선 로이드 크라우더는 책상 앞에 놓인 회전의자에 털썩 주저앉았다. 그는 몸집이 크고 얼굴이 불그레한 사내인데, 가지런히 빗은 금발 사이로 분홍빛 두피가 보였다. 교장이 두 손을 앞으로 뻗으며 책상 너머를 바라보았다. 거스리 선생, 무슨 일이죠?

선생님이 절 보자고 하셨다면서요.

그래요. 내가 선생을 보자고 했어요. 교장은 책상에 놓여 있던 서류를 집어들더니 거기에 적힌 명단을 들여다보기 시작했다. 불빛을 받은 그의 두피가 수면처럼 반짝였다. 아이들은 잘 있나요?

애들은 잘 지냅니다.

부인은요?

괜찮아요.

교장이 종이를 들어올리며 말했다. 여기 있군. 러셀 베크먼. 여기 적힌 내용을 보니 이번 1학기에 선생은 이 학생을 낙제시킬 예정이군요.

그렇습니다.

어떻게 된 일이죠?

거스리가 교장을 보며 말했다. 그 학생은 해야 할 과제를 하지 않았거든요.

아니, 그걸 묻는 게 아닙니다. 선생이 어째서 그 학생을 낙제시키려고 하는지를 묻는 거예요.

거스리가 교장의 얼굴을 바라보았다.

왜냐하면 젠장, 로이드 크라우더가 말을 이었다. 베크먼이 평범한 학생이 아니라는 건 모두 아는 사실이죠. 벼락이라도 맞지 않는 한 그애가 평범해지긴 어려울 겁니다. 하지만 그 학생이 졸업하려면 미국사 수업을 들어야 해요. 그것이 우리 주의 방침이니까요.

그렇습니다.

게다가 그 학생은 이번이 마지막 학년이에요. 그 수업은 바로 아래 학년이 듣는 건데 말이에요. 그애는 작년에 그 수업을 들었어야 했어요. 어째서 그때 수업을 듣지 않았는지 모르겠군요.

그건 저도 모르는 일입니다.

그렇군요, 흠. 교장이 말했다.

두 사람은 서로의 얼굴을 물끄러미 바라보았다.

그 학생은 검정고시를 쳐야 할지도 모르겠네요. 거스리가 말했다.

이봐요, 톰. 바로 그 점이 문제예요. 그런 식으로 생각하면 골치가 아프다니까요.

교장은 팔뚝에 힘을 실으며 상체를 앞으로 지그시 내밀었다.

이것 봐요. 내가 무리한 요구를 하는 거라고는 생각지 않아요. 내 말은 그저 그애를 좀 봐주라는 겁니다. 그게 무슨 뜻인지 생각해봐요. 우리는 내년에도 그 학생이 이 학교에 다니기를 원치 않아요. 그건 이 문제에 관련된 모든 사람에게 좋을 게 없다고요. 선생은 그 학생이 내년에도 이 학교에 다니기를 바랍니까?

저는 올해도 그 학생이 이 학교에 있다는 게 싫어요.

올해 그 학생이 이 학교에 있기를 원하는 사람은 아무도 없을 겁니다. 그 학생을 좋아하는 교사는 아무도 없어요. 하지만 그애는 지금 이 학교에 다니고 있잖아요. 내 말이 무슨 말인지 알 거예요. 젠장, 정 원한다면 그애한테 따끔하게 경고장을 주세요. 그녀석이 겁먹게 말이죠. 하지만 낙제를 시키는 일은 없었으면 좋겠군요.

거스리는 책상에 놓인 사진을 바라보았다. 혹시 라이트 코치가 이렇게 하라고 압력을 넣었나요?

라이트 코치요? 왜요? 그애가 농구 유망주라서 말인가요? 교장이 반문했다.

거스리가 고개를 끄덕였다.

맙소사, 그애가 그렇게 대단한 선수는 아니에요. 드리블 잘하는 다른 애들도 많아요. 이번 일에 대해 라이트 코치는 내게 한마디도 하지 않았어요. 난 그저 학교 전체를 고려해야 하는 사람으로서 얘기하는 겁니다. 그러니 생각 좀 해봐요.

거스리가 자리에서 일어났다.

아, 그리고, 톰.

거스리는 그다음 말을 기다렸다.

난 결정을 내리는 데 다른 사람의 조언 따위는 필요치 않아요. 아직은 내 생각만으로도 충분히 결정할 수 있으니까. 그 점을 기억해두기 바라요.

그렇다면 그애한테 응당 해야 할 과제나 제대로 하라고 말해두시는 게 좋겠군요. 거스리가 말했다.

그는 교장실을 나왔다. 그가 담당한 교실은 건물 반대편 끝에 있어서 그는 학생용 사물함이 늘어선 넓은 복도를 따라 걸어갔다. 사물함의 철제문에는 이름과 구호를 휘갈겨쓴 색지가 테이프로 붙어 있고, 그 위쪽 벽에는 운동팀에 대한 과장된 표현이 담긴 길쭉한 종이 현수막이 걸려 있었다. 이른아침이어서 타일 바닥은 아직 말끔했다.

교실로 들어선 거스리는 교사용 책상에 앉아 푸른색 표지의 교과서를 꺼내 그날 수업을 위해 해두었던 메모를 읽어보았다. 그런 다음 서랍에서 복사해야 하는 시험지를 꺼내들고 다시 복도로 나왔다.

교사 휴게실에 들어가니 매기 존스가 복사기를 쓰고 있었다. 그녀가 몸을 돌려 그를 바라보았다. 그는 휴게실 복판에 놓인 탁자 앞에 앉아 담배에 불을 붙였다. 매기는 복사기 앞에 선 채 그런 그를 지켜보았다.

담배를 끊으신 줄 알았는데요. 그녀가 말했다.

끊었었죠.

그런데 왜 다시 시작한 거예요? 잘 참아왔잖아요.

거스리가 어깨를 으쓱해 보였다. 뭐, 사정이 달라질 수 있는 거잖아요.

무슨 일이에요? 안색이 좋지 않아 보여요. 사실 아주 나빠 보이네요.

고마워요. 복사기는 다 쓰셨나요?

정말이에요, 한숨도 못 잔 사람 같아요. 그녀가 말했다.

그는 재떨이를 끌어다 담뱃재를 떨고는 그녀를 바라보았다. 그녀는 다시 복사기를 향해 몸을 돌렸다. 그는 그녀가 복사기를 작동시키는 모습을 물끄러미 지켜보았다. 그녀의 손과 팔이 복사기를 작동시키기 위해 분주히 움직였고, 그에 따라 엉덩이가 움직이면서 치맛자락이 휙 하고 치켜올라가며 나풀거렸다. 키가 크고 건강해 보이는 체구에 머리칼은 검은 그녀는 까만 스커트에 흰 블라우스를 입고 큼직한 은제 장신구를 걸치고 있었다. 그녀는 복사기 작동을 멈추더니 원본을 갈아끼웠다.

그런데 이렇게 이른 시간에 웬일이에요? 그녀가 물었다.

교장이 보자고 해서요.

무슨 일로요?

러셀 베크먼 일이에요.

아, 그 한심한 녀석. 그애가 이번엔 또 무슨 짓을 했나요?

무슨 짓을 한 건 아녜요. 하지만 미국사 수업에 빠질 수만 있다면 무슨 짓이든 할 겁니다.

행운을 빌어야겠네요. 그녀가 말했다. 그러고는 다시 한번 복사기를 작동한 다음 복사된 종이를 살펴보았다. 그것 말고 마음에 걸리는 문제는 없고요?

그런 건 없는데요.

픽이나 그렇겠어요. 뭔가가 있는 것 같은데요. 그러면서 그녀가 빤히 쳐다보자 그는 무표정한 얼굴로 그 눈길을 맞받으며 자리에 앉은 채 담배를 피웠다. 집안 문제예요? 그녀가 다시 물었다.

그는 대꾸 없이 다시 어깨만 으쓱하고는 담배를 피웠다.

그때 문이 열리더니 흰 반소매 셔츠 차림에 키가 작고 체격이 다부진 남자가 들어왔다. 상업 교사 어빙 커티스였다. 모두들 안녕하시오, 그가 인사했다.

그는 매기 존스에게 다가가더니 그녀의 허리에 팔을 둘렀다. 키가 작은 그의 머리가 그녀의 눈높이에 왔다. 그는 까치발을 하더니 그녀의 귀에 무슨 말인가를 속삭였다. 그러더니 그녀를 자기 쪽으로 당기며 끌어안았다. 그녀가 그의 손을 치웠다.

허튼소리 마요, 이른아침부터. 그녀가 말했다.

그냥 농담이에요.

나도 그냥 한 말이에요.

이런. 그는 거스리와 탁자를 사이에 두고 앉더니 은제 라이터로 담배에 불을 붙이고 탁 소리가 나게 라이터 뚜껑을 닫은 다음, 탁자 위에서 라이터를 이리저리 움직였다. 무슨 좋은 일이라도 있습니까? 그가 물었다.

전혀요. 거스리가 대답했다.

맙소사, 모두 뭐가 문제예요? 주말이 되려면 아직 멀었다고요. 출근할 때만 해도 기분이 좋았는데 이제 두 사람이 내 기분을 어떻게 만들었는지 한번 봐요. 아침 여덟시도 되기 전부터 기분이 엉망이 됐으니 말이에요. 어빙 커티스가 말했다.

총으로 본인을 쏘는 건 어때요. 거스리가 말했다.

오, 훨씬 낫군. 재미있네요. 커티스가 웃음을 터뜨렸다.

그들은 자리에 앉아 담배를 피웠다. 매기 존스가 복사기를 멈추고는 복사된 종이를 정리했다. 이제 사용하셔도 돼요. 그녀는 그렇게 말하고 휴게실을 나갔다.

잘 가요. 어빙 커티스가 말했다.

거스리는 자리에서 일어나 복사기 위에 원본 시험지를 올려놓고 덮개를 덮은 다음 복사기를 한 번, 그리고 또 한번 작동시켜 어떻게 복사가 되어 나오는지 보았다.

제기랄, 어두운 방에서 저 여자를 딱 한 번만 안아봤으면 좋겠군. 커티스가 말했다.

저 여자는 그냥 내버려두는 게 좋을 거요. 거스리가 말했다.

아니, 난 진심이에요. 어떨지 한번 상상해봐요.

거스리가 복사기를 작동시키자 눅눅한 시험지가 나와 트레이에 담겼다. 코를 찌르는 알코올냄새 같은 것이 풍겼다.

게리 롤슨이 저 여자에 대해 뭐라고 했는지 내가 선생한테 말한 적이 있죠.

네. 거스리가 대답했다.

그 말 믿으세요?

아뇨. 술을 마시지 않은 롤슨이 한 말은 믿지 않아요. 특히 대낮에 한 말은 더욱 그렇고요.

빅토리아 루비도

정오가 되자 빅토리아는 시끄럽고 붐비는 학교를 빠져나와 고속도로 쪽으로 걷다가 한 블록 떨어진 가스 앤드 고 주유소에 이르렀다. 지갑에 3달러와 잔돈이 좀 있어서, 이제 뭘 좀 먹으며 속을 가라앉힐 수 있으리라고 생각했다. 어쨌든 시도는 해볼 참이었다.

상점으로 다가가던 그녀는, 주유기로 몸을 숙인 채 차체가 낡고 파란 칠을 한 포드 머스탱에 기름을 넣고 있는 고등학교 남학생 둘을 지나쳤다. 그애들은 미니스커트를 입고 아스팔트를 가로질러 걸어오는 그녀를 지켜보았다. 그녀는 그들을 힐긋 바라보았다. 이봐, 비키. 요즘 어떻게 지내? 한 학생이 그녀에게 말을 걸었다. 그녀가 시선을 돌리자 그애가 무슨 말인가 했는데, 그녀는 알아듣지 못했지만 다른 남자애가 그 말에 웃음을 터뜨렸다. 그녀는 걸음을 계속했다.

그녀가 상점 안에 들어가보니 한 떼의 고등학생들이 냉장칸에서 집어온 차가운 고기 샌드위치와, 칩이 든 봉지 스낵, 플라스틱 컵에 담긴 탄산음료를 계산하려고 계산대 앞에 줄지어 서 떠들고 있었다. 빅토리아는 뒤쪽 통로를 가로질러 선반에 놓인, 밝은 포장지에 든 먹거리와 상표가 붙은 캔들을 훑어보았다. 딱히 고르고 싶은 물건이 없었다. 비엔나소시지 한 캔을 집어들고 상표를 살펴보던 그녀는 그 속에서 소시지를 꺼낼 때의 미끌거리는 감촉과 물이 뚝뚝 떨어져내리는 광경을 떠올리고는 제자리에 돌려놓았다. 다음에는 팝콘 진열대로 가보았다. 적어도 짭짤한 맛은 있을 테지. 그녀는 봉지에 팝콘을 채워넣고 냉장칸에서 탄산음료 캔 하나를 꺼냈다. 그러고는 집어온 물건들을 앞쪽으로 가져가 금전등록기 옆 계산대에 내려놓았다.

딱딱한 표정에다 한쪽 뺨에 까만 점이 있고 몸이 마른 앨리스가 물건들을 계산했다. 1달러 12센트. 그녀가 말했다. 쉰 듯한 목소리였다. 그녀는 끈 달린 백을 여는 빅토리아를 바라보았다.

오늘 좀 찌무룩해 보이네. 괜찮은 거니?

그냥 좀 피곤해서 그래요. 빅토리아는 계산대에 돈을 내려놓았다.

애들은 밤에 제대로 자야 해. 내 말은, 집에서 자야 한다는 거야. 앨리스는 손끝으로 돈을 집어들고는 금전등록기 서랍 칸에 분류해서 넣었다.

전 집에서 자요. 빅토리아가 대답했다.

물론 그럴 테지, 앨리스가 말했다. 나도 그런 줄 알아.

빅토리아는 이중 유리문을 지나 상점의 전면 유리창으로 가서 잡지대 앞에 섰고, 그녀 또래의 여자애 세 명이 캘리포니아에서 곤경에 처했다는 기사를 읽으면서 팝콘을 한 개씩 집어먹고 캔에 든 탄산음료를 찔끔찔끔 마셨다. 점심시간이 되면서 더 많은 아이들이 상점에 들어와 앞쪽 뒤쪽에서 서로 이름을 부르며 음료를 사들고 나갔다. 한번은 2학년 아이 두 명이 자동차용 오일캔과 포크앤드빈 통조림이 쌓인 통로에서 서로 밀쳐대자 결국 앨리스가 소리를 지르기까지 했다. 얘들아, 그러다 그거 다 무너져!

상급생 하나가 상점에 들어와 주유비를 계산했다. 키가 큰 금발 남자아이였는데 머리 위에 선글라스를 걸치고 있었다. 빅토리아가 1학년 생물 시간에 본 적이 있는 아이였다. 그애는 상점을 나가려다 말고 엉덩이로 열린 문을 받친 자세로 그녀 쪽으로 몸을 기울였다. 루비도. 그애가 말을 걸었다.

빅토리아가 그를 쳐다보았다.

태워줄까?

아니.

그냥 학교까지만 말이야.

고맙지만 됐어.

왜 싫은데?

그러고 싶지 않아.

뭐 할 수 없지. 난 분명히 기회를 줬다고.

그애가 밖으로 나가고 문이 천천히 닫혔다. 빅토리아는 잡지대 너머 판유리창을 통해 그애가 빨간 차에 오르는 것을, 그리고 그 차가 기어를 바꾸면서 끼익하는 소리와 함께 속력을 내서 길을 돌아 고속도로로 진입하는 것을 바라보았다. 그녀는 점심시간이 끝나기 전에 학교로 돌아갔다.

그날 수업이 끝난 후 그녀는 동급생들과 함께 학교를 나섰다. 일상적인 오후의 소음과 들뜬 해방감 속에서 앞쪽 층계를 내려왔다. 다시 혼자가 된 그녀는 아침에 왔던 길을 되짚어 걷기 시작했다. 메인 스트리트로 진입한 뒤 북쪽으로 방향을 틀어 상자갑 같은 집들을 지나고 낡은 급수탑의 높다란 기둥 밑을 통과한 다음 군데군데 자리잡은 몇 개 되지 않는 상점들을 지나 세 블록에 걸쳐 있는 번화가를 따라 걸어갔다. 그 번화가는 전면에 색유리를 끼운 은행과 건물 위에 깃대가 있는 우체국부터 시작되었는데, 그곳 상점들은 전면만 말끔할 뿐 뒤쪽으로는 한데 엉켜서 복닥거렸다.

세컨드 스트리트와 메인 스트리트 모퉁이의 홀트 카페에 이른 빅토리아는 아주 커다란 직사각형 홀 안으로 들어섰다. 야구모자를 쓴 나이든 남자 둘이 탁자를 사이에 두고 두툼한 머그잔에 담긴 블랙커피를 마시며 대화하고 있었고, 벽을 따라 나 있는 부스에서는 날염 원피스 차림의 젊은 여자가 차를 마시고 있었다. 주방으로 간 빅토리아는 재킷을 벗어 벽장 속 걸이에 걸고 그 위에 백을 겹쳐 건 다음 셔츠와 미니스커트 위에 긴 앞치마를 둘렀다. 불그레한 얼굴에 눈을 반쯤 감은 키가 작고 뚱뚱한 요리사가 그릴 앞에서 그런 그녀를 바라보고 있었다. 그가 두른 앞치마의 불룩 튀어나온 배 부분과 앞자락 양쪽은 온통 얼룩져 있었다. 늘상 앞치마 자락을 들고 거기에다 손을 닦곤 했던 것이다.

냄비 몇 개가 급해, 저것들부터 좀 닦아. 그가 빅토리아에게 말했다.

그녀는 그의 말이 떨어지기가 무섭게 개수대 안에 잔뜩 쌓여 있는 더러운 냄비와 프라이팬을 조리대에 꺼내놓고 두 개의 회색 영업용 개수대를 치우기 시작했다.

그리고 저 튀김 바구니도. 그것도 네가 설거지하라고 놔둔 거야. 씻어야 해서.

금방 씻어놓을게요. 그녀가 말했다.

그녀는 개수대에 물을 틀고 뚜껑을 자른 상자갑에서 가루 세제를 퍼냈다. 비누 거품이 빙글빙글 돌아가고 김이 피어오르기 시작했다.

재닛 아주머니가 안 보이네요. 그녀가 말했다.

카페 안 어딘가 있을 거야. 통화중일 테지. 사무실에 들어가서 말이야.

빅토리아는 고무장갑을 끼고 뜨거운 비눗물이 담긴 개수대 앞에 서서 설거지를 했다. 그녀는 점심 영업 후에 나온 냄비들을 박박 문질러가며 닦기 시작했다. 주중이면 매일 방과후 이곳에 와서 오전에 요리사가 사용한 냄비는 물론 점심시간부터 나오는 접시와 컵과 포크, 나이프, 스푼, 대형 접시까지 닦았다. 아침 영업 때 나오는 접시를 설거지하는 담당은 가죽만 남은 얼굴을 한 노인인데, 그는 아홉시면 일을 마치고 돌아갔다. 개수대와 조리대 위에는 언제나 설거짓거리가 높다랗게 쌓인 채 빅토리아를 기다렸다. 오후와 저녁 시간을 지나 일곱시까지 일하고 나서 정리 정돈까지 마치고 나면 그녀는 접시에 먹을 것을 담아 카페 카운터 끝에 앉아서 재닌이나 다른 여종업원과 얘기를 나누며 저녁을 먹은 다음 집으로 돌아갔다.

이윽고 재닌이 흰 블라우스에 갈색 점퍼스커트 차림으로 주방에 들어오더니 날카로운 눈길로 주변을 둘러보고는 빅토리아에게 다가와 한 팔로 그녀의 허리를 둘러 안았다.

우리 귀염둥이. 오늘은 어떻게 지냈지?

그럭저럭 괜찮았어요.

그 땅딸막한 여자는 한 걸음 물러나 빅토리아를 바라보았다. 목소리가 괜찮은 것 같지 않은걸. 여기서 무슨 일 있었어?

아뇨, 전혀요.

그녀가 몸을 앞으로 기울였다. 지금 달마다 하는 그거 할 때니?

아뇨.

음, 몸이 아픈 건 아니고?

빅토리아가 고개를 저었다.

되도록 마음을 편히 가져. 필요하면 그냥 앉아서 쉬라고. 로드니는 좀 기다리면 되니까. 그러면서 그녀는 요리사 쪽을 바라보았다. 혹시 저치가 널 힘들게 하는 거니? 맙소사, 로드니, 당신이 애를 괴롭혔어?

대체 무슨 소리야? 요리사가 반문했다.

아녜요, 아저씨 때문이 아니에요. 아무 일도 없다니까요.

당신 그러지 않는 게 좋을 거야. 재닌이 그에게 말했다. 그러고는 다시 빅토리아에게로 얼굴을 돌렸다. 그런 일이 있으면 내가 저치의 뚱뚱한 엉덩이를 걷어차 해고해버릴 거거든. 그녀는 여자아이의 엉덩이를 살짝 꼬집었다. 저치도 그걸 잘 알고 있지.

정말? 그런 다음 이 별 볼 일 없는 곳에서 일할 다른 요리사를 대체 어디서 구하려고? 요리사가 응수했다.

지난번 구한 곳에서 구하면 되지. 여자는 그렇게 말하고는 즐거운 듯 소리 내어 웃었다. 그녀가 다시 한번 빅토리아를 꼬집었다. 저 작자 표정 좀 보렴. 그때 내가 저 사람한테 해둔 말이 있거든.

아이크와 보비

두 아이가 집 앞 진입로에 들어서 보니 아버지의 픽업트럭이 보이지 않았다. 아버지가 돌아와 있으리라고 기대한 것은 아니었지만 일찍 퇴근하는 경우도 종종 있었던 것이다. 아이들은 현관을 지나 집안으로 들어갔다. 그러고는 주방의 식탁 근처에서 걸음을 멈추고 고개를 천장 쪽으로 든 채 귀를 기울였다.

엄마는 아직 일어나지 않은 모양이야. 보비가 말했다.

내려왔다가 다시 올라갔을지도 모르지. 아이크가 대꾸했다.

아닐지도 몰라.

네 말이 엄마 귀에 들리겠다. 아이크가 말했다.

엄마는 내 말을 듣지 못해. 거기서는 아무 소리도 듣지 못할 걸. 주무시고 있을 테니까.

엄마가 주무시는지 아닌지 모르잖아. 깨어 있을 수도 있어.

깨어 있다면 아래층에 내려왔을 테지. 보비가 말했다.

어쩌면 벌써 내려왔을지도 몰라. 그런 다음 다시 올라간 거야. 아무튼 엄마도 뭔가 먹어야 하잖아.

두 아이는 온종일 창문 가리개가 내려와 있어 빛과 외부 세계로부터 차단된 어두컴컴한 손님방이 천장 너머로 보이기라도 하듯, 또 언제나처럼 침대에 홀로 누워 꼼짝도 하지 않은 채 혼자만의 서글픈 상념에 빠져 있는 엄마의 모습이 보이기라도 하듯 함께 천장을 올려다보았다.

엄마는 우리와 함께 식사를 하셔야 해. 뭔가 드시고 싶다면 우리와 함께 먹으면 될 텐데. 다음번에 엄마가 아래층으로 내려온다면 말이야. 보비가 말했다.

아이들은 주방에 가서 유리잔 두 개에 우유를 따르고 상점에서 사온 표면이 반들거리는 과자를 찬장에서 꺼낸 다음 조리대 옆에 바짝 붙어서서 말없이 먹는 일에 열중했다. 이윽고 과자를 다 먹은 아이들은 남은 우유를 모두 마시고 잔을 개수대에 넣고 나서 다시 밖으로 나왔다.

그들은 진입로를 지나 울타리를 둘러놓은 말 방목지로 가서 널빤지로 된 문을 열고 안으로 들어갔다. 헛간 앞에서 엘코와 이스터라는 이름의 붉은색과 암갈색 말이 따뜻한 햇빛 속에 서서 졸고 있었다. 말들은 소년들이 울타리 안으로 들어오는 소리를 듣고는 고개를 들어 경계하는 눈빛으로 아이들 쪽을 지켜보았다. 아이크가 외쳤다. 자자, 어서 헛간으로 들어가자. 말들이 옆걸음질로 빠져나가기 시작했다. 아이들은 말을 몰기 위해 흩어졌다. 이제 이쪽이야, 아이크가 말했다. 아냐, 그게 아냐. 아이크가 앞으로 달려나갔다.

말들이 고개를 치켜들고 발을 높이 들며 빠른 걸음으로 걷기 시작했다. 그러고는 소년들을 지나쳐 헛간을 지나더니 뻗정다리로 울타리를 따라간 다음 방목지를 가로질러 천천히 달려 뒤쪽 울타리에 이르렀다. 거기서 다시 몸을 돌려 아주 관심 깊은 눈으로 소년들을 주시했다. 아이들은 헛간 끝에서 걸음을 멈추었다.

내가 가서 데려올게. 아이크가 말했다.

이번엔 내가 데려오면 안 돼?

아니. 내가 할 거야.

보비는 문짝을 양옆으로 활짝 열어놓고 반대편에서 기다렸다. 아이크가 말들의 방향을 다시 자기 쪽으로 바꾸자 말들은 고개를 치켜들고는, 먼지 속에 다리를 크게 벌린 자세로 자기들 앞에 선 작은 아이를 바라보더니 그를 향해 빠른 걸음으로 걸어갔다. 워! 워! 탁 트인 방목지에 선 아이는 아주 작아 보였다. 하지만 마지막 순간 말들은 방향을 홱 틀고는 한 마리씩 높다란 헛간 문턱을 넘어서 마구간 안, 각자의 칸 안으로 들어갔다. 두 아이도 말들을 따라 안으로 들어갔다.

헛간 안은 서늘하고 어두웠으며 건초와 말똥 냄새가 났다. 말들은 칸에서 발을 구르며 구유 모퉁이에 딸린 빈 사료통 속으로 콧김을 뿜어댔다. 아이들은 각각의 사료통에 귀리를 부어주고는 사료를 먹는 말의 털을 빗기고 안장을 얹었다. 그런 다음 고삐를 채우고 말등에 올라탄 후 시내를 등지고 철로를 따라 서쪽으로 달려갔다.

빅토리아 루비도

그날 저녁 빅토리아가 카페를 나섰을 때 날씨는 춥지 않았다. 하지만 곧 다가올 쓸쓸한 가을 기운과 더불어 공기가 차가워지고 있었다. 말로 설명할 수 없는 무엇이 대기 중에 떠 있는 듯했다.

그녀는 시내를 벗어나고 철로를 가로질러 점점 더해가는 어둠 속에서 집을 향해 걸었다. 벌써 거리 모퉁이마다 커다란 전구들이 몸을 떨면서 인도와 차도 위로 평평하고 푸른 빛 웅덩이를 만들었고, 집집마다 문 닫힌 포치 위쪽 높이 달린 등에 불이 들어와 있었다. 허름해 보이는 거리로 접어든 그녀는 나지막한 집들을 지나 자기 집에 이르렀다. 그 집은 비현실적으로 어둡고 정적에 싸여 있었다.

빅토리아가 문을 열려고 했는데 문이 잠겨 있었다. 엄마? 그녀가 불렀다. 그러고는 문을 두드렸다. 엄마?

그녀는 까치발을 하고 서서 현관문에 난 좁은 창을 통해 집안을 들여다보았다. 집 안쪽에 희미한 불빛이 보였다. 두 침실 사이에 있는 작은 복도에는 갓도 없이 달린 알전구가 켜져 있었다.

엄마, 문 좀 열어. 내 말 들려?

빅토리아는 문손잡이를 힘껏 당기고 비틀어보고 또 유리가 덜컹거릴 정도로 창을 두드렸지만 문은 열리지 않았다. 이윽고 집 안 복도에 희미하게 들어와 있던 불도 꺼졌다.

엄마, 이러지 마, 제발.

그녀는 현관문에 매달렸다.

대체 왜 이러는 거야? 내가 잘못했어, 엄마. 내 말 안 들려?

그녀는 문을 잡고 흔들었다. 그러다 문에 머리를 기댔다. 차갑고 단단한 나무의 감촉이 느껴지고 피로가 몰려왔다. 몸안에 있던 모든 기운이 한꺼번에 빠져나가는 것 같았다. 그러면서 극도의 공포감이 서서히 다가들었다.

엄마, 이러지 마.

빅토리아는 주위를 둘러보았다. 주택들, 헐벗은 나무들. 그녀는 추위 속에서 집 전면의 차가운 판자벽에 등을 댄 채 미끄러지듯 포치에 주저앉았다. 도저히 믿기지 않는 심정과 슬픔이 한데 섞인 멍한 상태 속에서 이리저리 표류하다가 몸이 꺼지는 것 같았다. 그녀는 잠깐 동안 흐느꼈다. 그리고 말없이 서 있는 나무들과 어둠에 싸인 거리, 길 건너편에 있는 집들을 바라보았다. 창문 안쪽 환한 방에서는 사람들이 극히 자연스럽게 움직이고 있었다.

바람이 한숨짓듯 산들거리자 그녀는 눈을 들어 움직이는 나뭇가지를 바라보았다. 빅토리아는 꼼짝도 하지 않고 앞만 주시하며 앉아 있었다.

이윽고 그녀는 그 상태에서 벗어났다.

알겠어, 엄마. 걱정하지 마세요. 나 이제 갈게. 그녀가 말했다.

그때 자동차 한 대가 천천히 길을 지나갔다. 차에 탄 남자와 여자가 빅토리아를 쳐다보았다.

현관에 앉아 있다 일어난 빅토리아는 여윈 몸과 사춘기 소녀다운 가슴 위로 얇은 재킷을 좀더 단단히 여민 다음 시내 쪽으로 되짚어 걸어가기 시작했다.

이제 어둠이 완전히 내리고 대기도 몹시 쌀쌀했다. 거리에는 인적이 거의 없었다. 뒤쪽에 있는 어느 집에서 개 한 마리가 그녀를 보고 짖으며 달려나오자 빅토리아는 개에게 손을 내밀었다. 개는 한 걸음 물러선 채 마치 스프링 경첩이 달려 있기라도 한 듯 주둥이를 열었다 닫았다 하면서 연신 짖어댔다. 이리 와, 그녀가 말했다. 개는 미덥지 않다는 듯 머뭇대며 다가와 그녀의 손에 대고 코를 킁킁댔지만, 그녀가 걸음을 떼어놓자 또다시 짖기 시작했다. 뒤쪽에 있던 집 현관등에 불이 켜졌다. 그 집에서 한 남자가 나오더니 개를 불렀다. 이런, 너 이리 들어오지 못해! 그러자 개는 몸을 돌리더니 집을 향해 빠르게 달려가다가 말고 다시 한번 짖고 나서야 집안으로 들어갔다.

빅토리아는 다시 걸음을 옮겼다. 한번 더 철로를 건넜다. 세컨드 스트리트 앞에서 신호등 하나가, 자동차 통행이 거의 없는 어두운 도로 위에서 시간에 상관없이 빨강에서 초록으로, 초록에서 노랑으로 깜박거리고 있었다. 불이 꺼진 상점들을 지나던 빅토리아는 창을 통해 카페 안을 들여다보았다. 탁자들은 모두 말끔하고 질서정연하게 정돈돼 있었고, 카운터 위쪽으로 역시 질서정연하게 진열된 깨끗한 유리잔 위에 뒤편 벽의 펩시콜라 네온사인 불빛이 반사되고 있었다. 그녀는 고속도로 방향으로 메인 스트리트를 걸어가다 길을 건너 가스 앤드 고 주유소 앞을 지나쳤다. 아무도 없는 주유기 펌프 위로 불이 환하게 켜져 있었고, 주유소 건물 안 카운터에서는 종업원 하나가 잡지를 읽고 있었다. 빅토리아는 길모퉁이를 돌아 어느 목조 주택 앞에 이르렀다. 학교에서 세 블록 떨어진 그 집에 매기 존스가 살고 있다는 것을 그녀는 알고 있었다.

빅토리아는 그 집 문을 두드린 다음 멍하니 서서 기다렸다. 아무 생각도 떠오르지 않았다. 잠시 후 머리 위에 있는 노란 포치 등이 켜졌다.

문을 열어준 매기 존스는 잠옷 가운 차림이었는데 벌써 자다가 깬 듯 검은 머리가 헝클어져 있었다. 그녀의 얼굴은 낮에 보던 것보다 소박했으며 화장을 하지 않아서인지 훨씬 평범해 보이고 조금 부어 보이기까지 했다. 문을 열 때 가운을 끈으로 여미거나 단추를 채우지 않아서 벌어진 앞섶으로 연노란색 잠옷이 보였다.

빅토리아? 너, 빅토리아니?

존스 선생님, 드릴 말씀이 있어서요. 소녀가 말했다.

그래, 얘야. 대체 무슨 일이지?

빅토리아는 집안으로 들어갔다. 거실을 지나갈 때 매기는 소
파에 있던 모포를 집어 빅토리아의 어깨에 둘러주었다. 그런 다
음 이웃의 모든 사람들이 자기 침대에서 잠든 채 숨쉬고 꿈꾸는
동안, 두 사람은 깊은 밤의 정적 속에서 주방 식탁에 앉아 뜨거운
차를 마시며 한 시간가량 대화를 나누었다.

빅토리아는 식탁에 앉아 차가 든 컵에 두 손을 덥히고 있었다.
그녀는 자신의 남자친구에 대해, 그 남자아이의 자동차 뒷좌석에
서 보낸 몇 번의 밤에 대해 조금씩 털어놓기 시작했다. 홀트에서
북쪽으로 5마일쯤 떨어진 비포장도로에 차를 세웠는데, 길이 끊
긴 그곳에는 허름한 잿빛 헛간과 부서진 풍차가 있는 다 쓰러져
가는 농가가 있었다고 했다. 키가 작은 나무 몇 그루가 어두운 하
늘을 배경으로 거뭇하게 서 있었고, 열어놓은 차창으로 들어오는
밤바람에서는 세이지와 다른 여름풀 냄새가 났다고도 했다. 그리
고 두 사람은 사랑을 나누었다고. 빅토리아는 그 일에 대해서는
아주 짤막하게 얘기했다. 훅 다가오던 그의 체취, 그가 쓰는 애프
터셰이브 로션 냄새, 손의 감촉, 서둘러 끝마친 행위에 대해서.
가끔씩 그 일을 마치고 나누었던 차분한 대화들. 그런 다음 그는
항상 그녀를 차로 집까지 바래다주었다고 했다.

그렇구나. 그런데 그 사람이 누구지? 매기가 물었다.

그냥 남자애예요.

물론 그럴 테지, 얘야. 내 말은 그 사람 이름이 뭐냐는 거야.

그건 말하고 싶지 않아요. 그 사람이 그걸 원치 않을 테니까요. 그는 자기 권리도 주장하지 않을 거예요. 그런 부류가 아니에요. 빅토리아가 대답했다.

그게 무슨 뜻이니?

아버지 노릇을 하려고 들지 않을 거라는 거예요.

하지만 그 사람이 짊어져야 할 최소한의 책임이 있어. 매기가 말했다.

그는 다른 도시에 살아요. 그러니 모르실 거예요, 존스 선생님. 저보다 나이도 많고요. 고등학교도 졸업했어요.

그 남자를 어떻게 만났니?

빅토리아는 깨끗한 주방을 둘러보았다. 조리대 위 식기건조대 안에는 접시들이 정리되어 있었고, 반짝거리는 찬장 아래에는 하얀 법랑통 세트가 가지런히 놓여 있었다. 빅토리아는 모포를 어깨 위로 끌어올렸다.

지난여름 댄스파티에서요. 그때 제가 문가에 앉아 있었는데 그가 다가오더니 춤을 추자고 하더라고요. 그는 잘생겼어요. 그때 그에게 내가 말했어요. 난 널 알지도 못하잖아. 그가 말하더군요. 뭘 알아야 하는데? 음, 이름이 뭐니? 내가 물었죠. 그런 게 중요해? 그건 중요하지 않아. 난 그저 너에게 플로어로 나가서 함께 춤을 추자고 청하고 있는 사람일 뿐이야. 그는 가끔씩 그런 식으로 말하곤 했어요. 그래서 내가 다시 말했어요. 그럼 좋아. 네가 이름을 말하고 싶지 않다니, 네가 누구든 춤을 출 줄 아는지 보자. 제가 일어서자 그가 손을 잡더니 저를 플로어로 이끌었어요. 그는 제가 처음에 짐작했던 것보다 키가 훨씬 컸어요. 그게 시작이었어요. 그렇게 된 거예요.

그러니까 그애가 춤을 잘 추기 때문에 일이 시작된 셈이구나. 매기가 말했다.

네. 하지만 선생님은 이해하지 못하실 거예요. 그애는 근사했어요. 제게 잘해주었죠. 여러 가지 이야기도 들려주었어요.

그랬니?

네, 이런저런 말을 해주었죠.

이를테면 어떤 말을?

한번은 내 눈이 아름답다고 했어요. 별밤 속에서 빛나는 검은 다이아몬드 같다고 했어요.

그건 사실이란다, 애야.

하지만 지금까지 내게 그런 말을 해준 사람은 없었어요.

그래, 사람들은 결코 그런 말을 하지 않지. 매기가 말했다. 그러면서 그녀는 현관 입구 건너편에 있는 방 쪽을 쳐다보았다. 그러고는 컵을 들고 차를 한 모금 마신 다음 다시 내려놓았다. 계속하거라. 나머지 얘기도 마저 해주겠니?

그뒤로 전 그애를 공원에서 만났어요. 그는 그곳에서 저를 차에 태워 데려갔죠. 곡물 창고 맞은편에서 말이에요. 그는 저를 차에 태우고 고속도로에 있는 섀턱 휴게소에 가서 햄버거나 다른 먹을 것을 산 다음 창을 열어놓은 채 시골길을 따라 한 시간가량 드라이브를 했어요. 우리는 얘기를 나눴는데, 그애는 곧잘 재미난 이야기를 들려주었어요. 자동차 라디오는 덴버 방송에 맞춰놓았고, 달리는 내내 밤공기가 차 안으로 들어왔어요. 그런 다음 그는 언제나 그 낡은 농가가 있는 곳에 차를 세우곤 했어요. 그애는 그 집이 우리집이라고 말했어요.

그가 네 집으로 너를 데리러 온 적은 없었니?

없었어요.

그건 네가 원하지 않아서였어?

빅토리아는 고개를 끄덕였다. 집에는 엄마가 있거든요. 그래서 제가 집으로 데리러 오지 말라고 했어요.

알겠다, 계속하렴. 매기가 말했다.

더이상 말할 것도 별로 없어요. 8월 말에 개학을 하고 나서도 우리는 두어 번 더 만났어요. 그런데 그때 무슨 일인가가 일어난 거예요. 그게 뭔지 저도 몰라요. 그애는 아무 말도 하지 않았어요. 제게 미리 경고조차 하지 않았죠. 그냥 저를 더이상 데리러 오지 않았어요. 어느 날 갑자기 저를 보러 오지 않기 시작한 거예요.

너는 이유를 몰라?

네.

지금 그애는 어디 있지?

잘 몰라요. 그애는 덴버로 가겠다고 했어요. 덴버에 아는 사람이 있다면서요.

매기 존스는 잠시 빅토리아를 살펴보았다. 지치고 슬픈 얼굴에 모포로 어깨를 감싼 채 앉아 있는 빅토리아는 흡사 열차 사고나 대홍수에서 가까스로 살아남은 사람처럼 보였다. 휩쓸고 지나가면서 주변에 있는 것들을 모조리 망가뜨리는, 여전히 진행중인 재난에서 겨우 살아남은 슬픈 사람처럼. 매기는 자리에서 일어나 찻잔을 가져가 남은 차를 개수대에 버리고 잔을 헹궜다. 그러고는 조리대 앞에 서서 소녀 쪽을 바라보았다.

매기가 목소리에 힘을 주어 말했다. 네가 좀더 잘 알았다면 참 좋았을 걸 그랬구나.

무얼요?

그러니까 피임 기구는 아예 쓰지 않았니?

썼어요. 그애가 했죠. 하지만 몇 번 그게 찢어진 적이 있어요. 아무튼 그가 한 말은 그랬어요. 저에게 그렇게 말했죠. 그날 전 집에 돌아와서 끓인 소금물을 사용했어요. 그래도 아무 소용이 없었지만요.

끓인 소금물을 쓰다니, 그게 무슨 말이니?

몸안에다 소금물을 부었다고요.

데지 않았어?

뎄어요.

그렇구나. 그런데 지금은 아기를 지키고 싶다는 거니?

그 말에 빅토리아는 놀란 얼굴로 매기를 힐끗 바라보았다.

내가 이런 말을 하는 이유는, 네가 굳이 원치 않는 일을 할 필요는 없기 때문이란다. 내가 너와 함께 의사를 만나줄게. 네가 원하는 게 그거라면 말이야. 매기가 말했다.

빅토리아는 식탁에 앉은 자세로 창을 향해 고개를 돌렸다. 창유리에 주방의 모습이 비쳤다. 그 너머로 불이 모두 꺼진 이웃집들이 보였다.

전 이 아기를 지키고 싶어요. 빅토리아는 창문에서 고개를 돌리지 않은 채, 나지막하지만 단호한 어조로 말했다.

확실한 거야?

네. 빅토리아가 대답했다. 그애는 다시 식탁 쪽으로 고개를 돌렸다. 아주 크고 까만 소녀의 두 눈은 깜박이지도 않았다.

하지만 마음이 바뀌면 어떻게 해야 하는지 알지?

알아요.

좋아, 이제 그만 가서 자는 게 좋겠다. 매기가 말했다.

빅토리아가 식탁에서 일어섰다. 고맙습니다, 존스 선생님. 이렇게 다정하게 대해주셔서 정말 감사해요. 선생님 댁으로 찾아오는 것 말고 달리 어떻게 해야 좋을지 알 수 없었거든요.

매기 존스가 빅토리아를 안아주며 말했다. 애야, 정말 안타깝구나. 넌 정말이지 힘든 시간을 겪을 거야. 아직 모르고 있을 뿐이지.

두 사람은 주방에서 잠시 서로를 안은 채 그대로 서 있었다.

이윽고 매기가 말했다. 그런데 지금 이 집에는 우리 아버지도 계셔. 그분이 이런 일을 이해하실지 잘 모르겠구나. 아무래도 노인이시니까. 하지만 네가 여기서 지내는 건 환영한다. 앞으로 어떻게 될지는 좀 두고 보자꾸나.

두 사람은 주방을 나왔다. 매기는 긴 플란넬 잠옷 하나를 찾아 빅토리아에게 내주고 거실 소파에 잠자리를 봐주었다. 빅토리아가 거기에 누웠다.

안녕히 주무세요, 존스 선생님.

잘 자거라.

빅토리아는 담요 속으로 들어갔다. 매기가 침실로 돌아가고 나서 얼마 후 빅토리아는 잠이 들었다.

한밤중에 빅토리아는 옆방에서 누군가 기침하는 소리에 잠을 깼다. 그녀는 어둠 속에서 낯선 주위를 둘러보았다. 낯선 방, 그 안에 있는 물건들. 어디선가 째깍거리는 시계. 그녀는 일어나 앉았다. 하지만 일어나보니 아무 소리도 들리지 않았다. 잠시 후 그녀는 도로 자리에 누웠다. 다시 잠이 들려는 찰나 노인이 방을 나와 화장실로 들어가는 소리가 들려왔다. 노인이 소변 보는 소리도 들렸다. 변기 물을 내리는 소리. 잠시 후 화장실을 나온 노인은 입구에 서서 소녀 쪽을 바라보았다. 헐렁한 줄무늬 잠옷 차림을 한 백발노인이었다. 노인이 헛기침을 했다. 그러면서 여윈 옆구리를 긁었는데, 그 바람에 입고 있던 잠옷 자락이 위아래로 들썩거렸다. 그는 그 자리에 선 채 얼마 동안 소녀를 지켜보다가 이윽고 발을 끌고 복도를 지나 자기 방 침대로 향했다. 빅토리아는 아주 천천히 다시금 잠 속으로 빠져들어갔다.

아이크와 보비

토요일이면 아이들은 신문대금을 받으러 다녔다. 아이들은 아침 일찍 일어나 신문을 배달하고 집으로 돌아와 헛간으로 가서 말 두 마리와 지치지도 않고 울어대는 고양이와 개에게 먹이를 준 다음 집안으로 들어와 주방 개수대에서 손을 씻고 아버지와 함께 아침식사를 한 뒤 또다시 집을 나섰다. 두 아이는 함께 신문대금을 받으러 다녔다. 그편이 나았다. 그들은 월과 주로 나뉘어 날짜가 표시되어 있고 영수증철이 달린 장부와, 입구 부분을 끈으로 당겨 묶을 수 있는 캔버스 천 돈주머니를 들고 다녔다.

아이들은 메인 스트리트부터 수금을 시작했다. 상점들이 토요일 장사로 분주해지고 사람들로 붐비기 전에, 시내 사람들이 메인 스트리트로 모이고 농장과 목장 사람들이 외곽에서 차를 타고 와서 일주일 동안 필요한 물건을 사거나 아는 사람들과 어울리며 시간을 보내기 전에, 그곳부터 신문대금을 받기 시작했다. 아이들은 먼저 철로 옆에 있는 넥시 목재집하장에 가서 주인인 돈 넥시에게서 직접 신문대금을 받았다. 앞쪽 카운터 위로 낮게 드리운 양철 갓을 씌운 전구 아래에서 그의 대머리가 대리석 조각상처럼 반짝였다. 그는 아이들을 다정하게 대해주었다. 두 아이는 그다음으로 옆에 있는 슈미트 이발소로 향했다. 그들은 빨간색과 흰색의 비스듬한 줄이 빙글빙글 돌아가는 이발소 표시등 아래, 상점 앞 벽돌 벽에 자전거를 기대어놓았다.

두 아이가 이발소에 들어가보니 하비 슈미트는 의자에 앉은 남자 손님의 머리카락을 가위로 자르는 중이었다. 남자 손님의 목에는 가는 줄무늬 천이 핀으로 고정되어 둘려 있었고, 천의 접힌 부분마다 구불거리는 검은 머리카락이 바느질할 때 쓰는 조각 천처럼 한데 뭉쳐 있었다. 벽을 따라 놓인 의자에는 또다른 남자와 소년 하나가 잡지를 읽으며 차례를 기다리고 있었다. 아이크와 보비가 들어가자 그들은 동시에 눈을 들었다. 아이들은 문을 닫고 문 바로 안쪽에 섰다.

무슨 일로 왔니? 하비 슈미트가 물었다. 그는 토요일마다 그런 식으로 질문을 던지곤 했다.

신문대금을 받으러 왔어요. 아이크가 말했다.

신문대금을 받으러 왔다고? 하지만 난 너희들에게 돈을 줄 생각이 없는데. 신문엔 나쁜 소식만 잔뜩 있거든. 너희는 그걸 어떻게 생각하니?

아이크와 보비는 아무 대답도 하지 않았다. 벽 쪽에 앉아 있는 소년이 잡지 너머로 그들을 지켜보고 있었다. 그애는 형제가 다니는 초등학교의 상급생이었다.

저애들에게 돈을 주게, 하비. 잠깐이면 되잖나. 이발용 의자에 앉아 있는 남자가 말했다.

그래야 할지 말지 생각중이거든. 하비가 대꾸했다. 그는 빗을 댄 채 남자의 귀 위쪽 머리카락을 길게 빼서 가위로 말끔히 자른 다음 빗어내렸다. 하비가 두 아이를 바라보았다. 요즘 너희 머리는 누가 잘라주니?

네?

너희 머리를 누가 자르냐고.

엄마가 잘라줘요.

너네 엄마는 이사하지 않았니? 너네 엄마가 시카고 스트리트에 있는 작은 집으로 옮겼다는 소문이 있던데 말이야.

아이들은 대꾸하지 않았다. 하비가 그런 사실까지 알고 있다는 것이 놀랍지는 않았다. 하지만 토요일 아침 메인 스트리트의 이발소에서 이발사와 그런 얘기를 하고 싶지는 않았다.

소문이 맞니? 그가 다시 물었다.

아이들은 하비를 보다가 벽에 기대앉아 있는 소년 쪽으로 힐끗 눈길을 주었다. 소년은 여전히 그들을 지켜보고 있었다. 아이크와 보비는 굳게 입을 다문 채 가죽 등받이를 위로 올린 의자 밑, 남자 손님의 잘린 머리카락이 있는 바닥만 응시했다.

애들 좀 내버려두라고, 하비.

난 저애들을 괴롭히는 게 아냐. 그저 질문을 하는 것뿐이지.

그냥 좀 내버려두라니까.

너희들도 이 문제를 생각 좀 해봐. 하비가 다시 두 아이에게 말했다. 난 신문을 구독하고 너희들은 나한테 머리를 깎는 거야. 세상일이라는 게 그런 식으로 돌아가는 거지. 그러면서 그는 들고 있는 가위로 아이들을 가리켰다. 난 너희들이 파는 걸 사고 너희들은 내가 파는 걸 사는 거야. 그걸 상거래라고 하는 거다.

2달러 50센트예요. 아이크가 말했다.

이발사는 잠시 아이크를 노려보다가 다시 손님의 머리를 깎기 시작했다. 아이들은 문간에 선 채 그를 지켜보고 있었다. 가위질을 마친 이발사는 남자의 깃과 줄무늬 천 위로 접은 화장지를 끼워넣고 나서 목덜미에 비누 거품을 풍성하게 바른 후 면도칼을 집어들었다. 이발사는 비누 거품과 면도한 찌꺼기 털을 연신 자신의 손등에 닦아내가며 머리 선 바로 밑에서 뒷덜미까지 면도를 마쳤다. 이어서 화장지를 빼내어 면도칼을 닦은 후 지저분해진 화장지를 버리고 손을 씻었다. 그러고는 수건으로 남자의 목과 머리 전체를 문질러 닦아낸 뒤, 분홍색 향유통을 흔들어 향유를 손바닥에 덜고는 두 손을 비빈 다음 그 손으로 남자의 두피를 마사지했다. 그런 다음 가느다란 빗으로 손님의 머리에 정교하게 옆가르마를 내고 손가락으로 머리카락을 당겨 남자의 튀어나온 이마 위에 힘있는 웨이브를 만들었다. 남자는 거울에 비친 자기 모습에 눈살을 찌푸리더니 천 밖으로 손을 내밀어 이발사가 부풀려놓은 머리를 눌러 평평하게 만들었다.

난 자네한테 섹시한 매력을 더해주려고 한 걸세. 하비가 말했다.

나한테 그런 건 필요 없네. 이미 너무 많이 갖고 있거든. 남자가 대꾸했다.

그가 의자에서 일어서자 이발사는 천을 고정했던 핀을 뺀 다음 천을 타일 바닥에 대고 흔들어 털고 나서 탁 소리를 내며 접었다. 남자가 거울 아래 대리석 카운터에 이발 요금과 팁을 올려놓았다. 애들에게 돈을 주게, 하비. 저렇게 기다리고 있잖아.

아무래도 그래야 할 것 같군. 그러지 않으면 저 녀석들이 온종일 저기 서 있을 것 같으니. 이발사가 금전등록기에서 1달러짜리 지폐 세 장을 꺼내 아이들에게 내밀었다. 이제 됐니?

아이크가 앞으로 나서서 돈을 받고 거스름돈을 주고는 장부에서 영수증을 떼어내 하비 슈미트에게 건넸다.

이제 다 된 게 분명하지? 이발사가 물었다.

네.

그럼 네가 어떻게 해야 하지?

네?

네가 청구한 돈을 지불한 사람에게 뭐라고 말해야 하느냔 말이야.

고맙습니다. 아이크가 말했다.

아이크와 보비는 밖으로 나왔다. 두 아이는 인도에서 판유리가 끼워진 넓은 유리창을 통해 이발소 안을 바라보았다. 유리창에 적힌 둥글게 휜 금색 글자 너머로 이제 막 이발을 끝낸 남자가 재킷을 걸치고 있고 차례를 기다리던 소년이 이발용 의자 위로 올라가는 모습이 보였다.

나쁜 자식, 얼간이 같은 놈. 보비가 중얼거렸다. 그래도 기분이 나아지지 않았다. 아이크는 아무 말도 없었다.

두 아이는 자전거에 올라 남쪽으로 반 블록 떨어진 덕월 상점을 향해 페달을 밟았다. 덕월로 들어간 아이들은 여성용 속옷과 개어놓은 브래지어 진열대 앞을, 이번만큼은 별다른 상상을 하지 않고 지나쳤다. 빗과 머리핀과 거울과 플라스틱 접시 앞을 지나고 베개와 커튼과 욕실용 샤워호스를 지나서 상점 주인의 사무실 문을 노크했다. 상점 주인은 두 아이를 들어오게 한 다음 별다른 법석을 떨지 않고 무심하고 선선한 태도로 신문대금을 지불했다. 아이크와 보비는 상점을 나와 세컨드 스트리트를 가로지른 다음 모퉁이에 있는 셜트 잡화점에서 수금을 한 뒤, 내처 브래드버리 빵집으로 가서 웨딩케이크가 들어 있는 커다란 쇼윈도 앞에 자전거를 세웠다.

아이크가 물었다. 여기부터 들어갈까, 위층부터 갈까?

위층부터 가자. 보비가 대답했다. 그 할머니한테 먼저 다녀오고 싶어.

아이들은 자전거를 세워놓은 뒤 건물 뒤편으로 난 문을 열고 좁고 어두컴컴한 현관으로 들어섰다. 문 안쪽에는 판지 위에 까

만 우편함들이 고정돼 있고 바닥에는 갈색 남자용 신발 한 켤레
가 놓여 있었다. 두 아이는 그곳을 지나 층계를 올라간 다음 골목
위쪽으로 나 있는 비상계단과 연결된 길고 침침한 복도를 따라
걸어갔다. 어느 집 문 안에서 개가 짖었다. 그들은 복도 맨 끝 문
앞에서 걸음을 멈췄다. 그날 아침 자신들이 배달한 〈덴버 뉴스〉
가 신발 매트 위에 그대로 놓여 있었다. 아이크가 신문을 집어들
고 노크를 했다. 두 아이는 문 앞에서 고개를 앞으로 기울여 마룻
널을 바라보는 자세로 귀를 기울였다. 아이크가 다시 한번 노크
를 했다. 이윽고 안에서 누군가 나오는 소리가 났다.

누구요? 마치 여러 날 동안 아무와도 말한 적이 없는 듯한 사
람의 목소리였다. 노파는 기침을 했다.

신문대금을 받으러 왔어요.

누구라고?

신문 배달원이에요.

노파가 문을 열고 두 아이를 유심히 살펴보았다.

이리 들어오렴.

2달러 50센트예요, 할머니.

이리 들어와.

노파가 발을 끌며 뒤로 물러나자 두 아이는 집안으로 들어갔
다. 집안은 지나칠 정도로 더웠다. 열기에 숨이 막힐 것 같았고
온갖 물건들이 들어차 있어 발디딜 틈이 없었다. 판지 상자, 종이
류, 옷더미, 누렇게 바랜 신문지 더미, 화분들, 원형 선풍기, 사각

형 선풍기, 모자걸이, 시어스백화점 카탈로그 더미가 있고, 펼쳐놓은 부착식 다리미판 위에는 식료품 봉투가 줄지어 놓였다. 거실 한가운데 설치된 목재 장 안에는 텔레비전이 들어 있었는데, 그 위에 그것보다 좀더 작은 휴대용 텔레비전이 마치 몸 위에 딸린 머리처럼 얹혀 있었다. 텔레비전 맞은편에 놓인 안락의자의 낡은 팔걸이에는 수건 한 장이 걸려 있고, 그 옆에 색 바랜 침대 겸용의 커다란 소파가 창을 등지고 놓여 있었다.

아무것도 만지지 말거라, 거기 앉으렴. 그녀가 말했다.

아이들은 나란히 소파에 앉아 금속으로 된 지팡이 두 개를 짚고 다리를 절며 걷는 노파를 바라보았다. 상자들과 비스듬히 쌓인 종이 무더기 사이에 사람이 지나갈 만한 공간이 나 있어서 그녀는 그 통로를 따라 안락의자까지 와서는 힘겹게 자리에 앉은 다음 은색 지팡이 한 쌍을 무릎 사이에 세워놓았다.

늙은 여인은 얇은 꽃무늬 홈웨어 위에 자락이 긴 앞치마를 두르고 있었다. 등이 많이 굽고 보청기를 끼고 있었으며 노란 머리를 뒤로 넘겨 틀어올렸다. 맨살이 드러난 팔뚝은 온통 반점과 주근깨투성이였고 팔꿈치 위쪽으로는 쭈글쭈글한 피부가 늘어졌다. 한쪽 손등 위에는 가장자리가 고르지 않은 반점처럼 보이는 자주색 멍이 들어 있었다. 의자에 앉은 그녀는 불을 붙여놓은 채 놔두었던 담배를 집어들어 한 모금을 빨고는 천장을 향해 잿빛 연기를 뿜었다. 노파는 안경을 쓴 눈으로 두 소년을 살펴보았다. 그녀의 입술은 쨍한 빨간색이었다.

그래, 이제 말해보거라. 그녀가 말했다.

두 아이는 그녀를 바라보았다.

어서 얘기해보라니까.

2달러 50센트예요, 할머니, 아이크가 말했다. 신문대금이요.

아니, 그건 이야기가 아냐. 그저 일일 뿐이지. 너희는 요즘 어떻게 지내지? 오늘 날씨는 어떠냐?

아이들은 고개를 돌려 등뒤에 있는, 밖이 엷게 비치는 커튼이 드리워진 창밖을 내다보았다. 커튼에서는 두껍게 앉은 먼지 냄새가 났다. 창은 뒷골목에 면해 있었다. 날씨는 화창해요. 보비가 대답했다.

오늘은 바람도 없어요. 아이크가 말했다.

하지만 낙엽이 지고 있어요.

그건 날씨가 아니잖아. 아이크가 말했다.

보비는 고개를 돌려 형을 바라보았다. 낙엽도 날씨와 상관있어.

하지만 날씨는 아냐.

그건 아무래도 좋다. 스턴스 부인이 말했다. 그녀는 안락의자의 넓쩍한 팔걸이 위로 주름진 팔을 쭉 펴고 담뱃재를 두드려 떨었다. 학교생활은 어떠냐? 너희들 학교에 다니지?

네.

그렇구나.

아이들은 다시 입을 다물었다.

네가 형이겠구나. 이름이 뭐니?

아이크예요.

몇 학년이지?

5학년이요.

담임 선생님은 누구냐?

킨 선생님이에요.

키가 크고 몸집이 큰 여선생 말이냐? 턱이 길쭉하고?

맞는 것 같아요. 아이크가 말했다.

넌 그 선생님이 마음에 드니?

킨 선생님은 자습 시간에 각자 원하는 대로 공부할 수 있게 해줘요. 칠판에다 문제를 풀고 작문도 하게 해주죠. 우리가 쓴 것을 옮겨 적어서 다른 학년 학생들한테도 보여주고요.

그러면 좋은 선생님이구나. 스턴스 부인이 말했다.

하지만 언젠가 어떤 여자애에게 입 닥치라고 한 적이 있어요.

그랬어? 무슨 일 때문에 그랬지?

그 여자애가 어떤 애 옆에 앉기 싫다고 했거든요.

그애가 옆에 앉기 싫다고 한 애가 누군데?

리처드 피터슨이에요. 그 여자애는 리처드한테서 냄새가 난다고 했어요.

아, 그래. 그 집은 낙농장을 하고 있지. 안 그래?

그애한테서는 우유 짜는 곳에서 나는 냄새 같은 게 나거든요.

너희가 낙농장에 살고 거기서 일한다면 너희한테도 그런 냄새가 나지 않겠니? 스턴스 부인이 말했다.

우리는 말을 길러요. 아이크가 말했다.

이바 스턴스는 잠시 동안 아이를 바라보았다. 아이크가 한 말에 대해 생각하고 있는 것 같았다. 이윽고 그녀는 담배 연기를 빨아들였다가 내뱉었다. 이번에는 보비 쪽을 보고 말했다. 너는? 네 담임 선생님은 누구지?

카펜터 선생님이에요. 보비가 대답했다.

누구라고?

카펜터 선생님이요.

내가 모르는 사람이구나.

머리가 길고 또……

또, 뭐니? 스턴스 부인이 물었다.

언제나 스웨터를 입고 다녀요.

그렇구나.

거의 언제나요. 보비가 말했다.

넌 스웨터를 어떻게 생각하지?

잘 몰라요. 좋은 것 같아요. 보비가 대답했다.

오, 스웨터를 입은 여자에 대해 생각하기에는 넌 너무 어린걸. 그녀는 살짝 소리 내어 웃는 것처럼 보였다. 마치 웃는 방법을 모르는 사람이 웃는 것처럼 괴상하고 어색하고 머뭇거리는 듯한 웃음소리였다. 그러다 갑자기 기침을 하기 시작했다. 그녀는 기침하는 방법은 잘 알고 있었다. 그녀의 고개가 뒤로 젖혀지면서 안색이 잿빛으로 바뀌더니 움푹 팬 가슴이 앞치마를 두른 홈웨어 아래에서 부들부들 떨리는 것이 보였다. 아이들은 신기하기도 하고 걱정도 되어 곁눈으로 할머니를 지켜보았다. 그녀는 한 손으로 입을 가리고 두 눈을 감은 채 기침을 했다. 꼭 감은 눈에서 가늘게 눈물이 새어나왔다. 이윽고 기침을 그친 그녀는 안경을 벗더니 앞치마 주머니에서 화장지 뭉치를 꺼내 눈 주위를 토닥이며 눈물을 닦은 다음 거기에다 코를 풀었다. 그러고는 다시 안경을 쓰고는 소파에서 자기를 지켜보고 있는 형제 쪽을 바라보았다. 너희는 절대로 담배를 피우지 말거라. 그녀가 말했다. 속삭이듯 말하는 그녀의 음성은 뭔가에 긁힌 듯했다.

하지만 할머니는 피우잖아요. 보비가 말했다.

뭐라고?

할머니는 담배를 피우면서 왜 우리한테 피우지 말라고 하냐고요.

내가 왜 이런 말을 한다고 생각하니? 너희도 늘그막을 나처럼 보내려고? 다 늙어서 이렇게 자기 집도 없이 셋집에서 혼자 살고 있잖니. 더러운 뒷골목이 내다보이는 이층에서 말이야. 그렇게 살고 싶은 거야?

아뇨.

그럼 담배를 피우지 말거라.

아이들은 노파를, 그리고 방안을 둘러보았다. 그런데 가족이 전혀 없어요, 할머니? 같이 살 사람 말이에요.

없어. 이젠 한 사람도 없단다.

할머니 가족이 어떻게 됐는데요?

좀더 크게 말하거라. 목소리가 잘 안 들려.

할머니 가족에게 무슨 일이 있었냐고요. 아이크가 물었다.

모두 떠났거나 죽었단다. 그녀가 대답했다.

아이들은 노파를 물끄러미 바라보며 그녀가 무슨 말인가 더 하기를 기다렸다. 그녀가 어떻게 해야 하는지, 어떻게 하면 이런 삶을 바로잡을 수 있을지 아이들은 알지 못했다. 하지만 노파는 더 이상 그 문제에 대해 말하지 않았다. 대신 그녀는 아이들 뒤편, 커튼이 쳐져 있고 골목이 내다보이는 창문 쪽을 바라보고 있는 듯했다. 안경 안으로 보이는 그녀의 눈동자는 고급 종이 같은 연청색이었고, 백합 구근 껍질이 그렇듯이 미세한 실핏줄이 비쳐 보이는 흰자 역시 푸르스름했다. 방안은 아주 조용했다. 그녀가 터져나오는 기침을 누르려고 손으로 입을 막았을 때 선명한 립스틱이 턱까지 번진 것 같았다. 아이들은 잠자코 노파를 지켜보며 무슨 말인가 나오기를 기다렸다. 하지만 그녀는 입을 열지 않았다.

이윽고 보비가 입을 열었다. 엄마가 집을 나갔어요.

그러자 이바 스턴스가 창 쪽을 보던 시선을 천천히 돌려 아이들을 바라보았다. 뭐라고?

엄마가 몇 주 전에 집을 나갔다고요. 이젠 우리와 같이 살지 않아요. 보비가 나직한 목소리로 말했다.

너희하고 같이 살지 않는다고?

네.

그럼 어디서 사는데?

입다물어, 보비. 그건 다른 사람들이 상관할 문제가 아냐. 아이크가 말했다.

괜찮아, 아무한테도 얘기하지 않으마. 어쨌든 내가 누구한테 그런 얘기를 하겠니. 스턴스 부인이 말했다.

그녀는 보비를 찬찬히 살펴보더니 그애의 형도 한참 동안 바라보았다. 아이들은 커다란 소파에 앉은 채 그녀가 다시 입을 열기를 기다렸다.

정말 안됐구나. 이윽고 그녀가 입을 열었다. 너희 엄마 일은 정말 안됐어. 그런데도 난 내 얘기만 하고 있었으니. 너희가 외로웠겠구나.

아이들은 이 말에 어떻게 대꾸해야 할지 알 수 없었다.

너희가 좋다면 가끔 나를 보러 와도 좋아. 그러겠니?

담배 연기와 먼지 냄새가 나는 조용한 방안에서 두 아이는 소파에 앉은 채 어찌할 바를 모르겠다는 눈으로 그녀를 보았다.

그러겠니? 그녀가 다시 물었다.

마침내 아이들이 고개를 끄덕였다.

잘됐다. 이제 신문값을 주게 내 지갑 좀 갖다주렴. 저쪽 방 탁자 위에 있어. 너희 중 하나가 가서 지갑을 갖다다오. 그래줄 수 있지? 너희를 더 붙잡고 괜히 힘들게 하고 싶지 않구나. 하던 일을 계속하거라.

빅토리아 루비도

빅토리아는 확신했다. 마음속에서 그녀는 알 수 있었다.

하지만 매기 존스가 말했다. 가끔씩 그런 증세가 나타날 때도 있어. 네가 예상하거나 짐작할 수도 없고 알 수도 없는 온갖 이유 때문에 말이야. 뭔가 다른 것 때문일지도 몰라. 모든 일을 언제나 다 알 수 있는 건 아니니까. 분명히 확인할 필요가 있어.

그럼에도 빅토리아는, 이전에는 한 번도 그 일을 거른 적이 없었다는 그 한 가지만으로도 확실하다고 마음속 깊이 느끼고 있었다. 전에는 언제나 시계처럼 정확했다. 그리고 얼마 전부터 뭔가가 달라진 느낌이 들었기 때문이기도 했다. 이른아침에 집에서 완전히 잠을 깨기도 전에 올라오는 느낌, 혹은 엄마가 욕실로 들어와 그런 그녀를 지켜보며 담배를 피우면 악화되는 느낌 같은 것뿐 아니라, 다른 사람에게 말로 설명할 수는 없어도 이따금 찾아오는 혼자만의 느낌이 있었다. 또 늘 피곤을 느끼고 금방이라도 울음이 터질 것 같고 아무 이유 없이 울어야 할 것 같은 기분이 들기도 했다. 그리고 이따금 밤에 잠들기 전에 가슴이 지나치게 민감한 느낌이 들어 살펴보면 유두가 둘 다 검게 부풀어올라 있곤 했던 것이다.

하지만 매기 존스는 물러설 생각이 없었다. 어쨌든 확실히 알아보는 게 좋겠구나.

그러고 나서 어느 날 저녁 매기 존스가 상점에서 임신진단시약을 사왔다. 두 사람은 주방에 나와 있었다. 매기 존스가 말했다. 최소한 확인이라도 해보자꾸나. 그럼 확실하게 알 수 있으니까.

꼭 그래야 한다고 보세요?

그래, 이건 필요한 일이야.

어떻게 하면 되죠?

여기 적힌 대로 흡수지 끝을 소변 줄기에 갖다대렴. 소변을 보는 동안 손으로 잡고 갖다대면 될 거야. 그런 다음 오 분을 기다렸다가 표시창에 빨간 줄 두 개가 나타나면 그게 맞는 거야. 자, 받으렴.

지금요? 빅토리아가 물었다.

안 될 거 없잖아.

하지만 존스 선생님, 전 잘 모르겠어요. 이건 좀 이상한 것 같아요. 그걸 이런 식으로 분명하게 확인하고, 또 제가 뭘 하고 있는지 선생님이 뻔히 아시면서 여기 계신다는 게요.

애야, 현실을 직시해야 해. 지금은 정신을 바짝 차려야 할 때란다. 매기 존스가 말했다.

그래서 빅토리아는 작고 납작한 임신진단시약 상자갑을 받아들었다. 포장지에는 장미처럼 보이는 꽃이 가득한 햇살 쏟아지는 정원을 배경으로 거의 종교적인 환희의 표정을 띤 벌꿀색 머리의 젊은 여자 사진이 있었다. 그것을 받아들고 화장실로 들어가 문을 잠근 다음 상자를 열고 거기에 적힌 대로 무릎을 벌린 채 흡수지를 손으로 잡고 몸 아랫부분에 갖다댔다. 손가락에 오줌 몇 방울이 묻었지만 지금은 그런 것에 신경쓸 때가 아니었다. 잠시 후 흡수지를 세면대에 놓고 기다리는 동안 그녀의 머릿속에 이런저런 생각이 들었다. 정말 그게 맞는다면 어떻게 하지? 하지만 아닐 수도 있어. 지난 몇 주 동안 그렇게 생각했는데 아니라고 판명이 나면 어떤 느낌일까. 벌써 그것에 대해 생각하고 조금이긴 해도 계획을 세워보고 앞으로 할일을 궁리하기 시작했는데, 이제 와서 아닌 것이 되면 더 좋지 않은 느낌이나 상실감 같은 것이 들지 않을까. 그런데 정말 그게 맞는다면 어쩌지? 이윽고 빅토리아는 필요한 대기 시간 오 분이 훌쩍 지나갔다는 것을 깨닫고 표시창을 들여다보았다. 두 줄 모두 색이 변했다. 그러니까, 임신한 것이다. 그녀는 일어서서 거울에 비친 얼굴을 들여다보았다, 어쨌든 그런 줄 알고 있었잖아. 그녀는 자신에게 중얼거렸다. 그렇다고 확신했는데, 지금 와서 달라질 것도 없지. 달라질 게 있다면 바로 내 얼굴에 나타날 텐데 그런 기미도 없잖아. 눈빛조차 달라지지 않았어.

빅토리아는 잠갔던 문을 열고 진단시약을 가져가 주방에 있던 매기 존스에게 보여주었다. 매기 존스가 작은 표시창을 들여다보았다. 얘야, 맞았구나. 이제 사실을 알게 됐어. 너 괜찮니?

괜찮은 것 같아요. 빅토리아가 대답했다.

다행이구나. 내가 병원을 예약하마.

벌써요?

병원에 바로 가는 게 좋아. 경솔하게 행동해서 위험을 자초하고 싶진 않을 테지? 사실 진작부터 병원에 갔어야 했어. 네가 다니던 병원이 따로 있니?

아뇨.

마지막으로 병원에 간 게 언제니? 어떤 일로든 말이야.

잘 모르겠어요. 육칠 년쯤 전일 거예요. 그때 아팠거든요.

그때 진찰한 의사 선생님이 누구였지?

나이든 남자분이었어요. 이름은 기억나지 않아요.

그럼 마틴 선생님일 거야.

하지만 존스 선생님, 여자 의사에게 진찰받으면 안 될까요?

여기선 그럴 수 없어. 홀트에는 여자 의사가 없거든.

그럼 제가 다른 동네로 갈 수도 있어요.

빅토리아, 들어봐. 넌 여기 있는 거야. 이곳이 지금 네가 있는 곳이란 말이야.

아이크와 보비

한밤중, 아이크는 화장실을 나와 침실로 쓰고 있는 베란다방으로 돌아갔다. 북쪽 벽에 붙여놓은 싱글 침대에서 보비가 세상모르고 자고 있었다. 삼면이 유리창인데도 방안은 어두웠다. 달도 없는 밤이었다. 아이크는 창 너머 서쪽을 다시 한번 바라보고는 가만히 서서 밖을 내다보았다. 서쪽에 있는 다 쓰러져가는 빈집에 불빛이 어른거렸다. 노인 한 사람이 살고 있는 옆집의 뒤편 벽 너머로 볼 수 있었다. 아지랑이나 안개 속에서 보는 빛처럼 뚜렷하지 않았지만 분명히 불빛이었다. 줄곧 희미하게 어른거리는 빛. 아이크는 그 빈집 안에 누군가 있다고 생각했다.

아이크는 보비를 흔들어 깨웠다.

왜 그래? 보비가 돌아누웠다. 그만해.

저것 좀 봐.

그만 좀 찔러.

저 낡은 집 말이야. 아이크가 말했다.

무슨 일인데?

보비는 잠옷 차림으로 침대 위에 무릎을 꿇고 앉아 창밖을 내다보았다. 레일로드 스트리트 끝 막다른 곳에 있는 그 낡은 집의 작은 정사각형 창문 안쪽에서 빛이 깜박거리며 춤추는 것이 보였다.

저게 뭐야?

저기 누가 있는 거야.

잠시 후 누군지는 몰라도 빈집 안에 있는 사람이 뿌연 빛을 등진 채 그림자를 드리우며 창가를 지나는 모습이 보였다.

아이크가 돌아서서 자기 옷을 끌어당겼다.

지금 뭐해?

저기 가보려고. 아이크는 잠옷 위에 바지를 입고 몸을 숙여 양말도 신었다.

잠깐 기다려. 그렇게 말하고는 보비도 침대를 나와 재빨리 옷을 입었다.

아이들은 신발을 들고 복도로 나와 층계 위에서 집 앞쪽에 있는 아버지의 방을 바라보았다. 불은 모두 꺼져 있었고 열어놓은 방문을 통해 아버지의 숨소리가 들려왔다. 가르랑거리는 소리에 이어 숨을 내뱉는 소리, 그리고 잠깐 사이를 두었다가 다시 가르랑거리는 소리가 났다. 아이들은 소리를 죽인 채 계단을 한 칸씩 내려간 다음 포치로 빠져나간 후 그곳 계단에 앉아 신발을 신었다. 바깥 공기는 신선했으며 추울 정도로 쌀쌀했다. 맑은 하늘에 별이 가득했는데, 별들은 아주 또렷하고 맑아 보였다. 미루나무 꼭대기에 아직 남아 있던 잎사귀들이 부드러운 밤바람에 씻기며 흔들거렸다.

두 아이는 집을 등지고 진입로를 가로질러, 가로등이 높다란 기둥 위에서 보라색으로 빛나며 윙윙거리는 소리를 내고 있는 레일로드 스트리트로 나온 뒤, 빛 웅덩이를 벗어나 흙길을 따라 점점 더 어두운 곳을 향해 걸어갔다. 이웃인 노인의 집은 꿈속에 나오는 잿빛 집처럼 조용하고 창백해 보였다. 아이들은 길을 따라 계속 걸어갔다. 이윽고 그들은 보았다. 100피트쯤 앞 길가 돼지풀 덤불 속에 거뭇한 자동차 한 대가 서 있었다.

아이들은 걸음을 멈췄다. 아이크가 손짓했다. 그들은 철로 옆 배수로로 들어서서 마른 잡초 사이를 소리 없이 걸어갔다. 자동차 바로 앞에 이르자 두 아이가 다시 한번 걸음을 멈췄다. 그러고는 자동차를, 자동차의 둥그스름한 보닛과 트렁크, 은빛 휠캡 위로 반사되는 희미한 별빛을 뚫어져라 보았다. 바람조차 멎어서 아무 소리도 나지 않았다. 아이들은 배수로를 빠져나와 길로 올라온 다음 누가 자신들을 볼 수 있다는 사실을 알면서도 자동차로 다가가보았다. 발끝을 세우고 차창을 통해 차 안을 들여다보았지만 바닥의 빈 맥주 캔과 뒷좌석에 아무렇게나 던져놓은 재킷만 보일 뿐 사람은 없었다. 아이들은 다시 걸음을 옮겼다. 아까시

나무들이 있는 앞마당 쪽으로 돌아간 다음 잠깐 걸음을 멈췄다가 이번에는 제멋대로 웃자란 치트풀 덤불과 시든 해바라기들을 가로질러 빈집의 옆쪽에 이르렀다. 그러고는 차가운 외벽 판자를 따라 살금살금 걸어가서, 빛을 보았던 문제의 창문 앞에 이르렀다. 그 창에서 새어나온 불빛이 옆뜰의 흙과 마른 잡초 위에 부딪혀 흡사 메아리처럼 희미하게 어른거렸다.

그 순간 집안에서 말소리가 들려왔다. 몇 해 전인가 누군가 던진 돌멩이에 유리가 깨진 뒤로 그쪽 창에는 유리가 없었다. 하지만 창틀 안쪽 빈 공간에는 세월이 지나 누렇게 바랜 코바늘 레이스 커튼이 아직 드리워져 있어서, 고개를 든 두 아이의 눈에 레이스 커튼의 그물 같은 천 사이로 바닥에 깔린 낡은 매트리스 위에 누워 있는 금발 여자애가 보였다. 바닥에 놓인 맥주병 두 개에 초가 꽂혀 있었다. 깜박이는 촛불 빛 속에서 아이들은 그 여자애가 메인 스트리트에서 몇 번 본 적이 있는 고등학생임을 알아보았다. 그녀는 옷을 모두 벗은 채였다. 여자애가 매트리스에 깐 군용 담요 위에 무릎을 세우고 누워 있어서 다리 사이에서 번들거리는 젖은 체모와 납작하게 퍼진 부드러운 가슴과 엉덩이, 가느다란 팔이 눈에 들어왔다. 그녀의 몸은 온통 분홍빛이 감도는 크림색이었다. 두 아이는 거의 종교적인 경이로움과 경외감에 가까운 감정을 느끼며 놀라움에 싸인 채 여자애를 지켜보았다. 그 곁에는 몸집이 크고 단단한 붉은 머리 남자애가 누워 있었는데, 그 애도 여자애처럼 옷을 거의 다 벗었지만 소매를 자른 회색 티셔츠를 입고 있었다. 그 남자애도 고등학생이었고 전에 본 적이 있었다. 남자애가 말을 하고 있었다. 그런 게 아냐. 이번 딱 한 번만 그럴 거니까.

이유가 뭔데? 여자애가 물었다.

말했잖아. 그애가 오늘밤 우리하고 같이 어울리고 있기 때문이지. 내가 그애한테 원하면 해도 좋다고 말했거든.

하지만 난 하고 싶지 않아.

그래도 나를 봐서 한 번만 해줘.

넌 날 사랑하지 않는구나. 여자애가 말했다.

사랑한다고 했잖아.

젠장, 정말 사랑하면 나한테 이런 짓을 시키지 않을 거야.

강요하는 게 아냐. 그저 부탁하는 것뿐이야. 남자애가 말했다.

하지만 난 그러고 싶지 않아.

됐어, 샬린. 빌어먹을. 억지로 할 건 없어.

남자애가 매트리스에서 몸을 일으켰다. 두 소년은 밖에서 그를 지켜보았다. 촛불 빛 속에 민소매 셔츠 차림으로 맨다리를 보이며 일어선 그애는 키가 크고 몸은 근육질이었다. 성기는 컸다. 바로 위의 체모 역시 머리카락처럼 붉은색이었지만 머리카락에 비하면 좀더 밝은 오렌지색에 가까웠다. 성기의 *끄트머리*는 자주색을 띠고 있었다. 남자애는 몸을 굽혀 바지를 집어들더니 바지 속으로 발을 넣은 다음 위로 끌어올려 입고 벨트를 채웠다.

러스, 여자애가 불렀다. 그녀는 매트리스에 누운 자세로 올려다보며 남자애의 표정을 살피고 있었다.

왜?

화났어?

걔한테 벌써 말했단 말야. 이제 뭐라고 변명해야 할지 모르겠어. 그가 대답했다.

좋아, 널 위해서 할게. 하지만 이건 내가 원하는 게 아냐. 여자애가 말했다.

남자애가 그녀를 바라보고 말했다. 알아, 내가 걔한테 말할게.

넌 고마워해야 해, 젠장.

고마워하고 있다고.

내 말은 두고두고 고맙게 여겨야 한다는 거야. 여자애가 말했다.

남자애가 밖으로 나가자 바깥 어둠 속에 있던 두 아이는 이제 혼자 남은 여자애를 지켜보았다. 그애는 아이들이 있는 쪽으로 몸을 돌려 모로 눕더니 빨간 담뱃갑을 흔들어 담배 한 대를 꺼내 입에 물고 촛불 위로 몸을 숙여 불을 붙였다. 너울거리는 불빛 속에서 그애의 미끈한 옆구리와 날씬한 허벅지, 원뿔 모양을 한 가슴이 흔들렸다. 그녀는 다시 누워 담배 연기를 빨아들였다가 허공을 향해 똑바로 토해내고는 바닥에다 담뱃재를 떨었다. 그러고는 한 팔을 들어 자기 손등을 살펴보고는 손을 금발 속에 집어넣고 뒤쪽으로 빗어 넘겼다. 다른 남자애 하나가 문간에서 그런 그녀를 바라보고 있었다. 그 남자애가 방안에 들어섰다. 그애도 고등학생이었다.

여자애는 그 남자애한테는 눈길도 주지 않았다. 이건 널 위해서 하는 게 아냐. 그러니 그런 생각 같은 건 아예 하지 마. 그녀가 말했다.

알고 있어. 남자애가 말했다.

제대로 알아둬.

지금 바로 할까?

뭐, 난 일어나지 않을 거니까.

그는 군용 담요 위로 쭈그리고 앉아 그녀를 바라보았다. 그러더니 한 팔을 뻗어 손가락으로 여자애의 거무스름한 유두를 만졌다.

지금 뭐하는 거야? 그녀가 물었다.

그가 다 괜찮을 거라고 말했다.

빌어먹을, 괜찮지 않거든. 하지만 그애한테 하겠다고 했어. 그러니 어서 하기나 해.

얼른 할게. 남자애가 말했다.

옷이나 벗어, 젠장. 여자애가 말했다.

남자애는 신발을 발로 차듯 벗어던지고 벨트를 풀고 바지와 속옷을 아래로 내렸다. 아이크와 보비는 밖에서 그런 그를 지켜보고 있었다. 그애도 체모가 있었다. 그리고 그애의 성기는 아까 본 남자애의 것보다 더 크고 잔뜩 부풀어오르고 단단해져 위로 뻗쳐올라 있었다. 남자애는 더이상 아무 말도 하지 않고 다리를 벌리고 있는 여자애의 몸 위로 엎드렸으며 여자애는 무릎을 세운 채 그의 몸무게 때문에 밑에서 몸을 움직여 자세를 고쳤다. 남자애는 곧 여자애의 몸 위에서 움직이기 시작했다. 아이크와 보비의 눈에 위아래로 오르내리는 남자애의 희끄무레한 엉덩이가 보였다. 움직임이 점점 더 빨라지더니 이윽고 격렬한 동작으로 바뀌었다. 잠시 후 남자애는 마치 고통스러운 듯 여자애의 목덜미에 무슨 말인가를 중얼대며 거칠고 알아들을 수 없는 고함을 지르더니 몸을 비틀고 떨다가 이윽고 동작을 멈췄다. 그동안 여자애는 한마디도 하지 않고 조용히 누워서, 흡사 딴 곳에 가 있기라도 한 것처럼, 그리고 상대 남자애가 자기와는 아무 상관도 없다는 듯 두 팔을 축 늘어뜨린 채 천장만 바라보고 있었다.

이제 꺼져. 여자애가 말했다.

남자애가 몸을 일으켜 그녀의 얼굴을 들여다보더니 옆으로 굴러 그녀에게서 떨어져나와 담요 위에 벌렁 누웠다. 잠시 후 남자애가 여자애를 불렀다. 야.

여자애는 아까 남자애가 들어왔을 때 병뚜껑에 내려놓았던 담배를 다시 집어들어 빨아보았지만 불은 이미 꺼져 있었다. 그녀는 촛불 위로 몸을 숙여 다시 불을 붙였다.

야, 샬린. 남자애가 다시 한번 불렀다.

왜.

넌 아주 근사해.

넌 그렇지 않아.

남자애가 매트리스 위에서 팔꿈치로 몸을 받친 채 여자애를 바라보았다. 어째서 아니라는 거야?

여자애는 남자애 쪽을 바라보지도 않았다. 그녀는 다시 자리에 누워 담배를 피우며 촛불 불빛이 어른거리는 천장을 뚫어져라 바라보았다. 이제 그만 꺼져.

내가 뭘 잘못했다는 거야?

그냥 좀 꺼지라고. 여자애는 거의 악을 쓰다시피 소리를 질렀다.

그는 자리에서 일어나 옷을 입었고 그러는 동안에도 내내 여자애를 내려다보았다. 그런 다음 방에서 나갔다.

앞서 그곳에 있던 애가 옷을 다 입은 모습으로 다시 들어왔다. 그는 이제 교복 차림이었다.

여자애가 매트리스 위에 누운 채 그를 바라보았다.

어땠어? 남자애가 물었다.

허튼소리 하지 마. 적어도 이리 와서 나한테 키스 좀 해주면 안 돼?

남자애가 매트리스 위에 앉더니 여자애의 입에 키스를 하고 그녀의 가슴을 애무하다가 다리 사이의 체모 속으로 손을 집어넣었다.

그만해. 하지 말라고. 어서 여기서 나가자. 이곳이 소름 끼칠 정도로 싫어졌어.

창 너머에 있던 두 아이는 남자 고등학생이 방을 나가는 것을 지켜보았다. 여자애는 팬티를 입고 두 팔꿈치를 바깥쪽으로 벌리면서 등뒤로 하얀 브래지어의 후크를 채우고는 브래지어를 이리저리 움직여 바로잡은 다음 청바지를 입고 머리 위로 셔츠를 뒤집어써 입더니 마지막으로 몸을 숙여 촛불 두 개를 하나씩 껐다. 그러자 곧 방안이 캄캄해지고 두 아이의 귀에는 송판을 깐 맨바닥을 걸어나가는 여자애의 발소리만 들렸다. 두 아이는 그 집 앞쪽을 향해 소리를 내지 않고 걸어간 다음 차가운 판자벽에 등을 대고 어둠 속에 몸을 숨겼다. 두 아이는 아무 말 없이, 여자애와 두 남자애가 웃자란 덤불을 지나고 나무 밑을 가로질러 차에 올라탄 다음 어둠에 잠긴 레일로드 스트리트 쪽으로 향하는 것을 지켜보았다. 차는 메인 스트리트와 시내가 있는 방향으로 달려갔다. 도로 위로 피어오르는 뿌연 먼지 속으로 빨간 눈동자 같은 자동차의 미등 불빛이 희미하게 사라졌다.

나쁜 자식이네. 아이크가 말했다.

다른 놈도 그렇고. 그 자식도 나빠. 보비가 대꾸했다.

두 소년은 돼지풀 덤불과 시든 해바라기를 지나 집으로 향했다.

맥퍼런 형제

맑고 차가운 늦가을 오후 맥퍼런 형제는 소들을 이미 울타리 안으로 몰아넣어두었다. 어미소들과 두 살짜리 어린 암소들이 기다리고 있었다. 소들이 줄곧 울어대며 느릿느릿 돌아다니자 차가운 대기 속으로 먼지가 피어올랐다. 먼지는 흡사 찬 땅바닥 위를 구름처럼 떠도는 갈색 각다귀떼처럼 목장의 땅과 이동식 고정틀 위에 떠 있었다. 늙은 맥퍼런 형제는 목장 반대편 끝에서 소들을 살펴보았다. 그들은 청바지, 부츠, 캔버스 천 작업복 상의 차림에, 플란넬 귀덮개가 달린 챙모자를 쓰고 있었다. 해럴드의 코끝에 콧물 같은 것이 매달려 있다가 떨어지고, 레이먼드의 두 눈은 소들이 일으킨 먼지와 추위 때문에 붉게 충혈되고 흐릿해져 있었다. 준비는 거의 다 끝났다. 이제 톰 거스리가 와서 거들어주기만 하면 올가을 해치워야 하는 이 일을 마칠 수 있을 터였다. 그들은 목장 안에 서서 소매 너머로 하늘을 살펴보았다.

날씨가 작정을 하고 꾸물거리는 것 같은데. 눈이 더 올 것 같지는 않고. 레이먼드가 말했다.

눈이 오기에는 날이 너무 차. 너무 건조하기도 하고. 해럴드가 말했다.

어쩌면 밤에 올지도 몰라. 전에도 그랬잖아. 레이먼드가 말했다.

눈은 안 올 거야. 저기 하늘을 봐. 해럴드가 말했다.

내가 지금 보고 있는 게 그거야. 레이먼드가 말했다.

두 노인은 몸을 돌려 소들을 살펴보았다. 그러다 더는 아무 말 없이 그대로 목장을 나서서 픽업트럭을 몰고 마구간으로 향했다. 마구간의 널찍한 미닫이문 안쪽에 후진으로 트럭을 주차한 후, 가축 백신용 주사기, 구충제 이버맥, 각종 물약병들, 제압용 전기봉 따위를 차 뒤편에 실었다. 그러고는 다른 장비를 써서 훈증기를 옮겨 싣고 까맣게 그을린 길쭉한 연통을 트럭 뒤편의 측면 나무판에 철사로 고정시킨 다음 이동식 고정틀이 있는 목장으로 돌아왔다. 두 사람은 뒤집어 눕혀 탁자 대용으로 사용하는 나무로 된 전화선 스풀 위에 가져온 장비들을 늘어놓았다. 그런 다음 고정틀 바로 옆 땅바닥에 훈증기를 바로 세워놓았다. 해럴드가 뻣뻣한 몸을 훈증기 위로 숙이고 성냥불을 갖다댔다. 불이 붙자 연기가 잘 빠져나오도록 연통을 조절했다. 등유 냄새를 풍기는 검은 연기가 쌀쌀한 대기 속으로 피어올라 소들이 일으킨 먼지와 한데 섞였다.

그때 건물 너머로 밖에서 트럭 소리가 들려와 노인들은 고개를 들었다. 거스리의 픽업트럭이 국도에서 막 방향을 틀어 두 사람 쪽을 향해 달려오는 중이었다. 트럭은 주택 본채와 부속 건물들과 키 작은 나무들을 돌아, 기다리고 있는 노인들 앞에 멈춰 섰다. 겨울 외투와 챙모자 차림을 한 거스리와 소년 둘이 차에서 내렸다.

이런, 웬 일꾼들이신가? 해럴드가 거스리 곁에 선 아이크와 보비를 보며 말했다.

애들을 데려왔어요. 여기 와보고 싶다고들 해서요. 거스리가 말했다.

흠, 이 일꾼들이 품삯을 너무 높게 부르지 않았으면 좋겠는데. 우리는 도시 사람들이 달라는 대로 줄 형편이 안 되거든. 톰, 그건 자네도 잘 알잖나. 해럴드 노인이 짐짓 싸우기라도 할 것처럼 냉랭한 어투로 말했다. 두 아이는 노인을 물끄러미 바라보았다.

애들이 얼마를 부를지는 저도 몰라요. 그건 직접 물어보시죠. 거스리가 대꾸했다.

이번에는 레이먼드가 앞으로 나섰다. 그래, 얘들아. 오늘 품삯으로 얼마를 받겠니?

아이들은 좀전의 노인보다는 젊지만 차가운 대기 속에서 거칠어 보이는 얼굴에 머리는 희끗희끗하고, 먼지로 게슴츠레해진 눈바로 위까지 지저분한 챙모자를 눌러쓴 노인을 향해 고개를 돌렸다. 이 일같잖은 일을 함께 하는 대가로 얼마를 달라고 할 거냐?

노인이 다시 한번 물었다.

아이들은 뭐라고 대답해야 좋을지 알 수 없었다. 두 아이는 어깨를 으쓱하고는 아버지를 바라보았다.

흠, 아무래도 이 흥정은 나중으로 미루는 게 좋겠구나. 너희들이 일하는 걸 보고 나서 말이야. 레이먼드가 말했다.

그가 한쪽 눈을 찡긋하면서 몸을 돌리자 비로소 아이들은 노인이 장난삼아 한 말이라는 것을 알았다. 고정틀이 있는 곳으로 자리를 옮긴 그들은 임시 탁자로 쓰는 스풀 앞에서 가축용 백신 주사기와 주사약병이 든 상자들을 바라보았다. 아이들은 그것들을 살펴보다가 날카로운 칼날에 피가 말라붙어 있는 컵 모양의 쇠뿔 절단기를 조심스레 만져보고 나서 훈증기로 다가가 가스 섞인 열기를 향해 장갑 낀 손을 뻗었다. 목장 안쪽에서 갑자기 소 한 마리가 큰 소리로 울자 아이들은 어떤 소인지 알아보려고 얼른 몸을 굽혀 판자 사이로 들여다보았다. 소들은 이제 저희에게 닥칠 일을 기다리며 서성대고 있었다.

어른들은 일을 시작했다. 거스리가 울타리를 타넘어 우리 안으로 들어가자마자 소들은 목장 반대쪽 구석으로 뒷걸음질치기 시작했다. 거스리는 침착하게 소들 쪽으로 걸어갔다. 소떼가 뒤쪽 울타리를 따라 무리 지어 이동하기 시작했을 때 거스리는 재빨리 달려가서 제일 뒤쪽에 있던 까맣고 어린 암소와 늙은 얼룩소를 무리에서 떼어낸 다음, 발굽으로 다져진 울타리 안쪽으로 두 마리를 몰아갔다. 따로 떨어진 소 두 마리는 저희 무리 쪽으로 되돌아가려 했지만 그때마다 거스리가 팔을 휘두르며 고함을 지르자 마지못한 걸음걸이로 고정틀로 통하는 통로로 향했다. 일단 그 두 마리가 통과하자 통로 바깥에 있던 레이먼드가 소들이 되돌아 나오지 못하게 울타리를 가로질러 장대를 끼운 뒤 전기봉으로 어린 암소를 찔렀다. 암소의 옆구리에서 지지직대는 소리가 나면서 놀란 암소가 콧김을 뿜으며 펄쩍 내달아 고정틀 안으로 들어 갔다. 레이먼드가 고정틀의 머리 구멍에 소의 머리를 끼우자 암소가 마구 발을 굴렀다. 하지만 레이먼드는 결국 암소의 양 옆구리로 고정틀의 사이드바를 조여 암소를 고정시키는 데 성공했다. 겁에 질린 암소가 까만 고무 같은 콧잔등을 치켜들며 울어댔다.

그사이에 해럴드는 캔버스 천 작업복 상의를 벗고 소매 한쪽을 가위로 자른 낡은 오렌지색 운동복으로 갈아입고는 맨살이 드러난 한쪽 팔뚝에 윤활제를 발랐다. 그런 다음 고정틀 뒤쪽으로 올라가서 쇠꼬리를 꼬아 소 등에 얹었다. 그는 소의 몸 안쪽으로 손을 겨우겨우 비집어넣고는 푸슬푸슬하고 따뜻한 녹색 배설물을 퍼낸 다음 더 깊숙이 팔을 넣어 새끼를 찾았다. 해럴드는 얼굴을 암소의 옆구리에 붙이고 고개를 하늘로 향한 채 실눈을 뜨고 일에 집중했다. 그의 손끝에 자궁경부의 둥글고 단단한 옹이가, 그다음으로 좀더 큰 돌기가 닿았다. 그는 그 부위 주변을 손으로 쓸어보았다. 벌써 형성된 송아지 뼈가 만져졌다.

그래, 이 녀석 안에 한 마리가 있어. 그가 레이먼드에게 소리 쳤다.

그는 집어넣었던 손을 빼냈다. 점액과 배설물, 가느다란 핏줄기가 군데군데 묻은 그의 팔은 온통 벌겋고 번질거렸다. 그가 팔을 들어올리자 찬 공기에 노출된 팔뚝에서 김이 피어올랐다. 그다음 암소가 틀 안으로 들어오기를 기다리는 사이에 그는 훈증기 열기를 쬐고 있는 두 아이 곁에서 몸을 녹였다. 아이들은 뭔가에 홀린 듯한 눈으로 노인의 팔뚝을, 그런 다음 붉게 상기된 노인의 주름진 얼굴을 올려다보았다. 그가 고개를 끄덕여 보이자 두 아이는 고개를 돌려 고정틀 안에 갇혀 있는 암소를 쳐다보았다.

해럴드가 암소의 몸안에 팔을 넣어 새끼가 있는지 알아보는 사이에 레이먼드는 소의 눈과 주둥이를 살펴보고는 백신 주사기 두 개를 하나씩 집어들어 소의 엉덩이에 꽂고 이와 기생충을 막아주는 이버멕과 유산방지제인 렙토를 주사했다. 그 일을 끝내고 고정틀 문을 열어주자 갇혀 있던 소는 푸석거리는 흙과 단단하게 굳은 배설물 더미를 껑충 뛰어 간이 우리 복판에 이르러 걸음을 멈추고는 고개를 빙그르 돌리며 쌀쌀한 오후의 대기를 향해 처연한 울음소리를 냈다. 그 바람에 은빛으로 반짝이는 기다란 침 줄기가 소의 어깨를 가로질렀다.

레이먼드가 그다음 차례로 머리에 얼룩무늬가 있는 늙은 소를 고정틀 안에 넣은 다음 소의 머리를 구멍에 끼우고 사이드바를 조이자 해럴드가 나서서 이번에도 쇠꼬리를 들어올린 후 녹색 배설물을 퍼내고 한 팔을 소의 몸뚱이 속으로 집어넣어 그 안을 더듬었다. 하지만 이번에는 만져지는 것이 아무것도 없었다. 그 암소의 자궁은 비어 있었다. 그가 그 자리에 있어야 할 것을 찾아 손가락을 이리저리 움직여보았지만 아무것도 없었다.

이 녀석은 비었군. 하지 않은 모양이야. 자, 이놈을 어쩌면 좋담?

전에는 건강한 송아지를 쑥쑥 낳았는데. 레이먼드가 말했다.

그래, 하지만 이제 나이가 든 거야. 이 녀석 좀 봐. 저기 옆구리가 비쩍 말랐잖아.

어쩌면 다음번에는 할지 모르지.

이놈이 하기를 기다리면서 줄창 사료나 주고 싶진 않아. 겨우내 사룟값이 들 테니까. 그래도 기다리고 싶은 거야? 해럴드가 물었다.

그럼 이놈은 보내자고. 하지만 한때는 멋진 어미였어. 녀석에게 그 사실을 말해줘야 해. 레이먼드가 대꾸했다.

그가 문을 열고 풀어주자 늙은 암소는 트럭으로 옮길 소를 싣고 갈 빈 운송용 우리 안으로 빠르게 들어가더니, 얼룩무늬가 있는 얼굴을 치켜들고 킁킁대며 공기의 냄새를 맡고는 방향을 완전히 바꿔 돌아선 채 더이상 움직이지 않았다. 소는 주변이 낯설어서인지 신경이 곤두서고 불안해 보였다. 울타리 반대쪽 간이 우리에서 까만 암소가 늙은 소를 보고 울자 늙은 소가 가로장 쪽으로 걸어갔다. 두 소는 울타리를 사이에 둔 채 서서 서로를 향해 입김을 내뿜었다.

훈증기 곁에 있던 아이들은 그 모든 장면을 지켜보았다. 아이들은 겨울 외투 차림으로 발을 구르고 팔을 흔들어 몸을 따뜻하게 데우면서 아버지와 늙은 맥퍼런 형제가 일하는 광경을 지켜보고 있었다. 머리 위 하늘은 금방 씻어놓은 찻잔처럼 맑고 푸르렀고 해가 눈부시게 빛났다. 하지만 오후가 지나면서 날씨는 점점 더 추워졌다. 서쪽으로부터 뭔가가 몰려들고 있었다. 멀리 보이는 산 위로 구름이 겹겹이 쌓여갔다. 두 소년은 몸을 따뜻하게 덥히기 위해 훈증기 옆을 떠나지 않았다.

이윽고 검사할 소가 몇 마리 남지 않았을 때 거스리가 훈증기에 가까운 울타리로 다가왔다. 그는 파란 손수건에 한바탕 코를 풀고 나서 손수건을 접어 다시 주머니에 넣었다. 너희들 이쪽으로 와서 나 좀 도와주겠니? 그가 말했다.

네.

너희 도움이 좀 필요할 것 같구나.

아이들은 울타리를 넘어 목장 안쪽으로 뛰어내렸다. 안쪽에 남아 있던 소들이 흡사 영양이나 사슴처럼 재빨리 고개를 치켜들고는 신경이 곤두선 불안한 눈길로 아이들 쪽을 바라보았다. 우리 안 공기가 텁텁해서 무언가로 코와 입을 가리고 싶을 정도였다.

자, 이제부터 내가 어떻게 하는지 잘 보거라. 저 소들은 잔뜩 흥분해 있단다. 그러니까 쓸데없는 행동은 하지 말거라. 거스리가 말했다.

두 소년은 소들을 바라보았다.

내 옆으로 나란히 서거라. 사이를 벌리고 서로 좀 떨어져서 서라. 소들이 발길질을 할지도 모르니까 조심해야 해. 그런 식으로 소 때문에 다칠 수 있거든. 저기 저 덩치가 큰 붉은 소는 특히 조심해라.

어느 소 말인가요? 아이크가 물었다.

저기, 덩치가 크고 늙은 소 말이야. 앞다리에 흰 얼룩이 하나도 없는 소. 보이니? 뭔가가 씹어 먹은 것처럼 꼬리가 뜯긴 저 소말이다.

그 소가 왜요?

성미가 좀 고약하거든. 그러니 저 소는 잘 지켜봐야 한다.

아이들은 아버지 옆으로 나란히 섰다. 세 사람은 그런 식으로 부채꼴 모양으로 선 채 목장을 가로질러 앞으로 나아갔다. 그러자 소들은 즉각 무리를 짓고는 서로 간의 간격을 좁혔다. 그러고는 방향을 돌려 뒤쪽 울타리를 등지고 모여 섰다. 몰려선 소떼 뒤에서 울타리 판자 하나가 우지끈 소리를 내며 부러졌다. 이어 소들이 울타리를 따라 미끄러지듯 줄지어 이동하기 시작했다. 거스리는 잠시 때를 기다렸다가 마지막 순간 앞으로 뛰어나가 고함을 지르며 귀가 하얀 늙은 암소의 콧잔등을 가느다란 가죽 채찍으로 후려쳤다. 그러자 그 소는 흙바닥에 미끄러지며 코를 쿵쿵거리더니 이윽고 방향을 돌렸다. 그 뒤에 있던 머리가 하얀 어린 암소도 그 소를 따라서 돌아섰다.

거스리와 아이들은 이 두 마리 소가 목장 저편으로 가도록 방향을 잡아주었다. 아이들은 아버지와 나란한 곳에서 일정하게 간격을 지키면서 소를 몰았다. 소 두 마리가 아이들 앞을 걸어가자 발굽으로 다져진 땅바닥에서 흙먼지가 올라왔다. 이윽고 통로 어귀에 이르자 어린 암소가 겁이 난 듯 몸을 돌렸다.

저 녀석을 몰아라, 앞을 가로막고 돌려세워. 거스리가 소리쳤다.

보비가 두 팔을 휘두르며 소리를 질렀다. 어이! 어이!

어린 암소는 가장자리가 하얀 두 눈으로 아이를 물끄러미 바라보다가 제자리에서 몸을 빙그르 돌리더니 꼬리를 치켜들고 한 차례 발을 굴러 발길질을 하고는 통로로 돌진한 다음 먼저 그 좁은 통로에 들어가 있던 늙은 암소 옆에 붙어섰다. 레이먼드가 소 두 마리 뒤쪽에서 울타리에 장대를 끼워넣었다.

잘했어. 이제 너희들끼리 할 수 있겠니? 소년들의 아버지가 물었다.

뭘 말이에요?

방금 한 일을 반복하기만 하면 돼. 한 번에 두 마리씩 데려오는 거야. 하지만 조심해야 한다.

아빠는 어디 있을 건데요? 아이크가 물었다.

난 저 앞에서 일을 거들어야 해. 레이먼드 아저씨가 지쳤어. 혼자 하기에는 너무 힘든 일이거든. 그리고 저기 보이는 저 두번째 암소는 뿔을 잘라줘야 해. 그는 아이들을 바라보았다. 자, 이걸 들고 있거라.

아이크는 아버지가 내민 가느다란 소몰이용 채찍을 받아서 어깨 너머로 젖혔다가 가볍게 휘둘러보았다. 채찍 끝으로 소똥 무더기를 치자 덩어리 하나가 튀어올랐다.

나는요? 나도 뭔가 있으면 좋겠는데. 보비가 말했다.

거스리는 주위를 둘러보았다. 그가 레이먼드에게 외쳤다. 저 멋진 놈 하나만 주세요.

노인이 소몰이용 전기봉을 가져와 울타리 너머로 건네주었다. 거스리는 전기봉을 받아들고는, 아이들에게 손잡이를 돌린 다음 작은 버튼에서 손을 떼면서 충격을 가하는 방법을 시범으로 보여주었다. 이제 어떻게 하는지 알았지? 그러면서 거스리가 전기봉을 자신의 부츠 발끝 부위에 대고 스위치에 손을 댔다가 떼자 스파크가 일어났다. 그가 소몰이용 전기봉을 건네주자, 보비는 그것을 꼼꼼히 살펴보더니 자기 신발에 갖다댔다. 전기봉에서 지지직 소리가 나자 아이는 얼른 발을 뒤로 빼고는 아버지와 형을 올려다보았다. 깜짝 놀란 표정이었다.

나도 저걸 쓰고 싶어요. 아이크가 말했다.

서로 돌려가며 쓰거라. 그럴 때는 네 채찍을 동생한테 주면 돼. 하지만 너무 많이 쓰지 마라. 꼭 필요할 때만 쓰는 거야. 어쨌든 그걸 쓰려면 소와 아주 가까이 서야 할 거야. 거스리가 말했다.

이게 닿으면 소들이 아플까요? 보비가 물었다.

소들이 언짢아하는 것 같더라. 아무튼 그런 식으로 소의 주의를 확실하게 끌 수 있지. 그러면서 그는 아들들의 어깨에 손을 하나씩 올렸다. 자, 준비됐니?

그런 것 같아요.

난 바로 저쪽에 있을 거다.

그런 다음 거스리는 울타리를 나와 고정틀 옆에 있는 맥퍼런 형제와 합류했다. 그들이 어린 암소를 고정틀 안으로 데려오자 해럴드가 소를 검사했다. 그 소는 새끼를 배고 있어서 레이먼드가 소의 엉덩이에 두 차례 주사를 놓은 다음 다른 소들이 있는 간이 우리 속으로 들여보냈다. 다음은 늙은 소 차례였다. 그 소가 검사를 받고 백신 주사를 맞고 나자 거스리는 두 팔로 소의 머리를 감싼 다음 한쪽으로 힘주어 잡아당겼다. 레이먼드가 어설프게 자란 뿔에 절단기의 날카로운 날을 끼웠다. 소의 목이 팽팽하게 당겨지면서 두 눈에 공포와 거친 기운이 떠올랐다. 이전에 한 번 잘못 자라나 잘린 곳에서 뒤틀려 자란 그 뿔은 아주 보기 흉했다. 레이먼드가 절단기의 죔쇠를 조이고 나서 손잡이에 힘을 주고 비틀어 뿔을 잘라냈다. 잘린 뿔 조각이 톱질을 한 나무토막처럼 굴러떨어지고 머리에 말랑말랑해 보이는 팬 자국이 하얗게 남았다. 다음 순간 가느다란 핏줄기가 쏟아져나오면서 흙바닥에 작은 피 웅덩이가 생겼다. 거스리가 공포에 찬 눈알을 굴리며 울면서 저항하는 소의 머리를 붙잡고 있는 사이에 레이먼드가 뿔을 자른 자리에 지혈제 가루를 뿌렸다. 흘러나온 피가 지혈제를 흠뻑 적시고 소의 얼굴 쪽으로 방울지며 흘러내렸다. 레이먼드는 지혈제를 좀더 뿌린 다음 손으로 문지르고 잘린 부위를 눌렀다. 그런 다음 소를 풀어주자 소는 고개를 저으며 그곳을 걸어나갔다. 여전히 핏줄기 하나가 소의 눈을 따라 흘러내리고 있었다.

  울타리 안에 있던 두 아이는 소용돌이치는 흙먼지 속에서 아직 그곳에 남아 있는 소들을 열심히 몰고 있었다. 아이들이 다시 소 두 마리를 통로로 들여보내자, 어른들이 그 소들에게 필요한 처치를 시작했다. 그중 암소 하나는 새끼를 배지 않았다. 그 소를 얼룩무늬 머리를 한 늙은 소가 있는 우리로 보내자, 두 마리 소는 서로 냄새를 맡아보고는 몸을 돌려 저희가 들어온 쪽을 향해 섰다.

  저 녀석도 대체 그걸 하려고 들지 않아. 해럴드가 말했다.

  아무래도 저 녀석들이 새끼를 갖게 하려면 와이코프 노인을 찾아가셔야 할 것 같은데요. 선생이 인공수정을 시켜주잖아요. 거스리가 말했다.

  물론 그럴 수도 있지. 하지만 그 양반이 터무니없이 높은 값을 불러서 말일세. 레이먼드가 대답했다.

  그 말을 들으니 생각나는군. 레이먼드와 내가 선생을 만나러 갔을 때 있었던 일을 얘기한 적이 있던가? 해럴드가 물었다.

  아저씨께서 하셨다고 해도 전 기억이 없는데요. 거스리가 대답했다.

  음, 그래. 언젠가 나와 레이먼드가 무슨 일 때문인가로 선생을 보러 갔다네. 암소 하나가 아팠던가 뭐 그런 일이었어. 우린 그 양반 병원으로 갔지. 그런데 문을 열고 들어가보니 접수대 뒤쪽에서 드잡이를 하는 건지 몸부림을 치는 건지 알 수 없는 소리가 났다네. 우린 무슨 일이 있는 건지 알 수 없었지. 그래서 접수대 너머를 들여다봤더니 글쎄 그 의사 늙은이가 접수대 뒤 바닥에 누워 있는 여자의 몸뚱이 위에 올라타고 있는 게 아닌가. 여자는 무슨 50달러짜리 지폐라도 되는 양 두 팔다리로 선생을 끌어안고 있고 말이지. 그녀는 그런 자세로 자기들을 내려다보고 있는 우리를 보았지. 그런데 겁에 질리기는커녕 놀라는 기색도 없었네. 그저 움직임을 멈추고는 선생을 안고 있던 팔다리를 풀었을 뿐이야. 그러고는 선생의 어깨 너머로 우리를 올려다보며 선생의 머리를 톡톡 두드리더라고. 여자가 움직이지 않자 이내 선생도 동작을 멈췄다네. 왜 그래? 선생이 여자에게 묻더군. 누가 왔어요. 여자가 대답했어. 그래? 하고 선생이 말했어. 정말로 사람들이 왔다니까요. 여자의 말에 선생이 고개를 들더니 우리를 올려다봤어. 여러분, 급한 일이오? 선생이 물었지. 뭐, 기다릴 수 있소. 우리가 말했더니 그가 다시 이렇게 대꾸했다네. 그럼 됐네요. 잠깐 기다리면 곧 봐드리죠.

거스리가 웃음을 터뜨렸다. 그야말로 선생답네요, 그가 말했다.

정말 그렇지? 해럴드가 말했다.

그렇게 오래 기다리진 않았네. 어쨌거나 선생은 일을 끝내던 중이었던 모양이야.

그 여자도 그랬고. 해럴드가 말했다.

그 여자는 왜 그랬을까요? 혹시 진료비 대신이었을까요? 거스리가 물었다.

아니, 그런 것 같진 않아. 두 사람 모두 불현듯 같은 생각에 사로잡혀 흥분했던 거고 감정을 어떻게 제어할 수 없었다는 쪽이 더 그럴듯해.

뭐 그럴 때가 있죠. 거스리가 말했다.

그래, 그런 것 같네. 해럴드가 말했다.

내 생각도 그래. 레이먼드가 말했다. 그는 나무 한 그루 없이 탁 트인 들판 너머로 푸른 모래언덕이 있는 지평선 쪽을 바라보았다.

마침내 아버지가 조심하라고 경고했던, 다리가 붉은 암소 한 마리만 남았다. 소의 상태는 아까보다 더 나빴다. 녀석은 여태 인간을 한 번도 본 적 없는 야생동물처럼 고개를 빳빳이 치켜든 채 줄곧 두 소년을 노려보고 있었다. 그때까지 아이들은 그 소와 거리를 두고 있었다. 그 소가 무서웠으며 뒷발에 차이고 싶지 않았다. 하지만 이제는 그 소를 향해 다가갔다. 소는 줄곧 아이들을 지켜보고 있다가 방향을 바꿔 울타리를 따라 걷기 시작했다. 아이들이 소 앞을 가로막았다. 소는 키가 크고 네 다리 모두 붉은 색이었으며 두 눈은 가장자리가 하앴다. 그 순간 소가 고개를 숙이고 뭉툭한 꼬리를 빳빳하게 치켜올리더니 빙그르 몸을 돌려 반대편을 향해 질주하기 시작했다. 소를 쫓아간 아이들은 그놈을 구석으로 몰아넣으면서 다시 한번 뒤쪽에서 다가갔다. 소가 불길한 눈빛으로 옆구리를 들썩이며 아이들을 향해 몸을 돌렸다. 아이크가 바짝 다가가 채찍으로 소의 얼굴 부위를 후려쳤다. 이 타격에 소가 놀란 모양이었다. 소가 갑자기 옆으로 펄쩍 뛰더니 앞으로 달려나왔다. 보비가 미처 몸을 피할 사이도 없이 소가 달려들어 소년을 넘어뜨렸다. 보비는 내팽개쳐진 장작처럼 등부터 땅바닥에 떨어졌다가 한차례 공중으로 튀어올랐다. 소는 보비를 뒷발로 차고는 펄쩍 뛰어 목장 반대편 구석을 향해 달려갔다. 보비는 땅바닥에 내동댕이쳐졌다. 아이의 귀마개 달린 챙모자는 발치에 떨어지고 소몰이 전기봉은 옆에 팽개쳐졌다. 아이는 발굽으로 다져진 땅바닥에 벌렁 누운 자세로 텅 빈 하늘을 올려다보며 숨을 쉬려 애썼다. 하지만 숨을 쉴 수 없자 푸슬푸슬한 땅바닥에서 두 발을 버둥대기 시작했다. 그사이 아이크는 겁에 질린 얼굴로 동생을 들여다보며 말을 시키려 애썼다. 휘둥그레진 보비의 두 눈이 공포로 가득찼다. 이윽고 한꺼번에 숨이 돌아온 보비가 껙껙거리며 높은 흐느낌소리 같은 것을 토해냈다.

아이들에게 무슨 일이 생겼다는 사실을 깨달은 아버지가 울타리를 뛰어넘어 목장을 가로질러 달려왔다. 그는 보비의 머리 쪽에 무릎을 꿇고 몸을 숙여 아이의 얼굴을 들여다보았다. 보비. 괜찮니? 얘야?

아이는 주위를 둘러보았다. 겁에 질리고 놀란 얼굴이었다. 아이는 자신을 내려다보고 있는 두 사람의 얼굴을 올려다보았다. 괜찮은 것 같아요. 보비가 말했다.

어디 부러진 곳은 없니? 거스리가 물었다.

아이는 몸을 더듬어보았다. 팔다리도 움직여보았다. 없어요. 아이가 대답했다. 없는 것 같아요.

일어나 앉을 수 있겠어?

아이가 일어나 앉더니 어깨를 굽히고 고개를 앞뒤로 움직여보았다.

넌 소한테 호되게 차인 거야. 하지만 괜찮아 보이는구나. 내 생각에도 괜찮은 것 같다. 정말 괜찮니? 거스리가 물었다. 그는 아이가 일어나도록 거들고는 어깨와 뒤통수에 붙은 흙먼지를 털어주었다. 자, 코를 풀어봐. 보비가 손수건을 받아들고 코를 풀고 나서 피가 있는지 살펴보았지만 손수건에는 흙먼지만 묻어 있었다. 아이는 아버지에게 손수건을 돌려주었다. 아이크가 동생의 머리에 귀마개 모자를 다시 씌워주었다.

너희 둘 다 일을 잘했어. 너희가 자랑스럽구나. 거스리가 말했다.

아이들은 아버지의 얼굴을 올려다보고는 이어서 목장 저편을 건너다보았다.

정말 잘했어. 너희 힘닿는 선에서 최선을 다한 거야. 그가 말했다.

하지만 저 소는 어떻게 해요? 아이크가 물었다.

채찍을 이리 줘봐. 너희가 하고 싶다면 나를 도와줘도 좋아. 하지만 저 소 가까이에는 가지 말거라. 거스리가 말했다.

그들은 다시 붉은 다리 소에게 다가갔다. 소는 목장 맞은편 구석에서 몸을 돌린 채 그들을 지켜보고 있었다. 길고양이처럼 거칠어 보였고 6피트가 넘는 목장 울타리를 당장에라도 넘어 달아날 것 같았다. 소는 걸음을 옮겨 옆으로 빠져나가려고 했다. 거스리는 침착하게 소를 향해 다가갔고 그 뒤를 소년들이 따랐다. 거스리는 소가 몸을 돌리는 틈을 타서 재빨리 뒤로 달려가 채찍을 세차게 휘둘렀다. 소가 무서운 기세로 발길질을 했으나 그의 얼굴을 맞히지는 못했다. 거스리가 소 뒤를 쫓아가며 다시 한번 채찍을 휘둘렀다. 이윽고 소는 고정틀로 들어가는 통로로 접어드는 듯이 보였다. 하지만 마지막 순간 갑자기 방향을 틀더니 울타리로 달려가 있는 힘을 다해 펄쩍 뛰었다. 하지만 몸이 울타리에 걸리고 말았다. 소는 자신의 체중으로 부서져버린 맨 위쪽 장대에 걸려 더이상 꼼짝도 하지 못했다. 그러자 극심한 공포에 싸여 울타리 위에서 다리를 버둥거리면서 울기 시작했다. 소는 몸부림치면서 마구 발길질을 해댔다.

망할 자식, 이제 그만두지 못하겠어. 해럴드 노인이 소를 향해 버럭 소리를 질렀다. 노인이 레이먼드와 함께 달려왔다. 그만두라니까, 이 미친 말라깽이 늙다리야.

그들이 힘을 모아 소를 진정시키고 발길질을 그만두게 하려고 했지만, 거의 광란에 빠진 소가 계속 발길질을 하고 몸부림을 치는 바람에 도저히 접근할 수가 없었다. 결국 거스리가 울타리에 올라앉아 소를 바라보면서 등을 떠밀어 넘겨볼 방도가 없을지 살펴보았다. 하지만 울타리 위에 걸린 채 심하게 몸부림치고 발버둥을 처대던 소는 불안정하게 앞뒤로 흔들고 움직이며 몸을 앞쪽으로 기울이려고 버둥대다가 갑이 우리 쪽 땅바닥으로 곤두박질치듯 거꾸로 떨어지고 말았다. 뼈만 남은 늙은 소의 머리가, 이어서 뒷다리와 엉덩짝이 요란한 소리와 함께 땅바닥으로 떨어졌다. 떨어진 소는 바닥에 누운 채 꼼짝도 하지 않았다.

네 꼴 좀 봐라. 어디 좀더 해보지, 왜 거기 그러고 있어. 이번 일로 너도 철이 좀 들지 모르지. 해럴드가 말했다.

그들은 소를 살펴보았다. 소는 옆구리만 오르락내리락할 뿐 미동도 하지 않았다. 그저 눈만 멀뚱히 뜨고 있었다. 울타리를 넘어 갑이 우리 안으로 들어가 소에게 다가간 거스리가 발로 소의 머리를 들어올렸다. 그 서슬에 소가 정신이 든 모양인지 한차례 부르르 떨더니 갑자기 몸을 일으켰다. 거스리가 뒤로 물러섰다. 이윽고 소는 선 채로 비틀거리며 주위를 둘러보았다. 쪼개진 울타리 널빤지에 걸렸던 한쪽 옆구리가 깊고 길게 찢겨 있었다. 찢긴 피부가 떨리더니 선홍색 핏방울이 빠른 속도로 방울져 흘러나오기 시작했고, 등과 머리 윗부분은 온통 흙투성이였다. 흡사 중세의 가장행렬에서 빠져나온, 피투성이에 지저분하고 위협적인 짐승처럼 보였다. 소는 흙투성이가 된 머리를 흔들며 한두 걸음

걸어보더니 이윽고 다리를 절며 다른 암소들 쪽으로 가기 시작했다. 다른 소들은 그 소를 경계하듯 뒤로 물러났다.

거스리가 말했다. 제가 가서 다시 데려올까요?

아닐세. 그냥 내버려두게. 지금 여기로 저 녀석을 데려왔다가는 거의 죽이고 말 거야. 녀석이 황소와 그 짓을 했든 하지 않았든 둘 중 어느 한쪽이겠지. 녀석이 저렇게 지독하게 저기로 가려는 걸 보면 녀석은 자기가 그걸 했다고 여기는 모양이야. 해럴드는 다른 소들 사이에 섞여 있는 그 소를 바라보았다. 어쨌든 저 녀석은 자네가 아주 지긋지긋할 걸세, 톰.

제가 다시 데려올게요. 아저씨가 그러고 싶으시다면요. 거스리가 말했다.

아닐세. 녀석을 내버려두자고. 우리가 지켜보겠네.

상처는 어떡하죠?

나을 걸세. 저 녀석은 우리에게 잔뜩 화가 나서 죽지도 않을 거거든. 우리한테 그런 만족감을 주고 싶진 않을 테니까.

소년들은 어른들을 도와 검사를 마친 소들을 근처 목초지로 몰아냈다. 다리가 붉고 성질이 거친 소는 소떼 한가운데에서 절뚝거리며 걸어갔다. 새끼를 배지 못해 간이 우리에 남게 된 암소 두 마리가 고개를 들어올리고 다른 소들을 향해 울면서 울타리 앞까지 걸어와 울타리 사이로 밖을 내다보았다. 소년들은 고정틀에서 약품과 백신 주사기를 한데 모아 트럭 뒤에 싣는 일도 거들었다. 이윽고 아이들은 닻지 픽업트럭에 올라 아버지 옆자리에 앉았다. 거스리는 해럴드와 마무리 얘기를 나누고 있었다. 히터에서 나오는 뜨거운 공기가 아이들의 무릎에 닿았다. 레이먼드가 아이들이 앉아 있는 창 쪽으로 다가왔다.

창문을 내리거라. 아저씨가 너희한테 하실 말씀이 있나보다. 아이들의 아버지가 말했다.

추운 날씨에 트럭 옆 모래 섞인 자갈 위에 선 노인이 캔버스 천으로 된 재킷 속주머니에서 부드러운 가죽 지갑을 꺼내 지퍼를 열었다. 그는 지갑을 뒤져 지폐를 두 장 꺼낸 다음 열린 차창을 통해 아이들에게 내밀었다. 이게 너희가 고생한 것에 대한 보상이 되었으면 좋겠구나. 그가 말했다.

아이들은 수줍게 돈을 받고는 감사하다고 말했다.

언제든 여기 와도 좋다. 언제나 환영이야. 그가 말했다.

잠깐만요, 이러실 필요까진 없는데요. 거스리가 말했다.

자네는 이 일에서 빠지게. 레이먼드가 말했다. 이건 나와 여기 이 아이들 사이의 일이야. 자네와는 상관이 없네, 톰. 너희들 말인데, 언제든 들르렴.

그가 뒤로 물러섰다. 두 소년은 그를 바라보았다. 겨울용 챙모자를 쓴 풍상에 시달린 얼굴, 붉은 두 눈. 노인은 침착하고 다정해 보였다. 아이들은 돈을 손에 꼭 쥐고 손안의 지폐를 들여다보지 않은 채 기다렸다. 거스리가 노인들과 작별인사를 나누고, 픽업트럭에 시동을 걸고, 소 고정틀이 있는 곳에서 차를 돌려 본채를 지나 펜더 밑으로 자갈이 튀어오르는 국도 위를 덜커덩거리며 지나 이제 하늘에서 빛이 사라지기 시작하는 서쪽을 향해 달려나갈 때까지. 이윽고 아이들은 주먹을 펴고 지폐를 들여다보았다. 그러고는 지폐를 앞뒤로 뒤집어보았다. 레이먼드가 소년들에게 준 지폐는 10달러짜리였다.

너무 많은걸. 소년들의 아버지가 말했다.

다시 돌려드리는 게 좋을까요?

아니다. 거스리는 챙모자를 벗고 머리 뒤쪽을 긁은 다음 다시 모자를 썼다. 그래서는 안 될 것 같구나. 돌려받으면 모욕이라고 생각하실 것 같다. 그분들은 너희가 그걸 받아주기를 바라서. 너희랑 함께 있는 게 즐거우셨던 모양이다.

그런데요 아빠. 아이크가 말했다.

왜?

어째서 그분들은 한 번도 결혼을 하지 않은 거예요? 왜 다른 사람들처럼 가정을 꾸리지 않은 거죠?

그건 나도 잘 모르겠다. 때때로 사람들은 결혼을 하지 않기도 해. 거스리가 대답했다.

국도를 따라 달리는 픽업트럭 안은 이제 따뜻했다. 차창 너머로 배수로 저편 회전초와 잡목림이 한데 빽빽하게 엉켜 있는 울타리가 보였다. 그 위쪽 전신주 가로대 위에 구릿빛 매 한 마리가 지는 해를 배경으로 앉아 있었다. 소년들은 매를 바라보았지만 매는 차가 바로 밑을 지나갈 때도 고개조차 돌리지 않았다.

내 생각에 그분들은 그저 딱 맞는 여자를 만나지 못한 것 같다. 정확히는 모르겠지만 말이야. 거스리가 말했다.

보비가 창밖을 내다보며 말했다. 어쩌면 그 두 분은 서로 헤어지기 싫었던 것일지도 몰라요.

거스리가 보비를 힐끗 봤다. 뭐 그럴 수도 있지. 어쩌면 정말 그런 이유 때문이었는지도 모르겠구나.

고속도로로 접어든 차는 북쪽으로 방향을 틀었고 시내까지 계속되는 포장도로에 접어들며 트럭 안은 훨씬 조용해졌다. 거스리는 저녁 뉴스를 듣기 위해 라디오를 켰다.

빅토리아 루비도

빅토리아가 이름을 말하자 창구 안쪽에 앉아 있는 중년 여자가 말했다. 네, 존스 선생님이 전화를 주셨더군요. 여자는 자기 앞에 놓인 차트에 표시를 한 후 클립보드에 철한 서류 세 장을 작성하라고 내밀었다. 빅토리아는 서류를 받아들고 대기실 건너편 자리에 앉아 클립보드를 무릎 위에 놓고 몸을 숙여 서류를 들여다보았다. 그녀의 머리칼이 짙은 색의 두꺼운 커튼처럼 얼굴로 흘러내렸다. 그녀는 손에 익은 반사적인 동작으로 능숙하게 머리카락을 어깨 뒤로 넘겼다. 질문 중에는 대답할 수 없는 것도 있었다. 집안에 암 환자가 있는지, 아버지 쪽 친척 중에 심장병 환자가 있는지, 어머니 쪽 친지 중에 매독 환자가 있는지 따위의 항목들이었다. 질문은 모두 백 가지가 넘었다. 학교에서 치는 시험이라면 대충 짐작해서 답을 썼겠지만 학교 밖 시험에서는 그러지 말아야 한다고 생각한 빅토리아는 자신이 대답할 수 있고, 비교적 정확히 답을 알고 있는 질문에만 표시를 했다. 서류 작성을 마친 그녀는 클립보드를 창구 너머에 있는 여자에게 내밀었다.

어떻게 답해야 할지 모르는 질문들도 있어요. 그녀가 말했다.

알고 있는 항목에는 모두 표시했나요?

네.

그럼 자리에 앉아 기다리세요. 차례가 되면 이름을 부를게요.

빅토리아는 다시 자리로 돌아가 앉았다. 대기실은 좁고 긴 공간으로 네 개의 창문 앞에는 막대기를 세워 식물을 고정해놓은 화분들이 놓여 있었다. 대기실에는 그녀 말고도 세 사람이 더 있었다. 얼굴이 황색 노트지만큼이나 노랗고 머리에 비해 눈이 지나치게 커 보이는 아이를 데리고 온 여자. 소년은 기운이 없는지 몸을 엄마에게 기댔고 여자는 아이의 뒷머리를 쓰다듬어주고 있었다. 잠시 후 아이가 고개를 엄마의 무릎에 묻고 두 눈을 감자, 여자는 병색이 감도는 아이의 노란 얼굴을 손으로 쓸면서 멍한 눈으로 창문 쪽을 응시했다. 대기실 안에 있는 또다른 사람은 노인이었는데, 새것처럼 보이는 회백색 중절모를 마치 패션 모자라도 되는 양 머리 위에 반듯하게 쓰고 있었다. 노인은 맞은편 벽에 등을 대고 앉아 오른손 엄지를 앞으로 내민 채 무릎에 올려놓고 있었는데, 흰 붕대를 두툼하게 감은 엄지는 기형인물 쇼에 선보이려고 급히 포장되기라도 한 것처럼 불룩 튀어올라 있었다. 노인은 무슨 할말이라도 있는 듯, 자기에게 무슨 일이 있었는지 이야기하고 싶은 듯 장난기 서린 눈으로 빅토리아를 응시했지만 그뿐이었다. 그는 그저 그녀를 바라보기만 했으며, 두 사람 모두 서로 아무 말도 하지 않았다. 잠시 후 간호사가 아픈 아이를 데리고 있는 여자의 이름을 불렀고, 그녀가 진찰실에 들어갔다 나오자 이번에는 엄지를 다친 노인이 불려 들어갔으며, 그다음으로 빅토리아의 이름이 불렸다.

빅토리아는 자리에서 일어나 흰 가운과 흰 바지 차림을 한 간호사를 따라 닫힌 문 몇 개를 지나 좁은 복도를 걸어갔다. 두 사람은 체중계 앞에서 잠시 걸음을 멈추고 빅토리아의 체중과 키를 쟀다. 이어서 빅토리아는 진찰대와 세면대, 의자 두 개가 있는 작은 진찰실로 안내받아 들어섰다. 그사이에 간호사는 줄곧 아무말 없이 빅토리아의 맥박과 혈압과 체온을 재고 파일에 수치를 기록했다.

간호사가 입을 열었다. 이제 옷을 벗으세요. 그리고 이걸 입으세요. 선생님이 곧 오실 거예요. 그런 다음 간호사는 밖으로 나간 뒤 문을 닫았다.

빅토리아는 좀 불편한 느낌이 들었지만 간호사가 하라는 대로 했다. 그녀는 앞이 트인 종이 웃옷을 입은 다음 진찰대 위에 올라앉아 두 다리를 종이 시트로 덮었다. 시트와 웃옷 둘 다 새하얀 색이었고 거친 감촉이 좋지 않았다. 그녀는 의사를 기다리면서 맞은편 벽에 걸린 가을 나무숲 사진을 바라보았다. 키가 크고 빽빽하게 밀집해서 자라고 목질이 단단해 보이는 그 나무들은 콜로라도주 홀트에서는 보기 어려운 수종으로 어딘가 다른 지역에서 자라는 나무들이었는데, 단풍이 어찌나 화려한지 빅토리아로서는 실제로 그런 단풍이 있으리라고 상상도 하지 못했을 정도였다. 이윽고 나이든 남자 의사가 들어왔다. 깃이 빳빳하고 새하얀 셔츠에 밤색 나비넥타이를 흠잡을 데 없이 매고 짙푸른 양복을 입었으며 위엄 있고 정중하고 품위 있고 친절해 보이는 의사는 문을 닫은 다음 유쾌한 동작으로 빅토리아와 악수를 나누고 자신을 소개했다.

예전에 선생님께 진찰을 받은 적 있어요. 빅토리아가 말했다.

그런가요? 난 기억이 나지 않는군요.

육칠 년쯤 전이에요.

그는 빅토리아를 찬찬히 바라보며 미소를 지었다. 테 없는 안경 너머로 보이는 의사의 눈동자는 양복 색깔보다 조금 연했다. 얼굴은 창백했지만 눈에는 생기가 넘쳤다. 관자놀이 근처에 검버섯들이 보였다.

오래전이군요. 나를 마지막으로 만난 그때 이후 루비도 양 모습이 많이 변했을 거예요. 그렇게 말하고 의사는 다시 미소를 지었다. 자, 루비도 양, 이제 검사를 해야겠어요. 검사가 끝난 다음 검사 결과를 놓고 이야기를 좀 나누어야 하고요. 골반 검사를 받은 적이 있나요?

아뇨.

그렇군요. 음, 이건 그다지 기분좋은 검사가 아니에요. 루비도 양이 그저 잘 참는 것 말고 달리 방법이 없을 것 같네요. 루비도 양을 아프게 하지 않도록 조심하고 또 가능한 한 빨리 끝내겠지만, 그래도 필수적인 검사는 모두 할 거예요. 의사는 카운터에 놓인 쟁반에서 은색 기구를 집어들었다. 이 검경을 사용할 거예요. 이런 물건을 전에 본 적 있나요? 몸안에 들어가면 이게 이렇게 벌어지죠. 그는 실제로 엄지와 다른 손가락으로 동그라미를 만든 다음 그 안으로 검경을 넣어 벌려 보였다. 이 검경을 몸안에 넣고 벌린 상태를 유지하도록 이 조그만 너트를 돌리고 조일 텐데 그 소리가 루비도 양 귀에 들릴 수도 있어요. 되도록 엉덩이 근육에 힘을 주지 않도록 해야 해요. 그러면서 그는 동그라미를 만들고 있는 엄지와 다른 손가락 사이에 막처럼 생긴 근육을 가리켰다. 힘을 주게 되면 나는 검사하기가 더 힘들어지고 루비도 양도 그만큼 더 불편해질 테니까요. 이건 루비도 양의 몸안을 비추어 내가 자궁경관을 볼 수 있게 해줄 전등이에요. 그리고 이 면봉으로 조직을 채취할 거예요. 혹시 질문 있어요?

빅토리아는 의사를 바라보고는 눈길을 돌리며 고개를 저었다.

의사는 푸른색 상의를 벗은 후 접어 의자 등받이에 걸쳐놓고 하얗고 빳빳한 셔츠 소매를 걷어올린 다음 세면대로 가서 손을 문질러 씻었다. 그런 다음 빅토리아가 있는 진찰대로 다가왔다.

자, 이제 진찰대에 누워서 이쪽으로 두 다리를 올리세요. 그가 말했다.

빅토리아는 의사가 지시한 대로 했다. 그녀가 두 다리를 발걸이 위로 올리자 그는 그녀의 무릎과 허벅지 위까지 종이 시트를 걷어올린 다음 수술용 장갑을 끼고 검경을 집어들더니 튜브에서 윤활제를 조금 짜서 그 위에 발랐다. 그런 다음 그녀의 다리 사이에 놓인 의자에 앉아 시트를 다독거려 그녀의 얼굴이 보이도록 했다.

이제 좀 불편할 거예요, 그가 말했다. 의사는 시트를 바로잡았다. 앞으로 몸을 옮겨 이쪽 끝까지 내려와주겠어요? 고마워요. 지금 자세 좋아요. 좀 차가울 거예요. 그는 검경을 잠시 손에 쥐고 데웠다.

빅토리아는 그것이 몸안에 들어오는 것을 느끼고 움찔했다.

내가 아프게 했나요? 미안해요.

그녀는 위를 똑바로 응시했다. 그는 그녀의 벌린 다리 사이에 놓인 낮은 의자에, 그녀와 같은 눈높이로 앉아 있었다.

좋아요, 긴장을 풀도록 해봐요. 이제 안을 살펴볼 거예요. 그가 말했다.

그녀는 천장을 올려다보며 의사의 손길을 느끼면서 기다리고 참고 견뎠다. 의사는 지금 하고 있는 검사가 어떤 것이고, 다음에는 어떤 검사를 왜 하는 것인지 설명하고, 모든 검사가 잘되고 있고 이제 곧 끝날 것이라고 차분하게 일러주었다. 그녀는 아무 대꾸도 하지 않았다. 의사는 검사를 계속했다. 이윽고 검사를 마친 의사가 불쾌한 금속 기구를 그녀의 몸에서 빼낸 다음 말했다. 네, 좋아요. 이제 한 가지만 더 하면 끝납니다. 그는 한 손을 그녀의 복부 위에 올리고, 다른 한 손의 손가락을 그녀의 몸속에 집어넣어 자궁의 크기와 난소를 촉진했으며, 이번에도 현재 하는 검사가 어떤 것인지를 설명해주었다. 그 일이 끝나자 그는 장갑을 벗은 다음 여전히 누워 있는 그녀의 가슴을 검사하며, 이제부터는 그녀가 직접 정기적으로 가슴을 검사해야 한다면서 방법을 일러주었다. 그런 다음 뒤로 물러나 세면대로 가서 다시 한번 손을 씻고는 빳빳한 흰 셔츠의 소매를 내리고 양복 웃옷을 입었다. 이제 옷을 입어도 좋아요, 곧 돌아와서 이야기를 시작하죠.

빅토리아는 일어나 앉아 종이 웃옷을 벗고 원래 입고 왔던 옷으로 갈아입었다. 얼마 후 의사가 다시 진찰실로 들어왔을 때 그녀는 진찰대에 앉아 그를 기다리고 있었다.

그가 입을 열었다. 루비도 양, 이미 알고 있을 텐데 루비도 양은 현재 임신중이에요. 삼 개월이 약간 넘었네요. 사 개월에 더 가깝다고 해야겠군요. 마지막으로 생리한 게 언제죠?

그녀가 의사에게 날짜를 알려주었다.

그래요. 음, 봄이 되면 아기를 낳겠군요. 내 계산으로는 4월 중순쯤 될 것 같은데 그보다 두 주 정도 앞당겨지거나 늦어질 수도 있어요. 그런데 이게 루비도 양에게 좋은 소식인지 아닌지 모르겠군요.

전 이미 알고 있었어요, 그런 뜻에서 하시는 말씀이라면요. 확실히 느낄 수 있었거든요. 그녀가 대답했다.

그래요. 분명히 그랬을 거예요. 하지만 난 그걸 묻는 게 아니에요.

의사가 그녀의 차트를 치워 카운터 위에 놓았다. 그는 의자 높이를 조절한 다음 푸른 양복과 흰 셔츠 차림으로 빅토리아 곁에 앉아 그녀를 바라보았다. 빅토리아는 의사의 의자보다 조금 높은 진찰대에 앉아 두 손을 무릎에 올려놓은 채 상기되고 조심스러운 얼굴로 그의 다음 말을 기다렸다.

돌려 말하지 않고 그냥 얘기할게요. 이제부터 나눌 대화는 이 방 밖으로는 나가지 않을 거예요. 내 말이 무슨 말인지 알죠? 루비도 양과 나만 아는 얘기란 의미예요. 이 방에서 잠시 둘만 아는 얘기를 나누는 거예요.

무슨 뜻으로 하는 말씀이세요?

루비도 양은 이 아기를 원하나요? 그가 물었다.

빅토리아는 재빨리 눈을 들어 의사를 바라보았다. 그의 말을 기다리는 그녀의 까만 눈에는 긴장과 두려움이 떠올랐다.

네, 전 아기를 원해요. 그녀가 대답했다.

확실해요? 정말 그렇게 확신하느냐고요.

그녀가 의사의 얼굴을 바라보았다. 선생님 말씀은 아기를 입양 보내고 싶냐는 건가요?

그것도 포함돼요. 하지만 그전에 루비도 양이 이 아기를 지킬 생각인지 묻는 거예요. 기간을 모두 채워 아기를 낳고 싶어요? 그가 물었다.

그럴 생각이에요.

그렇다면 루비도 양은 이 아기를 원하는 거로군요.

네.

그러니까 루비도 양은 앞으로 혼자서 어떤 수단을 동원해서 아기를 유산시킨다든가 하는 어리석은 짓은 하지 않겠다는 거죠.

네.

음, 그럼 됐어요. 그 말을 믿겠어요. 그걸 알아야만 했어요. 루비도 양은 앞으로 적지 않은 난관에 부딪힐 거예요. 실제로 일어나는 일이거든요. 어린 나이에 아기를 낳는 많은 십대들이 겪는 일이에요. 사실 루비도 양의 나이에는 아직 아기를 가져서는 안 돼요. 몸이 아직 준비가 안 됐으니까. 아기를 갖기엔 너무 어리다는 거죠. 하지만 루비도 양은 강한 사람 같군요. 히스테리를 부릴 것 같지도 않아요. 발작적으로 신경이 날카로워지는 일이 있나요, 루비도 양?

그렇지는 않은 것 같아요.

그럼 괜찮을 거예요. 담배는 피우나요?

아뇨.

아예 시작도 하지 마세요. 술은 마시나요?

아뇨.

그것 역시 시작하지 말아요. 어쨌든 지금은 안 돼요. 어떤 종류든 먹는 약이 있어요?

없어요.

지금 사실대로 말하는 거죠? 의사가 그녀를 바라보고는 대답을 기다렸다. 이건 중요해요. 왜냐하면 임신부가 먹는 모든 것이 아기에게 고스란히 가거든요. 루비도 양도 알고 있죠?

네, 저도 알아요.

음식을 잘 먹어야 해요. 이것 역시 중요해요. 그 부분은 존스 선생님이 도와줄 거예요. 내 짐작이지만 그분은 요리를 잘하실 것 같거든요. 어느 정도 몸무게가 늘어야 하지만 그렇다고 너무 많이 늘어서는 안 돼요. 그래요, 음. 그럼 됐어요. 한 달 후에 다시 만나기로 해요. 팔 개월까지는 한 달에 한 번, 그다음에는 매주 볼 거예요. 혹시 질문 있어요?

진찰실에 들어온 후 처음으로 빅토리아는 몸의 긴장이 조금 풀리는 기분이 들었다. 두 눈에 눈물이 차올랐다. 그녀가 지금 의사에게 물으려는 것이야말로 지금까지 나눈 그 어떤 대화나 일보다 더 중요하고 두렵게 여겨졌다. 그녀가 입을 뗐다. 저, 아기는 괜찮은가요? 그걸 알고 싶어요.

아, 이런, 그렇지. 지금까지 내가 파악한 바로는 모든 게 좋아요. 내가 아직 이 얘길 안 했나요? 루비도 양이 몸 관리를 잘하는 한 나빠질 이유가 없어요. 겁먹게 할 생각은 없었는데. 그가 대답했다.

빅토리아는 소리 내지 않고 조금 눈물을 흘렸다. 그녀가 상체를 앞으로 기울이자 머리카락이 얼굴로 흘러내렸다. 늙은 의사가 다가와 그녀의 손을 잡아 자신의 두 손 안에 잠시 따뜻하게 쥐고 있었다. 그런 다음 할아버지 같은 차분한 표정으로 빅토리아의 얼굴을 들여다보며 그녀와 함께 침묵을 나누었다. 존중과 친절, 그리고 오랫동안 진찰실에서 환자를 대해온 경험에서 나온 배려를 모두 동원해서.

이윽고 빅토리아는 평정을 되찾았고, 의사는 진찰실을 나갔다. 그녀는 병원 옆에 자리잡은 홀트 카운티 진료소 건물을 나섰다. 거리의 햇살이 날카롭고 선명하고 또렷하게 느껴졌다. 마치 지금이 늦가을 석양이 내리기 직전이 아니라 한여름 정오가 막 시작된 때이기라도 한 것처럼. 그녀는 환하게 빛나는 태양 바로 아래 서 있었다.

거스리

그날 맨 마지막 수업시간에, 거스리는 교실 앞쪽에 놓인 교사 책상에 앉아 학생들의 발표를 듣고 있었다. 그는 이따금 광장 쪽으로 난 창문 밖을 내다보았다. 거리를 따라 서 있는 얼마 안 되는 헐벗은 가로수 위로 햇살이 비스듬히 비치고 있었다. 날씨는 차갑고 음산해 보였다.

키 큰 여학생 하나가 급우들 앞에서 발표를 마쳐가는 중이었다. 알렉산더 해밀턴에 대한 내용이었다. 그녀는 내용의 절반을 해밀턴과 에런 버의 결투에 할애했다. 발표 내용에는 그다지 조리가 없었다. 발표를 끝낸 그녀는 거스리 쪽을 힐긋 바라본 다음 그가 있는 책상으로 다가와 발표문을 내밀었다. 고맙다, 거스리가 말했다. 학생이 서쪽 창가에 있는 자기 자리로 돌아가 앉자, 거스리는 평가 시간에 그 학생에게 해줄 말을 메모하고 앞에 놓인 명단을 들여다본 다음 학생들의 얼굴을 바라보았다. 아이들은 마치 피할 수 없는 운명이나 재난이 닥치기만을 기다리는 듯한 표정을 짓고 있었다. 이미 발표를 끝낸 학생들만 예외였다. 발표를 끝낸 아이들은 지루하고 무관심한 표정이었다. 글렌다, 거스리가 이름을 불렀다.

가운뎃줄에 앉은 여학생이 대답했다. 저요?

그래.

전 오늘 발표할 준비가 되지 않았어요.

발표문은 있니?

네. 하지만 준비가 안 돼서요.

앞으로 나와. 네가 할 수 있는 만큼만 하면 돼.

하지만 이 주제에 대해서는 잘 모르는걸요.

앞으로 나오라니까.

자리에서 일어나 앞으로 나온 아이는 한 번도 고개를 들지 않고 발표문을 빠르게 읽어나갔다. 그애가 그렇게 겁에 질려 있지 않았다면 읽고 있는 본인도 지루하다고 여길 정도로 강세 하나 없는 단조로운 낭독이었다. 찰스 콘윌리스 장군에 관한 내용이라는 것은 분명했다. 요크타운 전투에 관한 이야기도 있었다. 그런데 발표는 항복했던 사건에 이르지도 못하고 갑자기 끝이 났다. 아이가 발표문이 적힌 종이를 뒤집었지만 뒷면에는 아무것도 적혀 있지 않았다. 학생이 거스리를 바라보았다. 준비가 되지 않았다고 했잖아요, 그녀가 말했다.

거스리를 마주보고 선 학생이 앞으로 나서며 발표문을 내밀고
는 빨개진 얼굴로 교실 중간에 있는 자기 자리로 서둘러 돌아갔
다. 그애는 자리에 앉아 무슨 설명이나 적어도 위로나 도움 같은
것을 찾기라도 하듯 두 손바닥을 들여다보더니 옆자리에 앉아 있
는 몸집이 큰 갈색 머리 여학생을 바라보았다. 그 여학생이 그녀
에게 고갯짓을 해 보였지만 그것만으로는 부족한 것 같았다. 결
국 그녀는 두 손을 치마 아래 넣고 깔고 앉았다.

교실 앞쪽 교사 책상 앞에 앉은 거스리는 평가 메모를 한 뒤 다
시 한번 앞에 놓인 명단을 들여다보았다. 거스리가 다음에 발표
할 학생 이름을 불렀다. 까만 카우보이 부츠를 신은 몸집 큰 남학
생이 교실 뒤쪽에서 일어나더니 쿵쿵 소리를 내며 앞으로 걸어나
왔다. 그 아이는 뭔가를 읽는가 싶더니 채 일 분도 안 되어 머뭇
거리며 발표를 마쳤다.

그게 다야? 그걸로 그 주제를 다 다루었다고 생각해? 거스리
가 물었다.

음, 그런데요.

굉장히 짧은걸.

자료를 찾을 수 없었어요. 학생이 말했다.

토머스 제퍼슨에 대한 자료를 전혀 찾을 수 없었다고?

네.

독립선언서는?

찾지 못했어요.

대통령직에 대해서는? 제퍼슨의 저택 몬티셀로에 대해서는?

찾지 못했어요.

어디를 찾아봤는데?

생각해낼 수 있는 데는 전부 다요.

그다지 길게 생각하지 않은 모양이로구나. 네 발표문 좀 보자. 거스리가 말했다.

이것 한 장뿐인데요.

그거라도 보여줘.

몸집 큰 남학생은 노트지 한 장을 달랑 내밀고는 쿵쿵 소리를 내며 자리로 돌아가 앉았다. 거스리는 그애를 지켜보았다. 그 학생은 이제 거스리의 시선을 아예 모른 척했다. 그저 눈앞만 똑바로 응시하고 있었다. 교실 안은 조용했고, 학생들은 모두 거스리를 지켜보며 그의 다음 행동을 기다리고 있었다. 그는 시선을 돌려 창밖을 내다보았다. 학교 앞 도로 경계석을 따라 늘어선 나무 꼭대기에 아직도 햇빛이 머물러 있었다. 기울어진 오후 햇살을 받은 나무들이 거리와 갈색 풀밭 위로 마치 스프레이로 뿌리기라도 한 것처럼 더 가느다란 그림자를 드리웠다. 몇 주 전부터 날이 몹시 건조했고 밤이면 아주 추웠다. 거스리는 고개를 돌려 그다음 발표자로 빅토리아 루비도의 이름을 불렀다.

까만 치마와 연노란색 스웨터 차림에 새까만 머리를 등뒤로 넘긴 빅토리아가 앞으로 나왔다. 거스리는 빅토리아의 숱 많은 머리카락 끝이 가지런하게 손질된 것을 눈여겨보았다. 전보다 훨씬 좋아 보였고 보살핌도 잘 받고 있는 듯했다. 그녀는 교실 앞으로 나와 천천히 몸을 돌리고는 곧장 아주 작은 소리로 발표를 시작했다. 거스리의 귀에 그녀의 말이 거의 들리지 않을 정도였다.

조금 크게 읽어주겠니? 거스리가 말했다.

처음부터 다시 할까요? 그녀가 물었다.

아니. 지금부터.

빅토리아는 아주 조금 소리를 높여 다시 발표문을 읽기 시작했다. 거스리는 그애의 옆얼굴을 살펴보았다. 지금 빅토리아는 매기 존스의 집에서 지내고 있었다. 그 이야기는 매기 존스에게서 들었다. 그편이 더 잘됐다. 빅토리아는 벌써 이전보다 훨씬 좋아 보였다. 머리를 저렇게 다듬어준 사람은 아마도 매기일 터였다.

그때 교실 안에서 소란이 벌어졌다. 교실 뒤편에서 누군가 말하는 소리가 들리더니 여학생들 모두가 자리에 앉은 채 고개를 돌려 러셀 베크먼을 바라보고 있었다. 빅토리아가 낭독을 멈추었다. 러셀은 교실 맨 뒤쪽 구석에 앉은 몸집이 큰 남학생이었다. 그는 붉은 곱슬머리를 이마 너머로 빗어 넘기고 티셔츠 위에 흰색과 빨간색이 들어간, 홀트 카운티 유니언 고등학교 교복 상의를 입고 있었다.

그런데 소란이 가라앉고도 빅토리아가 다시 발표문을 읽으려 들지 않았다. 그애는 발표문을 손에 든 채 급우들의 얼굴을 물끄러미 바라보고 있었다. 그런 그녀의 모습은 거의 공황 상태에 빠져 있는 것처럼 보였다.

126

무슨 일이냐? 거스리가 물었다.

빅토리아가 고개를 돌려 경계하는 듯한 어두운 눈길로 그를 바라보았다.

도대체 무슨 일이야?

그녀는 대답도 불평도 하지 않았다. 그저 멍한 표정으로 줄줄이 앉아 있는 급우들을 향해 시선을 돌리고, 아이들 너머로 뒷줄 자기 자리에 비좁게 앉아 있는 베크먼 쪽을 바라보고 있었다. 베크먼은 해가 지는 것이 자기 책임이 아닌 것처럼 이런 소란에도 전혀 책임이 없다는 듯이 맞잡은 두 손을 책상 위에 올려놓은 채 태연한 표정으로 앞을 응시하고 있었다. 교실 앞에 선 빅토리아는 그런 그를 지켜보았다. 이윽고 그녀는 한마디 말도 없이 교실을 가로질렀다. 출입구에 이르렀을 때는 거의 달음박질치다시피 했다. 그녀가 나가자 교실 문이 큰 소리를 내며 벽에 부딪혔다가 튕겨나왔다. 타일 깔린 복도를 달려가는 빠른 발소리가 점점 더 멀어져갔다.

학생들은 아직도 흔들리는 교실 문을 바라보며 앉아 있었다. 거스리가 자리에서 일어섰다. 앨버타, 빅토리아를 따라가서 혹시 도움이 필요한지 알아봐라. 그가 말했다.

그 말에 앞줄에 앉아 있던 키 작은 금발 여학생이 자리에서 일어섰다. 하지만 찾지 못하면 어쩌죠?

가서 찾아보거라. 멀리 가지 못했을 거야.

전 그애가 어디로 갔는지도 모르는걸요.

어서 가서 찾아보라니까. 지금 당장.

아이가 황급히 복도로 나갔다.

거스리는 책상 사이로 난 통로를 지나, 여전히 두 손을 맞잡은 채 앉아 있는 러셀 베크먼에게 다가갔다. 다른 학생들이 몸을 돌려 통로를 지나는 선생님을 지켜보았다. 거스리가 걸음을 멈추고 러셀을 내려다보았다. 그애에게 뭐라고 했지?

아무 말도 하지 않았는데요. 그는 한 손을 들더니 뭔가를 털어내는 시늉을 했다.

아니, 넌 무슨 말인가 했어. 뭐라고 한 거냐?

정말 개한테 말도 걸지 않았다니까요. 난 그저 애한테 이야기한 것뿐이에요. 그러면서 그는 고개를 한쪽으로 기울여 자기 옆에 앉은 남학생을 가리켰다. 애한테 물어보세요.

거스리는 옆자리에 앉은 까만 카우보이 부츠를 신은 남학생을 바라보았다. 그 남학생은 뚱한 표정으로 그저 앞만 똑바로 응시하고 있었다. 러셀이 뭐라고 했지?

전 아무 말도 듣지 못했는데요. 남학생이 대답했다.

아무 말도 듣지 못했다고?

네.

그럼 어떻게 다른 아이들은 모두 들었을까?

전 전혀 모르겠는데요. 들은 아이들에게 물어보세요.

거스리가 그를 바라보았다. 그리고 다시 러셀 베크먼에게로 몸을 돌렸다. 복도에서 좀 보자.

전 아무 잘못도 하지 않았는데요.

어서 나와.

러셀 베크먼은 옆자리의 남학생을 노려보았다. 이제 그 학생의 얼굴에는 뭔지 알 수 없는 표정이 떠올랐다. 베크먼이 가볍게 코웃음을 치자 그 남학생의 얼굴에 떠오른 표정이 조금 더 뚜렷해지더니 눈빛이 달라졌다. 러셀 베크먼은 몹시 억울하다는 듯이 큰 소리로 한숨을 내쉬며 일어서서 책상들 사이를 느릿느릿 빠져나가 텅 빈 복도로 나갔다. 거스리가 그 뒤를 따라 나가 교실 문을 닫았다. 두 사람은 서로 마주보고 섰다.

넌 빅토리아에게 상처 줄 말을 했어. 지금 교실에서 무슨 일이 일어나고 있는 건지 알아야겠다.

난 걔한테 아무 말도 하지 않았어요. 걔한테 말한 게 아니라고요. 아까 말씀드렸잖아요. 러셀이 말했다.

그럼 내가 말해주지. 넌 이미 내 수업에서 아주 곤란한 상황에 처했어. 지난 몇 주 동안 한 게 없잖아. 네가 할일을 다 하지 않으면 너를 진급시킬 수 없어.

내가 그따위에 신경이나 쓸 것 같아요?

신경쓰게 될걸.

아니, 신경쓰지 않을 거예요. 빌어먹을, 당신은 나에 대해서 아무것도 몰라.

알고 싶지 않은 것까지 알고 있지.

지옥에나 가시지.

거스리가 러셀의 팔을 움켜쥐었다. 두 사람이 실랑이를 벌이던 중에 러셀이 뒤로 넘어지다가 철제 사물함에 몸을 부딪혔다. 그애는 몸을 비틀어 자신의 팔을 빼냈다. 상의가 어깨에서 반쯤 벗겨져 있었다. 그애가 옷을 끌어올렸다.

제기랄, 이게 무슨 짓이야? 당신은 날 건드리지 못해. 그 빌어먹을 손 나한테 대지 말라고. 러셀이 몸을 바로 세웠다. 이제 그애의 얼굴은 벌겋게 상기되어 있었다.

그 더러운 입 다물어. 다시 열지 않는 게 좋을 거다. 네가 그애에게 뭐라고 했든 간에 다시는 그런 말 하지 마. 거스리가 말했다.

뒈져버려.

거스리가 다시 한번 러셀을 붙잡았다. 하지만 그애는 몸을 비틀어 빠져나가더니 몸을 홱 돌리며 거스리의 얼굴 옆을 때렸다. 그러고는 돌아서서 복도를 달려 밖으로 나가 주차장으로 향했다. 거스리는 복도 창문을 통해 그애를 지켜보았다. 러셀은 자기 차인 진청색 포드에 올라탄 다음 요란한 타이어 소리를 내며 가속해서 주차장을 가로지르더니 이내 시야 밖으로 사라졌다. 거스리는 복도에 선 채 숨을 몰아쉬며 평정을 되찾으려 애썼다. 얼굴 한쪽이 얼얼했다. 통증이 그렇게 빨리 엄습할 줄은 몰랐다. 그는 손수건을 꺼내 입가를 닦았다. 혀에 뭔가 느껴져서 뱉어낸 다음 들여다보았다. 부러진 이였고 피가 묻어 있었다. 그는 그것을 셔츠 주머니에 넣고 한번 더 입을 닦은 다음 손수건을 집어넣었다. 그러고는 교실 문을 열고 들어갔다. 그 순간 교실 안이 부자연스러울 정도로 조용해졌다. 학생들이 일제히 그를 바라보고 있었다.

책을 꺼내서 종이 울릴 때까지 읽어라. 오늘은 더이상 너희 말을 듣고 싶지 않구나. 발표는 내일 마저 하자.

학생들이 책을 펼치기 시작했다. 종이 울리기 직전에 문이 열리더니 앨버타가 교실 안으로 들어왔다. 그애는 거스리가 있는 교사 책상 쪽으로 다가와 섰다. 그애는 그의 시선을 피했다.

빅토리아를 찾았니?

집으로 간 게 분명해요, 선생님.

화장실은 찾아봤어?

네.

학교 밖은? 정문 앞은?

학교 밖으로 나가고 싶진 않았어요. 허가증 없이 밖으로 나가면 안 되잖아요.

이번엔 나가도 괜찮아.

하지만 나가지 않는 게 규칙이라서요.

그래, 됐다. 자리에 가서 앉아라.

그 여학생은 자기 자리에 앉았다. 거스리는 학생들을 바라보았다. 아무도 책을 읽고 있지 않았다. 모든 학생이 뭔가를 기다리는 얼굴로 선생님을 지켜보고 있었다. 이윽고 종이 울리고 학생들이 자리에서 일어나기 시작하자 거스리는 가로수를 배경으로 이제 붉은 석양빛이 비치는 거리를 다시 한번 내다보았다.

아이크와 보비

아이크와 보비는 친구를 데리고 그 일이 있던 그 빈집, 그 방에
한번 더 갔다. 다시 그곳에 가서 집안까지 들어가보고 싶었다. 그
러면 느낌이 어떨지, 그곳을 다른 사람에게 보여주면 어떤 느낌
이 들지 궁금했다. 나중에 그들은 그런 행동을 했다는 사실, 자신
들이 그런 걸 알고 싶어했다는 것이 후회스러웠다. 그들이 데려
간 아이는 아이크와 같은 반 급우였는데, 키가 크고 머리숱이 많
고 몸이 여윈 도니 리 버리스였다.
　학교가 끝난 다음이었다. 아이크와 보비는 시내 공원을 가로
지르고 철로를 건넜다. 그런 다음 자신들의 집 앞 차도로 나와 집
을 지나쳐 레일로드 스트리트로 들어섰다. 아이크는 걸음을 멈
추고 흙먼지 속에 쭈그리고 앉았다. 바람 한 점 없는 맑고 차가운
11월 오후 끝 무렵, 아이들 뒤쪽으로 흙길 위에 그들의 그림자

가 검은 넝마처럼 길게 드리웠다. 길은 흙먼지가 날릴 정도로 건조했다. 여기야. 이게 아마 그 자식 차가 있던 자국일 거야. 밟지마. 아이크가 말했다.

보비와 또다른 소년 도니 리도 아이크 옆에 쭈그리고 앉아 그 고등학생의 자동차가 흙에 파놓은 두 줄짜리 바큇자국을 살펴보았다. 그들은 다시 길 쪽으로 고개를 돌려 바큇자국이 시작된 곳, 100야드쯤 떨어진 레일로드 스트리트 끄트머리의 그 낡은 폐가 앞에 그날 밤 그 차가 서 있던 자리를 바라보았다. 그 너머는 온통 산쑥과 유카 덤불이 빽빽이 우거져 길이 끊기고 차도 다닐 수 없었다. 도니 리가 몸을 일으켰다. 이게 그건지 어떻게 알아? 다른 차의 바큇자국일지도 모르잖아. 그애가 말했다.

이건 그 자동차 자국이야. 아이크가 말했다.

도니 리는 도로 쪽을 바라보았다. 그런 다음 고개를 돌려 반대쪽도 바라보았다. 그러고는 발끝으로 바큇자국을 문질러 일부를 지웠다.

야, 지금 뭐하는 거야. 그만해. 아이크가 말했다.

우리는 저 낡은 집을 보러 가는 거잖아. 그애가 말했다.

알았어. 아이크가 대답했다.

소년들은 빈집이 있는 서쪽으로 걸었다. 길을 따라 두 아이의 집과 면해 있는 노인의 집이 웃자란 덤불과 키 큰 돼지풀 덤불 너머로 언제나처럼 고요하고 흐릿해 보였고, 노인이 있는 기척은 전혀 없었다.

길 끝에 있는 빈집 앞에 이른 소년들은 걸음을 멈추고 집과 집 주위를 살펴보았다. 껍질이 지저분하게 벗겨지고 가지가 꺾인 채 방치된 아까시나무, 풀이 웃자란 뜰, 씨가 가득한 고개를 숙인 채 여기저기 서 있는 시든 해바라기 같은 모든 것이 늦가을로 접어 든 지금 갈색으로 말라비틀어져 먼지를 뒤집어쓰고 있었다. 금방 이라도 무너져버릴 듯한 폐가는 비바람에 시달려 곳곳이 손상되 었다. 현관문은 제멋대로 젖혀진 채 열려 있고 유리가 깨진 창문 들은 여러 해 동안 방치되었으며 다락방에 난 부서지지 않은 하 나뿐인 정사각형 창문에 부착된 방충망은 한쪽 귀퉁이가 접힌 채 늘어져 있어 기이하게도 졸린 눈처럼 보였다.

뭘 기다리고 있는 거야? 도니 리가 물었다.

기다리는 거 없어. 그냥 보는 거야.

난 안에 들어갈래.

길 끄트머리 흙바닥 위에는 차가 서 있던 바큇자국과, 차에서 내렸다가 다시 올라탔을 두 남자애와 한 여자애의 신발 자국이 아직 남아 있었다. 아이크와 보비는 몸을 굽혀 바큇자국을 들여 다보았다.

난 안에 들어간다니까. 도니 리가 말했다.

잠깐 기다려. 내가 먼저 가고 넌 내 뒤를 따라와. 아이크가 말 했다. 소년들은 흙 위의 발자국을 밟지 않도록 조심해가면서 잡 초가 무성한 진입로를 지나 뜰로 들어섰고, 불쏘시개처럼 바짝 마른데다 페인트칠도 모조리 벗어진 포치의 낡은 나무 바닥으로 올라선 다음 열린 문을 통해 집안으로 들어갔다. 실내 한가운데에는 마지막으로 이곳에 살았던 이들이 더이상 쓰지 못할 것 같아 버리고 갔을 부서진 의자가 하나 있었고, 북쪽 벽 꼭대기 부분 석회에는 빗물이 얼룩진 자국이 길게 나 있었다. 굴뚝의 구멍은 난로의 연통에서 나온 검댕으로 까매졌고, 바닥에는 누렇게 바랜 신문지가 여기저기 흩어져 있고 오래된 담배꽁초와 날카로운 녹색 유릿조각, 녹슨 깡통이 나동그라져 있었다.

그애들이 여기서 그걸 했다는 거야? 도니 리가 물었다.

아이크와 보비는 거실을 둘러보았다.

그 여자애는 방에 있었어. 아이크가 대꾸했다.

어서 거기로 가보자. 도니 리가 말했다.

그들은 방으로 들어갔다. 아무것도 깔리지 않은 맨바닥에 매트리스가 놓여 있고 그 양쪽에 놓인 맥주병에는 양초 토막이 꽂혀 있었다. 병뚜껑에는 담배꽁초가 그대로 놓여 있었는데, 꽁초 끝부분에 그 여학생의 빨간 립스틱이 묻어 있었다. 매트리스 위에는 군용 담요가 펼쳐져 있었다. 아이크와 보비는 방을 가로질러 창가로 다가갔다. 두 아이가 그날 밤 두 명의 남자 고등학생이 그 여고생을 함부로 다루는 것을 목격했던 그 창문이었다. 아이들은 그 창 바깥으로 몸을 내밀어보았다. 그날 밤 두 아이가 있던 자리의 풀이 눌려 있었다.

도니 리가 매트리스 옆에 무릎을 꿇고 앉았다. 그 여자애가 정신 나간 듯 비명을 질러댔겠지. 그애가 말했다.

아이크가 그애를 바라보았다. 왜?

여자들은 언제나 그러거든. 여자 거기에 그게 들어오면 정신이 나간 듯이 소리를 지른다고. 그게 얼마나 큰 것인지, 여자들이 그걸 얼마나 마음에 들어하는지에 따라 좀 다르겠지만 말이야.

형제는 의심스러운 눈길로 도니 리를 바라보았다. 대체 어디서 그런 말을 들은 거야? 아이크가 물었다.

원래 여자들은 그런다니까.

거짓말하지 마. 난 못 믿겠어.

네가 믿고 믿지 않고는 상관없어.

그런데, 그 여자애는 전혀 그러지 않았거든. 아이크가 말했다.

그저 등을 대고 누워 있기만 했어. 그저 누워서 위만 쳐다보면서 그 자식이 자기를 그만 성가시게 하기만 기다렸다고. 보비가 말했다.

퍽이나 그랬겠다. 됐어. 도니 리가 말했다. 그애는 올이 거친 군용 담요 위로 몸을 굽히더니 거기에 얼굴을 대고 킁킁거리며 냄새를 맡고는 과장되게 시선을 들어올렸다.

왜 그래? 지금 뭐하는 거야? 아이크가 물었다.

그 여자 냄새가 아직 여기 남아 있는지 맡아보는 거야. 도니 리가 대답했다.

아이크와 보비는 그애가 하는 야릇한 행동을 그저 지켜보기만 했다. 도니 리는 담요 한쪽을 얼굴로 들어올리더니 여기저기에 코를 갖다대며 냄새를 맡았다. 아이크와 보비는 그애가 이 방에서 그런 식의 행동은 하지 말아주었으면 싶었다. 그런 행동을 도저히 용납할 수 없었다.

그런 짓은 그만두는 게 좋겠어. 보비가 말했다.

내가 뭘 부수거나 한 것도 아닌데 뭘 그래.

그거 거기 그냥 내려놓으라고. 보비가 말했다.

거기서 그만 일어서. 그런 짓 그만하라니까. 아이크가 말했다.

도니 리는 너무 더러워 만질 수도 없다는 듯 잔뜩 찌푸린 얼굴로 담요를 내려놓았다. 그러고는 맥주병 주둥이에 꽂혀 있는 양초 토막 하나를 빼냈다. 그럼 이거나 하나 가져가겠어. 그애가 말했다.

그것도 그냥 둬. 아이크가 말했다.

여기가 네 집도 아니잖아. 이건 그냥 쓰레기야. 오래된 쓰레기라고. 이런 걸 가져가는 게 뭐가 잘못이라는 거야?

아이크와 보비가 뭔가를 가져가는 일이 왜 잘못인지 막 설명하려는 순간 포치에서 인기척이 났다. 아이들에게 사람의 기척이 또렷하게 들렸다. 딱딱한 신발창이 마룻바닥에 닿는 소리, 이어서 누군가 집안으로 들어오는 발소리가 들려왔다.

그 안에 누구냐?

마치 흐느끼는 듯 불안정하고 높은 옆집 노인의 목소리였다. 소년들은 대답하지 않았다. 그들은 심장이 뛰는 것을 느끼며 창문으로 눈길을 던졌다.

이것 봐, 내 말 들려? 이 빌어먹을 집에 대체 누가 있느냐고?

노인이 소리쳤다.

아이들은 노인이 거실을 가로질러 다가오는 소리를 들었다. 이윽고 이웃집 노인이 문간에 나타나 아이들을 바라보았다. 닳아 빠진 푸른 작업복 윗옷에 더러운 멜빵바지를 입고 복사뼈까지 오는 목이 높은 검은 신발을 신은 노인은 이틀쯤 면도를 하지 않아 두 뺨에 수염이 자랐고 성난 눈은 충혈되고 물기로 번들거렸다. 불안정하게 흔들리는 노인의 손에 녹슨 엽총이 들려 있었다.

이 못된 녀석들, 도대체 여기서 뭘 하고 있는 거냐? 노인이 소리쳤다.

그저 여기를 둘러보고 있었을 뿐이에요. 이제 가려던 참이고요. 아이크가 말했다.

너희가 여기에 무슨 볼일이 있어. 이 망할 녀석들, 여기 와서 물건이나 부수려는 거지.

우리는 아무 짓도 하지 않았어요. 어쨌든 할아버지 집도 아니잖아요? 이건 할아버지 소유가 아니라고요. 도니 리가 말했다.

이런 버르장머리 없는 어린 놈 같으니라고. 네 머리통을 날려주마. 노인이 총을 들어올려 소년을 겨누었다. 네놈을 지옥으로 보내주마.

안 돼요, 잠깐만요, 알겠어요. 이제 갈게요. 그러니 걱정하지 않으셔도 돼요. 그럼요. 아이크가 말했다.

아이크는 보비를 떠밀어 앞세우고 도니 리의 팔을 끌어당겼다. 노인 곁을 지나가는데, 등유와 땀과 목초 사료 냄새 같은 시큼한 냄새가 풍겼다. 아이들이 지나가자 노인은 몸을 돌리고 부들부들 떨리는 두 손으로 엽총을 높이 든 채 뒤를 따라왔다.

이 못된 꼬마 놈들 다시 오기만 해봐라, 다음번에는 정말 쏴버 릴 거야. 누구냐고 묻지도 않을 거라고. 그가 말했다.

우리는 아무 짓도 안 했어요. 도니 리가 말했다.

뭐라고? 빌어먹을, 내 지금 당장 네 머리통을 날려주겠다. 노 인이 다시 총을 들어올리며 위험스럽게 흔들었다.

안 돼요. 조심하세요, 지금 가고 있잖아요. 조금만 참으세요. 아이크가 말했다.

아이들은 그 집을 빠져나온 후 잡초를 가로질러 레일로드 스트 리트로 들어섰다. 노인이 포치에 서서 아이들을 지켜보았다. 그 들이 한 번 고개를 돌려보니, 노인은 푸른 셔츠에 더러운 작업복 차림으로 총을 든 채 석양빛을 받으며 여전히 포치에 서 있었다. 소년들이 집 앞에서 걸음을 멈추는 것을 보자 그는 정말 쏘려는 듯 아이들을 향해 총을 겨누었다. 아이들은 다시 걸음을 옮겼다.

노인의 모습이 희미하게 보일 정도로 멀어졌을 때 도니 리가 말했다. 어쨌든 난 이걸 가져왔지. 그애가 걸음을 멈추더니 뒷주 머니에서 양초 토막을 꺼냈다.

그걸 왜 가져왔어? 만지지도 말라고 했잖아.

대체 왜 이래? 그냥 양초 토막이잖아.

중요한 건 그게 아냐. 그게 네 것이 아니라는 거야. 넌 그 여자 애를 보지 못했잖아. 아이크가 말했다.

내가 왜 그 여자를 봤어야 해. 난 그 여자한테 전혀 관심 없어.

넌 그날 밤 그 여자가 어땠는지 보지 못했잖아.

아, 옷 벗은 여자라면 수도 없이 봤어. 여자들의 분홍색 젖꼭지는 신물나게 봤다니까.

넌 그 여자애를 못 봤어. 아이크가 말했다.

대체 무슨 소리야.

그 여자는 달랐어. 아주 예뻤다고, 안 그래, 보비?

나도 그 여자애가 예쁘다고 생각했어. 보비가 대답했다.

그렇다고 내가 관심이나 보일 줄 알아. 어쨌든 난 이 양초를 갖겠어.

아이들은 다시 흙길을 따라 집이 있는 방향으로 걸어갔다. 자갈 깔린 진입로에 이르자 도니 리 혼자 시내 쪽을 향해 걸어가고 형제는 방향을 돌려 아무도 없는 자기 집 건물을 지나 헛간 앞 공터로 향했다. 말 두 마리가 졸며 서 있었다. 그들은 말들과 함께 시간을 보내기 위해 방목지로 갔다.

빅토리아 루비도

어느 날 저녁 홀트 카페에서 설거지를 끝내고 카페 카운터에 앉아 저녁을 먹은 후 빅토리아는 곧바로 매기 존스 선생님의 집으로 돌아가지 않았다. 그 대신에 외투 단추를 턱밑까지 채우고 손을 소매 속에 넣은 채 혼자 근처를 돌아다녔다.

그녀는 홀트 카운티가 끝나는 경계까지 가서 고속도로 갓길에서 공중전화로 전화를 걸었다. 자동차를 위한 짧은 갓길에는 키가 작고 잎사귀도 없는 참느릅나무 네 그루가 서 있었고 그 아래에는 여름철 피크닉용 탁자가 놓여 있었다. 낮이면 소를 사러 온 사람들이 전화선을 최대한 길게 잡아당겨 먼지투성이가 된 픽업트럭의 보닛 위에 메모지철을 올려놓고 숫자를 적어넣으며 통화를 하곤 했다. 지금 그곳은 어둠에 싸여 있었다. 해가 진 지 두 시간이 지났다. 살을 에는 차가운 겨울바람이 고속도로를 가로질러 갈색 타래 같은 흙먼지를 일으키고 있었다. 흙먼지는 연석의 배수로를 따라 가장자리를 높여놓은 골 안으로 몰려들었다. 새로 설치한 노란 가로등이 시내로 들어가는 어귀를 비추며 텅 빈 아스팔트를 따라 빛나고 있었다. 빅토리아는 그의 집이 있는 홀트 서쪽의 이웃 도시 노카의 안내센터로 전화를 걸었다. 교환원이 전화번호부에 나와 있는 남자의 어머니 번호를 알려주었다.

빅토리아는 그 번호로 전화를 걸었다. 신호가 가자마자 어떤 여자가 이쪽에서 말도 하기 전에 벌써 화가 난 듯한 목소리로 전화를 받았다.

드웨인과 통화 좀 할 수 있을까요? 빅토리아가 물었다.

누구지?

드웨인 친구예요.

드웨인은 여기 없어. 여기 살지 않아.

덴버에 있나요?

누군데 그걸 알려는 거지?

제 이름은 빅토리아 루비도예요.

누구라고?

빅토리아는 다시 한번 이름을 댔다.

그애한테서 그런 이름은 들어본 적 없는데. 여자가 말했다.

전 드웨인 친구예요, 지난여름에 만났어요. 빅토리아가 대답했다.

그건 네가 하는 말이고. 그게 사실인지 아닌지 내가 어떻게 알아? 네가 낸시 레이건*이라고 해도 모를 판이다. 여자가 말했다.

빅토리아는 고속도로를 건너다보았다. 종잇조각 하나가 흙먼지와 함께 소용돌이치면서 배수로를 따라 날아가고 있었다. 그애의 전화번호만 좀 알 수 있을까요? 부탁이에요, 전 아드님과 통화를 해야 해요. 해야 할 말이 있거든요.

얘, 내 말 좀 들어봐. 아까 말했듯이 그애는 여기 없어. 여기 없다고. 그리고 아무한테나 그애의 전화번호를 알려줄 순 없어. 그애에게도 보호받아야 할 사생활이란 게 있으니까. 그애는 직장에 다니고 그게 지금 그애에게 필요한 거야. 네가 누군지 모르지만 그애 좀 내버려둬. 내 말 알아들었지? 여자는 전화를 끊었다.

빅토리아는 수화기를 내려놓았다. 지독한 외로움이 엄습했다. 임신 사실을 알게 된 후 이렇게까지 겁에 질리고 세상으로부터 단절된 기분이 든 것은 처음이었다. 이제는 아침이 돼도 그렇게 몸이 힘든 경우는 별로 없었다. 하지만 여전히 울고 싶은 기분에 사로잡히는 일이 너무나 잦았다. 최근에는 청바지와 치마의 허리 부분이 너무 조여서 매기 존스가 가르쳐준 대로 단추를 풀고 안쪽에 고무줄을 대어 양쪽을 연결해서 입기 시작했다. 빅토리아는 고속도로의 양쪽 끝을 바라보았다. 서쪽에서 커다란 탱커트럭이 덜컹거리며 달려올 뿐 길은 비어 있었다. 트럭이 이 구간에서 처음 나오는 신호등 아래를 지나가면서 속도를 줄이고 날카롭게 브

---

* 미국 제40대 대통령 로널드 레이건의 부인.

레이크를 밟는 소리를 내더니 곧이어 덜컹거리며 그녀의 앞을 지나갔다. 높다란 운전석에 앉은 사내가 목이 꺾일 만큼 고개를 돌려 빅토리아를 유심히 내려다보았다.

고속도로 건너편에는 시내 쪽으로 한 블록 올라간 지점에 섀턱 휴게소가 있었다. 빅토리아는 그곳에 가보기로 마음먹었다. 아직은 매기 존스 선생님의 집으로 돌아가고 싶지 않았다. 매기는 교사 모임 때문에 늦을 테고 따라서 집에는 노인 혼자 있을 터였다. 빅토리아는 온 길을 되짚어 섀턱 휴게소를 향해 걷기 시작했다. 그곳을 향해 걸어가는 동안 마치 과거 속으로 이끌려 가기라도 하듯 마음이 여려지면서 감상적인 기분에 빠졌다. 지난여름 그가 그들 두 사람이 먹을 햄버거와 콜라를 산 곳이었다. 그때 그들은 음식 봉투를 차에 싣고 이름 없는 자갈길을 통해 홀트 북쪽의 평평하고 탁 트인 들판으로 나갔다. 하늘빛이 깊고 짙어지는 가운데 별들이 또렷하게 떠오르기 시작할 무렵, 들판에 흩어져 있던 새들이 집으로 날아가는 그 시각 그들은 단둘이 드라이브를 즐기곤 했다.

섀턱 휴게소에는 한쪽 벽을 따라 탁자 세 개가 놓여 있는 좁은 공간이 있었다. 차를 타고 와 포장해 가는 경우가 아니라면 그곳에 앉아 음식을 먹을 수 있었다. 빅토리아가 그곳에 가보니 탁자 하나에서 젊은 여자가 어린 여자애 둘과 함께 음식을 먹고 있었다. 여자의 붉은 머리카락은 염색을 한 것처럼 뻣뻣해 보였다. 그녀는 스티로폼 용기에 담긴 칠리를 먹고 있었고, 어린 소녀들은 각자 핫도그를 손에 들고 빨대로 초콜릿 우유를 마시고 있었다. 빅토리아가 주문 창구에서 콜라 한 잔을 주문하자 섀턱 부인이 콜라가 담긴 잔을 판매대로 갖다주었다. 빅토리아는 콜라를 들고 고속도로가 내다보이는 창가의 구석자리로 갔다. 그녀는 자리에 앉아 탁자 위에 빨간 백을 올려놓고 외투 단추를 풀었다. 그런 다음 음료를 마시며 도로를 내다보았다. 고등학생들을 잔뜩 실은 차가 창문을 내린 채 요란한 음악소리를 울리며 지나갔다. 얼마 후 소들을 실은 트럭 두 대가 바짝 붙어 덜컹거리며 지나가자 카페 창문이 흔들렸다. 알루미늄으로 된 트럭 옆면에 난 환기구 사이로 갈색 소들이 보였다. 트럭 겉면에는 흘러내린 소 배설물 자국이 얼룩덜룩 남아 있었다.

휴게소 안 천장 스피커에서 컨트리음악이 흘러나왔다. 다른 탁자에 앉은 붉은 머리의 젊은 아이 엄마는 칠리 요리를 다 먹고 담배를 피웠다. 그녀는 헐렁한 신발을 반쯤 벗은 채 발로 음악에 장단을 맞추고 있었다. 머리 위의 스피커에서 여자 가수의 노랫소리가 들려왔다. You really had me going, baby, but now I'm gone. 여자의 발이 음악에 맞춰 까딱거렸다. 다음 순간 여자가 갑자기 탁자에서 벌떡 일어서며 소리를 질렀다. 맙소사. 이런, 내가 미쳐. 대체 왜 그러는 거니? 그녀는 두 여자애 중 나이가 더 어린 쪽 아이의 팔을 잡고는 그애를 의자에서 거칠게 끌어내 일으켜세웠다. 이렇게 될 줄 몰랐니, 응? 컵이 엎어지면서 쏟아진 초콜릿 우유가 탁자 윗면을 흥건하게 덮고 있었다. 마치 작고 탁

한 폭포처럼 탁자 가장자리에서 바닥으로 우유가 쏟아져내렸다. 작은 소녀가 탁자에서 조금 떨어져 서서 백지장처럼 하얗게 질린 얼굴로 그 광경을 지켜보며 훌쩍거리기 시작했다. 뚝 그치지 못해, 여자가 소리쳤다. 울기만 해봐. 그녀가 통에서 냅킨을 뽑아 엉망이 된 탁자를 닦자 얼룩은 더 넓게 퍼져나갔다. 그녀는 냅킨으로 자신의 손을 닦았다. 젠장, 이게 뭐야. 그녀가 말했다. 그러더니 지갑을 잡아채듯 집어들고 뛰쳐나가다시피 그곳을 나갔다. 어린 여자애들이 엄마에게 같이 가자고 소리치고는 타일 바닥 위로 딱딱한 신발 뒤축이 부딪히는 소리를 내며 따라 나갔다.

빅토리아는 카페 창문을 통해 그들 모녀를 지켜보았다. 여자는 자갈 깔린 주차장에서 이미 시동을 걸고 차를 후진시켰다. 두 여자애 중 큰아이가 애써 조수석 문을 열고는 동생과 함께 차로 뛰어오르려 했다. 그들은 차례로 가까스로 차에 타는 데는 성공했지만 문이 너무 활짝 열려 있어서 닫을 수가 없었다. 차가 갑자기 멈추었다. 여자가 서둘러 차에서 내리더니 반대쪽으로 돌아와서 쾅 소리가 나게 차문을 닫은 다음 다시 차에 올라 후진했다. 고속도로 입구에 이르자 차는 방향을 바꾸어 요란한 소리를 내며 앞으로 달려나갔다.

탁자 밑바닥에는 초콜릿 우유가 작은 웅덩이를 이루며 고여 있었다. 새턱 부인이 주방에서 대걸레를 가져와 앞뒤로 움직여가며 우유를 닦아내기 시작했다. 그녀는 하던 일을 멈추고 빅토리아를 바라보았다. 이런 난장판을 본 적 있니? 그녀가 물었다.

뭐, 일부러 그런 건 아닐 거예요. 빅토리아가 대답했다.

그걸 물은 게 아니잖아. 정말 그렇게 생각한 거니?

빅토리아는 열시가 넘어 집으로 돌아왔다. 하지만 더 늦게 돌아왔어야 했던 모양이었다. 매기 존스는 아직 집에 오지 않았다. 빅토리아는 발소리를 죽이고 복도를 지나 노인의 방으로 가서 문을 살짝 열고 안을 들여다보았다. 노인은 침대에서 자고 있었다. 그 뒷방의 히터는 노인이 조절할 수 있게 되어 있었는데, 어찌나 온도를 높여놓았는지 숨이 막힐 지경이었다. 하지만 노인은 옷을 모두 입고 담요를 턱까지 끌어당겨 덮고 있었다. 신발 신은 발 위로 담요를 덮어서 그 부분이 불룩 솟아올랐다. 노인의 가슴에는 책 한 권이 엎어져 있었다. 빅토리아는 문을 닫고 자신이 침실로 쓰는 재봉실로 돌아와 실내복으로 갈아입었다.

잠시 후 그녀가 화장실에서 세수를 하고 있는데 갑자기 문이 열렸다. 빅토리아는 거울 앞에서 몸을 돌렸다. 노인이 문간에 서 있었다. 말린 옥수수수염 같은 백발이 두상에서 삐죽 곤두서 있었다. 노인은 핏발이 선 멍한 눈으로 그녀를 빤히 바라보았다.

이 집에서 뭘 하고 있는 거냐? 노인이 물었다.

빅토리아는 조심스럽게 노인을 쳐다보았다. 전 여기 살아요. 그녀가 말했다.

넌 누구냐? 누가 여기 들어와도 된다고 했어?

할아버지……

어서 나가. 경찰을 부르기 전에.

할아버지, 전 여기 살아요. 저를 기억하시잖아요.

난 한 번도 널 본 적 없다.

하지만 존스 선생님이 제가 이 집에 살아도 된다고 하셨어요.
빅토리아가 말했다.

존스 선생님이라니, 내 아내는 죽었어.

아니, 따님 말이에요. 매기 존스 선생님이요.

그애가 지금 어디 있는데?

저도 잘 모르겠어요. 아마 무슨 모임에 참석하고 계실 거예요.
이 시각쯤에는 집에 오실 거라고 했는데.

쓸데없는 수작 그만둬.

화장실 안으로 들어선 노인이 빅토리아를 향해 다가왔다. 빅
토리아는 뒷걸음질쳤다. 그때 갑자기 노인이 한 팔을 치켜들더니
손바닥으로 빅토리아의 뺨을 한 번, 이어서 또 한번 때렸다. 빅토
리아의 코에서 피가 흘러나오기 시작했다.

할아버지, 이러지 마세요. 빅토리아가 소리쳤다. 그녀는 샤워
부스에 등이 닿아 더이상 물러날 데가 없자, 노인이 얼굴 아닌 다
른 곳을 때릴 경우에 대비해서 몸을 살짝 옆으로 돌린 다음 한 손
으로 배를 가렸다. 제발 이러지 마세요. 이러시면 안 돼요.

또 때릴 거야. 그러니까 얼른 여기서 나가.

갈게요. 잠깐만 나가 계시면 제가 떠나겠어요.

노인은 여전히 버티고 서서 기다렸다. 노인의 눈빛은 험악했다. 그건 은행에 있다고. 네가 아무리 애써봐야 손도 대지 못해. 그가 말했다.

뭐라고요? 그게 아니에요. 그저 잠깐만 물러나세요.

난 그걸 갖고 있지만 너한테는 없지. 네겐 열쇠가 없잖아.

그래요. 알아요. 그러니 바깥에서 기다리세요. 잠깐이면 돼요. 네?

내가 왜 그래야 하는데?

수건으로 얼굴 좀 닦으려고요.

노인이 그녀를 바라보았다. 좋아. 하지만 그 이상 딴짓은 할 생각도 마라. 그는 험악하고 충혈된 눈으로 화장실 안을 둘러보았다. 그러더니 다리를 끌며 밖으로 나갔다.

노인이 나가자마자 빅토리아는 화장실 문을 잠갔다. 밖에서 노인이 뭐라고 거칠게 말하는 소리가 들렸다. 그녀는 그가 문을 지키고 있다는 것을, 그녀가 나오기만 기다리고 있다는 것을 알 수 있었다. 그녀는 한 시간 동안 화장실에 갇혀 있었다. 변기 뚜껑을 내리고 그 위에 걸터앉아 화장실 휴지로 코를 막았다. 그동안에도 복도에서 노인이 중얼거리며 시비를 거는 듯한 소리가 끊임없이 들려왔다. 노인은 아예 벽에 기대앉은 듯했다.

열한시가 넘어 매기 존스가 집에 돌아왔을 때에도 노인은 여전히 그 자리에 있었다. 거실로 들어온 매기 존스는 노인이 바닥에 앉아 있는 것을 보았다. 이런, 아빠. 무슨 일이에요? 그녀가 물었다.

그 여자가 저기 있어. 내가 잡았지. 그런데 도무지 밖으로 나오지를 않는구나. 그가 말했다.

존스 선생님? 빅토리아가 불렀다. 선생님이세요?

바로 저 여자야. 저 안에서 소리를 질러대는 저 여자라고.

아빠, 저애는 여기 살아요. 빅토리아잖아요. 기억나지 않으세요? 매기 존스는 이어서 화장실 문을 향해 몸을 돌렸다. 얘, 너 괜찮니?

제가 뭘 했다고 이러시는지 모르겠어요. 무엇 때문에 저렇게 화가 나셨는지 모르겠어요. 문 너머로 빅토리아가 말했다.

나도 알아. 괜찮아. 네가 아무 잘못도 하지 않았다는 건 내가 알아, 빅토리아.

저 여자는 내 열쇠를 원해. 저애가 원하는 건 그거야.

아니에요, 아빠. 그렇지 않아요. 그렇지 않다는 걸 아빠도 아시잖아요. 자, 이제 침대로 가세요.

모두 그걸 가지려 드는걸.

매기는 늙은 아버지의 팔을 부축해 일으켜세운 후 노인을 방으로 이끌었다. 이제 노인은 순순히 따라왔다. 그녀는 그를 도와 옷과 신발을 벗기고 신발은 침대 옆 바닥에 내려놓았다. 노인은 더운 방안에서 옷을 벗고 두 팔을 늘어뜨린 채 서 있었다. 팔꿈치와 무릎 언저리는 피부가 늘어졌고, 허벅지는 막대기처럼 여위었다. 노화로 처진 엉덩이가 애처로워 보일 정도였다. 노인은 마치 아이처럼 그 자리에 선 채 그녀의 다음 행동을 기다리고 있었다. 그녀가 그에게 잠옷을 입히고 윗옷 단추를 채워주자 노인은 침대에 누웠다. 그녀가 담요를 덮어주었다.

아빠, 다시는 이러면 안 돼요. 제발 이러지 마세요. 이제 제 말 좀 들으시라고요. 그녀가 아버지의 성근 머리카락을 빗어 넘겼다.

뭘 말이니?

제발 다시는 그러지 말아요. 그러잖아도 힘든 아이예요. 그녀가 말했다.

어쨌든 그 여자는 그걸 손에 넣지 못해.

그래요. 이제 쉿, 조용히 하세요. 내일 아침에 얘기해요. 잠을 청해보세요. 그녀는 몸을 굽혀 그에게 입맞춤한 뒤 그의 뺨에 얼굴을 대고 한동안 가만히 있었다. 노인이 긴장을 풀기 시작했다. 그녀가 한 손을 그의 눈 위에 올려놓자 그는 눈을 감았다. 그녀는 얼마 동안 그의 얼굴을 쓸어주었다. 이윽고 노인이 잠들었다. 그녀는 다시 거실로 나왔다. 빅토리아는 집 뒤쪽에 임시로 마련해준 침실 서랍장 앞에 서 있었다. 희고 긴 잠옷을 입은 빅토리아는 놀란 눈을 하고 있었고 몹시 피곤하고 창백해 보였다. 그애는 이제 막 배가 불러오는 티가 나기 시작한 까만 머리의 어린 여학생일 뿐이었다.

아버지 때문에 어디 다치진 않았니? 매기 존스가 물었다.

괜찮아요. 빅토리아가 대답했다.

정말 괜찮은 거야?

전 괜찮아요. 하지만 존스 선생님, 아무래도 전 다른 곳으로 가야 할 것 같아요. 할아버지가 저를 싫어하세요.

애야, 아버지는 널 알지도 못하셔.

전 할아버지가 무서워요. 제가 어떻게 해야 할지 모르겠어요.

네가 가서 지낼 수 있는 친구 집이 있니?

그러자고 할 친구가 있을지 모르겠어요. 그런 부탁 하고 싶지도 않고요. 빅토리아가 대답했다.

그만 자거라, 애야. 지금은 내가 여기 있으니 괜찮아. 매기 존스가 말했다.

아이크와 보비

그날 오후 소년들은 시카고 스트리트의 집 맞은편 연석에 자전거를 걸쳐놓고 그 집을 바라보았다. 앞뜰에 키 작은 느릅나무 세 그루가 있고 표면이 희끄무레한 벽토로 마감된 작은 집이었다. 느릅나무 하나의 위쪽 가지가 잘려 있고 거기에서 수액이 길게 흘러내리고 있었다. 인도를 따라가면 그 집 바깥 현관과 통했다. 그 일대의 주택은 대부분 지하실이나 지하 저장실이 딸려 있었는데, 그 집은 지하실이 없는 작은 단층 셋집이었고 잿빛 지붕이 얹힌 건물 표면은 담녹색으로 빛바래 있었다. 사람이 살지 않는 빈집처럼 보이지만 아이들은 그 집에 자신들의 엄마가 산다는 사실을 알고 있었다. 창문 너머로 보이는 집 안쪽에는 아무런 움직임도 없었다. 두 아이는 한동안 그 집을 살펴보았다.

이윽고 자전거를 끌고 길을 건넌 아이들은 걸음을 멈추고 그 집을 다시 한번 바라보고는 자전거 받침다리를 내려 인도에 세워 놓은 채 바깥 현관으로 올라갔다. 형이 해. 보비가 말했다.

아이크가 니스칠도 돼 있지 않은 목재 현관문을 두드렸다.

그 정도로는 엄마가 듣지 못할걸. 보비가 말했다.

그럼 네가 해.

보비가 눈길을 돌려 다른 곳을 보았다.

알았어, 그럼.

아이크가 조금 더 세게 다시 문을 두드렸다. 그런 다음 아이들은 문을 응시하며 기다렸다. 등뒤의 길거리는 조용했고 지나가는 차도 없었다. 아무래도 집안에서 아무도 나오지 않을 모양이라고 막 포기하려는데, 문이 안으로 열리더니 어머니가 나타났다. 그녀는 흐릿하고 생기 없는 눈으로 문간에 서서 아이들을 바라보았다. 지금 상태가 나빠 보였다. 기운이 모두 빠져버린 사람 같았다. 아이들은 그것을 알 수 있었다. 그녀는 한때 부드러운 갈색 머리에 날씬한 두 팔과 가는 허리를 지닌 예쁜 여자였다. 하지만 지금은 병색이 완연했다. 다크서클이 진 두 눈은 퀭하게 들어갔고 얼굴은 창백하고 마르고 핼쑥했다. 마치 여러 날 동안 먹는 일을 잊었거나 뭔가 맛있는 것을 씹어 삼킨 적도 없는 사람 같았다. 오후가 된 지도 한참 지났는데 여전히 잠옷 차림이었고 한쪽 머리카락이 판판하게 눌려 있었다.

너희들이구나. 그녀의 목소리는 건조하고 나직하고 억양이 없었다.

안녕, 엄마.

무슨 문제라도 있니? 그녀는 눈부신 오후의 햇빛을 가리려고 한 손을 오므려 눈 위에 갖다댔다.

그냥 엄마가 보고 싶어서 온 거야. 두 소년은 당황해 고개를 돌려 자신들이 조금 전 이 집을 지켜보고 있었던, 텅 빈 길 맞은편 연석 언저리를 바라보았다.

들어올래?

그래도 좋다면요.

아이들은 엄마를 따라 작은 거실로 들어갔다. 거실에는 아무 특징도 없는 가구 위에 그녀의 옷가지들이 낮이나 밤이나 줄곧 아무렇게나 흩어져 있는 듯했고, 주방에서 가져온 접시와 커피잔과 잔받침, 말라서 쪼그라든 음식이 담긴 그릇이 닳아빠진 양탄자 위에 널브러져 있었다.

누가 올 거라고는 생각하지 못했거든. 그녀가 말했다.

그녀는 소파에 무릎을 세우고 앉았다. 아이들은 여전히 서 있었다.

적당한 곳을 찾아 앉으렴.

그들은 소파 맞은편에 놓인 두 개의 나무의자에 앉아 엄마 쪽을 바라보았다. 현관에서 처음 대면했을 때를 제외하고 아이들은 엄마의 눈을 똑바로 보지 않았다. 그녀는 목욕 가운의 허리띠를 손가락 하나에 감았다 풀었다 하며 만지작거리고 있었다. 희끄무레한 두 다리, 핏기 없는 정강이, 병색이 엿보이는 누르스름한 두 발이 가운 자락 밑으로 드러났다.

아버지가 가보라고 했니? 그녀가 물었다.

아니, 아빠가 보내서 온 게 아냐. 아이크가 대답했다.

아빠는 우리가 여기 온 줄도 몰라. 보비가 말했다.

아빠가 나에 대해 물어보니?

가끔 우리가 엄마 얘기를 하곤 해. 아이크가 말했다.

무슨 얘기를 하는데?

엄마가 보고 싶다고. 잘 지내는지 궁금하다고.

우린 엄마가 새로 이사한 집에서 혼자 어떻게 지낼지 궁금했거든. 보비가 말했다.

고맙구나. 그런 말을 들으니 기분이 훨씬 나아지는구나. 그녀는 거실을 건너다보았다. 어떻게 지내시니?

아빠 말이야?

그래.

아빠는 잘 지내.

요새 줄곧 밖에 나가 있는 모양이던데.

우리가 잠들고 나면 가끔씩 밤에 외출하는 경우도 있어. 아이크가 말했다.

어디를 가는데?

그건 몰라.

아빠가 너희한테 얘기 안 해줘?

응.

그거 마음에 들지 않는걸. 그녀가 말했다. 그녀는 길고 가늘
·고 보기 좋은 자신의 손가락들을 들여다보았다. 이제 너희 아빠
는 내가 미쳤다고 여기는 게 분명해. 내가 더이상 아무 가망도 없
다고 여기는 거야. 나를 그렇게 생각하는 게 분명해. 그녀가 고개
를 들었다. 너희 아빠는 내가 돌아오기를 바라지 않는다는 걸 알
고 있니? 설혹 내가 돌아가길 바란다고 해도 말이야. 아빠가 직
접 그렇게 말했어.

우린 엄마가 돌아왔으면 좋겠어.

난 아직 미치지 않았어. 그런 것 같아. 너희는 내가 미쳤다고
생각해?

아니.

그래. 아직 그 정도는 아냐. 앞으로도 미칠 것 같지 않고. 그녀
는 거실 저편 허공을 골똘히 응시했다. 난 내가 미칠 줄 알았어.
하지만 이제는 그렇게 생각하지 않아. 나는 그저 이 생각들을 어
떻게 해야 할지 모르는 것뿐이야. 줄곧 생각만 하고 도저히 멈출
수가 없거든. 그래서 어떻게 해야 할지 모르는 것뿐이야. 그녀는
다시 아이들을 바라보았다. 그런 상황에 처하면 정말 곤란하지
않겠니?

엄마는 좀더 자주 외출하는 게 좋을 것 같아. 아이크가 말했다.

네 생각엔 그러는 게 나한테 도움이 될 것 같니?

그럴 것 같아.

그런데 언제 집으로 돌아올 거야? 보비가 물었다.

그 문제에 대해서는 뭐라고 대답할 수가 없구나. 엄마를 채근하지 말거라. 시간이 필요하단다. 지금은 그런 걸 묻지 말아라, 알겠니?

알았어.

그녀는 서글픈 얼굴로 보비에게 미소를 지었다. 고맙구나. 그녀가 말했다.

엄마, 우리가 대신 여기를 좀 치워줄까? 아이크가 말했다.

왜? 무슨 뜻으로 하는 말이니?

여기 있는 것들 말이야. 집안 물건들. 보비가 거실을 둘러보며 손짓을 했다.

이런, 아냐. 그런 생각을 하다니 착하기도 하지. 하지만 난 지금 좀 피곤하단다. 그녀는 잠옷의 목 부분을 여몄다. 이제 좀 누워야겠구나. 몸이 좋지 않아.

병원에 가야 해.

나도 알아. 이제 좀 누워도 되겠니?

피곤해 보여, 엄마.

우린 나중에 다시 올게. 보비가 말했다.

혹시 뭐 필요한 거 없어? 아이크가 물었다.

그녀는 아이들의 얼굴을 들여다보았다. 흠, 잘 모르겠구나. 커피가 떨어졌어. 커피 좀 사다주겠니? 그녀가 물었다.

네.

존슨네 가게에 가서 내 이름으로 달아놓으면 돼.

그녀는 자리에서 일어나 천천히 침실로 돌아가고, 아이들은 다시 밖으로 나왔다. 그들은 거리의 연석 위에 서서 잠시 의논한 뒤 자전거를 타고 시내를 달려 메인 스트리트에 있는 존슨 식품점으로 갔다. 아이들은 상점 나무 바닥 위를 걸으며 상표별, 가격별로 여러 가지 커피가 정리되어 있는 커피 진열대로 가서, 자주 봐서 익숙한 녹색 깡통에 든 커피를 고른 다음 계산대에서 어머니 이름을 대고 외상으로 해달라고 했다. 식품점에서 볼일을 마친 아이들은 역시 메인 스트리트 같은 블록 중간쯤에 있는 덕월 상점으로 갔다. 그들은 향수 매대 앞에 서서 십오 분에 걸쳐 의논했고 그동안 유리 진열대 뒤에 선 점원이 작은 병에 담긴 향수들을 꺼내 보여주었다.

저건 얼마예요? 아이크가 물었다.

여기 이거 말이니?

네.

이건 5달러란다.

마침내 그들은 레이먼드 맥퍼런이 소몰이 작업을 도와준 대가로 준 돈에서 남은 돈과 신문 배달로 번 돈을 합해서 살 수 있는 향수 하나를 골랐다. 작고 푸른 병에 담기고 은색 마개가 달린 그 향수에는 '파리의 저녁'이라는 상표가 붙어 있었고 아주 달콤한 냄새가 났다. 또 남은 돈으로 투명한 뚜껑이 달린 작은 상자에 든, 말랑말랑하고 알록달록한 거품목욕 구슬 비누 한 다스도 샀다. 아이들은 중년 여인인 점원에게 상자 두 개를 포장지로 싸서

리본으로 묶어달라고 부탁했다.

그런 다음 그들은 다시 시카고 스트리트에 있는 엄마의 집으로 돌아왔다. 이제 거의 저녁에 가까워서 밖이 추워지기 시작했다. 긴 그림자들이 거리를 가로질러 드리우고 있었다. 아이들은 엄마가 노크 소리를 듣고 나올 때까지 한참을 기다렸다. 이윽고 문간에 나온 엄마는 깊은 잠에서 깬 사람 같았다.

아이들이 커피 깡통을 내밀자 그녀가 머뭇거리며 받았다. 그런 다음 아이들은 덕월 상점에서 산 상자 두 개를 내밀었다.

이것도 너희가 샀니?

응.

이게 뭔데?

열어봐, 엄마.

이게 뭐냐고?

엄마한테 주는 거야.

그녀는 천천히 리본을 풀고 밝은색 포장지를 벗긴 다음 상자를 열었다. 이윽고 그녀가 울기 시작했다. 눈물이 그녀의 얼굴로 철철 흘러내렸다. 이런, 맙소사. 그녀는 그렇게 말하며 흐느꼈다. 그녀는 양손에 상자를 쥔 채 두 아이를 껴안았다. 아, 세상에, 내가 이걸 차마 어떻게 쓰겠니?

맥퍼런 형제

어느 추운 토요일 오후 매기 존스는 맥퍼런 형제의 집으로 차를 몰았다. 홀트에서 남동쪽으로 17마일쯤 떨어진 곳이었다. 아스팔트 도로 옆 휴경중인 밭에 눈이 군데군데 남아 있었고, 바람 때문에 딱딱해진 눈더미가 물결 모양으로 배수로에 쌓여 있었다. 그루터기만 남은 옥수수밭에 블랙볼디종 소들이 여기저기 흩어져 바람을 피해 고개를 숙이고 줄곧 풀을 뜯고 있었다. 차가 아스팔트 도로를 벗어나 자갈길로 들어서자 작은 새들이 갑자기 길가에서 일제히 날아올라 바람 속으로 날아갔다. 울타리를 따라 쌓인 눈이 햇빛을 받아 반짝거렸다.

그녀는 자갈길에서 4분의 1마일쯤 들어간 곳에 자리잡은 낡은 집으로 통하는 흙길로 접어들었다. 철망 울타리를 두른 뜰 안쪽에 있는 주택 옆으로 몇 그루 되지 않는 키 작은 느릅나무가 잎을 모두 떨군 채 서 있었다. 그녀가 차에서 내리자 얼룩무늬가 있는 늙은 개가 종종걸음으로 다가와 그녀의 가죽 부츠에 코를 대고 냄새를 맡았다. 그녀는 개의 머리를 쓰다듬어주고 철망문을 지나 집으로 다가가서 방충망 문을 두드렸다. 층계 위에는 방충망이 달린 작은 포치가 있었다. 뭔가 날카로운 것에 찍히거나 찢긴 방충망 이곳저곳이 하얀 무명실로 기워져 있었다. 그 너머로 주방이 보였다. 그녀는 포치로 올라서서 다시 한번 노크했다. 그런 다음 집안을 들여다보았다. 주방은 그런대로 정돈되어 있었다. 식탁에서 옮겨놓았을 접시들이 개수대 안에 놓여 있었다. 하지만 안쪽 벽에는 신문과 〈팜 저널스〉 더미가 쌓여 있고, 소나무 식탁 양쪽에 놓인 의자 두 개만 비어 있을 뿐 나머지 의자에는 기름걸레 위로 톱니바퀴라든가 낡은 베어링, 샹크볼트 따위가 온통 기름 범벅이 된 채 놓여 있었다. 매기 존스가 방충망 문을 젖히고 집안을 향해 소리쳤다. 아무도 안 계세요? 그녀의 목소리가 메아리처럼 울리더니 안쪽으로 잦아들었다.

그녀는 다시 포치를 지나 차로 돌아왔다. 그때 멀리서 트랙터 소리가 들려왔다. 트랙터 한 대가 목초지 남쪽을 향해 뒤뚱거리고 덜덜대며 오고 있었다. 매기는 트랙터 방향으로 얼마간 걸어간 다음 마구간 모퉁이에서 바람을 피했다. 이제 그들의 모습이 보였다. 트랙터에는 맥퍼런 형제가 타고 있었다. 햇빛에 바랜 빨간 구형 파몰 트랙터 운전석에는 해럴드가 앉아 있고 레이먼드는 그 뒤에 서 있었다. 펜더 위로 캔버스 천으로 된 바람막이를 볼트로 고정시켜놓은 트랙터였다. 그 뒤에 평상형 건초 수레를 연결해놓았는데 수레는 비어 있었다. 맥퍼런 형제는 겨울 목초지에 풀어놓은 소들에게 건초와 면실유 깻묵을 뿌려주고 먹이통 안에 깻묵 부순 것을 넣어놓고 돌아오는 길이었다. 트랙터가 덜덜거리며 문을 지나 멈춰 섰다. 트랙터에서 내린 레이먼드가 문을 휙 닫은 다음 다시 트랙터에 올랐다. 트랙터는 뒤뚱거리고 덜덜대며 목장을 지나고 가축 운반용 경사로를 지나 헛간 쪽으로 다가왔다. 트랙터의 배기통에서 검은 연기가 피어오르면서 덮개가 들썩거렸다. 이윽고 엔진이 꺼지자 덮개가 덜컥 소리와 함께 아래로 떨어지며 닫혔다. 그러자 매기 존스의 귀에 다시 바람소리가 들려왔다.

마구간 옆에서 걸어나온 그녀는 그들을 기다렸다. 맥퍼런 형제는 그녀가 거기 있는 게 전혀 놀랍지 않다는 듯 트랙터에서 내리더니 교회 집사라도 되듯 신중하면서도 느릿하고 차분한 걸음걸이로 다가왔다. 겨울용 작업복에 두꺼운 챙모자를 깊게 눌러쓰고 거추장스러운 겨울용 장갑을 낀 두 사람은 움직임이 굼떴다.

거기 그렇게 서 있다간 얼어죽기 딱 좋아요. 이런 바람은 피하는 게 좋은데. 길이라도 잃었소? 해럴드가 말했다.

그럴지도 모르죠. 매기 존스는 그렇게 말하고 웃음을 터뜨렸다. 두 분께 하고 싶은 얘기가 있어서 왔어요.

이런. 어조가 마음에 들지 않는데.

지레 겁이 난다는 얘기는 하지 마세요. 그녀가 말했다.

맙소사, 뭔가 원하는 게 있는 모양이군. 해럴드가 말했다.

사실 그래요.

그럼 안으로 들어가는 게 좋겠소. 레이먼드가 말했다.

고맙습니다, 적어도 두 분 중 한 분은 신사시군요. 그녀가 말했다.

그들은 바람이 몰아치는 얼어붙은 마당을 가로질러 낡은 집으로 향했다. 그들을 맞으러 나온 개가 이번에도 그녀의 냄새를 맡더니 문이 열려 있는 차고 안으로 다시 돌아갔다. 그들은 집으로 통하는 계단을 올라갔다. 작은 포치에 이르자 형제는 몸을 굽혀 소똥이 붙은 덧신의 버클을 풀었다. 먼저 들어가요, 기다리지 말고. 레이먼드가 말했다. 매기 존스는 문을 열고 주방으로 들어갔다. 집안은 따뜻하지는 않았지만 바람이 없어서 바깥보다 훨씬 나았다. 두 사람이 뒤따라 들어와서는 문을 닫고 장갑을 벗어 조리대에 올려놓았다. 그들의 손 모양대로 모양이 잡힌 장갑은 장작처럼 뻣뻣해 보였다. 그들은 작업복 위쪽 지퍼를 내렸다. 작업복 안에는 단추가 달린 검은색 스웨터와 플란넬 셔츠, 긴소매 내복을 입고 있었다.

커피 마시겠소? 레이먼드가 물었다.

너무 번거롭게 해드릴 것 같은데요. 매기가 말했다.

점심때 만들어둔 게 있거든.

그는 레인지 위에 냄비를 올리고 주전자에 든 커피를 냄비 안에 부었다. 그런 다음 그가 모자를 벗자 둥근 머리 위로 짧고 뻣

뻣한 회색 머리털이 헝클어진 채 곤두섰다. 깔끔하고 완벽한 형
태의 보기 좋은 두상이라고 매기 존스는 생각했다. 두 사람 모두
마찬가지였다. 해럴드는 기름 묻은 기계 부품을 치우고 의자 하
나를 식탁으로 끌고 왔다. 그런 다음 반듯한 자세로 의자에 앉았
다. 집안으로 들어오자 맥퍼런 형제의 얼굴은 비트처럼 빨갛게
상기되어 반짝거렸고, 주방이 냉랭했음에도 자리에 앉은 형제의
머리 위로 김이 피어올랐다. 두 사람은 옛날 그림에 나오는, 노동
을 마친 후 휴식을 취하고 있는 일꾼이나 농부처럼 보였다.

　매기 존스는 외투 단추를 풀고 자리에 앉았다. 제가 여기 온 건
부탁드릴 게 있어서예요. 그녀가 말했다.

　그래요? 뭐, 부탁이야 언제든 할 수 있지. 해럴드가 말했다.

　무슨 부탁인가요? 레이먼드가 물었다.

　제가 아는 어떤 여자애한테 도움이 필요해요. 좋은 아이인데
곤경에 처했거든요. 제 생각에는 두 분이 그애를 도와주실 수 있
을 것 같아서요. 제 부탁을 좀 생각해보시고 답해주시면 좋겠어
요. 매기가 말했다.

　그애한테 무슨 문제가 있소? 돈이 필요한 거요? 해럴드가 물
었다.

　아뇨, 돈보다 훨씬 더 큰 게 필요해요.

　그애가 어떤 어려움에 처했는데? 레이먼드가 물었다.

　그애는 열일곱 살이에요. 그런데 지금 임신 사 개월이고 남편
이 없어요. 매기 존스가 대답했다.

흠, 그 정도면 꽤 곤란한 처지겠군. 해럴드가 말했다.

한동안 우리집에서 지냈는데, 아버지가 그애가 거기 있는 걸 그대로 참고 보지를 못하세요. 아버지 정신이 좀 이상해지셨어요. 모든 기억이 뒤죽박죽되었고 가끔 폭력적으로 변하기도 하고요. 그래서 그애도 아버지와 집에 함께 있는 걸 무서워해요.

그애한테 친척이 없소? 가족이 전혀 없단 말인가? 해럴드가 물었다.

그애의 아버지는 몇 년 전 집을 나갔어요. 정확히 언제인지는 저도 잘 몰라요. 그리고 얼마 전부터 그애의 어머니는 그애를 집에 들이지 않기 시작했고요.

자기 딸이 임신을 했다는 이유로 말이오?

네, 그분도 나름대로 문제가 있어요. 누군지 두 분도 아실 거예요. 매기 존스가 말했다.

누군데?

베티 루비도요.

아, 레너드의 아내 말이로군. 해럴드가 말했다.

그 사람과 잘 아는 사이였나요?

뭐 그저 함께 술이나 마신 정도였소.

대체 그분이 어떻게 된 건지 모르겠어요.

장담컨대 잘되지는 않았을 거요.

흠, 그 친구 덴버로 갔다던데. 그뒤로 사우스다코타의 로즈버드로 돌아갔다는 말도 있고 말이오. 아무도 정확히 아는 사람은 없는 것 같소. 종적을 감춘 지 오래됐거든. 레이먼드가 말했다.

하지만 그분 딸은 여전히 여기에 있어요. 이게 제 말의 요점이에요. 그 사람의 딸이 아직 여기 있다고요. 게다가 그애는 좋은 아이예요. 이름은 빅토리아고요. 매기가 말했다.

씨를 뿌린 녀석은 어떻게 됐소? 해럴드가 물었다.

누구요? 아, 애아버지 말씀이군요. 그녀가 말했다.

그 녀석은 이 일을 어떻게 받아들이는데?

뭐 어떻게 반응을 보이지 않는 모양이에요. 빅토리아는 그 남자가 여기 살지 않는다고만 하고 이름조차 말해주지 않았거든요. 애아버지는 타지에 살고 있어요. 빅토리아의 말에 따르면 그 사람은 이제 빅토리아를 원하지 않는대요. 그러니 당연히 아이도 원하지 않을 테고요. 사실 전 그 남자가 아기에 대해 알고 있는지조차 모르겠어요. 빅토리아가 애아버지에게 말을 했는지 어떤지 말이에요.

레인지에서 커피가 끓기 시작했다. 레이먼드가 일어나더니 잔 세 개를 꺼내 커피를 따랐다. 그가 냄비를 기울이자 요란스럽게 치직거리는 소리가 났다. 커피는 김이 오르는 타르처럼 검고 뻑뻑했다. 안에 뭐를 넣으면 좋겠소? 그가 물었다.

매기는 자기 잔을 들여다보았다. 혹시 우유 좀 있을까요?

그는 냉장고에서 우유병을 가져다가 식탁 위에 내려놓고 다시 자리에 앉았다. 매기는 뚜껑을 열고 자기 잔에 우유를 조금 따랐다.

흠, 흥미로운 이야기로군요. 아까 돈을 원하는 게 아니라고 했지요. 그럼 대체 우리에게 뭘 원하는 거요? 해럴드가 물었다.

매기는 홀짝거리면서 커피 맛을 보고 잔 속을 들여다본 다음 잔을 식탁 위에 도로 내려놓았다. 그녀는 형제 사이인 두 노인을 바라보았다. 두 사람은 식탁을 사이에 두고 그녀의 맞은편에 앉아서 그녀가 할 다음 말을 기다리고 있었다. 제가 원하는 건 사실 그다지 가능할 것 같지 않은 일이에요. 그런데 그게 제가 원하는 거예요. 전 두 분이 그애를 받아주시면 어떨지, 그 문제를 생각해봐주셨으면 해요. 그애가 여기서 두 분과 함께 사는 문제 말이에요. 그녀가 말했다.

두 사람은 물끄러미 그녀를 응시했다.

지금 농담하는 걸 테지. 해럴드가 말했다.

아뇨, 제 말은 농담이 아니에요. 매기가 대답했다.

두 사람은 말문이 막혀 아무 말도 하지 못했다. 그들은 위험인물이라도 보는 것 같은 눈으로 그녀를 바라보았다. 그런 다음 식탁 위에 놓인 못이 박이고 거칠고 투박한 두 손바닥을 들여다보고는 이윽고 창밖에 서 있는 잎이 다 떨어지고 제대로 자라지 못한 느릅나무들 쪽으로 시선을 옮겼다.

아, 이게 얼마나 정신 나간 소리인지는 저도 잘 알아요. 말도 안 되는 얘기죠. 잘 모르겠어요. 그렇다 해도 상관없고요. 하지만 그애한테는 지금 누군가가 필요하고, 전 극단적인 방법이라도 동원할 태세가 되어 있어요. 앞으로 몇 달 동안 그애에게는 자기 집처럼 살 집이 필요해요. 그리고 두 분도. 그녀는 잠시 말을 끊고 두 사람에게 미소를 지어 보였다. 늙고 외로운 두 무법자에게도 누군가 필요하고요. 늙어빠진 붉은 암소 말고 챙기고 걱정할 누군가가 필요하다고요. 이곳은 너무 쓸쓸해요. 지금 두 분의 모습 좀 보세요. 두 분은 평생 별다른 어려움을 겪어보지 못한 채 삶을 마감하실지도 몰라요. 어쨌든 좋은 의미에서의 그런 어려움 말이에요. 이건 두 분에게 좋은 기회예요. 그녀가 말했다.

맥퍼런 형제가 앉은 자세를 바꾸었다. 그들은 의혹에 찬 눈길로 매기를 바라보았다.

자, 어떻게 생각하세요? 그녀가 물었다.

그들은 아무 대답도 하지 않았다.

그녀가 웃음을 터뜨렸다. 제가 두 분을 벙어리로 만든 것 같네요. 적어도 생각은 해봐주실 거죠?

해럴드가 마침내 입을 열었다. 맙소사, 매기. 우리 돈 얘기로 돌아가요. 돈으로 하는 편이 훨씬 쉽겠어.

네, 그럴 테죠. 하지만 재미는 없을걸요. 그녀가 말했다.

재미라니. 그 말이 당신이 방금 한 이야기와 퍽이나 어울리겠군. 맙소사, 그것보다는 일대 혼란이라든가 아수라장 같은 말이 더 적당한 것 같소. 그가 말했다.

잘 알겠어요. 그냥 한번 말씀드려본 거예요. 그저 손놓고 가만히 있을 수는 없었거든요. 그녀는 자리에서 일어나 외투 단추를 잠갔다. 혹시 마음이 변하면 알려주세요.

그녀는 밖으로 나와 차가 있는 곳으로 갔다. 그녀를 따라 밖으로 나온 노인들은 살을 에는 듯한 바람이 몰아치는 방충망 문 앞에 선 채 그녀가 바큇자국이 깊이 팬 진입로에서 차를 후진시켰다가 주택 건물을 지나 국도로 접어들 때까지 기다려주었다. 차가 노인들 곁을 지나칠 때 그녀가 손을 흔들어 보였다. 그들도 손을 들어 답했다.

차가 시야에서 사라지자 두 사람은 아무 말도 하지 않고 주방으로 돌아와 각자 잔에 남은 커피를 마저 마셨다. 그러고는 겨울용 챙모자를 쓰고 장갑을 끼고 덧신을 신고 버클을 채운 다음 다시 포치 계단을 통해 뜰로 내려가 묵묵히 일을 하기 시작했다. 마치 그런 제안을 듣고 얼이 빠져 갑자기 영영 말을 못하게 된 사람들처럼.

해가 지고 저녁이 된 다음에야 형제는 다시 입을 열었다. 하늘에는 구름 몇 점이 희미하게 지나가고 연푸른색 그림자들이 눈밭 위로 드리웠다. 두 사람은 마구간 바깥에 있는 저장 탱크에서 일하고 있었다.

저장 탱크는 위쪽이 꽁꽁 얼어 있었다. 벌써 빽빽한 겨울털로 털갈이를 해 덥수룩해진 승마용 말들이 바람을 등지고 서서 목장 안에 있는 두 남자를 바라보았다. 말들의 꼬리털이 바람에 휘날렸고, 코에서는 하얀 깃털 같은 콧김이 뿜어져나와 바람에 뿔뿔이 흩어졌다.

해럴드가 나무 도끼로 탱크 위쪽 얼음을 깼다. 도리깨질을 하듯 내리치자 이윽고 얼음 아래쪽 물속까지 도끼가 들어가면서 도끼머리가 자루 깊이만큼 물속으로 빠지고 갑자기 묵직해졌다. 도끼를 끌어올린 그는 또다시 도끼질을 했다. 이번에는 레이먼드가 쇠스랑으로 얼음덩이를 떠서 탱크 밖으로 집어던졌다. 그렇게 던져진 얼음덩이는 그의 등뒤 단단한 땅 위에 쌓인 다른 얼음덩이들 한가운데로 떨어졌다. 얼음을 치운 그들은 물위에 뜬, 아연 도금을 하고 방수 처리가 된 상자의 뚜껑을 들어올렸다. 상자 안에는 물탱크의 히터가 들어 있었다. 안을 들여다보니 점화용 불씨에 불이 꺼져 있는 것이 보였다. 해럴드는 장갑을 벗고 작업복 안주머니에서 난로에 불을 붙일 때 사용하는 긴 성냥을 꺼내 재빨리 엄지손톱에 그어 불을 붙인 다음 꺼지지 않도록 손바닥으로 감싸며 상자 안에 갖다댔다. 점화용 불씨에 불이 붙자 불꽃 크기를 조절한 다음 팔을 밖으로 뺐다. 레이먼드가 뚜껑을 덮고 상자를 다시 철사로 단단히 감았다. 그런 다음 그들은 한쪽에 있는 프로판가스통을 점검해보았다. 가스통에는 별 이상이 없는 것 같았다.

사위어가는 햇빛 속에서 그들은 한동안 풍차 아래 서 있었다. 목마른 말들이 다가와 두 사람을 유심히 바라보다가 물냄새를 맡고는 길게 들이켜며 물을 마시기 시작했다. 그런 다음 말들은 뒤로 물러서서 유리구슬처럼 크고 빛나는 마호가니빛 눈으로 형제를 지켜보았다.

이제 주위는 거의 어두워졌다. 서쪽의 낮은 지평선 위에 가느다란 보라색 빛띠만이 보일 뿐이었다.

좋아, 난 이제 생각이 정리된 것 같아. 넌 우리가 그애를 어떻게 하는 게 좋을 것 같아?

그애를 받아들이는 게 좋겠어. 레이먼드가 대답했다. 그는 마치 이 문제를 매듭짓고 확정하기 위해 형이 말을 꺼내기만을 기다리고 있었던 것처럼 주저 없이 말했다. 어쩌면 그애가 그렇게 큰 문제가 되지 않을지도 몰라.

그런 얘기가 아니잖아. 해럴드가 말했다. 그는 점점 짙어져가는 어둠을 바라보았다. 내가 하려는 말은 말이야. 젠장, 우리 꼴을 좀 보라는 거야. 외로운 두 늙은이를 말이야. 가장 가까운 도시라고 해봤자 그나마 별 볼 일도 없지만, 어쨌든 그 도시에서도 17마일이나 떨어진 여기 이 시골에서 살고 있는 늙고 기운 빠진 노총각들을 말이야. 우리 생각을 좀 해봐. 우리는 까다롭고 무식하고 외롭고 독립적으로 살아왔잖아. 모든 걸 우리 방식으로 하는 데 익숙해져 있지. 그런데 지금 이 나이에 어떻게 달라질 수 있겠어?

레이먼드가 대답했다. 확신은 없어. 하지만 난 달라질 거야. 난 그걸 알아.

그런데 아까 네가 한 말은 무슨 뜻이야? 어떻게 그애가 문제가 되지 않는다는 거지?

난 그애가 문제가 되지 않을 거라고 한 적 없어. 어쩌면 그렇게 큰 문제는 되지 않을지도 모른다고 했지.

어째서 그렇게 큰 문제가 되지 않는다는 거지? 어느만큼 큰 문제를 말하는 건데? 너 여자랑 같이 살아본 적 있어?

내가 그런 적 없다는 건 형도 잘 알잖아. 레이먼드가 대답했다.

그래, 나도 없어. 하지만 이 말은 해야겠다. 여자는 달라. 여자들은 여러 가지를 원해. 여자들에겐 정기적으로 필요한 것들이 있어. 맙소사, 여자들은 너와 내가 상상도 못할 계획을 갖고 있다고. 여자들의 머릿속에는 너나 나로서는 짐작조차 할 수 없는 생각이 들어 있다니까. 게다가 맙소사, 아기까지 있잖아. 너 아기에 대해 아는 거 있어?

전혀 없어. 난 아기에 대해 아무것도 몰라. 레이먼드가 대답했다.

그런데?

하지만 내가 지금 당장 아기에 대해 알아야 하는 건 아니잖아. 시간을 갖고 배우면 돼. 자, 형이 이 일에 합류할 건지 아닌지만 말해줘. 왜냐하면 난 무슨 일이 있어도 어떻게든 이 일을 해볼 참이거든.

해럴드가 그에게로 고개를 돌렸다. 하늘은 이제 완전히 캄캄해져서 동생의 표정이 보이지 않았다. 보이지 않는 지평선을 배경으로 눈에 익은 시커먼 형체만이 보일 뿐이었다.

좋아, 나도 하겠어. 나도 동의한다고. 그러지 말아야 하겠지만 그렇게 하겠어. 그렇게 하기로 마음을 정하겠다고. 하지만 그전에 너한테 이것 한 가지는 말해둬야겠다.

뭔데?

넌 정말 점점 빌어먹게도 고집이 세지고 같이 살기 힘들어지고 있어. 내가 말하고 싶은 건 그뿐이야. 레이먼드, 넌 내 동생이야. 그런데 점점 완전 제멋대로인데다가 갈수록 참아주기 힘들어지고 있다고. 또 말해두어야 할 게 한 가지 더 있어.

뭔데?

이 일은 빌어먹을 주일학교 소풍과는 전혀 다를 거라는 거야.

그래, 그렇겠지. 하지만 형이 주일학교에 다녔다는 기억은 없는데. 레이먼드가 말했다.

엘라

오후 늦게 학교에서 그녀의 전화를 받은 그는 시카고 스트리트에 있는 그 작은 집으로 차를 몰았다. 그는 차를 세우고 인도로 올라가 느릅나무 세 그루를 지나갔다. 그중 한 그루에는 여전히 수액이 흘러내린 자국이 진하게 나 있었는데, 한 해가 저물어가는 이 시기에는 나무 자체가 그렇게 생기 넘친다거나 싱싱해 보이지 않았다. 이윽고 포치 위로 올라선 그는 그녀가 이미 문간에 나와 자신을 기다리고 있다는 사실을 알았다. 그가 미처 노크하기도 전에 그녀가 문을 열었다. 들어오라는 그녀의 말에 작은 응접실로 들어가자마자 그녀가 이미 짐을 다 꾸려놓았다는 것을 알수 있었다. 여행가방 두 개가 바닥에 세워져 있었고, 거실은 그녀가 처음 이사왔을 때처럼 깨끗하고 깔끔하고 말쑥했다. 먼지도 아무런 특색도 없는 그 공간은 이제 다시금 이전 상태로, 홀트의 동쪽 시카고 스트리트에 있는 작은 셋집으로 돌아가 있었다.

엘라를 꼼꼼하게 살펴보니 그녀의 상태 역시 전보다 훨씬 나아졌음을 알 수 있었다. 옛날만큼 좋아진 것은 아니었다. 하지만 머리를 깨끗이 감고 얼굴 뒤로 빗어 넘겼을 뿐인데 머리카락이 다시 좋아 보였다. 그녀는 모직 바지에, 보기 좋은 하얀 셔츠를 갖춰 입고 있었다. 마지막으로 보았을 때보다 체중이 좀 빠진 것 같았지만 거기에서 더 빠질 것 같지는 않았다.

그가 손짓으로 여행가방을 가리켰다. 어디 가려고?

이제 막 그 얘기를 하려는 참이야. 그것 때문에 전화했어.

그럼 말해봐. 그가 말했다.

그녀가 그를 바라보았다. 그녀의 눈에는 여전히 상처 입은 맹수 같은 표정이 담겨 있었다. 표면 바로 아래 슬픔과 분노, 두 가지 감정이 모두 들어 있는 것 같았다. 오늘만큼은 당신이 그런 식으로 나오지 않기를 바랐는데. 그녀가 말했다.

어떤 식 말이야?

이런 식으로 이야기하고 싶진 않았어, 이번만큼은.

바로 본론으로 들어가서 당신 생각을 말하지 그래. 당신이 학교로 전화를 했고 그래서 내가 온 거잖아. 그가 말했다.

적어도 우리, 자리에 앉을 순 있겠지? 그래줄래? 그녀가 물었다.

그래.

그녀는 소파에 앉았고 그는 그녀 맞은편에 있는 나무의자에 앉았다. 소파에 앉은 그녀는 너무 작아서 연약해 보일 정도였다.

그는 셔츠 주머니에서 담배를 꺼냈다. 담배 좀 피워도 될까?

피우지 않았으면 좋겠어.

그가 그녀를 바라보았다. 담배를 계속 쥐고 있었지만 불을 붙이지는 않았다. 자, 어서 말해. 듣고 있으니까. 그가 말했다.

내가 덴버에 있는 언니 집에 갈 거라는 사실을 알려주고 싶었어. 한동안 언니와 함께 지낼 거야. 내가 언니에게 전화를 해서 그러기로 했어. 언니 집에 남는 방이 있어서 내가 쓰면 돼. 이렇게 하면 내가 당신에게 방해가 되지 않을 거고, 나도 생각할 시간을 가질 수 있을 거야. 우리 둘 다에게 그쪽이 최선의 선택일 것 같아.

얼마 동안 있을 거야?

잘 모르겠어. 아직은 뭐라고 말할 수 없어. 시간이 걸릴 만큼 걸리겠지.

언제?

언제 떠나느냐고?

응, 언제 떠날 계획인데?

내일. 아침에. 차는 내가 가져갈게.

당신이 차를 가져가겠다고? 그건 처음 듣는 얘기인걸.

당신한테는 그 차가 필요 없잖아. 픽업트럭이 있으니까.

그는 주위를, 작은 식당을, 아치형 문간 너머의 주방을 둘러보았다. 그리고 고개를 돌렸다. 이게 해결책이 될 거라고 생각해? 이렇게 떠나버리는 것이?

그녀는 차분한 시선으로 그를 지켜보았다. 당신도 알겠지만 당신은 때때로 정말이지 나를 지치게 해.

그건 피차 마찬가지인 것 같은데. 그가 말했다.

그들은 서로를 마주보았다. 그녀가 애써 생각을 가다듬고 있다는 것, 사태를 자신이 원하는 방식으로 되돌리려 애쓰고 있다는 것을 거스리는 분명히 알 수 있었다. 하지만 그런 일은 일어나지 않을 터였다. 그러기에는 너무 멀리 왔다.

그녀가 다시 입을 열었다. 일이 이렇게 되어서 우리 둘 다에게 안타까워. 많은 것들에 대해 미안해. 그런데 난 이제 미안해하는 것에도 질렸다는 결론을 내렸어.

그가 무슨 말인가 하려고 했지만 그녀가 말문을 막았다.

제발 내 말부터 좀 들어줘.

내가 말하려고 했던 건 그저……

나도 알아. 내 말을 끝내게 해줘. 할말을 잊어버리고 싶지 않아. 이것 말고도 원하는 게 더 있어. 이제 그걸 알겠어. 나는 뭔가에 빠져서 멍해져 있었어. 이 모든 세월 동안 나는 당신에게서 그 이상의 뭔가를 원했어. 나는 나를 있는 그대로 원하는 사람을 원했던 거야. 그 사람이 원하는 내가 아니라 말이야. 이런 식으로 얘기하니까 너무 간단하게 들리지만 그게 사실이야. 나를, 나 자체를 원하는 사람을 원했어. 그런데 당신은 있는 그대로의 나는 원치 않아.

그랬었지, 한때는 그랬어. 그가 말했다.

그런데 무슨 일이 있었던 거야?

많은 일이 있었지. 그래서 지쳐 나가떨어진 거야. 그가 어깨를 으쓱해 보였다. 난 내가 당신에게 준 만큼 돌려받지 못했어. 내가 돌려받길 원했던 걸 말이지.

당신이 원한 게 뭔데? 이제 그녀는 흥분해서 벌컥 화를 내며 말했다. 나는 어땠을 것 같아? 내가 원한 걸 받았을 것 같아?

당신이 원하는 게 뭐지? 그가 물었다. 이제는 그도 화가 나 있었다. 당신도 그걸 알고 있는 것 같지 않아. 당신이 알기를 바랐지만 당신은 아는 것 같지 않아. 지금 이 상황도 그걸 보여주는 또다른 예지.

그런 식으로 말하지 마. 그건 당신이 할 말이 아냐. 그건 내가 알아서 해.

두 사람은 방 이쪽과 저쪽에 앉아서 서로를 바라보았다. 거스리는 생각했다. 그러니까 그들은 또다시 이런 상태에 이른 것이다. 오랫동안 같이 있었던 것도 아닌데 말이다. 그들이 아무리 좋은 의도를 갖고 얘기를 시작했다 해도 또다시 이런 상태가 된 것이다. 어쨌든 이게 마지막일 테니까 상관없었다. 지난 삼사 년 동안 줄곧 이런 식이었다. 그는 그녀를 바라보았다. 그들은 각자 마음속으로 다시 차분해지려 애쓰면서 기다리고 있었다. 집 안쪽에서 난방기가 딸깍하고 작동하는 소리가 나더니 난방기의 팬에서 거실 안으로 온풍이 흘러나왔다.

아이들은 어떡할 거야? 그가 물었다.

그 문제에 대해 계속 생각해봤어. 아무래도 당신이 맡아줘야 할 것 같아.

그 말은 여태까진 그렇지 않았다는 것 같군.

당신 혼자 아이들을 돌보고 있다는 거 알아. 지금 당장은 나로서는 다른 해결책이 없어. 하지만 오늘밤은 여기서 아이들과 함께 보내고 싶어. 그런 다음 아침에 떠날 거야. 떠나기 전에 아이들을 집에 데려다줄게. 그녀가 말했다.

아이들은 요즘도 아침에 신문 배달을 해.

늦지 않게 집에 데려다줄게.

돈은 어떻게 할까?

우리 저축에서 반을 가져갈게.

맙소사.

절반은 내 거잖아, 그게 공평해. 그녀가 말했다.

그는 성냥을 꺼내 쥐고 있던 담배에 불을 붙였다. 천장등을 향해 연기를 뿜어내고는 맞은편에 있는 그녀를 바라보았다. 좋아, 가져가. 그가 말했다.

이미 찾아서 갖고 있어. 아이들에게 잘해줄 거지? 아이들에게 관심을 가져줘. 그리고 아이들이 나에게 전화하고 내가 아이들과 얘기할 수 있도록 해줬으면 좋겠어. 이걸 문제삼지 않겠다고 약속해줬으면 좋겠어. 그녀가 말했다.

당신은 언제든 전화해도 좋아. 아이들도 언제든 당신에게 전화할 수 있고.

그리고 아이들이 나를 보러 왔으면 좋겠어. 얼마간 시간이 흐른 후에. 내가 자리를 잡은 후에 말이야.

아이들이 그렇게 할 것 같은데. 그러고 싶어할 거야. 벌써 당신을 그리워하는걸. 당신이 떠나고 나면 더 심해지겠지. 그가 말했다.

그는 담배를 피우고 재떨이를 찾아 주위를 두리번거렸지만 주변에는 재떨이로 쓸 만한 것이 보이지 않았다. 그녀는 재떨이를 갖다주기 위해 자리에서 일어나지 않았다. 그는 손바닥을 오므려 거기에 재를 떨었다.

그럼 다 된 건가?

응. 그런 것 같아.

좋아. 그럼 이제 갈게.

그는 더이상 아무 말도 하지 않고 자리에서 일어나 포치로 나왔다. 그녀가 따라나와 문을 닫았다. 밖에 나온 그는 손안에 든 재를 떨어냈다. 그날 저녁 그는 엄마에게 데려다주기 위해 두 아이를 낡은 픽업트럭에 태우고 시내를 가로질렀다. 깨끗한 잠옷이 든 식료품용 봉투가 앞좌석에 앉은 그들 사이에 놓여 있었다. 거리 모퉁이마다 푸른색 가로등에 불이 들어왔고, 시내는 조용하고 평화로워 보였다. 거스리는 차를 그 집 앞에 댔다. 집안에 불이 켜져 있었다.

엄마가 내일 아침 집에 데려다주실 거다. 잠옷 챙겼지? 그가 말했다.

아이들이 고개를 끄덕였다.

그럼 이제 됐다.

혹시 뭐 필요한 게 있으면 아빠한테 전화해도 돼요? 보비가 물었다.

물론이지. 하지만 모든 게 괜찮을 거다. 내가 알아. 너희는 여기서 좋은 시간을 보낼 거야.

거스리와 두 아이는 히터가 나오는 앞좌석에 앉아 창문으로 불빛이 보이는 그 작은 회벽집을 바라보았다. 집안에서 엘라가 뭔가를 들고 창문 앞을 지나가는 것이 보였다. 뜰 안의 헐벗은 나무 아래 쌓인 눈이 집안에서 나오는 빛에 반짝였다.

준비됐니? 괜찮을 거야. 즐거운 시간이 될 거라고. 너희들이 다시는 집에 오지 않겠다고 할지도 모르지. 거스리가 말했다. 그는 아이들의 다리를 토닥였다. 농담이야.

하지만 아이들은 웃지 않았다. 그들은 아무 말도 하지 않았다.

이제 들어가는 게 좋겠다. 엄마가 기다리잖니. 내일 아침에 만나자.

안녕, 아빠.

그래. 그가 말했다.

아이들은 트럭에서 내리더니 줄을 지어 인도 위를 지나 현관문을 노크한 다음 거스리를 돌아보지 않은 채 그 자리에 서서 기다렸다. 이윽고 엘라가 현관문을 열었다. 그녀는 그날 오후 입었던 옷을 벗고 이제 멋진 푸른 원피스로 갈아입은 모습이었다. 거스리는 현관 문간에 선 그녀가 날씬하고 예쁘다고 생각했다. 그녀는 아이들을 안으로 들이고 문을 닫았다. 잠시 후 거스리는 시카고 스트리트를 따라 달리기 시작했다. 협소한 부지 위에 지어진 작은 집들이 길을 따라 늘어서 있었다. 집 앞 잔디는 겨울이라서 모두 황토색이었고 집안에는 저녁이라 불이 켜져 있었으며 사람들은 식사를 하기 위해 주방 식탁에 앉아 있거나 거실에서 텔레비전 뉴스를 보고 있었다. 거스리는 알고 있었다. 그중 몇몇 집에서는 사람들이 벌써 안쪽에 있는 침실로 들어가 부부싸움을 시작했으리라는 것을.

집안에 들어선 아이크와 보비는 엄마가 벌써 작은 식당에 저녁 식탁을 차려놓은 사실을 알았다. 불 켜진 촛불, 유리잔과 포크와 나이프 같은 식기류에 반사된 불빛 때문에 식당 안은 유쾌해 보였다. 주방에는 그녀가 그들을 위해 특별히 만든 원형 초콜릿 케이크와 칠리 햄버거가 접시에 옮겨 담기만 하면 되도록 준비되어 있었다. 그녀는 그 시간이 축제 같기를 원했다.

어서 이리 들어오렴, 엄마가 말했다. 어색해할 것 없어. 외투를 벗어. 엄마가 모두 다 준비해놓았지.

보비가 식탁을 바라보며 말했다. 우린 집에서 먹고 왔어. 엄마가 저녁을 차려줄지 어떨지 몰랐거든.

그럴 줄 몰랐다고? 그녀가 보비를 보고 말했다. 그녀는 두 손으로 의자 등받이를 잡고 있었다. 그러고는 이어서 아이크에게 눈길을 돌렸다. 난 너희들이 여기서 저녁을 먹을 줄 알았어. 그렇게 얘기가 된 줄 알았는데.

더 먹을 수 있어. 아이크가 말했다.

바보 같은 소리 하지 마. 그러다가 배탈이 날 거야.

아냐, 우린 아직 배가 고파.

정말이니?

응, 정말이야.

나도. 보비가 말했다.

그들은 식탁 앞에 앉아 그녀가 준비해놓은 저녁을 먹었다. 그들은 상당히 많이 먹을 수 있었고, 그사이에 그녀는 아이들에게 자신이 덴버로 가기로 했다고 이야기했다. 이미 아버지에게서 들은 말이어서 아이들은 아무 말 없이 엄마의 말을 듣기만 했다. 그녀는 그들이 조만간 자기를 만나러 오면 좋겠다고, 자신이 떠나는 것이 그들 둘을 포함해 모두에게 더 좋은 일이라고, 그들은 아직 이해할 수 없겠지만 이렇게 하면 그녀가 곧 다시 엄마다워질 터여서 이렇게 하는 편이 낫다고, 그녀가 완전히 괜찮아졌다고 판단되면 다음에 어떻게 할지를 함께 결정할 것이라고 하면서, 너희도 이러는 게 좋을 거라고 생각하지 않느냐고 물었다. 아이들은 잘 모르겠다고 대답했다. 그럴 수도 있겠어요. 아이들이 말했다. 그녀는 그렇게 해야 할 것 같다고, 지금으로서는 이것이 자신이 바랄 수 있는 최선이라고 덧붙였다.

저녁식사 후 그들은 일 년 전 그녀가 아이들에게 가르쳐준 블랙잭 게임을 했다. 그녀는 옷장에 가서 지갑을 열고 동전을 가져왔다. 그 게임에서는 25센트짜리든 1센트짜리든 모든 동전이 같은 가치를 갖는 게임용 코인으로 사용되었다. 카드 게임을 하는 동안 그녀는 아이들 맞은편 카펫 위에서, 스타킹 신은 두 다리를 나란히 옆으로 모아 비스듬히 앉고 원피스 자락으로 무릎 위를 덮었다. 그녀는 행복한 사람처럼 행동했다. 진짜 파티라도 하고 있는 것처럼 농담을 하고 아이들을 놀렸다. 도중에 한 번 자리에서 일어나 주방에 가서 모두가 먹을 케이크를 더 가져와 다 같이 바닥에 앉아 먹었다. 아이들은 고개를 숙인 채 그녀를 지켜보았고, 그녀가 뭔가 이야기하면 미소를 지어 보였다.

이윽고 아이들은 욕실에서 잠옷으로 갈아입은 다음 침실로 들어가 엄마가 쓰는 침대 속으로 들어갔다.

그녀 역시 욕실에서 옷을 벗었다. 머리카락을 빗질하고 세수를 하고 긴 잠옷을 입고 침실로 들어왔다. 그녀는 아이들에게 다른 방에 잠자리를 준비해놓았다고 말했다. 하지만 아이들은 엄마와 함께 자게 해달라고 졸랐다. 이번 한 번만 그러면 안 돼? 아이들은 이미 침대에 들어가 있었다. 그녀는 침대 옆에 서서 아이들을 바라보았다. 아이들은 엄마의 양옆에서 자고 싶어했지만 그녀는 그러면 너무 더울 거라고 말했다. 그래서 그녀가 침대 바깥쪽 자리에서 자고 보비가 가운데, 그 옆에 아이크가 자기로 했다. 복도 천장등의 불빛이 반쯤 열린 방문 틈으로 비쳐 들었다. 그들은 자리에 누웠고 아무 말도 하지 않았다. 창밖에서 시카고 스트리트를 따라 이따금 차가 지나갔다. 그들은 어둑한 방안에서 잠시 대화를 나누었다.

엄마, 덴버에서 지내도 괜찮겠어? 아이크가 물었다.

그러기를 바라고 있어. 그랬으면 좋겠구나. 엄마가 도착하면 너희에게 전화할게. 너희도 가끔씩 전화해주겠니?

응, 매주 전화할게.

아빠한테 엄마 전화번호가 있어? 이번에는 보비가 물었다.

응, 있어. 내가 너희를 얼마나 사랑하는지 알지? 너희 둘 다. 그걸 잊지 말고 언제나 기억해줬으면 좋겠구나. 너희가 많이 보고 싶을 거야. 하지만 난 너희가 잘 지내리라는 걸 알아.

엄마가 가지 않았으면 좋겠어. 아이크가 말했다.

왜 가야 하는지 모르겠어. 보비가 말했다.

그건 설명하기 어려워. 그저 내가 그래야 한다는 걸 아는 거야. 이해가 되지 않아도 그냥 받아들여주겠니? 그녀가 물었다.

아이들은 아무 말도 하지 않았다.

너희가 그래주면 좋겠어.

잠시 후 그녀가 물었다. 더 궁금한 거 있어?

아이들은 고개를 저었다.

이제 잘 수 있겠지?

한밤중 아이들이 잠들고 나자 엘라는 자리에서 일어나 창밖의 앞뜰과 텅 빈 거리를, 직선으로만 단순하게 표현한 그림처럼 잔디밭에 서 있는 벌거벗은 나무들을 바라보았다. 그녀는 주방으로 갔다. 커피를 만들어 거실로 가져가서 소파에 누운 그녀는 그로부터 한 시간이 더 지나서야 잠이 들었다. 하지만 그녀는 아침 일찍 일어나 늦지 않게 아이들을 깨우고 시리얼을 차려준 다음 추운 이른아침 차에 태워 집으로 데려다주었다. 그녀는 자동차 앞좌석에서 몸을 기울여 두 아이 모두에게 입맞춤을 해주었다. 거스리가 아이들을 맞으러 포치로 나오자 그녀는 차를 돌려 진입로를 지나 레일로드 스트리트로 나와 홀트를 가로질렀다. 얼마 걸리지 않아 교외로 빠져나온 그녀는 34번 도로로 진입한 다음 서쪽을 향해 달렸다. 덴버에서 새로운 삶을 시작하기 위해.

빅토리아 루비도

그녀가 차를 몰고 두번째로 그곳에 갈 때 옆자리 조수석에는 빅토리아가 타고 있었다. 빅토리아는 어떤 상황에 떠밀리지 않는다면 절대로 가지 않을 감옥이나 고해소나 무슨 끔찍한 곳에 가기라도 하듯 겁에 질리고 생각에 잠긴 모습이었다. 일요일이었다. 날씨는 차갑지만 화창했고, 쌓인 눈이 햇빛 아래서 여전히 유리처럼 반짝였으며, 바람은 언제나처럼 갑작스러우면서도 규칙적으로 불었다. 그들이 홀트 카운티 경계를 벗어났을 때에도 어둠이 내리며 서풍으로 바뀌었을 뿐 바람의 기세는 그대로였다. 전날 그루터기만 남은 옥수수밭에 흩어져 있던 텁수룩한 블랙볼디종 소들이 여전히 거기에 있었다. 오늘은 어둠이 내리고 바람의 방향이 바뀌자 소들이 마치 단체로 우향우를 하듯 고개를 오른쪽으로 돌린 채 서 있었다. 소들은 마른 옥수수 겉껍질을 혀로 감아가며 흩뿌려진 옥수수를 깡그리 먹어치우고 있었다. 소들은 내내 씹으면서 고개를 들고 먼 곳을 응시했다.

맥퍼런 형제의 집으로 절반이 넘게 갔을 때까지도 빅토리아는 입을 다물고 있었다. 그러던 그녀가 입을 열었다.

존스 선생님, 차를 잠깐 세워주시겠어요?

무슨 일이니?

제발 차를 갓길에 좀 세워주세요.

매기는 속도를 늦추고 바퀏자국이 깊이 난 갓길에 차를 세웠다. 도로변 배수로에 눈더미가 쌓여 있었고 자동차 뒤에서 나오는 하얀 연기 같은 배기가스가 돌풍에 흩어졌다.

왜 그러니? 몸이 안 좋아?

아뇨.

그럼 왜 그래?

존스 선생님, 제가 이 일을 해낼 수 있을지 잘 모르겠어요.

이런, 얘야, 해낼 수 있고말고.

전 잘 모르겠어요. 빅토리아가 말했다.

매기는 고개를 돌려 그녀를 바라보았다. 빅토리아는 기회가 오면 언제든 밖으로 뛰쳐나가기라도 할 것처럼 한 손을 자동차 문손잡이에 올려놓은 채 긴장한 얼굴로 조수석에 앉아 눈앞만 똑바로 응시하고 있었다.

좋아. 다시 한번 이야기해줄게. 이 일에 대해 난 아무것도 장담할 수 없단다. 그런 건 요구하지 마. 하지만 넌 이 일을 하나의 기회로 여길 필요가 있어. 그분들이 어젯밤 전화를 걸어와서는 널 받아들이겠다고, 한번 노력해보겠다고 했단다. 그분들로서는 그렇게 말한다는 게 보통 일이 아니야. 내 생각에 일이 잘 풀릴 것 같아. 넌 그분들을 조금도 두려워할 필요가 없어. 그분들은 더할 수 없이 좋은 분들이란다. 세련된 것과는 거리가 멀고 거칠기도 하지만 실제로는 전혀 그렇지 않아. 그건 단지 그분들이 너무 오래 외따로 지내서 그런 것뿐이란다. 그분들처럼 오십 년 이상을 사람들로부터 떨어져서 산다고 생각해보렴. 성격에 커다란 영향을 미칠 거야. 그러니 그분들이 무뚝뚝하다는 이유로 이 일을 단념하거나 싫어해서는 안 된단다. 그래, 그분들은 좀 거친 분들이야, 그렇고말고. 성격도 원만하다고는 할 수 없지. 하지만 넌 여기 있으면 안전할 거야. 학교도 계속 다닐 수 있어. 버스로 등하교하면서 이제까지 해오던 대로 학업을 마칠 수 있어. 다만 그분들이 어떤 삶을 살았는지는 잊지 말아야 해. 그분들은 지금 너보다 어렸을 때 고속도로 트럭 사고로 부모님을 잃었어. 그후 그분들은 학교를 다니지 않게 됐지. 내 생각에 어쨌든 그때까지도 학교 다니는 데 그렇게 열심이었을 것 같지는 않지만 말이야. 그분들은 집에 머물며 목장 일과 농장 일을 했어. 그게 그분들이 이 세상에서 알았고 또 알아야 했던 전부야. 지금까지는 그것으로 충분했지.

매기 존스가 말을 멈추었다. 그녀는 자기가 한 말이 어떤 영향을 미쳤는지 확인하려고 빅토리아의 얼굴을 살폈다.

빅토리아는 자동차 앞으로 곧게 뻗은 2차선 도로를 내다보고 있었다. 잠시 후 그녀가 말했다. 하지만 존스 선생님, 그분들이 절 좋아할까요?

그래, 난 그럴 거라고 생각해. 네가 그분들에게 그럴 기회를 준다면 말이야.

하지만 남자 노인 두 분과 함께 살러 간다는 게 아무래도 정신 나간 짓 같아요.

맞아, 하지만 요즘 시대가 정신 나간 시대잖니. 난 때때로 요즘이 역사상 가장 정신 나간 시기처럼 여겨진단다. 매기가 말했다.

빅토리아는 고개를 돌려 차창을 통해 배수로와 울타리 너머로 자연 상태 그대로인 들판을 내다보았다. 유카의 꽃대가 쪼개진 나뭇가지처럼 불쑥 튀어나와 있었다. 겨울 초원을 배경으로 씨주머니들이 메마르고 칙칙해 보였다. 거기, 개 있어요? 그녀가 물었다.

늙은 농장 개가 한 마리 있단다.

그분들 고양이도 기르나요?

고양이는 보지 못했어. 하지만 고양이도 있을 것 같구나. 집쥐나 들쥐를 잡는 떠돌이 고양이 한두 마리 없는 농장이 있다는 소리는 들어본 적이 없으니까.

홀트 카페 일은 그만두어야겠네요. 재닌 아주머니께 말씀드려야겠어요.

그래. 하지만 재닌네 카페에서 설거지를 하다가 그만둔 사람이 네가 처음은 아니잖니. 쟤넌도 그러려니 할 거야.

그럴까요?

그래.

빅토리아는 줄곧 창밖을 내다보았다. 매기 존스는 기다렸다. 돌풍이 불 때마다 차체가 흔들렸다. 이윽고 빅토리아가 몸을 뒤로 돌렸다가 다시 앞을 향했다. 언제든 편할 때 출발하세요. 전 이제 괜찮아요.

잘됐구나, 괜찮아질 줄 알았어. 매기가 말했다. 그녀는 핸들을 틀어 자동차를 다시 아스팔트 위로 올리고 폭이 좁은 고속도로를 달렸다. 잠시 후 그들은 동쪽으로 방향을 틀어 자갈이 깔린 국도로 들어서고 이어서 녹슨 철망 울타리에 둘러싸인, 발육 부진의 헐벗은 느릅나무들이 서 있는 그 낡은 집으로 통하는 흙길로 접어들었다. 매기는 정문 앞에 차를 세웠다. 그녀와 빅토리아가 차에서 내렸다.

맥퍼런 형제는 다가오는 자동차를 지켜보고 있었다. 그들은 집에서 나와 방충망 문이 달린 작은 포치에 서서 두 여자가 탄 차가 도착하기를 기다렸다. 하지만 그들은 아무런 말도 몸짓도 하지 않았다. 마치 유명하지 않은 성인들의 실물 크기 석고상처럼 꼼짝도 하지 않고 뻣뻣한 자세로 포치에 서 있었다.

차에서 내릴 때 바람이 불어 머리카락이 얼굴을 가리는 바람에 빅토리아가 처음으로 맥퍼런 형제를 보았을 때 그들의 얼굴은 그녀의 숱 많은 검은 머리카락에 가려져 잘 보이지 않았다. 하지만 노인들은 이 만남을 위해 옷을 차려입고 있었다. 그들은 진주색 똑딱이 단추가 달린 새 셔츠에 주일에 입는 깨끗한 바지 차림이었다. 불그스름한 얼굴은 말끔하게 면도를 하고 철회색 머리카락은 머릿기름을 듬뿍 발라 뒤로 한껏 빗어 넘겼는데 기름을 지나치게 많이 발라 머리카락이 돌풍이 불어도 움직이지 않을 정도로 뻣뻣해져 있었다. 빅토리아는 매기 존스를 따라 포치로 올라갔다.

매기가 양쪽을 소개했다. 해럴드 아저씨, 그리고 레이먼드 아저씨, 이쪽은 빅토리아 루비도예요. 빅토리아, 이분은 해럴드, 이분은 레이먼드란다.

두 형제는 무슨 연극 연습이라도 하듯 한 사람씩 앞으로 나서서는 아직 빅토리아의 얼굴을 똑바로 보지도 못하고 그녀와 악수를 나누었다. 둘 다 차례로 빅토리아의 손을 재빨리 꼭 쥐었다가 놓고 뒤로 물러서면서, 크고 못이 박이고 투박한 자신들의 손에 비하면 여자애의 손이 너무나도 작고 부드럽고 나긋나긋하다고 생각했다. 이윽고 노인 형제가 빅토리아를 바라보았다. 빅토리아는 겨울 외투와 청바지 차림으로 매기 존스 옆에 말없이 서 있었다. 어두운색 외투 위에 빨간 백을 멘, 길고 까만 머리에 까만 눈동자를 한 소녀였다. 맥퍼런 형제는 그녀가 임신중인지 아닌지 알아볼 수 없었다. 임신했다고 보기에는 너무 어리고 날씬해 보였다.

두 사람 모두 안으로 들어가는 게 낫겠소. 여기 있다간 저세상 사람이 되고 말걸.

그들은 빅토리아를 먼저 주방으로 들어가게 했다. 그런 다음 매기가 들어갔고 그 뒤를 형제가 따랐다. 집안으로 들어서자 맥퍼런 형제가 빅토리아를 맞기 위해 적지 않은 노력을 기울였다는 사실을 즉각 알 수 있었다. 개수대에는 설거지할 그릇이 없었고, 식탁은 깨끗하게 닦여 있었으며, 전날까지도 의자들 위에 놓여 있던 기름걸레라든가 기계 부품 따위는 흔적도 없고, 바닥은 흡사 이민자 여성이 비질이라도 한 것처럼 말끔했다.

해럴드가 말했다. 네 앞에 보이는 이곳이 바로 주방이란다. 여기에 개수대가 있고. 그 옆에는 가스레인지가 있어. 그가 말을 멈추더니 주위를 둘러보았다. 일일이 설명하지 않아도 뭐가 뭔지 알겠구나. 말할 필요도 없겠다. 저 안쪽에는 식당과 거실이 있지.

그들은 집 안쪽에 있는 더 넓은 두 개의 공간으로 들어갔다. 창틀 위에 고정된 갈색 가리개가 몇 년 전에 망가져 말려 올라가버린 후, 그 두 공간에는 시골 학교 교실이나 시골 철도역처럼 햇빛이 거침없이 쏟아져들어왔다. 첫번째 공간은 식당이었다. 중앙에 육중한 받침대로 지지된 낡은 정사각형 호두나무 식탁이 천장에 매달린 전등 아래에 놓여 있고 식탁 주위로 나무의자 네 개가 놓여 있었다. 아주 최근에 식탁을 치운 듯 책과 잡지가 놓여 있던 자리를 따라 햇빛에 바랜 자국이 선명하게 두드러져 보였다. 그 다음 공간에는 텔레비전 세트 앞에 격자무늬 천이 씌워진 낡은 안락의자 두 개가 마치 집안에 살도록 길들여진 거대한 짐승처럼

자리잡고 있었고, 리놀륨 바닥에 쌓인 신문과 〈팜 저널스〉 더미
와 의자들 사이로 딱 중간에 키 큰 스탠드가 놓여 있었다. 빅토리
아는 고개를 돌려가며 이 모든 것을 둘러보았다.

네 방이 어딘지 알고 싶겠구나. 해럴드가 말했다. 그는 식당 바
로 옆 작은 방을 가리켰다. 그들 모두 그 방으로 들어가보았다.
구식 퀼트 이불이 덮인 낡고 푹신한 2인용 침대가 방 대부분을
차지하고 있고, 안쪽 벽에는 육중한 마호가니 서랍장이 놓여 있
었다. 빅토리아는 침대 발치 쪽으로 걸어가 벽장문을 열어보았
다. 먼지 쌓인 판지 상자들과 어두운색의 남자 옷과 여자 옷들이
은색 봉에 걸려 있었는데, 너무 오래된 나머지 검은색이 아니라
거의 보라색처럼 보였다.

여기 모든 건 그분들 거란다. 이 방이 두 분 침실이었거든. 해
럴드가 말했다.

두 분의 부모님 말씀인가요? 매기가 물었다.

부모님이 돌아가신 후 우리는 이 방을 물건을 쌓아두는 창고
쯤으로 쓴 것 같아. 해럴드가 빅토리아를 힐끗 바라보며 말했다.
물론 네가 하고 싶은 대로 물건 위치를 옮겨도 괜찮아.

고맙습니다. 빅토리아가 말했다.

왜냐하면 우리는 여기 들어오지 않거든. 여기는 너 혼자만 쓰
는 공간이야. 우리 방은 이층에 있지. 레이먼드가 말했다.

아, 그렇군요. 빅토리아가 말했다.

그래.

어, 그리고 여기가 네가 일을 보는 데야.

빅토리아가 그게 무슨 말인지 묻는 듯한 눈길로 그를 바라보았다.

바로 옆에 붙어 있어. 편할 거야.

빅토리아는 여전히 무슨 말인지 알아듣지 못한 듯했다. 그녀가 이번에는 매기 존스에게로 고개를 돌렸다.

나를 쳐다볼 것 없어. 저분이 무슨 말을 하시는지 나도 모르겠으니까. 매기가 말했다.

뭐라고? 이런, 무슨 말인지 알 텐데. 볼일 보는 곳 말이오. 집 안에 있는 측간. 흠, 그걸 뭐라고 한담? 해럴드가 말했다.

아, 이제야 알겠네요. 매기가 대답했다.

우리 어머니는 늘 일보는 곳이라고 하셨거든.

그러셨어요?

어머니는 언제나 그걸 그렇게 말씀하셨다오. 그렇게 말하면서 그는 머리를 긁적였다. 음, 젠장, 매기, 난 제대로 처신하려는 것 뿐이오. 첫 단추를 제대로 끼워보려고 애쓰는 중이라고. 처음부터 저 아이가 겁을 집어먹고 달아나게 하고 싶진 않으니까.

매기는 말끔하게 면도한 그의 뺨을 토닥거렸다. 지금 잘하고 계세요. 이대로 하시면 될 거예요. 그녀가 말했다.

그들은 방을 나왔다. 사람들이 식당에 있는 동안 빅토리아는 화장실로 들어가보았다. 작지만 독립된 화장실에는 세면대와 변기와 이동식 에나멜 욕조가 설치되어 있었고 한구석에 붙어 있는 수도꼭지 밑에는 둥글게 감긴 붉은 호스와 샤워기가 있었다. 세면대 위 선반에는 병에 담긴 온갖 종류의 쓰다 남은 로션, 연고, 콘허스커 핸드크림, 등 마사지용 크림 튜브, 근육통 완화 연고, 가루 치약, 틀니 접착제, 면도 도구 등이 놓여 있고, 욕조 옆 빨래 봉 중 하나에는 낡은 수건 두 장과 함께, 스테이플러로 붙인 상점 꼬리표도 떼지 않은 분홍색 새 수건 한 장이 걸려 있었다. 빅토리아가 화장실에서 나왔다. 지금 제 짐가방을 가져와도 될까요? 그녀가 물었다.

그거 좋은 생각인 것 같구나. 매기가 말했다.

내가 좀 도와줄까? 레이먼드가 말했다.

감사하지만 괜찮습니다. 제가 할 수 있을 것 같아요. 빅토리아는 그렇게 말한 다음 주방을 가로질러 자동차 쪽으로 향했다.

그녀가 밖으로 나가고 나자 해럴드가 말했다. 저애는 몸집이 별로 크지 않군. 아니, 그냥 흔히 보는 작은 여자애야. 아기를 가졌다는 표시조차 나지 않는걸.

아직은 그렇게 티가 나지 않아요. 하지만 옷이 끼기 시작했어요. 외투를 벗으면 좀더 눈에 띌 거예요. 매기가 말했다.

우리한테 겁을 먹은 걸까? 말수가 별로 없군. 레이먼드가 말했다.

그래 보여요? 매기 존스가 말했다.

레이먼드는 창문 너머 자동차 쪽을 바라보았다. 빅토리아가 차 트렁크 앞에서 물건을 챙기고 있었다. 우리를 겁낼 필요 없는

데. 우리는 저애한테 상처를 주지 않을 거요. 저애에게 해가 될 어떤 일도 하지 않을 거란 말이오. 그가 말했다.

저는 그걸 알죠. 하지만 저애는 아직 몰라요. 그러니 저애에게 시간을 좀 주세요. 매기가 말했다.

빅토리아가 판지로 된 여행가방 하나와 물건들을 넣은 쓰레기 봉투를 끌고 집안으로 돌아왔다. 그녀는 그것들을 침실로 운반했다. 그녀가 방안에서 마룻바닥 위를 오가며 물건을 정리하는 소리가 그들의 귀에도 들려왔다. 이윽고 그녀가 다시 방을 나왔다.

네가 여기서 지내는 게 너무 힘들까봐 걱정스럽다. 레이먼드가 빅토리아에게 말했다. 그는 빅토리아를 바로 보지 않고 그녀의 뒤편 허공을 응시한 채 말을 이었다. 하지만 우리가 바라는 것은…… 내가 말하고 싶은 것은, 형과 나는 네가 이곳을 네 집처럼 생각했으면 한다는 거야. 내 말은, 시간이 흐르면서 차츰차츰 그렇게 되기를 바란다는 거지. 지금 당장은 어려울 테지만 말이야.

빅토리아는 레이먼드를, 이어 해럴드를 바라보았다. 고맙습니다, 두 분과 함께 살게 해주셔서 감사드려요. 그녀가 말했다.

천만에, 우린 대환영이야. 레이먼드가 말했다.

그들은 어색한 얼굴로 바닥을 내려다보며 서 있었다.

잘됐네요, 이제 내 역할은 끝난 것 같아요. 그러니 저는 이만 돌아갈게요, 두 분과 빅토리아가 서로를 알아갈 수 있도록. 매기가 말했다.

그 말에 빅토리아가 깜짝 놀란 얼굴을 했다. 맥퍼런 형제의 얼굴에도 겁에 질린 듯한 표정이 떠올랐다. 벌써 가셔야 해요? 빅토리아가 물었다.

그래야 할 것 같아. 그러는 편이 좋겠어. 갈 시간도 됐고. 매기가 말했다.

우린 당신이 저녁을 먹고 갈 줄 알았는데. 그러면 안 되겠소? 해럴드가 물었다.

다음에요. 또 들를게요. 그녀가 말했다.

그녀가 밖으로 나오자 맥퍼런 형제와 빅토리아도 함께 뒤따라 나와 바람이 몰아치는, 방충망 문이 달린 작은 포치에 서서 차를 몰고 떠나는 매기를 지켜보았다. 이윽고 다시 몸을 돌려 집안으로 들어온 그들은 아무것도 없는 주방의 나무 식탁을 사이에 두고 선 채 서로를 바라보았다.

음, 내 생각에…… 해럴드가 말했다.

집안은 조용했다. 집밖 차고 옆에 있는 붉은 삼나무에서 새들이 지저귀는 소리가 희미하게 들려오고 바람소리가 높아졌다가 잦아들었다.

내 생각에 날이 완전히 어두워지기 전에 레이먼드와 나는 나가서 저녁을 좀 먹이고 오는 게 좋을 것 같다. 그런 다음 돌아와서 저녁식사를 준비할게. 그가 말했다.

빅토리아가 그를 바라보았다.

오래 걸리지는 않을 거야. 그가 말했다.

누구한테 저녁을 먹이시는데요?

소들한테.

아.

어미소와 어린 암소들한테 저녁을 주는 거야. 레이먼드가 말했다.

아.

맥퍼런 형제와 빅토리아는 선 채로 서로를 바라보았다.

그동안 전 짐을 풀면 되겠네요. 빅토리아가 말했다.

맥퍼런 형제

저녁식사를 마친 후 그들은 말없이 식당에 앉아 있었다. 식탁은 이미 깨끗하게 치웠고 설거지가 끝난 접시는 건조대 위에 정리해놓았다. 레이먼드는 식탁 한쪽 끝에 앉아 코끝에 금속 테 안경을 걸친 채 〈홀트 머큐리〉를 펼쳐놓고 들여다보면서 이따금 손가락에 침을 발라 신문을 넘겼다. 신문을 보는 동안 그는 입에 문 납작한 이쑤시개를 손 한 번 대지 않고 이리저리 돌렸다. 식탁 다른 쪽 끝에는 해럴드가 앉아 있었다. 그는 식탁에 등을 돌리고 앉아 무릎을 양쪽으로 벌린 채 두꺼운 가죽으로 된 작업용 부츠에 블랙 베어 마운틴 밍크오일을 발라 문질렀다. 그가 앉아 있는 의자 옆에는 다른 부츠 한 짝이 군데군데 갈라진 무늬가 있는 리놀륨 위에 엎어져 있었다.

집밖에서는 바람이 오후보다 훨씬 거세게 불었다. 바람이 집 건물 모퉁이에서 울부짖고 헐벗은 나무들 사이에서 윙윙거리고 들썩거리는 소리가 들려왔다. 뒤쪽 전신주에 달린 농장 등의 불빛에, 바람에 쓸려온 바짝 마른 눈이 창문 앞을 지나가다가 갑작스러운 돌풍에 실려 얼어붙은 뜰을 가로지르는 광경이 비쳤다. 눈은 푸르스름한 빛 속에서 소용돌이치면서 날아갔다. 집안은 조용했다.

식당 맞은편 방의 문은 닫혀 있었다. 빅토리아는 저녁을 먹은 다음 자기 방으로 들어갔는데, 그후로는 그 방에서 아무 소리도 나지 않았다. 노인들은 이것을 어떻게 해석해야 할지 알 수 없었다. 두 사람은 각기 마음속으로, 열일곱 살 여자애들은 모두 저녁을 먹고 나면 저런 식으로 모습을 감추는 건지 의아해했다.

부츠 양쪽에 필요한 만큼 오일을 바른 해럴드는 자리에서 일어나 부츠를 주방에 내다놓았다. 벽에 기대놓은 부츠가 소리 없이 반짝거렸다. 다시 식당으로 돌아온 해럴드는 빅토리아의 방 앞으로 가서 눈을 크게 뜬 채 고개를 기울이고 서서 귀를 기울여보았다. 이윽고 그가 문을 노크했다.

빅토리아? 그가 불렀다.

네.

별일 없는 거냐?

들어오셔도 돼요. 그녀가 말했다.

그는 방안으로 들어갔다. 그 방은 이미 빅토리아의 방이 되어 있었다. 그녀가 한 일이었다. 이제 그 방은 여자가 쓰는 방다워지고 자잘한 물건들도 제각기 자리를 잡아서 전보다 훨씬 깨끗하고 깔끔해 보였다. 반세기 만에 처음으로 누군가 그 방에 관심을 기울인 것이다. 낡은 판지 상자들은 침대 밑으로 들어가고 벽장에 원래 있던 옷들은 더 깊숙한 곳으로 밀려 들어가 보이지 않았다. 오래된 마호가니 서랍장과 그것에 딸려 있는, 거뭇해지고 모서리에 잔금이 간 타원형 거울은 이제 모두 먼지가 말끔하게 닦여 반짝거리고, 그 위에 빅토리아의 물건이 가지런히 정리되어 있었다. 리본, 빗, 브러시, 립스틱, 아이라이너, 머리핀, 그리고 뚜껑에 아주 작은 놋쇠 잠금장치가 달린 작은 삼나무 보석함 같은 것들이었다.

빅토리아는 목둘레가 사각형으로 파인 겨울용 잠옷을 입고 어깨에 스웨터를 걸친 채 침대에 앉아 무릎에 교과서와 푸른 공책을 올려놓고 있었다. 침대 옆의 램프가 그녀의 깨끗한 얼굴과 반짝이는 검은 머리카락 위로 노란빛을 드리웠다.

그냥 방이 따뜻한지 궁금해서 말이다. 그가 말했다.

네, 좋아요. 그녀가 대답했다.

오늘밤은 추워질 거라는구나.

그래요?

그리고 이 오래된 집은 그렇게 따뜻하지 않아.

전 괜찮아요. 그녀가 다시 말했다. 그녀는 노인을 바라보았다. 그는 두 손을 주머니에 찌른 채 문 안쪽에 서 있었다. 풍상에 시달린 그의 불그스름한 얼굴이 램프 불빛을 받아 반짝거렸다.

그가 주위를 둘러보았다. 어쨌든 뭔가 생각나는 게 있으면 우리에게 알려주렴. 우리는 이런 일에 대해서는 아는 게 별로 없거든. 그가 말했다.

고맙습니다. 그녀가 말했다.

그는 무슨 겁 많은 시골 짐승처럼 다시 한번 재빨리 빅토리아에게 눈길을 던지고는 문을 닫고 나갔다.

식당에서는 레이먼드가 식탁에 앉아 양손에 신문을 든 채 궁금해하는 얼굴로 기다리고 있었다. 애는 괜찮아? 그가 물었다.

그런 것 같아.

담요가 더 필요하대?

뭐가 필요하다는 말은 한마디도 하지 않더군.

어쨌든 담요를 좀더 갖다줘야 하지 않을까. 혹시 필요할 경우에 대비해서 말이야.

난 잘 모르겠어. 너 그 신문 다 봤어?

제기랄, 오늘밤은 지독하게 추울 거야.

내가 그애에게 그렇게 말했어. 그애도 알고 있어. 신문 맨 앞면 좀 나한테 넘기지 그래. 그 면은 볼 만큼 봤잖아.

레이먼드가 신문을 내밀자 해럴드는 그것을 받아들고 한 번 흔들어 펼치고는 신문을 보기 시작했다. 잠시 후 레이먼드가 말했다. 그애가 방에서 뭘 하고 있었어? 형이 안으로 들어갔을 때 말이야.

별로 하는 일 없었어. 책을 읽고 있던걸. 교과서를 들여다보며 공부를 하고 있더라고.

침대에서?

해럴드가 고개를 들어 동생을 바라보았다. 침대 말고 그애가 앉을 데가 또 있는지 모르겠네.

레이먼드는 형을 물끄러미 응시했다. 이윽고 해럴드는 다시 신문을 보기 시작했다. 밖에서 바람이 휘파람소리를 내며 불었다. 잠시 후 레이먼드가 다시 입을 열었다. 저애는 저녁을 별로 먹지 않았어. 아무래도 그런 것 같아.

해럴드는 눈길을 들지 않았다.

어쩌면 스테이크를 별로 좋아하지 않는지도 모르지.

아니, 그애는 충분히 먹은 거야. 그저 원래 조금 먹는 것뿐이라고.

그런 건지 아닌지 잘 모르겠군. 그애는 내가 준 음식은 거의 손도 대지 않았어. 거의 다 남겨서 개한테 줘야 했다고.

그걸 먹었어?

누가?

개가 그걸 먹더냐고?

대체 그게 무슨 소리야? 당연히 먹었지.

이제 해럴드는 다시 고개를 들고 신문 너머로 동생을 유심히 바라보았다. 흠, 온통 후추 범벅을 해놓은 비프스테이크를 누구나 좋아하는 건 아니거든. 그가 말했다.

누가 안 좋아하는데?

빅토리아가 그럴지도 모르지.

해럴드는 다시 신문을 들여다보았고 레이먼드는 식탁에 앉은 채 그를 지켜보았다. 그의 얼굴에 마치 뭔가 돌발적이고 불온한 짓을 하다 걸린 사람처럼 심란하고 억눌린 것 같은 표정이 떠올랐다. 형이 보기에 그애가 내가 만든 음식을 마음에 들어하지 않는 것 같아?

나야 모르지. 해럴드가 대답했다.

바람이 윙윙거리며 울었다. 집이 삐걱거리는 소리가 났다.

한 시간 후 레이먼드는 식탁에서 일어섰다. 그 생각은 전혀 못했어. 그가 말했다.

무슨 생각을 못해?

후추 뿌린 스테이크 말이야.

그는 위층으로 올라갔다. 해럴드는 눈으로 그의 뒷모습을 좇았다.

어디 가는 거야?

위층에.

벌써 자려고?

아니.

레이먼드는 걸음을 멈추지 않았다. 해럴드는 그가 이층 소나무 마룻바닥 위를 걸어다니는 소리를 들을 수 있었다. 이윽고 레이먼드는 오랫동안 사용하지 않아 먼지 냄새가 나는 두꺼운 모직 담요 두 장을 갖고 내려와, 현관으로 가서 문을 열고 문간에 서서 눈보라가 섞인 윙윙거리는 돌풍을 맞으며 담요를 털었다. 그런 다음 빅토리아의 방 앞으로 가서 혹시 그녀가 잠이 들었다면 깨지 않을 정도로 살짝 노크를 했다. 안에서는 대답이 없었다. 그는 방안으로 들어갔다. 빅토리아는 이불을 턱밑까지 덮고 누워 자고 있었다. 집밖에 높이 매달린 농장 등의 보라색 불빛이 침대 위를 창백하게 비추었다. 그는 잠시 가만히 서서 빅토리아를, 그 방을, 그 방의 달라진 모습과 그 안에 있는 물건들을 바라본 다음 침대에 누워 있는 여자애의 몸에 담요 두 장을 더 덮어주었다. 레이먼드는 밖으로 나오려고 몸을 돌렸다. 문간에서 해럴드가 그를 지켜보고 있었다. 두 사람은 함께 방을 나온 다음 방문을 아주 조금 열린 채로 놔두었다.

저애가 춥지 않았으면 좋겠어. 적어도 첫날인 오늘만큼은 말이야. 레이먼드가 말했다.

그로부터 한참이 지난 한밤중에 빅토리아는 땀을 흘리며 잠에서 깨어 담요를 한쪽으로 밀어냈다.

거스리

모두 참석하신 것 같으니 시작하겠습니다. 로이드 크라우더가
말했다.

학교 도서실 옆 작은 방 한가운데 있는 정사각형 탁자 앞에 모
두 다섯 사람이 앉아 있었다. 교장인 로이드 크라우더가 절차를
진행했다. 러셀 베크먼이 양옆에 부모를 대동하고 교장 맞은편에
앉았다. 작은 키에 뚱뚱한 그의 어머니는 팔과 가슴이 지나치게
끼는 분홍색 스웨터를 입고 있었고, 검은 머리에 키가 큰 그의 아
버지는 등에 대문자로 '홀트 호크스'라고 쓰인 번쩍이는 하얀 새
틴 트레이닝복 상의를 입고 있었다. 베크먼 일가 옆으로 뚝 떨어
져서 톰 거스리가 앉았다. 그는 베크먼 일가가 들어올 때 그들에
게 한 번 눈길을 주었을 뿐 회의가 시작되기를 기다리며 말없이
자리에 앉아 있었다. 그의 앞 탁자 위에는 그가 서명한 서류의 사

본들이 놓여 있었고 교장 앞에는 더 많은 서류와 자료가 펼쳐져 있었다. 방과후 두 시간이 지난 늦은 오후였다.

로이드 크라우더가 말했다. 여러분은 이미 서로 아시는 사이인 줄 압니다. 그러니 소개 없이 시작하겠습니다. 우리는 함께 이 일을 매듭지을 겁니다. 그는 크고 통통한 두 손을 펼쳐 탁자에 놓인 자료 위에 내려놓으며 몸을 앞으로 기울였다. 여러분도 잘 알고 계시겠지만 오늘 우리가 여기에 모인 것은 두 분의 아들에 관한 규율 위반 보고서가 제출되었기 때문입니다. 그는 탁자 맞은편의 베크먼 부부를 건너다보았다. 일단 그런 보고서가 제출되면 학칙상 저는 그에 관한 조치를 취해야 합니다. 그는 자신을 바라보고 있는 네 사람의 얼굴을 살펴보았다. 간단히 말씀드리겠습니다. 여기 러셀 군은 얼마 전 학교에서 수업시간에 학생으로서 부적절하고 잘못된 행동을 했습니다. 그래서 우리는 학생이 한 행동을 자세히 논하고 어떤 결론을 내려야 하는지 결정하기 위해 여기 모였습니다.

그쯤 해두시죠. 베크먼 부인이 그의 말을 가로막았다. 지금 선생님이 말한 건 모두 헛소리예요. 그녀의 두 뺨이 벌게지면서 스웨터 밑단이 조금씩 위로 올라가기 시작했다. 왜냐하면 그 말은 애한테 재판도 없이 벌써 선고를 내려버린 것과 다름없으니까요. 애가 무슨 짓을 했는데요? 애는 아무 잘못도 하지 않았어요. 도대체 애가 뭘 했다는 거예요?

로이드 크라우더가 말했다. 말씀드릴 겁니다, 때가 되면 말입니다. 제가 말을 계속하도록 해주신다면요. 교장은 그녀를 똑바로 쳐다보며 흥분한 기색 없이 말했다. 그런 다음 소책자 하나를 집어들고 말을 이었다. 우선 학생 편람을 읽어드리겠습니다. 이 책자 9쪽에 이렇게 나와 있습니다. 다음과 같은 행동에는 정학이나 그 외의 징계를 내릴 수 있다. 3단계 위반 항목으로 건너뛰겠습니다. 이렇게 적혀 있군요. 2단계 위반을 반복한 경우. 교내에서 마약이나 담배를 소지하거나 사용한 행위. 학교에서의 불장난, 괴롭힘, 불복종, 싸움, 교직원에 대한 신체적 언어적 공격, 다른 학생에 대한 위협이나 충돌, 절도, 학교 재산의 손상이나 파괴, 무기의 소지나 사용 등등입니다. 그가 고개를 들었다. 이 항목에 딱 들어맞습니다. 여기 러셀 군이 이 항목을 위반했습니다.

베크먼 부인이 말했다. 어떻게 그럴 수가 있죠? 러셀은 학교에 무기를 가져간 적이 없어요. 얘가 학교 재산을 손상시킨 적이 있나요?

잠깐만요, 제가 말을 끝내도록 해주시지 않는군요. 제 말 아직 끝나지 않았습니다. 그럼 이제 이걸 좀 보십시오. 그렇게 말하며 교장은 보고서 사본을 그녀에게 내밀었다. 그녀는 의심스럽다는 듯이 그것을 바라보더니 탁자 위에 펼쳤다. 그녀의 남편과 아들도 함께 몸을 숙여 그것을 들여다보았다.

저와 함께 보시죠. 맨 위에 러셀 군의 이름과 사건 발생 날짜가 있습니다. 그 아래 러셀 군이 한 행동과 말이 자세히 나와 있지요. 그다음에는 러셀 군이 한 행동에 대해 내리도록 권고되는 징

계와 처분이 나와 있습니다. 지금 이 경우에는 최대 오 일간의 정학입니다. 아주 자세히 기술되어 있는 이 사건의 요지는, 러셀이한 급우에게 악의적이고 모욕적인 말을 해서 그 여학생을 공개적으로 모욕하고 피해를 끼쳤다는 것, 그리고 그후 그 문제를 이야기하기 위해 복도로 불려 나오자 교사에게 욕을 하고 폭력을 행사했다는 것입니다. 이것은 제가 조금 전 읽은 학생 편람에 나와있는 내용과 관련이 있습니다. 다른 학생에 대한 위협이나 충돌, 교직원에 대한 신체적 언어적 공격이죠.

이걸 쓴 사람이 누구죠? 베크먼 부인이 물었다.

거스리 선생님이 제공한 정보를 바탕으로 행정직원이 작성했습니다. 그녀가 적절한 용어를 적용했지요.

그럼 내가 선생님에게 이게 뭔지 말씀드리죠. 이건 모두 똥 같은 소리라고요. 베크먼 부인이 말했다.

거스리는 탁자 모서리를 가로질러 그녀를 건너다보았다. 그게부인 생각인가요? 그가 물었다.

그래, 난 그렇게 생각해요. 그렇게 대답하며 그녀는 그를 노려보았다. 얘가 우리한테 당신 얘기를 해줬지. 당신은 그냥 얘가 마음에 안 드는 것뿐이야. 그래서 이런 일을 벌이는 거라고. 당신은몇몇 애들은 예뻐하는데 얘는 그중에 끼지 않았어. 학기 첫날부터 당신은 러셀을 공정하게 대하지 않았어. 이 종이에 적혀 있는내용은 그럴싸해 보이지만 순 거짓말이야. 그리고 내 생각을 알고 싶다니 말인데, 당신 역시 거짓말쟁이라고.

자, 우리가 이러려고 모인 게 아닙니다. 교장이 말했다.

하지만 이건 그저 저 작자 입장에서 쓴 거잖아요. 베크먼 부인이 소리를 질렀다. 그녀는 교장 쪽으로 홱 몸을 돌렸다. 그리고 그 서류를 집어들고는 역겹다는 듯이 톰 거스리를 향해 흔들었다. 이건 단지 저 작자가 하는 말에 불과해요. 우리 러셀에게 할 말이 없는지 물어보시지 그래요? 아니면 교장 선생님도 사실을 밝히는 데에는 관심이 없는 건가요?

자, 말씀 좀 가려 하시죠. 내일이면 후회할 말을 하고 싶진 않으시겠죠. 물론 학생에게도 입장을 말할 기회를 줄 겁니다. 넌 어떠냐, 러셀?

몸집 큰 남고생은 자기 부모 사이에 앉아서 돌처럼 꼼짝도 하지 않았다. 몸을 움직이지도 입을 열지도 않았다. 그저 교장을 똑바로 쳐다볼 뿐이었다.

어서 말해, 뭘 기다리고 있는 거야. 우리한테 한 말을 그대로 선생님께 말하라니까. 그의 어머니가 말했다.

러셀은 자기 엄마 쪽을 바라본 다음 다시 앞을 응시했다. 난 걔한테 아무 말도 안 했어요. 거스리 선생님이 뭐라고 하든 상관없어요. 전 다른 애한테 이야기하고 있었어요. 거스리 선생님한테는 내가 그랬다는 증거가 없다고요. 선생님은 내가 무슨 말을 했는지도 몰라요.

러셀은 틀림없이 무슨 말인가 했습니다. 모두 그 말을 들었죠. 그리고 그 말을 들은 후 그 여학생은 발표를 멈추고 러셀을 쳐다

212

보더군요. 그러더니 교실에서 뛰쳐나갔습니다. 거스리가 말했다.

그게 무슨 말이었냐고요? 저 사람한테 좀 물어보세요. 저 사람도 모를걸요.

그게 무슨 말이었는지 아십니까, 거스리 선생님?

아뇨. 전 제대로 듣지 못했어요. 하지만 그게 어떤 종류의 말인지는 짐작할 수 있습니다. 다른 아이들에게 물어봤는데 아무도 그 말을 입에 담으려고 하지 않더군요. 그게 어떤 말이었든 그 말 때문에 그 여학생이 교실에서 뛰쳐나간 건 분명합니다. 거스리가 대답했다.

저 사람이 그걸 어떻게 안단 말입니까? 그건 그냥 저 사람의 추측일 뿐이에요. 러셀의 아버지가 말했다.

그렇지 않습니다. 이건 그저 추측하는 게 아니에요. 교실에 있던 학생들 모두가 그 사실을 알고 있습니다. 그렇지 않다면 그 여학생이 왜 교실에서 뛰쳐나갔겠습니까? 거스리가 말했다.

이런, 맙소사, 이유야 수도 없지. 그 계집애가 애를 가졌다며? 그 한심한 계집애가 제 몸을 엉망으로 굴린 거지. 오줌이 마려워서 뛰쳐나가지 않을 수 없었나보지. 베크먼 부인이 말했다.

거스리가 그녀를 바라보며 말했다. 부인, 입이 참 험하시군요. 아주 무식하기도 하고 말이에요.

그리고 당신은 더러운 거짓말쟁이지. 그녀가 소리질렀다.

이것 보세요. 전 이미 경고했습니다. 우리는 이 건을 예의바르고 질서 있게 처리해야 합니다. 교장이 말했다.

그런 말은 저 작자에게나 해요.

두 분께 말씀드리는 겁니다. 지금 당장 그만두세요.

베크먼 부인은 교장을 노려본 후 이어 자기 남편을, 마지막으로 아들을 바라보았다. 그녀는 가슴과 배 부분이 꽉 끼는 스웨터를 아래로 끌어내렸다. 좋아, 학교 복도에서 무슨 일이 있었지? 어떤 일이 벌어졌냐고? 거기서 무슨 일이 있었는지 네가 아는 대로 교장 선생님한테 말해. 저 작자가 어떻게 족제비처럼 요리조리 빠져나갈지 한번 보자. 그녀가 말했다.

그 학생은 이제까지와 다름없이 부루퉁하고 뻣뻣한 태도로 자리에 앉아서 말없이 탁자 너머를 응시했다.

어서, 교장 선생님한테 말해. 러셀의 어머니가 말했다.

뭐하러요? 그래 봤자 뭐가 달라지겠어요. 교장 선생님은 이미 마음을 정했다고요.

어쨌든 얘기해. 네가 우리한테 말한 대로 교장 선생님한테 말하라고. 어서.

러셀은 초점 없는 눈길로 앞만 보고 있다가 이윽고 자신은 이 이야기에 아무 흥미도 없고 반복해서 말하기가 귀찮다는 듯 높낮이 없는 단조로운 어조로 말을 하기 시작했다. 저 사람이 나를 교실에서 복도로 불러냈어요. 난 저 사람과 함께 복도로 나왔죠. 우리는 얘기를 하고 있었어요. 그런데 갑자기 저 사람이 내 팔을 움켜쥐더니 등뒤로 비틀면서 나를 사물함으로 떠밀었어요. 내가 그만하라고 했죠. 내 몸에 손대지 말라고 했어요. 그런 다음 몸을

214

빼내 밖으로 나와서 집으로 돌아왔어요.

교장이 그의 다음 말을 기다리고 있었다. 그게 다니? 끝이냐고. 그게 있었던 일 다야?

네.

네가 선생님을 치지 않았어?

네.

그 밖에 다른 어떤 말도 하지 않았고?

예를 들면 어떤 말이요?

그건 네가 말해보렴.

네. 나는 그 외에 아무 말도 하지 않았어요.

여기 쓰여 있는 내용은 그렇지 않은데. 교장이 말했다.

그러니까요. 그건 그저 저 사람의 헛소리라니까요. 러셀은 불퉁한 얼굴로 눈앞을 응시했다.

교장은 오랫동안 러셀을 바라보았다. 그는 생각에 잠긴 눈으로 학생을 뜯어보았다. 이윽고 교장은 결정을 내린 것 같았다. 그는 자기 앞에 놓인 서류와 소책자를 정리해서 마닐라지로 된 서류철 안에 넣었다. 탁자에 앉은 사람들이 말없이 그의 행동을 지켜보았다. 서류 정리가 끝나자 교장이 고개를 들었다. 오늘은 이걸로 된 것 같군요. 저로서는 충분히 들은 것 같습니다. 저는 결정을 내렸습니다. 러셀 군, 나는 학칙에 정해진 대로 너에게 내일부터 시작해서 오 일간의 정학 처분을 내린다. 그 기간 동안 네 수업은 전부 0점 처리될 것이고, 너는 학교 구내에 접근해서는 안 된다. 지금부터 수업 일수로 오 일 동안 나는 너를 이 건물 근처에서 보고 싶지 않다. 알겠니? 이 일로 네가 책에서 배울 수 있는 건 아닐지라도 뭐라도 좀 배울 수 있기를 바란다.

교장이 말을 마치자마자 베크먼 부인이 거칠게 의자를 뒤로 밀면서 자리를 박차고 일어났다. 그 바람에 의자가 바닥에 나동그라졌다. 그녀의 얼굴 전체가 빨갛게 상기돼 있었고 스웨터가 다시 위로 말려 올라가면서 물렁한 뱃살이 살짝 드러났다. 그녀는 자기 남편을 향해 빙그르 몸을 돌렸다. 이런, 맙소사, 이런 꼴을 볼 줄은 몰랐네. 당신은 뭐 할말 없어? 저 사람 말 들었지. 저 사람이 한 말 들었을 거 아냐. 당신은 저애 아비잖아. 아무 일 없다는 듯이 그냥 앉아 있기만 할 거야? 그녀가 소리쳤다.

새틴 트레이닝복 상의를 입은 키 크고 여윈 그녀의 남편은 자기 아내 옆에 앉은 채 그녀 쪽은 쳐다보지도 않았다. 그의 눈길은 탁자 건너편에 있는 교장을 향하고 있었다. 그가 차분한 어조로 말했다. 그 빌어먹을 입 좀 닥치고 가만히 있어. 그래야 내가 한마디할 거 아냐. 그의 아내가 그를 노려보았다. 그녀는 다시 말을 하려다가 남편 말이 옳다고 여긴 듯 곧 입을 다물었다. 베크먼은 탁자 맞은편에 앉은 로이드 크라우더를 줄곧 바라보고 있었다. 잠시 후 그가 다시 입을 열었다. 이 보고서니 정학이니 하는 말똥 같은 소리에 대해서 난 아무것도 모르겠습니다. 난 그런 거에 개의치 않아요. 그런 건 내 관심사가 아니에요. 다만 이 결정이 내 아들놈이 이번 주말에 있을 농구 경기를 할 수 없다는 뜻은 아니기를 바라겠습니다.

정확히 그런 뜻입니다. 러셀 군은 연습에 참여할 수 없습니다. 경기에 출전할 수 없어요. 수업 일수로 헤아려 앞으로 오 일 동안 저애는 어떤 농구 시합에도 참여할 수 없습니다. 교장이 말했다.

당신도 알다시피 이번 주말에 시합이 둘 있어요. 선생님도 알고 있을 겁니다. 토너먼트 게임 말입니다. 베크먼이 말했다.

그걸 내가 모를 수가 없지요. 그 문제로 온종일 전화 통화를 했으니까요.

그런데도 저애가 시합에 나가는 걸 금지한다는 거로군요.

수업 일수로 오 일이 지나기 전에는 안 됩니다.

여기 거스리가 주장하는 대로 내 아들놈이 어떤 애 밴 잡종 여학생한테 한 말 때문에 말이죠.

그것과 복도에서 일어난 일 때문입니다.

그게 선생님의 최종 결론이라는 거죠. 선생님이 결정을 내렸다는 거죠.

그렇습니다.

선생님의 최종 결정이라고요.

맞습니다.

그럼 좋아, 이 뚱보 자식아, 이 일을 처리할 다른 방법들도 있잖아. 베크먼이 소리쳤다.

교장은 육중한 몸을 탁자 앞으로 기울였다. 이쯤에서 멈추는 게 좋을 겁니다. 지금 날 협박하는 겁니까? 분명히 해주시죠.

당신 좋을 대로 받아들여. 내가 한 말을 들었을 거 아냐.

아뇨, 맙소사. 그 말은 안 들은 걸로 하겠습니다. 시간이 너무 지체됐군요. 이제 일어나야겠습니다. 이 방의 누구도 이 결정에 불복할 생각 같은 건 하지 않는 편이 좋을 겁니다. 이제 회의는 끝났습니다.

베크먼은 교장을 응시했다. 그런 다음 그는 탁자에서 일어서서는 아내와 아들에게 방에서 나가라고 거칠게 손짓했다. 그들이 문을 향해 걷기 시작하자 그도 뒤를 따랐다. 하지만 문간에서 몸을 돌리고 말했다. 이것만은 기억해둬, 이 배불뚝이 뚱보야. 언제나 방법은 있는 법이야. 난 이 일을 잊지 않을 거야. 기억해둘 거라고. 이 일 중 어느 한 가지도 잊지 않을 거야. 그런 다음 그는 몸을 돌려 아내와 아이를 방밖으로 떠밀었다. 그들 세 사람은 복도로 나갔다.

그들이 가고 나자 교장은 잠시 생각에 잠긴 채 멍한 눈길로 열린 문을 응시했다. 잠시 후 그는 부르르 떨더니 톰 거스리에게 몸을 돌렸다. 음, 선생님이 우리를 어떤 상황으로 몰고 갔는지 이제 알 겁니다. 이 일로 나도 몹시 화가 났지만 그 화를 터뜨리지 않으려 애썼어요. 그래선 안 된다고 나 자신에게 말했단 말입니다. 사실 난 이럴 계획이 아니었어요. 이건 내가 좋아하는 일처리방식이 아닙니다. 이 말은 해둬야겠군요. 이제 조심하는 게 좋을 겁니다.

그러니까 저 사람들을 조심하라는 건가요? 거스리가 물었다.

그래요.

선생님은 조심하지 않아도 괜찮다는 말입니까?

오, 저 친구는 내게는 아무 짓도 하지 않을 겁니다. 그냥 허세를 부린 것뿐이에요. 그러지 않을 수 없었을 겁니다. 하지만 거스리 선생님은 세상을 너무 빡빡하게 살지 않는 게 좋을 겁니다. 저 사람들과 지저분하게 얽히고 싶진 않을 거 아닙니까. 저 학생이 학교를 다시 나오게 되면 부탁인데 너무 심하게 대하지 마세요. 전에도 말했다시피 우리는 저 녀석을 졸업시켜서 여기서 치워버리기를 바랍니다.

그렇다면 저애는 그 과제를 하는 게 좋을 겁니다.

설혹 저애가 그 과제를 하지 않는다고 해도 말입니다. 교장이 말했다.

난 마음을 바꿀 생각이 없어요. 거스리가 말했다.

내 말을 듣는 게 좋을 겁니다, 내가 지금 하는 말을 듣는 게 좋을 거란 말입니다. 교장이 말했다.

아이크와 보비

그날 오후 수업을 마친 후 두 소년은 그곳 나무 계단을 걸어올라가 어두침침한 좁은 복도로 들어섰다. 하지만 신문값을 받기 위해서가 아니었다. 문을 열어준 이바 스턴스가 말했다. 오늘은 토요일이 아니잖니. 무슨 일이니? 신문값을 일찍 받으러 온 거야?

아뇨. 아이크가 그녀에게 말했다.

그럼 뭔데? 무슨 일로 온 거야?

아이들은 고개를 돌리고 뒤쪽 복도를 물끄러미 응시했다. 거기 왜 왔는지 분명히 알고 있긴 했지만, 왠지 자신들이 너무나도 보잘것없게 여겨지고 당황스러워서 말을 할 수 없었다.

스턴스 부인은 그들을 지켜보다가 말했다. 알겠다, 우선 안으로 들어오는 게 좋겠구나.

아이들은 아무 말도 하지 않고 집안으로 들어갔다. 그녀의 아파트는 여느 때와 똑같았다. 너무 덥고 물건들로 가득차 있었다. 바닥의 오래된 영수증들과 신문지 더미, 다리미판 위에 놓인 내용물이 반쯤 남아 있는 식료품 봉투들, 단단한 목재로 된 큰 콘솔 위에 자리잡은 휴대용 텔레비전 같은 것들이었다. 집안에서는 그 모든 사물 위에 켜켜이 쌓인 홀트 카운티의 먼지 냄새와 그녀가 피운 담배 냄새가 감돌고 있었다. 현관문을 닫은 그녀는 아이들 앞에 서서 그들을 바라보면서 뭔가를 골똘히 생각하는 것 같았다. 얇은 푸른 실내복 위에 앞치마를 걸치고 남성 모직 양말에 낡은 슬리퍼를 신은 그녀는 곱사등이처럼 허리가 구부정해서 은색 지팡이 한 쌍에 몸을 의지하고 있었다.

우리가 뭘 하면 좋을지 생각해봤는데 말이야. 사실 나는 전부터 과자를 좀 구워야겠다고 생각해왔어. 그런데 모든 재료가 집에 다 갖춰져 있지 않구나. 내가 걸음이 불편한데다 게으르기도 해서 빠진 재료를 사러 가지 못했지. 너희가 가서 재료를 좀 사다 주겠니?

뭐가 필요하신데요? 그들이 물었다.

내가 목록을 적어주마. 너희 오트밀 과자 좋아하니?

네, 좋아해요.

잘됐구나. 우리가 만들려는 게 바로 그거거든.

그녀는 몸을 낮추어 벽 앞에 놓인 푹신한 의자에 앉았다. 그녀가 자리에 앉는 데는 꽤나 오랜 시간이 걸렸다. 이윽고 의자에 앉은 그녀는 숨을 몰아쉬고는 지팡이 두 개를 의자 옆에 세워놓았다. 그러고는 앙상한 무릎 위로 앞치마와 실내복 자락을 가지런히 정돈한 다음 말했다. 저쪽 탁자에서 내 핸드백 좀 가져오렴. 어디 있는지 알지?

보비는 거실과 마찬가지로 덥고 물건으로 가득찬 옆방으로 가서 핸드백을 찾아와 할머니의 무릎에 내려놓았다. 아이들은 의자 앞에 서서 그녀를 지켜보았다. 그녀가 고개를 앞으로 숙이자 머리를 듬성듬성 덮고 있는 노란색이 섞인 희고 가는 머리카락과, 안경다리 끝이 걸린 귓바퀴의 벗어진 피부가 보였다. 그녀가 끼고 있는 구식 보청기의 전선은 구불구불 꼬인 채 실내복의 옷깃 속에 감춰져 있었다.

그녀는 가죽 핸드백을 열고 지갑을 꺼낸 다음 거기에서 10달러를 꺼냈다. 그리고 그 돈을 아이크에게 주었다. 이 정도면 충분할 거야, 거스름돈을 가져오렴. 그녀가 말했다.

네, 할머니.

자, 우리가 필요한 게 뭐지? 그녀는 마치 아이들이 그 답을 알고 있기라도 한 것처럼 두 아이의 얼굴을 유심히 바라보았다. 아이들은 그녀 앞에 선 채 그녀의 눈길을 마주 받으며 참을성 있게 기다렸다. 모든 재료가 거의 다 필요해. 그녀가 말했다.

그녀는 만년필을 꺼낸 다음 핸드백 안을 더듬었지만 원하는 것을 찾을 수 없는 모양이었다.

자, 적을 종이를 좀 갖다줘. 저 신문이면 되겠구나. 저 신문을 내게 다오. 그것은 그날 조간인 〈덴버 뉴스〉로 아이크와 보비가 그날 아침 일찍 기차역에서 감아놓은 고무줄이 여전히 감겨 있었다. 그녀는 신문을 펼치고 끝이 톱니 모양으로 잘린 첫 장 한쪽 귀퉁이를 찢어내 하얀 여백에 필요한 재료를 적기 시작했다. 옛날에 학교에서 배운 우아한 필기체 글씨였지만, 마치 감기나 고열로 떨고 있는 사람이 쓴 것처럼 글자들이 불안정했다. 오트밀, 달걀, 황설탕. 자, 돈은 좀전에 네게 주었지? 그녀가 아이크를 바라보았다. 그럼 사야 할 물건 목록은 네게 주마. 그녀가 보비에게 말하고는 신문지 조각을 내밀었다. 이제 가거라. 어서 가봐. 기다리고 있을 테니.

그런데 이걸 어디서 사야 해요, 할머니? 아이크가 물었다.

존슨네 가게에서 사면 돼. 그 식품점 알지?

네, 알아요.

바로 거기서 사면 돼.

아이들은 몸을 돌리고 걸음을 옮겨놓기 시작했다.

가만있거라. 이따 어떻게 들어오려고? 문을 열어주러 또 일어나고 싶지는 않구나. 그렇게 말하고 그녀는 핸드백에서 열쇠를 꺼내 아이들에게 내밀었다.

할머니의 아파트를 나온 아이들은 층계를 내려가 인도로 내려서서 겨울의 매운 대기 속에서 메인 스트리트로 접어든 다음 세컨드 스트리트 모퉁이에 있는 존슨 식품점에 이르렀다. 상점으로 들어간 아이들은 장 보기가 생각보다 훨씬 더 복잡하다는 사실을 깨달았다. 줄지어 늘어선 선반 진열대에는 두 가지 상표의 황설탕이 있었다. 또 오트밀도 즉석 오트밀과 일반 오트밀이 있고 그것이 들어 있는 원통형 상자의 크기도 두 가지였다. 그리고 달걀은 크기로는 세 가지, 색깔로는 두 가지 종류가 있었다. 물건을 사러 온 중년 여자와 젊은 아기 엄마들이 물건으로 가득찬 카트를 밀면서, 장을 보는 문제로 통로에서 토론을 벌이는 두 소년을 호기심에 찬 눈길로 쳐다보았다.

우리, 가격이 싼 황설탕을 사기로 했지? 아이크가 물었다.

응. 보비가 대답했다.

그리고 일반 오트밀 큰 통하고.

맞아.

그럼 이제 달걀은 중간 크기로 사자.

어째서?

왜냐하면 중간이니까.

그게 뭐?

다르지. 중간 크기는 큰 것과 작은 것 사이에 있잖아. 어느 한쪽으로 치우치지 않는 거니까.

보비가 생각에 잠긴 눈길로 아이크를 바라보았다. 좋아, 어떤 색으로 할 거야?

어떤 색이냐니?

노란색 아니면 하얀색?

그들은 냉장칸을 향해 다시 한번 돌아서서 여러 줄에 진열된 판지로 된 달걀 상자들을 바라보았다. 엄마는 하얀 걸 사셨었는데. 아이크가 말했다.

할머니는 우리 엄마가 아니잖아. 할머니는 노란색을 원할 것 같아.

어째서 할머니가 노란 달걀을 원한다는 거야?

우리한테 황설탕을 사오라고 하셨잖아.

그래서?

그 말은 하얀 설탕도 있다는 뜻이잖아. 그런데 노란 걸 사오라고 하신 거야. 보비가 말했다.

좋아, 노란 달걀로 하자. 아이크가 말했다.

좋아. 보비가 말했다.

중간 크기로.

그럼 됐네.

소년들은 달걀과 오트밀과 설탕을 들고 상점 앞쪽에 있는 금전 등록기로 가서 여자 계산원에게 돈을 지불했다. 계산원이 아이들에게 미소를 지어 보였다. 너희들 뭔가 맛있는 걸 만드는 모양이구나. 그녀가 말했다. 아이크와 보비는 그 말에 대답하지 않은 채 거스름돈을 받고 밖으로 나온 뒤 골목길 위에 있는, 어두침침하고 지나치게 더운 노파의 아파트로 통하는 층계를 올랐다. 문을 두드리지 않고 열쇠로 문을 열고 들어가보니 스턴스 부인은 아이들이 떠날 때 앉아 있던 의자에서 그대로 잠들어 있었다. 노파의 숨소리는 희미했다. 고개는 앞으로 숙어져 푸른 실내복의 목 부분에 묻혀 있었고, 나직한 숨이 들어갔다가 나왔다. 노파 앞으로 다가간 아이들은 잠시 주저하며 힘없이 들썩이는 그녀의 가슴을 바라보았다. 아이들은 실내복 가슴 부위가 아주 약하게 위아래로 오르내리는 것을 보고 살짝 겁이 났다. 아이크가 몸을 앞으로 숙이며 말했다. 할머니, 저희 돌아왔어요. 소년들은 그녀 앞에 선 채 반응을 기다렸다. 그들은 그녀를 지켜보았다. 스턴스 할머니, 아이크가 말하고는 다시 한번 몸을 앞으로 기울였다. 저희 왔어요. 그러면서 노파의 팔을 살짝 건드려보았다.

갑자기 그녀의 숨소리가 멎었다. 한순간 숨이 막힌 것 같았다. 안경 안쪽의 두 눈이 파르르 떨리더니 그녀가 고개를 들고 주위를 둘러보았다. 이런. 너희 다녀왔니?

지금 막 왔어요. 아이크가 말했다. 지금 막이요.

식품점에서 무슨 문제는 없었고?

전혀 없었어요. 필요한 거 다 사왔어요.

잘했다. 그녀가 말했다.

아이들이 거스름돈과 식품점 영수증을 내밀자 그녀는 얼굴 앞까지 손바닥을 들고 손가락으로 하나하나 돈을 헤아려보고는 영수증과 동전을 핸드백에 넣었다. 아이들이 현관문 열쇠도 내밀자 그녀가 말했다. 그건 너희를 믿고 맡기마. 너희가 오고 싶을 때 언제든 여기 들어올 수 있잖니. 난 너희들 문 열어주러 일어나지 않아도 되고 말이다. 너희가 언젠가 여기 오고 싶어질 수도 있으니까. 그러면서 그녀는 아이들을 바라보았다. 어떠냐? 아이들이 고개를 끄덕였다. 잘됐다. 이제 내가 일어설 수 있겠는지 좀 보

자. 그녀는 팔걸이를 꽉 쥐고 밀어내듯이 천천히 의자에서 몸을 일으켰다. 아이들은 그녀를 돕고 싶었지만 어디를 어떻게 잡아야 할지 알 수 없었다. 이윽고 그녀는 똑바로 일어섰다. 나이가 든다는 건 우스꽝스러운 일이야. 늙는 건 어리석고 우스꽝스럽지. 그녀가 지팡이를 잡았다. 저리 물러서거라, 너희들한테 발이 걸려 넘어질라.

아이들은 그녀를 따라 지금까지 한 번도 들어가본 적이 없는 주방으로 들어갔다. 작은 창을 통해 타르칠을 한 옆 건물 옥상이 내려다보이는 조그만 공간이었다. 평범한 나무 식탁에는 토스터 하나가 놓여 있고, 키 작은 냉장고와 쓰레기통이 있었으며, 단단한 에나멜을 입힌 낡은 개수대 안에는 그녀가 아침으로 먹었을 토스트 부스러기와 사용한 커피잔 하나가 들어 있었다.

손을 씻으렴, 그게 제일 먼저 할 일이야. 여기서 씻거라. 그녀가 말했다.

아이들은 개수대 앞에 나란히 섰다. 손을 씻고 나자 그녀가 수건을 내밀었다. 그런 다음 그녀는 아이들에게, 자신이 예전에 오트밀 상자 상단에서 오려둔 조리법을 보고, 찬장에서 필요한 나머지 재료를 꺼내 식탁 위에 늘어놓으라고 말했다. 조리법이 적혀 있는 종이는 이제 낡고 기름때가 묻어 잿빛을 띠고 있었지만 글자를 읽을 수는 있었다.

다음엔 뭐지? 읽어보렴. 그녀가 말했다.

바닐라요.

저기 있다. 중간 선반에. 그리고 또?

베이킹소다.

그건 저기 있어. 그녀가 손가락으로 가리켰다. 그다음에는?

없어요. 그게 다예요.

좋아, 너희도 알겠지? 글을 읽을 줄 알면 요리도 할 수 있어. 언제든 혼자 음식을 만들어 먹을 수 있단다. 내 말을 잘 기억해두렴. 지금 여기에서만 필요한 얘기가 아냐. 너희가 집에 돌아가서도 마찬가지야. 내가 무슨 말을 하는지 알겠니?

아이들은 진지한 표정으로 그녀를 바라보았다. 보비가 조리법이 인쇄된 종잇조각을 다시 읽었다. 크림화한다는 게 무슨 뜻이에요? 그애가 물었다.

어디 그런 말이 있는데?

버터와 설탕을 크림화하라는데요.

그건 그 두 가지 재료를 부드러워질 때까지 잘 섞으라는 뜻이야. 찐득한 크림처럼 말이야. 그녀가 말했다.

아.

그럴 땐 포크를 쓰면 돼.

아이들은 재료를 한데 넣기 시작했다. 그들이 그릇에 담긴 내용물을 젓는 동안 그녀는 옆에 서서 감독을 하며 이것저것 지시했다. 이윽고 아이들은 기름을 칠한 종이 위에 과자 반죽을 숟가락으로 조금씩 떠 놓았다. 그런 다음 그 쿠키 반죽을 오븐 안에 넣었다.

내가 생각한 게 있어. 쿠키가 다 구워지는 동안 너희에게 보여주마.

그녀는 발을 끌며 옆방으로 가서 군데군데 해진 납작한 판지 상자를 가져다 식탁에 올려놓은 후 뚜껑을 열고 그 안에 든 사진을 보여주었다. 외로운 인생의 기나긴 오후와 저녁나절 동안 그녀가 수없이 매만지던 사진들, 집어들어 들여다본 다음 모양이나 스타일이 구식인 검은 앨범에 다시 넣어두곤 하던 사진들이었다. 그것은 모두 그녀의 아들 앨버트의 사진이었다. 그녀는 니코틴으로 얼룩진 손가락으로 사진 한 장을 가리켰다. 이게 내 아들이야. 전쟁에서 죽었지. 태평양에서.

아이들은 몸을 앞으로 숙여 사진 속 인물을 들여다보았다.

해군복을 입은 내 아들 앨버트란다. 그애가 어른이 된 후 찍은 것 중에 내가 제일 좋아하는 사진이지. 저 얼굴에 떠오른 표정이 보이니? 정말 잘생긴 청년이었지.

짙은 색 해군복을 입은 키가 크고 마른 청년의 사진이었다. 멋진 미 해군복에 하얀 제모를 뒤쪽으로 젖혀 쓰고 반짝이는 구두를 신은 차림이었다. 사진 속의 남자는 햇빛 때문에 눈을 가늘게 뜨고 있었다. 청년 뒤편으로 잎이 무성한 나무 한 그루와 거뭇한 그늘이 보였다. 청년은 이를 드러낸 채 웃고 있었다.

난 저애가 매일매일 보고 싶단다, 아직도 말이야. 그녀가 말했다.

그녀가 앨범을 다시 넘기자, 짙은 색 머리카락이 구불구불하

고 하얀 개버딘 원피스를 입은 날씬한 여자의 어깨에 그 청년이
팔을 두르고 서 있는 사진이 나왔다.

이건 누구예요? 아드님과 함께 있는 이 숙녀분 말이에요. 아이
들이 물었다.

누구일 것 같니? 그녀가 물었다.

그들이 어깨를 으쓱해 보였다. 아이들로서는 짐작이 가지 않
았다.

나란다. 상상도 못했지?

아이들은 고개를 돌려 할머니의 얼굴을 살펴보았다.

저게 내 옛날 모습이야. 나도 한때는 젊었거든, 알겠니? 그녀
가 말했다.

늙고 검버섯이 피고 안경을 쓴 그녀의 얼굴이 그들 가까이에
있었다. 물렁한 뺨은 처지고 숱이 얼마 남지 않은 머리카락은 뒤
로 넘긴 모습이었다. 그녀에게서는 담배 연기 냄새가 났다. 아이
들은 그녀가 멋진 하얀 원피스를 입고 아들과 함께 있는 젊은 여
자였을 때의 사진으로 다시 눈길을 돌렸다.

이 사진은 앨버트가 마지막으로 집에 왔을 때 찍은 거야. 그녀
가 말했다.

할머니의 남편분은 어디 계세요? 그분도 집에 계셨나요? 아이
크가 물었다.

아니, 그이는 집에 없었어. 그녀의 목소리가 달라졌다. 이제 더
비통하고 지친 것처럼 들렸다. 이때 이미 이 세상 사람이 아니었

단다. 얘 아버지는 어디에도 없었어. 어디에도 없었다고.

보비가 말했다. 우리 엄마는 이제 덴버에 계세요.

아. 그녀가 말했다. 그녀가 보비를 바라보았다. 그들의 얼굴이 가까워졌다. 그래, 그런 얘기를 들은 것 같구나.

그동안 살던 집은 셋집이었거든요. 덴버에서는 이모 집에서 지내신대요. 아이크가 말했다.

그렇구나.

우리는 곧 엄마를 만나러 갈 거예요. 크리스마스에요.

잘됐구나, 그렇지? 너희 엄마는 틀림없이 너희들이 몹시 보고 싶을 거야. 나도 그랬으니까. 그건 숨쉬는 것과 똑같은 거란다. 너희 엄마도 분명 그럴 거라는 걸 난 잘 알고 있어.

가끔 엄마가 우리한테 전화를 해요. 아이크가 말했다.

레인지 위의 타이머가 울렸다. 그들은 처음으로 구운 오트밀 과자를 오븐에서 꺼냈고, 컴컴하고 작은 공간은 계피와 갓 구운 과자 냄새로 가득찼다. 아이들은 식탁에 앉아 스턴스 부인이 푸른 유리잔에 따라준 우유와 함께 과자를 먹었다. 그녀는 조리대 앞에 선 채 아이들을 바라보며 뜨거운 차를 홀짝거리고 과자를 조금 먹긴 했지만 식욕은 별로 없는 것 같았다. 잠시 후 그녀는 담배 연기를 내뿜고는 개수대에 재를 떨었다.

너희들은 말이 별로 없구나. 나는 너희가 무슨 생각을 하는지 알고 싶어. 그녀가 말했다.

뭐에 대해서요?

뭐에 대해서든. 너희가 만든 쿠키에 대해서는 어떤 생각을 하지?

맛있어요. 아이크가 말했다.

집에 갈 때 가져가렴. 그녀가 말했다.

할머니는 안 드세요?

난 한두 개면 된단다. 나머지는 가져가거라.

거스리

설마 이렇게 빨리 가려는 건 아니죠? 매기 존스가 물었다.

거스리는 손에 겨울 외투를 들고 현관에 서 있었다. 매기는 그 앞에 서 있었고, 그 뒤로는 음식이 담긴 작은 종이접시를 손에 든 채 이야기를 나누며 술을 마시거나, 의자나 큰 소파에 앉아 있는 교사들의 모습이 보였다. 거실 한쪽 구석에서는 어떤 교사가 매기 존스의 아버지가 하는 이야기에 귀를 기울이고 있었다. 코듀로이 셔츠에 초록색 넥타이를 맨 노인은 두 손을 요란하게 움직이며 오래전 자신이 젊었을 때의 이야기를 여교사에게 들려주고 있었다.

왜 이렇게 빨리 가는 거예요? 아직 이른 시각이잖아요. 매기가 말했다.

이런 것에 별로 익숙하지 않아서요. 그냥 가는 게 좋겠어요. 거스리가 말했다.

어디로 갈 거예요?

슈트에 가서 한잔할까 해요. 나와 같이 가겠어요?

이 사람들을 두고 갈 순 없잖아요. 당신도 알면서.

거스리는 외투를 입고 지퍼를 채웠다.

거기 가서 기다리세요, 틈 봐서 갈게요. 그녀가 말했다.

좋아요. 하지만 거기 얼마나 오래 있을지는 잘 모르겠군요.

그는 현관문을 열고 밖으로 나왔다. 차가운 공기가 즉각 그의 얼굴과 귀와 콧속에 와닿았다. 그녀의 집 앞 거리를 따라서, 그리고 길모퉁이 언저리까지 차들이 연이어 주차되어 있었다. 그는 반 블록을 걸어 픽업트럭에 올라탔다. 차는 마지못한 듯 덜덜거리는 소리를 내다가 시동이 걸렸다. 엔진이 예열되는 사이에 그는 잠시 두 손을 주머니에 넣고 기다렸다. 이윽고 그는 차를 몰고 거리로 나섰다. 차가 거의 없는 고속도로를 남쪽으로 세 블록 달린 다음 가스 앤드 고 주유소에 차를 세우고 시동을 끄지 않은 채 내려서 담배 한 갑을 사고는 다시 도로로 나와 동쪽으로 두 블록을 달려 슈트 바 앤드 그릴로 갔다. 술집 안에는 담배 연기가 자욱했고 누군가 돈을 넣은 듯 주크박스에서 노래가 흘러나오고 있었다. 토요일 밤이면 으레 그렇듯이 그곳은 붐볐다.

그가 바에 앉자 먼로가 하얀 행주에 두 손을 닦으면서 다가왔다. 톰, 오늘은 뭘로 하겠나? 거스리가 맥주 한 잔을 주문하자 먼로는 맥주를 따라 거스리 앞에 놓아주었다. 먼로는 광을 낸 나무판 위에서 얼룩을 발견하고 문질러 닦았지만 나뭇결 자체가 그런 것이었다. 술값은 한꺼번에 계산할 건가?

아니, 지금 내는 편이 낫겠군. 거스리가 지폐 한 장을 내밀자 먼로는 몸을 돌려 큰 거울 앞에 있는 금전등록기에서 거스름돈을 가지고 돌아와 영수증과 동전을 잔 옆에 놓았다.

별일 없는 거야?

무슨 일이 있기에는 아직 이른 시각이지. 먼로가 말했다.

그가 가고 나자 거스리는 주위를 둘러보았다. 그의 왼쪽으로 서너 명의 남자가 있고, 그들 뒤편 부스에도 사람들이 있었으며, 건너편 구석 탁자와 부스와 벽에 붙어 있는 셔플보드 게임 테이블에도 또다른 사람들이 앉아 있었다. 같은 고등학교에서 근무하는 행정직원 주디가 어떤 여자와 함께 앉아 있는 것이 보였다. 자기를 바라보는 것을 알고 그녀는 잔을 들어올리며 십대 여자애들이 하듯 손가락 두 개를 흔들어 보였다. 거스리는 그녀에게 고개를 끄덕여 보이고 고개를 돌려 반대 방향에 있는 출입구 쪽을 바라보았다. 그쪽에 두어 명의 남자가 더 있었고, 군복 상의를 입은 여자가 맨 끝자리 등받이 없는 의자에 앉은 채 바에 엎어져 있었다. 거스리 곁에 앉아 있던 남자가 그가 있는 쪽으로 고개를 돌렸다. 버스터 휠라이트였다.

톰, 자네로군.

요즘 어떻게 지내? 거스리가 물었다.

불평해봤자 소용없는 일이지, 안 그래?

내 생각도 그래.

이 동네에서 사는 게 다 그렇지. 버스터가 말했다.

거스리는 맥주를 마시며 그를 바라보았다. 요즘 뭐한 거야, 체중이 준 것 같은데? 알아보지 못할 정도인걸.

맙소사 그래? 내 모습 어때?

좋아 보여.

이제 막 알코올중독 치료를 마쳤어. 거기서 살이 좀 빠졌지.

어땠어?

중독 치료 말이야?

그래.

괜찮았어. 술기운이 빠져나가서 딱 한 번 죽도록 침체되었던 것만 빼면 말이야. 그땐 줄창 울기만 했지. 의사가 항우울제를 좀 주더군. 그걸 먹으니 괜찮아졌어. 그런데 이번에는 똥을 눌 수가 없더라고.

거스리가 씩 웃으며 고개를 내저었다. 그게 무슨 난리야.

정말 그런 난리가 없었어, 톰. 똥을 못 누면 사람이 살 수가 없지, 안 그래?

살 수 없을 것 같은데.

그렇고말고. 그걸 보고 의사가 하제를 주더라고. 그래서 깨끗이 비워냈지. 사실 말인데 그런 방법으로 살을 좀 뺄 수 있긴 해. 다만 앞으로도 줄곧 그런 식으로 살 수는 없다는 게 문제지. 그곳에 있는 내내 나는 말처럼 먹어댔지만 다 자란 코끼리처럼 똥을 싸댔다고. 그러면서 버스터가 웃음을 터뜨렸다. 왼쪽 윗니 한두 개가 빠진 것이 보였다.

왠지 좀 과격한 치료처럼 들리는걸. 거스리가 말했다.

아, 매일 할 만한 건 아니지. 버스터가 말했다.

그들 둘 다 술을 마셨다. 거스리는 다른 곳을 돌아보았다. 주디가 같은 탁자에 있는 사람들과 무슨 얘기인가를 하며 웃음을 터뜨렸다. 이제는 덩치가 큰 곱슬머리 남자가 그 자리에 합류했다.

그런데 자네 파트너는 어디 있지? 어디에도 안 보이는데.

누구 말인가?

테럴 말이야.

맙소사. 자네, 그 얘기 몰라?

모르는데.

말도 말게. 어제 아침에 테럴이 시내 북쪽에서 트럭을 몰고 시내로 들어오는데, 도로 한복판에서 스미스네 그 쪼그만 얼룩무늬 개가 차 앞으로 튀어나왔지 뭔가. 테럴은 자기가 녀석을 치었을까봐 더럭 겁이 났지. 그래서 속도를 늦춘 다음 차문을 열고 몸을 밖으로 내민 채 뒤를 돌아보다가 그대로 길바닥으로 굴러떨어지고 말았다네. 트럭은 운전자 없이 저 혼자서 계속 굴러가 헬렌 섀턱네 뒷마당 담장을 들이받고야 멈춰 섰어. 사람들은 테럴에게 심장마비가 일어난 줄 알고 병원으로 데려갔지. 그 친구, 정신이 돌아오더니 실상을 털어놓았네. 자기 트럭에서 굴러떨어진 그 모든 얘기를 말이야. 과체중인 사람이 몸을 너무 많이 밖으로 기울였던 거지. 균형을 잃었던 모양이야. 호그 스트리트에 문자 그대로 머리를 처박은 거지.

거스리가 씩 웃으며 고개를 저었다. 많이 다쳤나?

아, 그 친구는 괜찮아. 두통이 좀 있었을 뿐이야.

그 개는 트럭에 치였나?

아니, 맙소사. 개는 이 일과 아무 상관도 없었어. 멀리 내뺐다네. 이 사건에서 뭔가 배울 점이 있을까?

굳이 찾자면 없다곤 할 수 없겠는걸. 거스리가 대답했다.

우리 모친은 제대로 볼 줄만 알면 어떤 일에서든 교훈을 찾을 수 있다고 말씀하시곤 했지. 버스터가 말했다.

난 그 말 믿네. 자네 모친은 지혜로운 분이셨지. 거스리가 말했다.

아, 그렇습죠, 선생. 모친이 돌아가신 지도 벌써 이십칠 년이 되었군. 버스터가 말했다.

거스리는 담배 한 개비를 꺼내 불을 붙인 다음 버스터에게 담뱃갑을 내밀었다. 버스터는 담배 한 개비를 꺼내 들여다보다가 필터 끝을 입에 물었다. 그들은 한동안 담배를 피우고 술을 마셨다. 먼로가 거스리에게 맥주를 한 잔 더, 버스터에게 맥주 한 잔과 위스키 한 잔을 가져다주었다. 마시고 기분 풀라고. 거스리가 말했다. 버스터가 고갯짓으로 고마움을 표하고 작은 위스키 잔을 들어올려 고개를 젖히고 들이켜고는 이어서 몸을 앞으로 기울여 맥주잔을 들고는 맥주를 길게 한 모금 마셨다.

거스리가 남은 맥주를 마시고 있는데 술집 뒤쪽에 있던 주디가 다가왔다. 그녀는 거스리 뒤로 다가와 그의 어깨를 두드렸다. 그가 돌아보자 그녀가 말했다. 존스 선생님 파티에 가신 줄 알았는데요.

갔었죠. 당신은 거기 오지 않은 것 같더군요.

학교 사람들은 학교에서 보는 걸로 충분해요. 모두 선생님들뿐인걸요. 하는 얘기도 언제나 똑같고요. 그녀가 말했다.

음, 오늘 멋진데요. 거스리가 말했다.

이런, 고맙습니다. 그녀는 그의 앞에서 춤을 추듯 몸을 한 바퀴 빙그르 돌렸다. 그녀는 가슴이 깊이 파인 하얀 윗옷에 몸에 달라붙는 청바지를 입고 부드러운 빨간 가죽으로 된 부츠를 신고 있었다. 몸에 딱 붙는 윗옷 때문에 보기 좋은 가슴의 굴곡이 매끄럽게 드러나 보였다.

한잔 사드릴까요?

제가 한잔 사드리려고 온 건데요. 그녀가 말했다.

당신은 다음번에 사면 되죠. 거스리가 말했다.

좋아요. 기억해둘게요.

먼로가 럼주에 콜라를 부은 음료를 한 잔 가져다주자 그녀는 그것을 맛본 다음 빨대로 젓고 나서 다시 한번 맛을 보았다.

자리에 앉겠어요? 거스리가 물었다.

어디요?

여기 앉으세요. 내가 잠시 서 있으면 되니까요.

무슨 그런 말씀을, 내가 당신보다 더 젊은걸요.

아, 그랬나요?

여기 있는 사람 중에서 내가 가장 젊을걸요. 전 토요일 밤에 외출을 나온 어리디어린 아가씨라고요. 그녀가 주먹 쥔 손을 들어 올려 흔들었다.

거스리 왼쪽에서 그 말을 듣고 있던 남자가 고개를 돌려 그녀를 바라보았다. 그는 밴드에 밝은색 깃털이 달린 크고 까만 중절모를 쓰고 있었다. 말씀드릴 게 있는데요. 제게 굿나이트 키스를 해주신 다음 제 자리에 앉으시면 어떨까요. 전 이제 가려던 참이었거든요.

절 아세요? 그녀가 물었다.

아뇨, 하지만 전 사귀기 어려운 사람은 아니랍니다. 무슨 의도가 있는 것도 아니고요. 그런 뜻으로 물으신 거라면요.

좋아요, 몸을 앞으로 굽히세요. 당신 키가 너무 크니까요. 남자가 허리를 굽히자 그녀는 중절모 챙에 가려진 그의 얼굴을 두 손으로 잡고 입술에 힘주어 키스했다.

어때요? 그녀가 물었다.

이런, 여기 그대로 앉아 있고 싶은데요. 그가 말하며 입술을 핥았다.

아뇨, 그건 곤란해요. 그녀는 그렇게 말하며 남자의 팔을 잡아끌었다.

남자는 자리에서 일어서서 그녀의 어깨를 가볍게 토닥인 다음 술집을 나갔다. 주디는 거스리와 함께 카운터에 앉아서 남자가 나간 쪽으로 고개를 돌렸다. 저 사람 누구예요? 그녀가 물었다.

남쪽에 살아요. 가끔 여기 온답니다. 이름은 모르겠어요.

전 처음 보는 사람인데요.

두 주에 한 번쯤 오는 것 같아요.

거스리와 주디는 함께 앉아서 여러 가지에 대해, 학교나 로이드 크라우더 교장, 몇몇 학생들에 대해 잠시 대화를 나누었다. 이어서 주디는 포트콜린스대학 신입생인 자기 딸에 대해 이야기했다. 그녀는 자기가 어떻게 집을 혼자 쓰게 되었는지, 자기 집이 줄곧 얼마나 적막한지 털어놓았다. 거스리는 자신의 두 아이에 대한 몇 가지 이야기를, 그리고 아이들이 어떻게 지내는지를 말했다. 주디는 하와이행 전세기를 탄 금발 여자에 대해 이야기했고, 거스리는 그녀에게 남자 소변기 앞에 서 있을 때 들을 수 있는 얘기 중 최악의 것이 무엇인지 아느냐고 물었다. 그들은 술을 한 잔 더 주문했고, 그녀는 이번에는 자기가 사겠다고 고집했다.

주문한 술이 오자 그녀가 물었다. 좀 거북한 것 한 가지 물어봐도 돼요?

뭔데요.

부인은 여전히 덴버에 계신가요?

거스리가 그녀를 바라보았다. 네, 아직 거기 있어요.

그래요?

네.

앞으로 어떻게 될 것 같아요?

딱히 뭐라고 말은 못하겠어요. 아내는 필시 거기 계속 머물 겁니다. 지금 처형과 함께 있어요.

재결합은 하지 않으실 건가요?

그건 잘 모르겠네요.

당신은 그걸 원하지 않나요?

그가 그녀를 바라보았다. 우리 다른 얘기 하면 안 될까요?

죄송해요. 그녀가 말했다.

그가 담배에 불을 붙였다. 그녀는 담배를 피우는 그를 지켜보았다. 그러더니 그의 손에서 담배를 빼앗아 한 모금 빨고는 콧구멍으로 두 줄기 연기를 뿜은 다음 다시 한번 더 빨고 나서 담배를 돌려주었다.

그거 다 피우셔도 돼요.

아뇨, 딱 이만큼만 피우고 싶었어요. 담배 끊었거든요.

다 피우시라니까요.

아니, 됐어요. 그런데요. 언제 우리집에 오면 내가 스테이크 같은 걸 만들어줄게요. 당신은 너무 외로워 보여요. 그리고 우리집은 언제나 나 혼자뿐이라 너무 적막하고요.

그렇게 할 수도 있겠네요.

그러라니까요. 꼭 그래야 해요.

어쩌면요.

잠시 후 다른 자리에 있던 여자가 그들 쪽으로 와서 주디를 다시 그들이 앉아 있던 탁자로 끌고 갔다. 제발, 나하고 저 남자 둘만 놔두지 말라니까. 그 여자가 말했다.

나중에 봐요. 주디가 말했다. 거스리는 그들 자리로 돌아가는 두 여자를 지켜보았다. 두 여자는 곱슬머리 남자를 일으켜세워 셔플보드 게임 테이블로 향했다. 거스리는 게임을 하는 그들을 한동안 지켜보았다. 바 쪽으로 다시 고개를 돌린 그는 버스터 휠라이트의 모습이 보이지 않는다는 것을 알았다. 버스터는 얼마간의 돈을 카운터 위에 놓아둔 채 술집을 나가고 없었다. 거스리는 주위를 둘러보았다. 군복 상의를 입은 여자는 여전히 바에 엎어진 채 잠들어 있었다. 그는 남은 맥주를 마시고 다시 찬 공기 속으로 나와 차를 달려 메인 스트리트로 접어들었다.

빅토리아 루비도

12월 어느 날 매기 존스가 교무 업무를 보고 있는데 교실 문간에 빅토리아가 나타났다. 매기는 교사 책상 앞에 앉아 빨간 잉크가 든 만년필로 학생들의 과제를 평가하던 중이었다.

존스 선생님. 빅토리아가 말했다.

매기가 고개를 들었다. 빅토리아로구나. 들어오렴.

빅토리아는 교실로 들어와 교사 책상 옆에서 걸음을 멈추었다. 교실에는 아무도 없었다. 이제 빅토리아는 전보다 몸이 더 무거워져서 겉으로 표시가 나기 시작했고, 얼굴도 훨씬 넓적하고 둥글어졌다. 그녀의 블라우스는 복부가 다른 데보다 더 팽팽하게 당겨져서 옷감에서 그 부분만 윤이 나고 반들거렸다. 매기가 과제물을 한쪽으로 치우며 말했다. 이리 와봐, 좀 자세히 보게. 그래, 순조롭게 진행되고 있는 것 같구나. 몸을 돌려봐, 옆으로도 보게.

빅토리아가 옆으로 돌아섰다.

어디 불편한 곳은 없니?

최근에는 안에서 움직여요. 줄곧 움직임이 느껴져요.

그래? 매기는 빅토리아에게 미소를 지어 보였다. 먹는 건 제대로 먹고 있는 것 같구나. 뭐 하고 싶은 얘기 있니? 지금 수업 없어?

거스리 선생님께 죄송하지만 화장실에 가야겠다고 말씀드리고 나왔어요.

무슨 일이 있니?

빅토리아는 교실을 힐긋 살펴보더니 뒤를 돌아보았다. 그녀는 책상 옆에 서서 문진을 집어들었다가 내려놓았다. 존스 선생님, 말을 하지 않아요.

누가 말을 안 한다는 거야?

한 번에 두 마디 이상을 하지 않아요. 꼭 저한테만 그러는 건 아니에요. 두 분끼리도 서로 이야기를 하는 것 같지 않아요.

아, 맥퍼런 아저씨들 얘기로구나. 매기가 말했다.

거긴 너무 조용해요. 제가 뭘 해야 할지 잘 모르겠어요. 우리는 저녁을 먹어요. 그분들은 신문을 읽고요. 저는 제 방에 가서 공부를 해요. 그게 다예요. 매일매일이 그런 식이에요. 빅토리아가 말했다.

다른 문제는 없고?

그럼요, 그분들은 친절하세요. 선생님이 아시고 싶은 게 그거라면요. 아주 좋은 분들이에요.

그런데 말을 하지 않는다는 거지? 매기가 말했다.

심지어 그분들이 제가 거기 있는 걸 좋아하시는지 아닌지도 잘 모르겠어요. 그분들이 무슨 생각을 하고 계신지 도무지 알 수 없어요. 빅토리아가 말했다.

네가 먼저 말을 걸려고는 해봤어? 네가 대화를 시작할 수도 있잖아.

빅토리아는 어이가 없다는 듯한 눈길로 매기를 바라보았다. 존스 선생님, 전 소에 대해서는 아무것도 모르는걸요. 그녀가 말했다.

매기가 웃음을 터뜨렸다. 그녀는 학생들 과제물 더미 위에 붉은 잉크가 든 펜을 내려놓고 의자에 앉은 채 몸을 뒤로 젖히며 어깨를 폈다. 너 대신 내가 그분들에게 말 좀 해달라는 거지?

전 그분들이 좋은 분들이라는 걸 알아요. 제게 해가 될 일을 하실 분들이 아닌 줄 알고 있다고요. 빅토리아가 말했다.

다음다음 날 오후에 학교 일이 끝나고 나서 매기 존스는 홀트 동쪽에 있는 하이웨이 34 식품점으로 장을 보러 갔다가 상점 뒤쪽 육류 냉장칸 앞에 서 있는 해럴드 맥퍼런을 보았다. 그는 포장된 구이용 돼지고기를 집어들고 냄새를 맡고 있었다. 그녀가 그의 옆으로 다가갔다.

이거 신선한 것 같아요? 그가 그녀에게 고기 팩을 내밀며 물었다.

선홍색으로 보이는데요. 그녀가 대답했다.

냄새가 좋은지 나쁜지 알 수가 없어. 이 빌어먹을 비닐로 온통 감아놓아서 말이오. 이걸로 싸놓으면 스컹크 똥구멍이라도 아무 냄새가 안 날 거야.

스컹크도 드시는 줄 몰랐네요.

내 말이 그 말이라니까. 이 빌어먹을 비닐로 싸놓으면 내가 먹으려는 게 뭔지 알 수가 없다는 거요. 육류 저장고에 넣어놓은 우리집 쇠고기와는 전혀 다르다니까. 우리집 고기는 내가 뭘 꺼내는 건지 알 수 있단 말이오. 그는 집어들었던 구이용 돼지고기를 다시 고기칸에 내려놓고 다른 포장 고기를 집어들었다. 그리고 그것을 얼굴 가까이 들어올려 눈을 가늘게 뜨고 인상을 찌푸리면서 냄새를 맡았다. 그런 다음에는 고기 팩을 뒤집어 의심스러운 눈길로 바닥을 들여다보았다.

매기가 재미있어하며 노인을 바라보았다. 그러잖아도 만나뵙고 싶었어요. 하지만 제가 좀 기다려야겠네요. 아저씨가 장 보시는 걸 방해하고 싶진 않으니까요. 그녀가 말했다.

해럴드가 그녀를 바라보았다. 무슨 일이오? 또 뭘 해야 하는데?

아저씨가 하실 일이 더 있죠. 두 분 모두에게 해당되는 말이에요. 그녀가 말했다.

그는 포장 고기를 들었던 손을 아래로 내리며 그녀에게로 고개를 돌렸다. 그는 작업복 차림이었다. 해진 청바지에 캔버스 천으로 된 작업복 윗옷을 입고, 낡고 지저분한 하얀 모자를 귀까지 비스듬히 내려쓰고 있었다.

무슨 얘기요? 그가 물었다.

아저씨와 레이먼드 아저씨는 그애가 계속 거기 사는 게 괜찮은 거예요?

이런, 물론이지. 대체 무엇 때문에 그러는 거요? 그는 놀란 것 같았다.

아직 어린 그애를 집에 같이 살게 하는 게 좋은 일이라고 생각하시죠, 안 그래요? 이제 그애와 함께 사는 일도 어느 정도 익숙해지셨죠?

우리가 뭘 잘못했는데? 그가 물었다.

그애하고 말을 하지 않잖아요. 아저씨와 레이먼드 아저씨는 빅토리아와 응당 해야 할 만큼도 얘기를 하지 않는 거예요. 여자들은 저녁이면 대화를 하고 싶어한다고요. 우리는 그게 대단한 요구라고 생각하지 않아요. 우리 여자들은 남자들의 버릇을 참아줄 의향이 있는 만큼 저녁이면 이야기를 나누고 싶어하죠. 집에서 대화 좀 하기를 바란다고요.

어떤 얘기를 한단 말이오? 해럴드가 물었다.

어떤 얘기든 상관없어요. 그저 진지하게 대화를 하기만 하면 돼요.

젠장, 매기. 내가 여자들과 얘기를 나눌 줄 모른다는 건 당신도 잘 알 텐데. 당신은 그걸 알면서도 그애를 우리집에 데려온 거고 말이오. 그리고 레이먼드 그 녀석 역시 그런 것에 대해서는 아무 것도 몰라. 우리 둘 다 모른다고. 특히 빅토리아 같은 어린 여자 애한테 대체 무슨 얘기를 어떻게 하라는 거요?

바로 그래서 제가 지금 이렇게 말하고 있는 거예요. 두 분은 그걸 배우시는 게 좋을 거예요. 매기가 말했다.

하지만 빌어먹을, 대체 그애에게 무슨 말을 하지?

그건 두 분이 생각해내셔야죠.

그녀는 그 말을 끝으로 입을 다물었다. 그러고는 쇼핑 카트를 밀며 식품점 통로로 모습을 감추었다. 그녀의 어두운색 긴 스커트 자락이 다리에 휘감겼다. 해럴드는 지저분한 모자챙 아래로 멀어지는 그녀를 유심히 지켜보았다. 그의 눈빛에는 당혹감과 불안감이 어려 있었다.

어두워지기 직전 해럴드가 집으로 돌아왔을 때 레이먼드는 아직 집밖에 있었다. 해럴드는 마구간 안쪽에 있는 레이먼드를 찾아내 비밀 얘기라도 할 것처럼 널빤지로 막아놓은 칸 안으로 데려갔다. 그러고는 자신이 하이웨이 34 식품점 육류 매대 앞에서 저녁으로 먹을 구이용 돼지고기를 고르는 동안 매기 존스가 한 이야기를 약간 흥분한 어조로 레이먼드에게 들려주었다.

레이먼드는 말없이 형의 말을 들었다. 이윽고 그는 고개를 들고는 잠깐 형의 얼굴을 살폈다. 매기가 그렇게 말했다는 거야?

그래. 이게 매기가 한 말이야.

그게 다야? 뭐 빠뜨린 건 없어?

내가 기억하기로는 그래.

그럼 우리가 뭔가 조치를 취해야겠군.

내 생각도 그래. 해럴드가 말했다.

내 말은 오늘 당장 뭔가 해야 한다는 거야, 다음주로 미룰 게 아니라. 레이먼드가 말했다.

내 말이 그 말이라니까, 나도 네 말에 동의한다고. 해럴드가 말했다.

바로 그날 저녁 맥퍼런 형제는 한 가지 시도를 했다. 그들은 저녁식사를 마칠 때까지 기다리는 편이 안전하지만 그보다 더 늦추기는 어렵다고 판단했다. 저녁식사가 끝난 후 그들은 함께 행동을 개시했다.

두 사람과 빅토리아는 고기 튀김과 적양파, 삶은 감자, 커피, 깍지콩, 썰어놓은 빵, 그리고 복숭아즙에 담긴 연노란 통조림 복숭아를 똑같이 나누어 막 저녁식사를 마친 참이었다. 저녁식사 때는 관례적으로 거의 대화가 오가지 않았다. 식당에서 저녁식사를 하는 내내 딱딱한 분위기에 싸여 있었다. 이윽고 빅토리아가 정사각형 호두나무 식탁에서 접시를 치워 주방으로 옮기고 설거

지를 한 다음 제자리에 정리했다. 그녀가 자기 방으로 돌아가려
했을 때 해럴드가 입을 열었다.

빅토리아. 그는 목이 잠겨서 헛기침을 해야 했다. 그가 다시 입
을 열었다. 빅토리아, 네가 괜찮다면 말인데 레이먼드와 내가 전
부터 물어보고 싶은 게 하나 있어. 물어봐도 좋다면 말이다. 네가
네 방에 가서 공부를 시작하기 전에.

네? 뭘 묻고 싶으셨는데요?

우리가 궁금한 건 그저…… 네가 지금 이 시황을 어떻게 생각
하는가 하는 거야.

빅토리아가 그를 바라보았다. 그게 뭔데요?

라디오에서 오늘 콩 가격이 1포인트 떨어졌다고 발표했어. 하
지만 소 가격은 여전히 그대로지. 그가 말했다.

우리는 네가 그걸 어떻게 생각하는지 궁금했어. 이 경우에는
사야 할까, 아니면 팔아야 할까? 넌 이 문제를 어떻게 생각하지?
레이먼드가 말했다.

아. 빅토리아가 말했다. 그녀는 노인들의 얼굴을 바라보았다.
두 형제는 식탁에 앉아 빅토리아를 주의깊게, 얼마간 절박한 표
정으로 지켜보고 있었다. 두 사람의 얼굴은 수수했고 풍상에 시
달려 거칠어졌지만 여전히 다정하고 선량해 보였다. 그들의 희고
매끄러운 이마가 식당의 조명을 받아 광을 낸 대리석처럼 빛났
다. 그녀가 말했다. 제가 그런 걸 어떻게 알 수 있겠어요. 저는 그
문제에 대해 아무 말도 할 수 없을 것 같아요. 아는 것이 전혀 없

으니까요. 그러니 두 분이 제게 설명해주실 수 있을 것 같은데요.

흠, 그럼 우리가 설명을 해보마. 그러니까 이 시황이라는 건……
그런데 그전에 네가 다시 자리에 앉는 게 좋겠구나. 여기 식탁 앞
에 말이야. 해럴드가 말했다.

레이먼드가 즉각 일어나 빅토리아가 앉을 의자를 빼주었다.
그녀가 천천히 자리에 앉자 의자를 밀어넣어주었고 그녀는 감사
를 표했으며 그는 도로 식탁 반대편으로 돌아가 자리에 앉았다.
자리에 앉은 그녀는 배가 당기는 느낌에 그 부위를 잠시 문질렀
다. 그녀는 두 사람이 주의깊게 자기를 지켜보고 있다는 사실을
깨달았다. 그녀는 두 손을 식탁 위에 올려놓았다. 그러고는 두 사
람을 건너다보았다. 자, 전 들을 준비가 됐어요. 말씀을 계속해주
시겠어요?

그럼, 물론이지. 좀전에 말했던 것처럼 말이야. 해럴드가 커다
란 목소리로 말을 시작했다. 이 시황이란 건 콩과 옥수수와 소와
6월 밀과 비육돈과 콩가루 같은 것들이 오늘 얼마에 거래되는가를
말하는 거야. 라디오에서 매일 정오에 시가를 알려주지. 콩 6달
러, 옥수수 2달러 40센트, 돼지고기 58센트, 오늘 현금 매도가입
니다, 하는 식으로 말이야.

빅토리아는 자리에 앉아 그를 지켜보며 그가 하는 이야기에
귀를 기울였다.

우리는 그 방송을 듣고 가격을 아는 거야. 그런 식으로 줄곧 가
격 동향을 알 수 있지. 어떤 일이 벌어지는지 알 수 있는 거야. 해

럴드가 말했다.

삼겹살을 빠뜨렸어. 레이먼드가 말했다.

해럴드는 뭔가 더 말하려다가 입을 다물었다. 그와 빅토리아가 레이먼드를 바라보았다.

뭐라고? 다시 말해봐. 해럴드가 말했다.

삼겹살 말이야. 그것도 있잖아. 형은 그 얘기를 아예 꺼내지도 않았어. 빅토리아한테 그 얘길 하지 않았다고. 레이먼드가 말했다.

음 그래, 물론이지. 그 얘기도 해야지. 어쨌든 난 지금 얘기를 막 시작한 참이잖아. 해럴드가 말했다.

그것도 살 수 있어. 살 생각이 있다면 말이야. 레이먼드가 빅토리아에게 말했다. 그는 식탁 건너편에 앉은 그녀를 진지한 눈길로 바라보고 있었다. 이미 갖고 있다면 내다팔 수도 있고.

그게 뭔데요? 빅토리아가 말했다.

음, 우리가 먹는 베이컨 같은 거야. 레이먼드가 말했다.

아. 그녀가 말했다.

거기 갈비뼈 아래쪽 기름진 부위지. 그가 말했다.

맞아, 그것도 시황에 나오지. 어쨌든 이제 좀 감이 오니? 그가 빅토리아를 바라보며 말했다.

빅토리아는 두 노인을 차례로 바라보았다. 그들은 자신들이 무슨 복잡한 내용의 유언장이나, 흑사병의 전염이나 치명적인 질병의 초동기에 맞서 취해야 할 조치를 제시하기라도 한 것처럼 그녀의 반응을 살피며 대답을 기다리고 있었다. 아직 잘 모르겠어요. 어떻게 가격을 알아서 발표하는지 이해가 되지 않아요. 그녀가 말했다.

라디오에서 말이니? 해럴드가 말했다.

네.

그건 대형 시장의 거래 가격이야. 라디오 방송 담당자가 시카고나 캔자스시티의 시장으로부터 시황 보고를 받지. 덴버 시장에서도 받고.

그럼 두 분은 뭔가를 팔고 싶으면 어떻게 하시는데요? 그녀가 물었다.

좋아. 이번에는 레이먼드 차례였다. 그는 빅토리아를 향해 앞으로 몸을 숙이고 그 문제를 설명했다. 예를 들어 네가 밀을 좀 팔고 싶다고 하자. 7월에 추수한 밀을 철로 근처에 있는 홀트 곡물 창고에 실어다 놓았다고 치자고. 이제 네가 그중 일부를 팔고 싶다고 하자. 그럼 곡물 창고에 전화를 걸어서, 예를 들어 130톤쯤 팔겠다고 담당자에게 말하면 돼. 담당자는 그것을 오늘 가격으로 시장에 파는 거야. 그러면 커다란 곡물 트럭, 그러니까 네가 고속도로에서 보는 그런 트랙터와 트레일러들이 와서 실어가지.

담당자는 그걸 누구에게 파는 거예요? 빅토리아가 물었다.

여러 곳에 팔지. 주로 제분 회사에 팔아. 그걸로는 대개 제빵용 밀가루를 만들거든.

그럼 두 분은 돈을 언제 받나요?

오늘 수표를 써주지.

누가요?

곡물 창고 책임자가.

다시 차례가 된 해럴드가 말했다. 다만 보관료가 있다면, 그걸 빼고 준단다. 그리고 곡물 건조비가 들었으면 그것도 빼고. 그런데 지금 우리가 이야기하는 밀은 건조비가 별로 안 들어. 건조비가 많이 드는 건 옥수수야.

그들은 또다시 말을 멈추고 빅토리아의 얼굴을 다시 한번 살폈다. 그들은 자신들이 한 얘기에 어느 정도 만족했고 기분도 훨씬 나아졌다. 자신들이 아직 숲을 완전히 벗어난 것은 아니지만 적어도 숲을 빠져나갈 희망을 보여주는 빈터까지 갈 수 있는 희미한 길을 본 것 같은 기분이 들었다. 그들은 빅토리아를 지켜보며 그애가 보여줄 반응을 기다렸다.

그녀가 고개를 저으며 미소를 지어 보였다. 그들은 그녀의 치아가 얼마나 아름다운지, 그애의 얼굴이 얼마나 매끄러운지 다시 한번 깨달았다. 그녀가 말했다. 전 아직도 잘 모르겠어요. 두 분은 소에 관해서도 뭔가 말씀하셨죠. 소들은 어떤가요?

아, 그래. 좋아. 이제 소 얘기를 해보자. 해럴드가 말했다.

그렇게 해서 맥퍼런 형제는 소의 도축과 상급 비육우, 그리고 새끼를 낳은 적이 없는 어린 암소와 비육용 송아지에 대한 설명과 토론을 이어나갔다. 그날 밤늦도록 그들 세 사람은 이 문제를 광범위하게 토론했다. 오랫동안 이야기하고 대화를 나누었다. 그밖의 다른 문제에 대해서도 조심스럽게 의견을 교환했다. 그 시골에서 저녁식사를 마치고 식탁을 치운 후 두 노인과 열일곱 살 여자아이가 식탁에 앉아 그렇게 이야기를 나누는 동안 밖에서는, 벽 너머 그리고 커튼 없는 창문 너머에서는, 북풍이 고지대에 다시 한번 한겨울 폭풍을 몰고 오기 시작했다.

아이크와 보비

약속대로 아이크와 보비는 크리스마스 주간을 엄마와 함께 덴버에서 보냈다. 거스리가 아이들을 픽업트럭에 태워 아이들 이모가 사는 덴버시 로건 스트리트에 있는 아파트 건물 칠층에 데려다주었다. 그들은 엘리베이터를 타고 길고 환한 복도에 내리깔린 카펫 위를 걸어갔다. 아이들이 거실로 들어가는 것을 본 거스리는 열의도 알력도 없이 엘라와 짧게 몇 마디 나누고는 자리에 앉지도 않고 이내 그곳을 나왔다.

엘라는 훨씬 침착해 보였다. 좀더 평온해졌다고 말할 수도 있었다. 그녀의 얼굴도 전만큼 초췌하거나 파리하거나 핼쑥하지 않았다. 아이들을 보자 그녀는 기뻤다. 오랫동안 아이들을 품에 안고 입으로는 미소를 지으면서도 눈은 눈물로 젖어 있었다. 그들은 함께 소파에 앉았고 그녀는 자신의 무릎 위로 두 아이의 손을 꼭 쥐고 있었다. 그녀가 아이들을 그리워했던 건 분명했다. 하지만 어떤 점에서 그녀는 자기보다 세 살 많은 언니에게 눌려 기를 펴지 못했다. 아이들의 이모는 키가 작고 정확하며 까다롭고 자기주장이 강했으며, 잿빛 눈에 작은 턱이 단단해 보이는, 아름답기보다는 예쁘장한 여자였다. 아이들이 보기에 이모와 엄마는 이따금씩 별것 아닌 일들, 그러니까 상차림이라든가 아파트 실내 온도 같은 것을 두고 다투곤 했는데 이기는 쪽은 언제나 이모였다. 그럴 때면 엘라는 스스로를 방어할 의욕조차 없는 듯 무심하고 수동적인 태도를 취했다. 하지만 두 소년은 그런 식으로 보지 않았다. 아이들은 이모가 상대를 쥐고 흔든다고 여겼다. 그들은 그런 이모의 태도에 대해 엄마가 어떤 식으로든 조치를 취해야 한다고 생각했다.

아파트에는 침실이 두 개였다. 아이들은 엄마 방에서 엄마와 함께 지내며 이야기를 하고 사소한 농담을 주고받거나 카드 게임을 했고, 밤이면 엄마의 침대 발치에 간이 매트리스를 놓고 그 위에 따뜻한 담요를 접어 깔고 잤다. 마치 야영이라도 하는 것 같았다. 하지만 다시 침묵의 저주에 빠진 듯 엄마가 밤의 어둠 속에 혼자 있고 싶어했기 때문에 엄마와 함께 그 침실에서 더 오래 있을 수는 없었다. 그 저주는 아이들이 덴버에 온 지 나흘째 되는 날, 그러니까 크리스마스 직후부터 시작되었다. 크리스마스는 실망스러웠다. 엄마는 마음에 든다고 말했지만 아이들이 선물로 사온 빨간 스웨터는 그녀가 입기에는 너무 컸다. 게다가 아이들은 이모에게 줄 선물까지는 생각하지 못했다. 엄마는 두 아이에게 주려고 밝은색 셔츠를 사놓았고, 상태가 좋은 날 아이들을 데리고 시내 쇼핑센터로 가서 새 신발과 바지, 양말 몇 켤레와 속옷을 사주었다. 계산하기 위해 계산대 앞에 섰을 때 아이크가 말했다. 이건 너무 많아, 엄마. 이렇게까지 많이는 필요 없는데.

네 아버지가 돈을 좀 보내줬어. 자, 이제 그만 가자꾸나. 그녀가 말했다.

이모네 아파트는 무척 조용했다. 시내 관청가 사무실에서 지방법원 소속 상급 서기로 이십삼 년 동안 일한 이모는 인간의 성정과 그 예측불허의 행동, 범죄가 일어나는 다양한 방식에 대해 점점 더 냉정한 견해를 갖게 되었다. 그녀가 했던 한 번의 결혼은 삼 개월 만에 끝나고 말았으며 그 이후로는 누구와도 재혼을 고려한 적이 없었다. 이모에게 남아 있는 것은 두 가지에 대한 열정뿐이었다. 중성화 수술을 한 통통한 노란색 고양이 시어도어와 텔레비전 멜로드라마가 그것이었다. 그 드라마는 그녀가 근무중인 평일 오후 한시에 시작했는데, 그녀는 거의 종교적인 열정을 가지고 그 드라마를 녹화해서 퇴근 후 매일 밤 빼놓지 않고 시청했다.

아이들은 이내 그곳에서의 생활이 지루해졌다. 엄마는 처음에는 전보다 좋아진 것처럼 보였지만 침묵의 저주가 시작된 뒤에는 다시 좌절한 모습으로 침대로 돌아갔으며, 이모는 그럴 때마다 아이들에게 엄마가 쉬어야 하니 조용히 하라고 말했다. 어느 날 저녁 이모가 엄마 방으로 들어가서는 방문을 꼭 닫고 한 시간 정도 이야기를 나눈 다음 벌어진 일이었다. 이모는 다시 밖으로 나와서 말했다. 엄마가 쉬어야 하니까 너희는 조용히 하거라.

저희는 줄곧 조용히 있었는데요.

지금 나와 말싸움을 하자는 거니?

엄마한테 무슨 일이 있나요?

너희 엄마는 강하지 않아.

평일이면 이모는 출근하고 엄마는 침대로 돌아가 어둡게 해놓은 방안에서 한 팔을 눈 위에 올려놓은 채 누워 있고 아이들은 덴버의 아파트 칠층에 단둘이 남겨졌다. 밖으로 나가는 것은 엄격히 금지되었다. 아이들은 책을 조금 읽다가 눈이 아프도록 텔레비전을 보면서 대부분의 시간을 보냈는데, 그럴 때는 이모가 좋아하는 멜로드라마 녹화가 잘못되지 않도록 내내 조심해야 했다. 유일하게 아이들의 답답함을 덜어주는 것은 미닫이 유리문을 통해 나갈 수 있는 아파트 전면의 발코니뿐이었다. 발코니는 로건스트리트와 인도에 면해 있었다. 발코니에서는 도롯가를 따라 주차된 차들과 잎이 다 떨어진 겨울나무의 꼭대기가 내려다보였다. 결국 아이들은 발코니에서 거리를 지나가는 차들을 지켜보고 개를 산책시키는 사람들을 구경하는 일에서 즐거움을 찾게 되었다. 두 아이는 아예 외투를 입고 점점 더 많은 시간을 발코니에서 보냈다. 얼마 지나면서부터는 발코니에서 물건 떨어뜨리기 놀이를 하기 시작했다. 난간 너머로 몸을 내밀고 아래를 내려다보면서 침을 뱉은 다음 그 침이 바람에 실려 얼마나 멀리 가는지를 지켜보기 시작했고, 그다음에는 종잇조각을 먼 데까지 깃털처럼 날려보내는 게임을 생각해내고 이동 거리와 착지점에 따라 점수를 매기는 방법을 고안해냈다. 하지만 그 게임은 결과를 종잡을 수가 없었다. 그런 게임을 하기에는 바람이 너무 심했다. 이어서 아이들은 적당한 무게가 나가는 물건을 떨어뜨리는 편이 더 재밌다는 사실을 알게 되었다. 달걀이 그중 최고였다.

이런 일이 이틀 정도 계속되자 아파트 건물 안의 누군가가 그 일을 그들의 이모에게 알렸다. 그날 저녁 아파트에 돌아온 이모는 외투를 벗어 옷걸이에 걸고는 아이들의 손목을 잡아 아이들의 엄마에게로 끌고 갔다. 얘들이 무슨 짓을 하고 있었는지 아니?

아이들 엄마는 침대에 기대앉았다. 아니. 그녀가 말했다. 그녀의 얼굴은 다시 핼쑥해져 있었다. 하지만 별로 나쁜 짓은 하지 않았을 거야. 그녀가 말했다.

얘들이 인도에 달걀을 던졌어.

어떻게?

발코니에서 떨어뜨린 거지. 참, 똑똑하기도 해라.

너희가 그랬니? 엄마가 아이들의 얼굴을 보며 물었다.

두 아이는 무표정한 얼굴로 엄마를 바라보았다. 이모는 계속 아이들의 손목을 잡고 있었다.

그래, 얘들이 그랬다니까.

음, 이제는 더이상 그러지 않을 거야. 여기서는 할일이 너무 없어서 그런 것뿐이야.

물론 애들은 더이상 그런 짓을 할 수 없지. 내가 못하게 만들 테니까.

그 놀이는 그것으로 끝이었다. 아이들은 발코니로 나가는 것을 금지당했다.

그 주가 끝나갈 무렵 어느 날 한밤중에 잠에서 깬 아이들은 방에 엄마가 없다는 사실을 알았다. 아이들은 방문을 열고 거실로 나가보았다. 거실 전등이 꺼져 있었고, 발코니로 통하는 문의 커튼이 젖혀져 유리를 통해 도시의 불빛이 들어오고 있었다. 엄마는 몸에 담요를 두른 채 소파에 앉아 있었다. 아이들이 보기에 엄마는 잠든 것은 아니었지만 딱히 무슨 일을 하고 있지도 않았다.

엄마?

왜 그러니? 왜 깼어? 그녀가 말했다.

엄마가 어디 갔나 했어.

그냥 여기 나와 있는 거야, 괜찮아. 다시 가서 자렴. 그녀가 말했다.

여기서 엄마와 함께 있으면 안 돼?

그러고 싶으면 그러렴. 하지만 여기는 춥단다.

내가 담요를 가져올게. 아이크가 말했다.

하지만 별로 마음에 안 들걸. 난 같이 있기 좋은 사람이 아니란다. 아이들의 엄마가 말했다.

엄마, 다시 집에 오면 안 돼? 여기 있는 게 뭐가 좋아? 보비가 물었다.

안 돼. 아직은 안 된단다. 그녀가 말했다.

그럼 언제?

나도 모르겠다. 확신할 수가 없어. 자, 이리 더 가까이 오렴. 너희들 몸이 차가워지기 시작했어. 너희를 다시 침대로 보내야겠구나. 그녀가 말했다. 그들은 한동안 그렇게 앉아 창밖을 내다보았다.

아이들은 다음날 아버지가 데리러 온 것이 반가웠다. 아이들은 집에 가고 싶은 마음 한편으로, 엄마를 덴버의 그 아파트에 이모와 함께 두고 간다는 것이 걸려서 혼란스러웠다. 돌아오는 길에 거스리는 아이들에게 말을 시켜보았다. 하지만 아이들은 거의 말을 하려 들지 않았다. 엄마에게 해가 될 말은 하고 싶지 않았던 것이다. 집으로 돌아가는 길이 멀게 느껴졌다. 일단 집에 도착해 이층 자기들 침실로 가자 아이들은 기분이 훨씬 나아졌다. 창밖으로 방목지와 풍차와 마구간이 내다보였다.

맥퍼런 형제

크리스마스와 1월 1일 사이에는 학교 수업이 없었다. 빅토리
아는 국도에서도 한참 더 들어간 그 낡은 집에서 맥퍼런 형제와
함께 그 기간을 보냈다. 시간이 더디 흐르는 것 같았다. 땅은 흙
이 섞인 얇은 얼음 조각들로 덮여 있었고 날씨는 계속 추워서 기
온이 영하에 머물렀으며 밤이면 지독하게 추웠다. 빅토리아가 내
내 집안에서 대중잡지를 읽고 주방에서 음식을 만드는 동안 맥퍼
런 형제는 집 안팎을 드나들면서 소들에게 건초를 주고 저장 탱
크의 얼음을 깨고 출산을 가장 힘들어하는, 첫 새끼를 밴 두 살짜
리 어린 암소들이 무사한지 줄곧 주의깊게 살피고는, 얼음에 뒤
덮여 몸이 반쯤 얼어서 농장과 목초지로부터 집안으로 들어오곤
했다. 주방으로 들어온 노인들의 뺨은 불에 덴 것처럼 붉게 달아
오르고 푸른 눈에는 물기가 감돌았다. 크리스마스에도 집안은 줄

곧 조용했으며 1월 1일에도 특별한 계획이 없었다.

그 주가 절반쯤 지났을 무렵부터 빅토리아는 자기 방에서 오랫동안 시간을 보내기 시작했다. 아침에는 늦도록 자고 밤에는 깨어서 라디오를 듣고 머리를 매만지고 아기에 관한 책을 읽고 생각에 잠기고 공책에 뭔가를 끼적였다.

맥퍼런 형제는 빅토리아의 이런 행동을 어떻게 받아들여야 할지 알 수 없었다. 그동안 형제는 빅토리아가 학교에 가는 일상에 익숙해져 있었다. 그녀는 매일 아침 일어나서 노인들과 함께 아침을 먹고 나면 버스를 타고 학교에 갔다가 수업을 마치고 집에 돌아왔다. 그들이 바깥일을 마치고 저녁에 집안으로 들어오면 그녀는 거실에서 그들이 읽는 것과는 다른 잡지를 읽거나 텔레비전을 보고 있었다. 그들은 그녀와 함께 좀더 편안하게 이야기를 나누게 되었고 최근에 일어난 일 중에서 모두가 관심을 가질 만한 화젯거리를 찾아 그것을 실마리로 대화를 나누었다. 그러므로 그녀가 혼자 오랜 시간을 보내기 시작하자 두 사람은 신경이 쓰였다. 그들은 그녀가 자기 방에서 무엇을 하는지 몰랐지만, 그렇다고 대놓고 묻고 싶지는 않았다. 자신들에게는 그녀에게 뭔가에 대해 캐묻고 대답을 요구할 권리가 없는 것 같았다. 그래서 그들은 묻는 대신 걱정을 하기 시작했다.

그 주가 다 지나가는 어느 날 저녁 트럭을 타고 집으로 돌아오던 길에 해럴드가 말했다. 최근 들어 빅토리아가 좀 안쓰럽고 애처로워 보이지 않아?

응, 내가 보기에도 그렇더군.

그애는 너무 늦게 일어나는 것 같아. 그게 한 가지 원인이야.

어쩌면 원래 그런 것일지도 몰라. 십대 여자애들이 원래 그런 것일 수도 있어. 레이먼드가 말했다.

아침 아홉시 반까지 잠을 잔단 말이야? 저번에 내가 볼일이 있어서 일하던 중간에 집에 갔는데 그애는 그때 막 잠에서 깬 것 같았어.

나도 잘 모르겠어. 레이먼드가 말했다. 그는 덜컹거리는 픽업 트럭의 보닛 너머를 내다보았다. 그저 좀 지루하고 외로운 게 아닌가 싶어.

그럴지도 모르지. 하지만 그렇다면 그게 과연 아기에게 좋은 일일지 잘 모르겠어. 해럴드가 말했다.

뭐가 아기에게 좋지 않다는 거야?

그애가 그렇게 외롭고 서글프게 느끼는 것 말이야. 그런 게 아기에게 좋을 리가 없어. 밤에 줄곧 깨어 있다가 오전 내내 자는 것 말이야.

흠, 그애에겐 잠이 필요하잖아. 레이먼드가 말했다.

잠은 규칙적으로 자야 해. 그애에게 필요한 건 그거라고. 그애는 규칙적인 생활을 해야 해.

형이 그걸 어떻게 알아?

나도 잘 몰라. 확인된 건 아냐. 하지만 새끼를 밴 두 살짜리 어린 암소를 생각해봐. 그 녀석이 한밤 내내 깨어서 안절부절못하고 이리저리 돌아다니지는 않잖아? 해럴드가 말했다.

지금 무슨 말을 하는 거야? 도대체 빅토리아를 어디다 비교하는 거야? 레이먼드가 발끈했다.

저번에 처음으로 그런 생각이 들었어. 그애하고 어린 암소가 서로 비슷하다는 생각 말이야. 둘 다 어리잖아. 둘 다 돌봐줄 사람이라고는 우리뿐인 여기 시골에 있고. 둘 다 처음으로 아기를 가졌고. 너도 좀 생각해봐.

레이먼드는 경악에 찬 눈길로 형을 바라보았다. 집에 도착한 그들은 차를 철망 대문 앞에 세웠다. 진입로는 바큇자국이 깊이 팬 채 얼어붙어 있었다. 맙소사, 그건 암소라고. 형은 지금 소 얘기를 갖다붙이고 있는 거야. 그가 말했다.

그냥 그렇다는 거야, 그뿐이야. 좀 생각해봐. 해럴드가 말했다.

형 말은 지금 그애가 소라는 거잖아.

그런 뜻이 아냐.

맙소사, 그애는 여자야. 소가 아니란 말이야. 어떻게 소와 사람을 똑같이 취급할 수 있어.

그냥 한 말이야. 도대체 왜 그 말에 그렇게 화를 내는 거야? 해럴드가 말했다.

난 그애가 어린 암소라고 하는 형 말이 마음에 안 들어.

난 그렇다고 말한 적 없어. 돈을 준대도 그런 말은 하지 않아.

나한테는 그렇게 들렸어. 형이 그렇게 말한 것 같았어.

난 그냥 그런 생각을 해봤을 뿐이야. 넌 한 번도 그런 적 없어?

해럴드가 물었다.

있어. 나도 때때로 이런저런 생각을 해.

그럼 됐네.

하지만 그렇다고 그걸 입 밖으로 끄집어내서 말할 필요는 없다고 생각해. 그냥 머릿속으로 생각만 하는 거지.

좋아. 내가 경솔하게 그걸 입 밖으로 냈다. 그래서 지금 나를 총으로 쏘겠어, 아니면 완전히 어두워질 때까지 기다리겠어?

이 얘기는 해야겠어. 레이먼드가 말했다. 그는 어둠 속에서 전등불이 밝혀져 있는 집 쪽을 차창 너머로 바라보았다. 내 생각엔 그애는 그저 지루한 것 같아. 여긴 그애가 할 일이 아무것도 없잖아. 지금은 학교도 안 가는데 할일조차 없단 말이야.

그애에겐 친구가 별로 없는 것 같아, 그건 분명해. 해럴드가 말했다.

그래. 그애는 전화를 걸지도 않고 그애를 찾는 전화도 오지 않아. 레이먼드가 말했다.

우리가 언제 그애를 데리고 시내에 가서 영화라도 봐야 하는 걸까. 그런 비슷한 일을 해야 할까.

레이먼드가 형을 물끄러미 바라보았다. 이런, 형은 진짜 사람을 잘 놀라게 하네.

내가 또 뭘 잘못했는데?

음, 형은 영화를 보러 가고 싶어? 우리가 그러는 게 상상이 돼? 극장에 가서 화면에서 어떤 할리우드 배우 녀석이 옷을 거의 벗고 있는 여자에게 작업 거는 걸 바라보면서 소금투성이 팝콘을 먹는 게 상상이 되냐고. 옆에 그애를 앉혀놓고 말이야.

그것참.

그래, 그것참이라고.

좋아, 그럼 그건 그만두자. 해럴드가 말했다.

그래, 형. 나도 형이 그런 걸 원할 거라곤 생각하지 않았어. 레이먼드가 말했다.

하지만 젠장, 우리가 뭔가를 하긴 해야 해. 해럴드가 말했다.

나도 그 말엔 이의 없어.

제기랄, 뭔가를 해야 하는데.

나도 안다니까. 레이먼드가 말했다. 그는 무릎 사이에 두 손을 끼운 채 덥히려고 손바닥을 문질렀다. 그의 두 손은 살갗이 벗어지고 빨개지고 갈라져 있었다. 이건 우리가 자초한 일인 것 같아. 그래, 확실친 않지만 거의 그런 것 같아. 그날 밤 우리가 그애에게 시황에 대한 이야기를 하기 시작해서 생긴 일이라고. 장담하는데 한 가지 문제는 해결했지만 또다른 문제가 수면 위로 떠오른 거지. 빅토리아 같은 십대 여자애들과의 사이에는 그런 문제가 있는 것 같아. 뭔가를 완전히 해결한다는 게 불가능한 거지. 그가 말했다.

무슨 말인지 알겠어. 해럴드가 말했다.

두 형제는 생각에 잠긴 채 집 쪽을 바라보았다. 집은 낡고 비바람에 시달려 페인트가 거의 벗어져 있었고 위층 창들이 멍한 눈길로 내려다보고 있었다. 집 옆에 있는 헐벗은 느릅나무가 바람에 좌우로 흔들렸다.

그런데 이거 한 가지는 말해야겠어. 난 요즘 아이를 낳아 키우는 사람들이 전보다 더 존경스러워지기 시작했어. 그건 겉으로 보는 것보다 훨씬 어려운 일이야. 그가 동생을 바라보았다. 정말 그런 것 같아. 그가 말했다. 레이먼드는 아무 대꾸도 하지 않고 여전히 집 쪽을 바라보고 있었다. 내 말 듣고 있어? 내가 방금 한 말 말이야.

형이 말한 거 들었어. 레이먼드가 말했다.

그래서? 넌 아무 대답도 하지 않았잖아.

지금 생각중이야.

흠, 생각도 하면서 나에게 말하는 걸 동시에 할 순 없어?

응, 그럴 수 없어. 지금 하는 생각 때문에 그건 불가능해. 아주 집중해야 하는 생각이거든. 레이먼드가 말했다.

그럼 좋아. 계속 생각해. 필요하다면 내가 입을 다물지. 하지만 우리 둘 중에 누군가는 빨리 뭔가를 생각해야 해. 자기 방에 틀어박혀 있는 게 그애에게 좋을 수가 없거든. 뱃속의 아기에게도 그렇고. 해럴드가 말했다.

그날 밤 해럴드 맥퍼런은 매기 존스에게 전화를 걸었다. 두 형제가 필요하다고 결정한 일이었다. 빅토리아가 자기 방으로 자러

들어가 방문을 닫은 후였다.

매기가 전화를 받자 해럴드가 그녀에게 물었다. 아기 침대를 사려면 어디로 가야 하는지 알고 있소?

매기는 잠깐 말문이 막혔다. 이윽고 그녀가 말했다. 이건 틀림없이 두 분 중 한 분의 머리에서 나온 생각이겠군요.

맞아요. 둘 중에 더 잘생기고 똑똑한 쪽이라오.

음, 그럼 레이먼드 아저씨 아이디어로군요. 제게 전화 주신 건 잘한 일이에요. 그녀가 말했다.

당신 생각처럼 재미있는 상황은 아니오. 해럴드가 말했다.

그런가요?

그래요. 심각한 상황이지. 어쨌든 내 질문에 대한 답은 뭐요? 당신이 그런 게 필요하면 어디로 가겠소?

아저씨가 말씀하시는 게 옥수수 창고에 대한 게 아니라는 건 알겠네요. 그런 거라면 제게 물으실 필요가 없을 테니까요.[*]

맞아요.

저라면 차를 몰고 필립스로 가겠어요. 백화점 말이에요. 거기에 아기용품 코너가 있을 거예요.

그 가게가 어디 있는 거요?

법원 맞은편 광장에 있어요.

---

[*] 비슷한 단어를 이용한 말장난으로 아기 침대는 '크립(crib)', 옥수수 창고는 '콘 크립(corncrib)'이다.

북쪽에 있는 것 말이오?

네.

알았소. 그런데 요즘 어떻게 지내요, 매기? 잘 지내고 있소? 해럴드가 말했다.

그녀가 웃음을 터뜨렸다. 전 잘 지내요.

알려줘서 고마워요. 새해 복 많이 받으시오. 그는 전화를 끊었다.

다음날 아침 맥퍼런 형제는 추위에 버티기 위해 옷을 여러 겹 껴입고 나가 일을 하다가 아홉시쯤 집으로 돌아왔다. 그들은 포치에서 발을 굴러 부츠에 묻은 흙을 떨고 두꺼운 모자를 벗었다. 빅토리아가 식당의 호두나무 식탁에서 혼자 아침을 먹고 있을 시간에 일부러 맞춰 돌아온 것이었다. 문간에 서서 들어오기를 망설이고 있는 두 사람을 빅토리아가 쳐다보았다. 이윽고 그들은 식당으로 들어가 그녀의 맞은편 자리에 앉았다. 그녀는 여전히 플란넬 잠옷에 두꺼운 스웨터와 긴 양말 차림이었다. 커튼이 없는 남쪽 창을 통해 들어오는, 비스듬히 기운 겨울 햇빛 속에서 그녀의 머리카락이 반짝이고 있었다.

해럴드가 목청을 가다듬었다. 우리가 생각해본 게 좀 있는데 말이다. 그가 말했다.

네? 그녀가 말했다.

맞아요, 숙녀분. 우리한테 한 가지 생각이 떠올랐다고, 빅토리아. 널 데리고 필립스백화점에 가서 뭘 좀 샀으면 해. 네가 괜찮다면 말이야. 그러니까 네가 오늘 달리 계획한 일이 없다면 말이야.

그 말에 그녀는 깜짝 놀랐다. 왜요? 그녀가 물었다.

그냥 재미로, 기분전환삼아서 말이다. 가보고 싶지 않니? 우리는 네가 외출을 좋아할 줄 알았는데. 레이먼드가 말했다.

싫다는 게 아니라요. 제 말은, 뭘 사러 가는 건가 해서요.

아기를 위해서 뭘 좀 사려고. 뱃속에 있는 네 아들에게 언젠가 머리를 눕힐 곳이 필요할 것 같지 않니?

네. 그건 그렇겠네요.

그럼 녀석에게 적당한 걸 마련해주는 게 좋잖아.

그녀가 그를 바라보고 미소를 지었다. 그런데 딸이면 어떡하죠?

그렇다면 우리는 그 아기를 키우면서 불운을 탓하지 말고 최선을 다해봐야겠지. 레이먼드가 말했다. 그는 일부러 아주 심각한 표정을 지었다. 어쨌든 여자 아기에게도 침대는 필요하지 않을까? 여자 아기도 피곤할 때가 있을 거 아니냐.

그들이 집을 나선 것은, 맥퍼런 형제가 아침 소먹이 주는 일을 마친 오전 열한시경이었다. 집으로 돌아온 형제가 씻은 후 깨끗한 바지와 셔츠로 갈아입고 시내에 나갈 때만 쓰는 멋진 수제 은회색 베일리 모자까지 씀으로써 모든 준비를 마쳤을 무렵, 빅토리아는 이미 겨울 외투를 입고 어깨에 빨간 가방을 늘어뜨린 채 식탁에 앉아 두 사람을 기다리고 있었다.

그들은 픽업트럭을 몰고 쾌청하고 추운 겨울 대기 속으로 나섰다. 빅토리아는 앞좌석에서 두 형제 사이에 앉아 무릎에 담요를 덮었다. 차가 급하게 방향을 바꿀 때마다 계기판 위쪽에 있는 다 마신 커피 머그잔, 검전기, 울타리용 플라이어 펜치, 영수증, 오래된 서류 따위가 이쪽저쪽으로 미끄러졌다. 차는 홀트가 있는 북쪽으로 달려갔다. 마을과 새 급수탑 아래를 지났다. 평평한 들판 군데군데에 흰 눈이 남아 있었고 얼어붙은 땅 위로 밀 그루터기와 옥수숫대가 거뭇거뭇하게 솟아나와 있었으며 밀밭에서는 가을에 심은 겨울 밀이 보석처럼 아름다운 녹색으로 자라고 있었다. 탁 트인 벌판에서 코요테 한 마리가 홀로 달려오는 것이 보였다. 코요테는 긴 꼬리를 연기처럼 뒤로 날리면서 점점 가까워졌다. 이윽고 픽업트럭을 발견한 코요테가 잠깐 걸음을 멈추었다가 다시 달리기 시작했다. 이번에는 더 빠른 속도였다. 고속도로를 가로질러 달려가던 코요테는 철망 울타리에 부딪혀 뒤로 나동그라지고 말았다. 즉각 튕겨지듯 일어났지만 다시 울타리에 몸을 부딪혔다. 이윽고 겁에 질린 코요테는 마치 사람이 그러는 것처럼 울타리를 기어오르더니 탁 트인 들판으로 내려선 다음 더이상 망설이거나 뒤돌아보지 않고 그대로 건너편 넓은 들판을 달려갔다.

저 녀석 괜찮을까요? 빅토리아가 물었다.

괜찮아 보이는구나. 레이먼드가 말했다.

저러다가 누군가 녀석을 발견하면 픽업을 타고 개를 풀어서 쫓아가겠지. 그러고는 녀석을 쏴버리겠지. 해럴드가 말했다.

그런 짓을 하는 사람들이 있나요?

있지.

차는 계속 달렸다. 모래가 많은 평평한 대지에 헛간과 부속 건물이 딸린 농장들이 서로 간격을 둔 채 군데군데 흩어져 있었다. 멀리 보이는 거무스름한 방풍림이 지금 사람이 살고 있거나 한때 살았을 농장의 위치를 보여주었다. 그들은 고속도로 옆에 있는 농장을 지나쳤다. 단거리 경주마들과 붉은색 헛간이 있는 그 농장에는 울타리 대신, 도로를 따라 대략 8분의 1마일 간격으로 말뚝을 세웠는데 그 꼭대기에는 낡은 카우보이 부츠를 장식삼아 뒤집어 씌워놓았다. 차는 레드윌로에서 서쪽으로 방향을 틀어서 론스타의 시골 학교를 지나 탁 트인 고지대의 밀밭을 가로지른 다음 잠시 후 고개로 올라섰다. 나무들이 줄지어 선 널찍한 사우스플랫리버 골짜기가 내려다보였다. 반대편으로는 멀리 절벽이 보이고 눈 아래로는 도시의 모습이 눈에 들어왔다. 차는 구불거리는 길을 내려와 주간 고속도로를 건너 필립스 외곽으로 들어섰다.

거의 오후 한시 반이었다. 그들은 법원 맞은편 도로변에 차를 세우고 점심을 먹기 위해 그 지역의 작은 카페로 들어가 녹색 식탁보가 깔린 탁자에 앉았다. 붐비는 점심시간이 지난 후라 식당 안에는 손님이 그들뿐이었다. 잠시 후, 카운터에서 담배를 피우며 쉬고 있던 여자가 자리에서 일어나더니 그들에게 물컵과 메뉴를 가져다주었다. 빅토리아는 치즈 샌드위치와 토마토 수프를 주문했다. 레이먼드가 그녀에게 말했다. 좀더 먹는 게 좋아. 안 그래, 빅토리아? 저녁 먹을 때까지 한참 남았잖아.

빅토리아는 우유 한 잔을 더 주문했다.

저애에게 큰 잔으로 갖다주시겠소? 레이먼드가 말했다.

두 신사분은 뭘 드시겠어요? 여자가 물었다.

맥퍼런 형제는 둘 다 치킨 프라이드 스테이크를 주문했다. 으깬 감자와 껍질콩과 통조림 옥수수에, 당근 젤로 샐러드를 곁들인 요리였다.

곁들여 나오는 게 다 맛있어요. 여자가 말했다.

그렇소? 해럴드가 말했다.

제가 좋아하는 채소들이랍니다.

그거 반가운 얘기군. 여기서 일하시는 분이 좋아한다니. 그런데 그레이비소스는 어떤 게 나오는 거요?

노란색이에요.

그걸 스테이크에도 부어줄 수 있소?

주방에 말을 넣을게요. 제가 직접 만드는 게 아니라서요.

가능하면 그렇게 해주시오. 그리고 틈이 나면 블랙커피도 부탁하오. 친절하게 대해줘서 고맙소.

여자는 그들의 주문을 주방에 전달하고 커피와 우유를 가져오더니 얼마 지나지 않아 음식을 가져왔다. 그들은 작은 카페의 탁자에 앉아 조용히 그리고 천천히 음식을 먹었다. 식사를 끝낸 후 맥퍼런 형제는 세 사람 모두를 위해 아이스크림을 올린 네덜란드식 사과파이를 주문했지만 빅토리아는 자기 몫의 반밖에 먹지 못했다. 그들은 계산을 하고 같은 블록에 있는 백화점을 향해 걸었다.

전면 쇼윈도에는 침실 가구 세트와 거실 소파와 조명이 전시되어 있었다. 그들이 백화점 안으로 들어가자마자 갈색 원피스를 입은 키가 작고 동작이 날랜 중년 여자가 다가왔다. 뭘 도와드릴까요? 그녀가 물었다.

우리는 요람 코너를 찾고 있소. 해럴드가 말했다.

아기 침대 말인가요?

그래요. 그걸 하나 구하려고 왔소. 그는 빅토리아에게 눈을 찡긋해 보였다. 어떤 게 있는지 보고 싶소만.

이쪽으로 오시면 보여드릴게요. 여자가 말했다.

그들은 여자를 따라 통로를 지나 반대편 구석으로 갔다. 여기 저희가 갖고 있는 아기 침대들이에요. 여자가 말했다. 거기에는 열 개가 넘는 아기 침대들이 완전히 조립된 채 전시되어 있었다. 침대에는 매트리스와 아기 담요까지 갖춰져 있었고 그 옆에는 침대와 서로 어울리는 서랍장과 기저귀 교환대가 놓여 있었다. 맥퍼런 형제는 물건들을 살펴보며 감탄했다. 그들은 빅토리아를 힐끗 바라보았다. 그녀는 그들 옆에 서 있기만 할 뿐 아무 말도 하지 않았다.

뭐가 다른지 설명을 좀 해주겠소? 해럴드가 말했다.

물론 말씀드리죠. 아기 침대에서 여러분이 눈여겨보셔야 하는 것은 마감한 재료가 독성이 없는지, 얼마나 관리가 쉬운지 하는 점이에요. 이 플라스틱 난간은 아기가 깨물어도 안전한 거예요. 이 침대는 한쪽을 올렸다 내렸다 할 수 있어서 쉽게 접근할 수 있게 돼 있죠. 이 침대들은 바퀴에 덮개가 있어요. 이 일체형 매트리스는 여기서 지지됩니다. 이 모델에는 이런 버팀대가 달려 있어서 매트리스 높이를 조절할 수 있습니다. 이 침대의 난간은 무릎으로 눌러서 내릴 수 있고 저 침대의 난간은 걸쇠 두 개만 빼면 높이를 낮출 수 있어요. 여기 이 모델은 난간을 모두 빼면 유아용 데이베드로도 쓸 수 있죠.

여자는 말을 멈추고는 뒷짐을 진 채 기다렸다. 더 궁금하신 것이 있으세요?

바퀴에 덮개는 왜 씌우는 거요? 해럴드가 물었다.

장식이죠.

뭐라고요?

보기 좋으라고요.

바퀴가 어떻게 보이는가가 중요한가보군.

부수적인 장점이죠. 그런 걸 선호하는 분들도 계세요. 그녀가 말했다.

그렇군. 그가 대답했다.

맥퍼런 형제는 침대 몇 개로 다가가 하나하나 꼼꼼하게 살펴보기 시작했다. 조절 가능한 난간을 올렸다 내렸다 하면서 움직여보기도 했다. 침대 하나하나를 돌아다니며 지지대 높이를 조절해보고 침대 밑을 들여다보고 앞뒤로 밀어 굴려보기도 했다. 레이먼드는 몸을 앞으로 기울이고는 매트리스를 툭툭 쳐서 탄력을 시험해보았다.

넌 어떻게 생각하니, 빅토리아? 이건 어떠냐? 그가 물었다.

그건 너무 비싸요. 여기 있는 것들 모두 너무 비싸요. 그녀가 말했다.

그건 우리가 걱정하게 해다오. 너는 어느 게 가장 마음에 드니?

잘 모르겠어요. 그녀가 주위를 둘러보았다. 이게 괜찮을 것 같아요. 그녀는 가장 싼 침대를 가리켰다.

그것도 괜찮은 것 같구나. 난 여기 이게 마음에 드는데. 레이먼드가 말했다. 그들은 계속해서 침대를 살펴보았다.

마침내 맥퍼런 형제는 데이베드로 바꿔 사용할 수 있는, 그중에서 가장 비싼 침대를 골랐다. 그 침대에는 목수가 손으로 깎아 만든 봉과 원목 헤드보드가 달려 있었다. 그들이 보기에 그 침대는 견고해 보였고 조절 가능한 옆판은 슬라이딩 방식으로 쉽게 올렸다 내렸다 할 수 있었다. 그 정도면 빅토리아가 어려움 없이 사용할 수 있을 듯했다.

이 제품 재고가 있나요? 해럴드가 물었다.

물론이죠. 여자가 대답했다.

하나 갖다주시겠소?

그런데 이 가격에는 매트리스가 포함되어 있지 않은데요.

매트리스가 포함되어 있지 않다고요?

네. 매트리스는 포함되어 있지 않아요. 이 가격에는요.

음, 이것 보시오. 우리는 아기 침대가 필요하오. 그러니 침대에 맞는 매트리스가 없어서야 되겠소. 이애가 아기를 낳을 건데 그 아기가 나무판 위에서 잘 수는 없지 않겠소. 아무리 그 나무판이 세 가지 높이로 조절이 된다 해도 말이오. 해럴드가 말했다.

어떤 매트리스를 원하세요? 여러 가지가 있거든요. 점원이 말했다.

그러고는 그들에게 매트리스를 보여주기 시작했다. 그들은 매트리스를 눌러보고 뒤집어보면서 충분히 단단하고 견고한 것을 고르고, 그다음에는 아기 침대에 깔 시트 몇 장과 따뜻한 담요까지 구입했다.

빅토리아는 어떻게 하면 좋을지 알 수 없어 그저 무기력하게, 거리를 둔 채 그 모든 과정을 지켜보았다. 그녀는 점점 더 말이 없어졌다. 마침내 빅토리아가 말했다. 잠깐만요. 이건 너무 많아요. 이렇게까지 하실 필요는 없어요.

뭐가 문제니? 우리는 지금 너무 즐거운걸. 너도 그런 줄 알았는데. 해럴드가 말했다.

하지만 이건 너무 비싸요. 왜 이렇게까지 하시는 거예요?

괜찮아. 그는 한 팔로 그녀를 안으려다가 도중에 멈췄다. 그가 그녀의 얼굴을 내려다보았다. 괜찮단다, 그가 다시 말했다. 정말이야. 넌 그저 괜찮다는 것만 알면 돼.

빅토리아의 눈에 소리 없이 눈물이 차올랐다. 해럴드가 바지 뒷주머니에서 손수건을 꺼내 그녀에게 건넸다. 그녀는 눈물을 닦

고 코를 푼 다음 손수건을 돌려주었다. 네가 갖고 있으렴. 해럴드
가 말했다. 그녀는 고개를 저었다.

점원이 물었다. 혹시 마음이 바뀌었나요?

해럴드가 손수건을 주머니에 넣고 몸을 돌려 점원을 마주보았
다. 아니, 숙녀분. 우린 마음이 바뀌지 않았소. 전부 다 사겠소.

잘됐네요. 전 그저 확실하게 해두고 싶었어요.

확실하다오.

점원이 창고 직원을 불러 물건을 가져오게 했다. 청년이 납작
하고 커다란 판지 상자 두 개를 올린 짐수레를 밀고 계산대로 다
가왔다.

여자가 그들이 산 물건들을 계산했다. 그녀가 물었다. 현금으
로 하시겠어요, 아니면 카드로 하시겠어요?

수표를 써드리겠소. 레이먼드가 말했다. 그는 앞으로 몸을 숙
여 계산대 위에 팔꿈치를 올려놓고 뻣뻣한 자세로 수표책에 금액
을 적었다. 그러고는 방금 쓴 내용을 다시 한번 확인한 다음 종이
를 접어 수표책에서 뜯어내고는 이리저리 입김을 불어 잉크를 말
린 후 여자에게 내밀었다. 여자가 수표를 들여다보았다.

신분증 좀 보여주시겠어요?

그는 외투 안주머니에서 낡은 지갑을 꺼내 운전면허증을 꺼냈
다. 여자는 면허증 사진과 그의 얼굴을 확인했다.

모자를 쓰고 면허증 사진을 찍어도 되는지 몰랐네요. 그녀가
말했다.

홀트에선 그래도 된다오. 문제가 뭐요? 이 사진이 내가 아닌
것 같소?

아, 같은 분인 게 확실하네요. 그녀가 말했다.

여자가 면허증을 돌려주자 그는 그것을 제자리에 넣었다. 그
녀는 계산을 마무리하고 그들에게 영수증을 주었다. 대단히 감사
합니다. 그녀가 말했다.

창고 직원이 백화점 정문을 향해 짐수레를 밀기 시작했다. 그
는 밝은 글씨로 제조사명이 인쇄된 납작한 판지 상자에 담긴 새
아기 침대와 새 매트리스가 실린 짐수레를 과장된 태도로 중앙
통로로 밀고 가기 시작했다. 하지만 청년은 그리 멀리까지 가지
못했다.

이보게, 거기 서게. 그럴 필요 없네. 해럴드가 말했다.

제가 차까지 갖다드리겠습니다.

괜찮네.

맥퍼런 형제는 상자 두 개를 번쩍 들어올려 사다리를 옮기듯
옆구리에 끼었다. 멋진 베일리 모자를 쓴 노인 뒤에 또 한 노인이
바짝 붙어섰다. 그들은 인도로 나서서 픽업트럭을 향해 걷기 시
작했다. 빅토리아는 시트와 담요가 든 쇼핑백을 들고 그 뒤를 따
랐다. 그 모습은 일종의 행진 같았다. 광장에 있는 사람, 물건을
사러 나온 사람, 여자, 십대 소녀, 은퇴한 노인 들이 고개를 돌리
고 두 노인과 배부른 소녀가 지나가는 광경을 바라보았다. 겨울
공기는 이제 더 차가워졌고 해는 이미 서쪽으로 기울기 시작했

다. 길 건너편에는 녹색 기와지붕에 화강암 석재로 마감된 법원 건물이 잿빛으로 견고하게 우뚝 서 있었다. 그들은 길가에서 상자를 픽업트럭 짐칸에 싣고 공구함에서 노란 포장 끈을 꺼내 단단히 고정했다. 그런 다음 차를 후진했다가 도로로 나와 천천히 시내를 벗어나고 사우스플랫리버 골짜기를 오른 다음 차가운 겨울의 고원지대로 향했다.

  그들이 집에 도착했을 때는 저녁이었다. 12월 하순에는 일찍 땅거미가 졌다. 겨울 특유의 낮은 하늘이 어두워져갔다. 차가 마지막 작은 구릉 위로 올라서서 집으로 통하는 옆길로 막 들어서려는데, 자갈길에 나와 있는 소들이 보였다. 소들의 눈망울이 전조등 불빛에 루비처럼 붉게 반짝였다. 늙은 어미소 하나와 몸이 무거운 두 살짜리 어린 암소 세 마리였다. 잠깐만. 레이먼드가 말했다.
  나도 봤어. 해럴드가 대답했다.
  길 한복판에서 옆으로 선 채 고개를 들고 자동차의 전조등 불빛을 받으며 가까이 다가오는 트럭을 응시하던 어미소가 몸을 돌려 배수로 속으로 내려섰다. 어린 암소들도 뒤따라 배수로로 내려섰다.
  모두 네 마리지?
  해럴드가 고개를 끄덕였다.

그들은 소들에게서 눈을 떼지 않은 채 천천히 차를 몰아 소들을 지나쳐 집으로 향했다. 집에 도착한 그들은 먼저 빅토리아를 안으로 들여보낸 후 작업용 부츠와 외투와 따뜻한 챙모자를 쓰고 다시 추운 바깥으로 나왔다. 소들의 위치를 확인한 그들은 배수로 안에서 소들을 몰며 종종걸음으로 도로를 따라 걷게 했다. 이윽고 소들이 정문을 지났다. 배수로를 나온 레이먼드가 문을 활짝 열자 해럴드가 픽업트럭을 몰고 재빨리 전진하여 소들을 막아섰다. 트럭의 밝은 전조등 빛을 받자 소들이 울타리를 따라 돌아섰다. 소들은 배를 출렁이고 옆구리를 흔들며 소들 특유의 어색한 자세로 발을 옆으로 버티면서 배수로의 잡초 속을 걸으며 눈덩이를 차냈다. 레이먼드가 길에 나와 서서 소들을 기다리고 있었다. 소들이 정문에 이르자 그가 소리를 지르며 두 팔을 휘저었다. 소들은 별다른 문제를 일으키지 않고 종종걸음으로 문안으로 들어갔다. 그는 트럭에 올라탔다. 그들은 울타리에서 멀리 떨어진 목초지 쪽으로 소들을 몰았다. 그러고는 소들이 어느 방향으로 가는지 잠시 지켜보았다. 이제 밖은 완전히 어두워졌고 몹시 추웠다. 그들은 차를 몰고 목초지를 나와 집으로 향했다. 마당의 전등이 켜져 있었다. 헛간 옆 기둥에 달린 전등에서 청보라색 불빛이 빛났다.

그들은 포치 계단을 올라가 발을 문질러 닦았다. 두 사람은 주방으로 들어서다 말고 걸음을 멈추었다. 빅토리아가 주방을 따뜻하게 해놓고 환하게 조명을 밝혀놓았다. 데워놓은 저녁 요리가 접시에 덜어내기만 하면 되도록 레인지 위에 놓여 있었고 정사각형 나무 식탁에는 그들 세 사람을 위한 오래된 접시와 포크와 나이프가 차려져 있었다.

이런, 세상에, 여기 좀 봐. 해럴드가 말했다.

음, 그래. 어머니가 늘 이렇게 하시던 게 생각나는군. 레이먼드가 말했다.

앉으세요. 빅토리아가 말했다. 그녀는 두꺼워져가는 허리춤에 하얀 행주를 두르고 레인지 옆에 서 있었다. 요리를 하느라 얼굴이 상기되어 있었지만 까만 눈이 반짝거렸다. 다 준비됐어요. 오늘 저녁은 여기서 먹으면 어떨까 해요. 괜찮으시다면요. 이쪽이 더 아늑하거든요.

음, 괜찮고말고. 안 될 이유가 없잖아. 해럴드가 말했다.

형제가 씻고 나왔다. 세 사람은 주방에서 함께 식사를 하면서 필립스에 갔던 일에 대해, 갈색 원피스를 입은 백화점 판매원과 짐수레를 끌던 청년에 대해, 그의 얼굴에 떠오른 표정에 대해 이야기를 나누었다. 저녁식사를 마친 후 빅토리아는 조립 설명서를 읽고 두 형제는 아기 침대를 조립했다. 조립이 끝나자 그들은 그것을 빅토리아의 방으로 가져가 따뜻한 안쪽 벽에 붙여놓고 매트리스 위에 새 시트를 팽팽하게 끼운 다음 그 위에 푹신한 담요를 단정하게 개어놓았다. 그 일이 끝나자 형제는 거실로 와서 열시 뉴스를 보았고 그동안 빅토리아는 저녁 설거지를 하고 주방을 정돈했다.

잠시 후 빅토리아는 맥퍼런 형제의 부모가 신혼 침대로 썼던 낡고 푹신한 더블 침대에 누웠지만 곧장 잠들지 않고 기쁨과 만족감에 찬 눈길로 아기 침대를 한동안 바라보았다. 색 바랜 분홍 꽃무늬 벽지를 배경으로 침대가 은은하게 빛났다. 니스칠이 반짝거렸다. 그녀는 거기 눕게 될 조그만 얼굴을 떠올리며 그 얼굴을 바라보면 어떤 느낌이 들지 상상해보았다. 열시 반이 되자 노인 형제가 층계를 올라 각자의 침실로 가는 소리와 머리 위에서 소나무 바닥재가 삐걱거리는 소리가 들렸다.

다음날 아침 그녀는 지난 육 일 동안 그랬던 것처럼 오전이 절반이 다 지나도록 자기 방에서 나오지 않았다. 하지만 이제는 달랐다. 이제는 모든 게 괜찮았다. 맥퍼런 형제는 열일곱 살 여자애는 원래 그런 모양이라고 결론을 내렸다. 그건 중요한 게 아니었다. 그들은 그 일에 대해 여전히 뭔가 하고 싶긴 했지만 무엇을 해야 좋을지 알 수 없었다. 게다가 이제는 그런 것에 별로 신경이 쓰이지 않았다.

이틀 후면 새해였고, 그다음날이면 학교가 다시 시작될 터였다.

거스리

그가 보기에는 온 집안이 주름장식투성이인 것 같았다. 침실에 있는 두 개의 창문에도, 침대 커버에도, 베개에도 주름장식이 달려 있었다. 서랍장 위의 거울 주위에도 주름장식이 달려 있었다. 주디가 주름장식에서 뭔가 얻는 게 있나보군. 그는 생각했다. 주디는 욕실 안에서 몸에 뭔가를 끼우고 있는 듯했다. 그는 담배를 피우며 천장을 바라보았다. 침대 옆 전등 바로 위 분홍색 회벽에 빛 웅덩이가 만들어져 있었다.

이윽고 주디가 짧은 원피스 잠옷을 입고 욕실에서 나왔다. 그 안에 아무것도 입지 않은 듯 그녀의 갈색 유륜과 작은 가슴의 윤곽과 하체의 삼각형 모양의 검은 체모가 그대로 비쳐 보였다.

그런 거 할 필요 없는데요. 난 수술했거든요. 그가 말했다.

내가 뭘 하고 있었는지 당신이 어떻게 알아요?

그냥 짐작한 겁니다.

짐작 너무 많이 하지 말아요. 그녀가 그렇게 말하고는 미소를 지었다. 그녀의 치아가 불빛을 받아 반짝거렸다.

그녀가 그가 있는 침대로 들어왔다. 이런 일은 오랜만이었다. 엘라와 그는 거의 일 년 동안 함께 자지 않았다. 그의 곁에 있는 주디의 몸이 따뜻했다.

이 상처는 어디서 난 거죠? 그녀가 물었다.

어디 있는 상처 말이죠?

여기 당신 어깨에 있는 거요.

잘 모르겠는데. 아마 철망 울타리에 긁힌 모양이지. 당신도 상처가 있나요?

상처는 내 안에 있어요.

그래요?

물론이죠.

당신이 하는 행동을 보면 그런 것 같지 않은데.

일부러 씩씩하게 행동하려고 하는 거예요. 상처 입은 걸 드러내서 좋을 게 없잖아요, 안 그래요?

내 경험으로 봐도 그 말이 맞는 것 같군요. 그가 말했다.

그녀는 옆으로 누워 그를 바라보았다. 그런데 오늘밤 무슨 바람이 불어 여기 온 거예요?

나도 잘 모르겠어요. 좀 외로웠던 것 같군요. 저번에 슈트 바에서 당신이 말한 것처럼 말이에요.

우리 모두 외로운 거 아니겠어요. 그녀가 말했다.

그녀가 몸을 좀더 일으켜 앞으로 숙이며 그에게 키스했고, 그는 그녀의 머리카락을 뒤로 넘겨주었다. 그러자 주디는 더이상 아무 말 하지 않고 그의 몸 위로 올라왔다. 거스리는 자신의 몸에 닿는 그녀의 따뜻한 몸이 느껴졌다. 그는 그녀의 잠옷 아래로 두 손을 넣어 등을 어루만졌다. 그녀의 작은 가슴과 매끄러운 엉덩이가 느껴졌다.

로저는 어떻게 된 겁니까? 거스리가 물었다.

뭐라고요? 그녀가 웃음을 터뜨렸다. 하필 이런 때 그 사람 얘기를 묻는 거예요?

당신이 욕실에 있을 때 그 사람 생각을 하고 있었거든요.

그 사람은 떠났어요. 그편이 모두에게 좋았죠.

그는 어떤 사람이었나요?

무슨 뜻으로 하는 말이죠? 그녀가 물었다.

음, 처음에 두 사람이 어떻게 만났어요? 거스리가 물었다.

그녀는 침대를 손으로 짚고 몸을 일으켜 그를 바라보았다. 지금 꼭 그 얘기를 하고 싶어요?

그저 궁금해서.

음, 브러시에 있는 바에서 만났어요. 오래전 얘기예요. 토요일 밤이었죠. 난 그때 젊었고요.

당신은 지금도 젊어요. 당신도 지난밤에 그렇게 말했잖아요.

나도 알아요. 다만 그때는 훨씬 더 젊었다는 거죠. 난 그 바에

갔고 그 남자를 만났고 나중에 그가 내 남편이 됐어요. 그는 말을 참 달콤하게 했어요. 그 옛날 로저는 달콤한 말로 내가 사태를 그의 방식대로 보게 했어요.

그랬나요?

그런데 얼마 지나고부터 그 사람 말이 달콤하지 않더군요.

그녀는 갑자기 슬퍼 보였다. 거스리는 자신이 아무 말이나 한 게 미안했다. 그는 다시 그녀의 머리카락을 쓸어넘겨주었다. 그녀는 고개를 젓고 미소를 지어 보이더니 몸을 기울여 키스했다. 그는 그녀를 한참 동안 안고 있었다. 그녀의 몸이 아주 따뜻하고 매끄럽게 느껴졌다. 욕실 안에서 잠옷 위에 향수를 뿌린 모양이었다. 그녀가 그에게 다시 한번 키스했다.

뭔가 다른 것 좀 부탁해도 되겠어요? 거스리가 물었다.

뭔데요?

잠옷 좀 벗어주겠어요?

정말 다른 얘기군요. 그렇게 해주죠.

그녀는 다시 몸을 일으키더니 잠옷을 머리 위로 걷어올렸다. 전등 불빛을 받은 그녀의 몸은 아주 멋져 보였다.

이제 좀 나아요?

네, 그런 것 같아요. 거스리가 말했다.

그로부터 두 시간 전 거스리는 차를 몰고 매기 존스네 집 앞을 지나갔다. 집안의 불이 모두 꺼져 있었다. 그래서 그는 홀트 여기 저기를 한동안 돌아다니다가 차를 세우고 담배와 여섯 개들이 맥주 팩을 하나 샀다. 그런 다음 외곽으로 나가서 홀트에서 남쪽으로 5마일쯤 떨어진 좁은 고속도로에서 마음을 정하고 차를 돌려 홀트로 돌아왔다. 그는 같은 학교 행정직원인 주디의 집 앞에 차를 세웠다. 주디가 그에게 문을 열어주면서 웃으며 말했다. 아, 오셨군요. 들어오시겠어요?

그런데 이제 그가 그 집을 나서려 하자 그녀가 물었다. 또 오실 건가요?

그럴지도 모르죠.

꼭 그러진 않아도 된다는 건 아시죠? 하지만 당신이 오면 난 기쁠 거예요.

고마워요. 거스리가 말했다.

그날 밤 나머지 시간과 그다음날 내내 거스리는 그 일이 주디와 자신만 아는 일이라고 생각했다. 하지만 홀트의 다른 사람들도 그 일을 알고 있었다. 어떻게 알았는지는 모르지만 매기 존스 역시 그 일에 대해 알고 있었다. 월요일 오후 마지막 수업이 끝난 후 그녀가 그의 교실로 들어왔다.

이제 이런 식으로 가실 건가요? 그녀가 물었다.

이런 식으로 가다니요. 거스리가 그녀의 얼굴을 바라보며 말했다.

맙소사, 이러지 말아요. 멍청한 짓을 하기엔 당신은 너무 나이
가 많다고요.

그는 그녀를 바라보았다. 그는 안경을 벗어 닦은 다음 다시 썼
다. 불빛에 비친 그의 검은 머리카락이 성글어 보였다. 그가 물었
다. 어떻게 알았어요?

당신은 이 도시가 엄청나게 큰 줄 알아요? 홀트에 당신 픽업트
럭을 알아보지 못할 사람이 있는 줄 아느냐고요?

거스리는 의자에 앉은 채 고개를 돌려 창밖을 내다보았다. 언
제나와 똑같은 겨울나무, 거리, 도로 건너편 연석이 보였다. 그가
그녀에게 시선을 돌렸다. 그녀는 문 바로 안쪽에 서서 그를 지켜
보고 있었다. 아니, 그런 식으로 가진 않을 거예요.

그럼 지난밤 일은 뭐예요?

하룻밤 자유로운 시간이 생겼는데 어떻게 보내야 할지 몰랐던
거죠. 그가 말했다.

날 보러 올 수도 있었잖아요. 나는 흔쾌히 당신을 맞아주었을
거예요.

차를 타고 당신 집 앞을 지나갔어요. 집안의 불이 모두 꺼져 있
더군요.

그래서 그 여자 집으로 가기로 한 건가요?

그 비슷해요.

그녀는 그를 한참 동안 응시했다. 이제 그 비슷한 일이 줄곧 계

292

속될 건가요? 이윽고 그녀가 물었다.

그럴 것 같진 않아요. 아니, 분명히 안 그럴 거예요. 그녀 역시 그걸 원하지 않을 거고요. 그가 말했다.

좋아요. 어쨌든 난 당신을 두고 경쟁 같은 걸 할 생각은 없어요. 당신을 얻기 위해 그런 경쟁에 뛰어들 생각은 없다고요. 그러지 않을 거예요. 이런, 어쨌든 당신은 나쁜 놈이에요, 나쁜 자식 같으니라고.

그녀가 교실에서 복도로 걸어나갔다. 그날 오후 나머지 시간부터 밤까지 거스리는 생각도 행동도 모두 혼란스럽고 경직된 상태에서 보냈다.

빅토리아 루비도

그날 오후 빅토리아가 학교 복도에 서 있는데, 역사 수업을 같이 듣는 키 작은 금발 여학생 앨버타가 손에 뭔가를 쥐고 그녀에게 다가와 말했다. 그 사람 밖에 와 있어. 이걸 네게 전해달라더라. 자, 받아.

누가 그런 말을 했다는 거야?

이름은 몰라. 그저 나를 불러 세우더니 널 보면 이걸 전해달라고 했어. 어서 받아.

빅토리아는 쪽지를 펼쳤다. 흔한 노란색 노트지에 연필로 이렇게 적혀 있었다. '비키, 주차장으로 나와. 드웨인.' 그녀는 종이를 뒤집었으나 뒤쪽에는 아무것도 쓰여 있지 않았다. 빅토리아는 전에 드웨인의 글씨를 본 적은 없었지만 뒤로 비스듬히 눕혀 쓴 그 연필 글씨가 그의 필적일 거라고 생각했다. 누가 장난을 치는 것 같지는 않았다. 틀림없이 그가 보낸 것이었다. 그녀는 크게 놀라지 않았다. 그러니까 이제 그가 돌아온 것이다. 그게 무슨 뜻 일까? 가을이 다 가도록 그녀는 거의 매일 이런 일이 일어나기를 바랐다. 이제 늦겨울이 되어 더이상 이런 일을 생각하지도 기대 하지도 않게 되었는데 그가 온 것이다. 그녀는 앨버타를 바라보았다. 앨버타는 두 눈을 동그랗게 뜬 채 잔뜩 흥분한 표정을 지었다. 마치 자신이 무슨 낮 방송 멜로드라마를 찍고 있는데, 충격적인 새 발표가 나오면 그것에 반응을 보이기 위해 시작 신호만을 기다리고 있는 듯했다.

빅토리아는 담담한 태도로 앨버타를 지나 학생용 철제 사물함 문을 열고 겨울 외투를 꺼냈다. 그녀는 외투를 입고 반들거리는 빨간 백을 어깨에 걸쳤다.

비키, 어쩌려고 그래? 조심해야 해. 그 사람이 맞지, 그렇지? 앨버타가 물었다.

응, 그 사람이야. 그녀가 대답했다.

앨버타를 그대로 둔 채 복도를 지나 학교 건물을 나온 빅토리아는 차가운 오후 대기 속을 걷기 시작했다. 마비 상태 같은 것에 빠진 것처럼 급하지도 서두르지도 않는 걸음으로 건물 뒤쪽에 있는 을씨년스러운 주차장을 향해 걸어갔다. 건물 모퉁이를 돌자 포장된 주차장 끄트머리에 주차되어 있는 드웨인의 검은색 플리머스가 보였다. 시동을 켜놓은 자동차에서 귀에 익은 나지막한 배기음이 들려오자 불현듯 지난여름의 기억이 되살아났다. 드웨인은 운전석 깊이 몸을 파묻고 앉아 담배를 피우고 있었다. 반쯤 열린 차창으로 가느다란 연기가 피어올랐다. 그녀는 그에게 다가갔다. 다가오는 그녀를 지켜보고 있던 그가 이윽고 자세를 바로 잡았다.

임신한 티가 별로 안 나네. 난 네 몸이 훨씬 더 커 보일 줄 알았어. 그가 말했다.

그녀는 여전히 한마디도 하지 않았다.

얼굴은 더 둥글어졌군. 그가 말했다. 그는 모든 것을 평가할 때면 언제나 그랬듯이 조금 비판적인 눈으로 찬찬히 그녀를 살펴보았다. 그 차분한 태도, 다른 사람으로 하여금 접근하지 못하도록 막는 특유의 거리감이 새삼 빅토리아의 기억 속에 떠올랐다. 넌 괜찮아 보이는걸. 옆으로 돌아서봐. 그가 말했다.

싫어.

옆으로 돌아서봐. 옆으로 보면 티가 나는지 좀 보자.

싫어. 그녀가 다시 말했다. 원하는 게 뭐야? 여기서 뭐하는 거야?

난 아직 마음을 정하지 못했어. 그냥 네가 어떤지 보러 돌아온 거야. 네가 임신했고 시골에서 두 노인네와 살고 있다는 얘기를 들었거든. 그가 말했다.

그런 얘기 누구한테 들었어? 넌 줄곧 덴버에 있었던 거 아냐?

맞아. 하지만 여기 아는 사람들이 좀 있거든. 그가 말했다. 그는 좀 놀란 기색이었다.

그래서 무슨 일인데? 그녀가 물었다.

너 지금 화가 나 있구나. 그 정도는 알겠다. 그가 말했다.

그렇다면 아마 화날 이유가 있나보지.

그럴 이유가 있겠지. 그가 말했다. 뭔가를 생각하고 있는 것 같았다. 그는 앞으로 몸을 굽혀 재떨이에 담배를 비벼 껐다. 서두르는 기색 하나 없이 차분한 동작이었다. 그가 다시 그녀를 바라보았다. 이러지 마, 난 너를 보러 온 거야. 내가 말하는 거 보면 모르겠어? 난 네가 덴버로 가고 싶은지 물어보러 온 거라고. 그가 말했다.

너와 함께?

왜, 그러면 안 돼?

내가 덴버에서 뭘 해?

사람들이 덴버에서 뭘 하겠어? 내 아파트에서 나와 함께 사는 거지. 우리는 함께 삶을 시작할 수 있어. 우리가 멈췄던 지점에서 다시 시작할 수 있다고. 넌 내 아이를 갖고 있잖아, 안 그래? 그가 말했다.

맞아. 내 몸안에 아기가 있어.

그리고 내가 그애 아빠지, 그렇지?

너 아니면 누구겠어.

바로 그래서 이러는 거야. 바로 그래서 내가 이런 얘기를 하는 거라고. 그가 말했다.

그녀는 자동차 운전석에 앉은 그를 바라보았다. 차에는 여전히 시동이 걸려 있었다. 사방이 트인 야외 주차장에 서 있으려니 추웠다. 그가 그녀를 떠난 지 육 개월이 흘렀고, 그동안 그녀에게 는 여러 일이 있었지만 그에게서 변한 것은 무엇인가? 그는 조금 도 달라 보이지 않았다. 전처럼 여위고 까무잡잡하고 여전히 곱 슬머리였다. 그녀는 여전히 그가 무척 잘생겼다고 생각했다. 하 지만 더이상 그에게 특별한 감정을 느끼고 싶지는 않았다. 사실 그녀는 이제 그런 감정들과는 끝났다고 생각해왔다. 그렇다고 믿 었다. 그는 떠난다는 말 한마디 없이 그녀를 떠났고 그때 이미 그 녀는 임신한 상태였으며, 그후에 엄마는 그녀를 집에 들이지 않 았고 그런 다음 매기 존스의 늙은 아버지 때문에 선생님의 집에 서도 더이상 지낼 수 없게 되어 시골로 들어가서 맥퍼런 형제와 살게 되었고, 그럴 것 같지 않던 그 생활이 점점 괜찮아졌으며 최 근에는 그저 괜찮은 것을 넘는 정도가 되었다. 그런데 이제 뜻밖 에도 그가 다시 찾아온 것이다. 그녀는 이 상황을 어떻게 받아들 여야 할지 알 수 없었다.

차에 타지 그래? 그 정도는 해도 되잖아. 거기 밖에 서 있다가 는 얼음덩어리가 되고 말걸. 난 널 감기 걸리게 하려고 돌아온 게 아니야, 비키. 그가 말했다.

그녀는 그에게서 눈을 돌렸다. 햇빛이 눈부셨다. 하지만 따뜻 하게 느껴지지는 않았다. 화창하고 추운 겨울날이고 움직이는 것 은 아무것도 보이지 않았으며 심지어 밖에 나와 있는 사람조차 없었다. 다른 학생들은 오후 수업중이었다. 그녀는 주차장에 세

워진 차들을 바라보았다. 성에가 낀 차창도 있었다. 아침 여덟시
부터 거기 주차되어 있는 그 차들은 춥고 외로워 보였다.

나와 말도 하지 않을 거야? 그가 물었다.

그녀가 그를 바라보았다. 여기 나오지 말았어야 했는데. 그녀
가 말했다.

아니, 넌 나와야 했어. 난 너를 위해 돌아왔거든. 지난 몇 달 동
안 내가 전화라도 해야 했다는 거 알아. 그 점은 사과할게. 내가
잘못했다고 하잖아. 어서 타. 네 몸이 점점 얼어붙고 있다고.

그녀는 줄곧 그를 바라보았다. 생각을 할 수 없었다. 그는 기다
리고 있었다. 주차장을 가로질러 돌풍이 불어왔다. 바람이 그녀
의 얼굴을 후려치는 것이 느껴졌다. 그녀는 축구장에 쌓인 눈더
미와 양쪽에 높다랗게 솟아 있는 텅 빈 관중석 쪽을 보았다. 그리
고 다시 한번 드웨인을 바라보았다. 그는 여전히 그녀를 지켜보
고 있었다. 이윽고 자신이 뭘 하려는 것인지도 모르는 채 그녀는
차 뒤쪽을 돌아 조수석에 올라탄 다음 문을 닫았다. 차 안은 따뜻
했다. 두 사람은 자리에서 서로 마주보았다. 그는 아직 그녀의 몸
에 손을 대려고 들지 않았다. 그에게도 그 정도 상식은 있었다.
이윽고 그가 몸을 앞으로 돌리고 기어를 넣었다.

네가 보고 싶었어. 그가 말했다. 그는 똑바로 앞을 바라보며,
까만 플리머스의 핸들을 향한 채 말하고 있었다.

네 말 안 믿어. 그냥 진실을 말하지 그래? 그녀가 말했다.

이게 진실이야. 그가 말했다.

그들은 홀트를 벗어나 서쪽으로 34번 도로를 달린 후 겨울 풍경 속으로 들어갔다. 삼십 분 후 노카를 지나자 산이 보이기 시작했다. 멀리 아득한 지평선 위로 들쭉날쭉하고 야트막한 능선이 푸르스름하고 희미하게 보였다. 두 사람은 거의 말을 하지 않았다. 그는 담배를 피웠고 틀어놓은 라디오에서는 덴버 방송이 흘러나왔다. 그녀는 옆 차창을 통해 갈색 목초지와 거무스름한 옥수수 그루터기와 털이 덥수룩한 소들, 그리고 철로 옆에 매달린 X자 표지판처럼, 말라붙은 도랑풀 위로 일정 간격을 두고 서 있는 전신주들을 바라보았다. 이윽고 브러시에 이르자 차는 주와 주 사이를 연결하는 도로로 들어선 다음 서쪽을 향해, 상태가 좋은 아스팔트 위를 더 빠른 속도로 질주했다. 포트모건을 지날 때는 하수처리장에서 나온 증기가 고속도로를 가로질러 살을 에도록 차가운 대기 속을 떠돌고 있었다. 그즈음 빅토리아는 오 분 전부터 생각하고 있던 것을 입 밖에 내서 말하기로 마음먹었다. 차안에서 담배 피우지 말았으면 좋겠어.

그가 그녀 쪽으로 고개를 돌렸다. 전에는 그런 거 신경쓰지 않았잖아. 그가 말했다.

전에는 임신하지 않았잖아.

그건 그렇군.

그는 창문을 내리고 불붙은 담배를 세찬 바람 속에 던져버리고 다시 창문을 닫았다.

이제 어때?

좀 나아.

그런데 어째서 그렇게 멀리 앉아 있는 거야? 내가 전에 널 때리기라도 했어? 그가 물었다.

네가 변했을지도 모르잖아.

좀더 가까이 다가와서 확인해보는 게 어때. 그가 이를 드러내 보이며 씩 웃었다.

그녀가 좌석에서 그가 있는 쪽으로 미끄러지듯 몸을 움직여 다가가자 그는 그녀의 어깨에 한 팔을 두르고 그녀의 뺨에 키스했다. 그녀는 한 손을 펴서 그의 허벅지 위에 올려놓았다. 이윽고 그들은 그해 여름, 저녁이 되어 낡은 농가 앞 푸른 나무 아래 차를 세우기 전 홀트 북쪽 교외를 드라이브했던 것처럼 차를 달렸다. 그런 식으로 계속 달려 그들은 황혼 무렵 교통 체증이 한창인 덴버로 들어섰다.

이제 그녀는 뭘 어떻게 해야 좋을지 알 수 없었다. 그녀는 갑작스럽게 삶의 방향을 틀었다. 열일곱 살 임신부인 그녀는 덴버의 아파트에서 하루 대부분을 혼자 보냈다. 그녀가 지난여름에 만난, 제대로 알지도 못하는 청년 드웨인은 게이츠 공장으로 출근했다. 침실 두 개와 욕실 하나짜리 아파트였다. 그 아파트에서 처음으로 맞이하는 날 오전, 빅토리아는 아파트 전체를 깨끗하게 쓸고 닦았다. 두번째 날 오전에는 찬장을 정리했다. 그리고 빨래를 했다. 그 집에 온 지 삼 일째 되는 날 오전, 드웨인에게 있는 하나뿐인 시트와 그의 더러운 청바지와 작업복 셔츠를 세탁하는 일까지 모두 끝냈다. 그때까지 그녀는 지하 세탁실에서 본 여자 말고는 아무와도 만나지 않았다. 그 여자는 줄곧 빅토리아를 빤히 바라보면서도 말을 걸지 않고 담배만 피웠다. 빅토리아는 그 여자가 말을 못하거나 이유는 모르지만 자신에게 화가 난 모양이라고 치부했다. 덴버에서 보낸 처음 며칠 동안 빅토리아는 자신이 할 수 있는 일을 했다. 빨래를 하고 아파트를 정리하고 저녁이면 식사를 준비했다. 드웨인이 근무하지 않는 첫 토요일 오후에는 그와 함께 쇼핑몰에 갔다. 홀트에 두고 온 것 대신 입을 수 있도록 그가 그녀에게 바지 한 벌과 셔츠 두어 벌을 사주었다. 하지만 그녀가 할 일이 없었다. 그녀는 어느 때보다도 외로웠다.

아파트에 도착한 첫날 저녁 그들은 시커먼 차들이 줄지어 서 있는 주차장에 차를 세우고 차에서 내렸다. 그는 그녀를 데리고 층계를 오른 다음 타일 깔린 복도를 지나 집 문 앞에 이르러 열쇠로 문을 열었다. 넌 이제 집에 온 거야, 바로 여기야. 그가 말했다. 방 두 개짜리 아파트였다. 그녀는 주위를 둘러보았다. 잠시 후 그는 그녀를 침실로 데리고 갔다. 그들은 침대에, 그러니까 진짜 침대에 한 번도 같이 누워본 적이 없었다. 그는 그녀의 옷을 벗기고 그녀의 배를 바라보았다. 배가 둥글고 매끈하게 솟아올라왔고 가슴에는 푸른 정맥이 드러나 보였다. 부풀어오른 가슴은 전보다 더 단단해졌고 유두는 크기도 커지고 빛깔도 진해져 있었다. 그는 한 손으로 그녀의 단단하고 둥근 배 위를 쓰다듬었다. 아기가 움직여? 그가 물었다.

두 달 전부터 움직였어.

그는 아기가 자신을 위해 지금 당장 움직이기를 기대하듯 한 손을 그녀의 배 위에 올려놓고 기다리더니 몸을 앞으로 숙여 그녀의 배꼽에 키스했다. 그러고는 자리에서 일어나 옷을 벗은 다음 다시 그녀가 있는 침대로 들어와 그녀에게 키스하고 그녀를 바라보며 옆에 누웠다.

여전히 날 사랑해?

그럴지도.

그럴지도, 라니. 그게 무슨 뜻이야?

오래전 일이라는 거야. 네가 날 떠났잖아.

하지만 난 네가 그리웠어. 아까 말했잖아. 그는 그녀의 얼굴에 키스하고 그녀를 애무하기 시작했다.

이래도 되는지 잘 모르겠어. 그녀가 말했다.

왜 안 되는데?

왜냐하면. 아기가 있잖아.

음, 여자가 임신중일 때도 다들 하던데. 그가 말했다.

하지만 조심해야 해.

난 언제나 조심해.

아니, 그렇지 않아. 언제나는 아니라고.

내가 언제 조심하지 않았는데?

내가 지금 임신중이잖아, 안 그래?

그는 그녀의 얼굴을 바라보았다. 그건 사고였어. 내가 일부러 그런 게 아니라고.

어쨌든 그런 일이 일어났잖아.

너 역시 뭔가 조치를 취할 수 있었다는 거 너도 알지. 꼭 나만 피임을 해야 하는 건 아니라고. 그가 말했다.

나도 알아. 그 점에 대해 많이 생각해봤어.

그는 그녀의 얼굴을, 그녀의 까만 두 눈을 들여다보았다. 너 왠지 좀 달라진 것 같아. 넌 달라졌어.

난 임신했어. 그러니 달라진 게 당연하지. 그녀가 말했다.

그 이유만이 아닌 것 같아. 그런데 이렇게 된 걸 안 좋게 여기는 건 아니지? 그가 물었다.

아기에 대한 거 말이야?

응.

아니, 아기에 대한 건 후회하지 않아. 그녀가 말했다.

그럼 너한테 키스해도 되지?

그녀는 아무 말도 하지 않았고 거부하지도 않았다. 그는 그녀에게 키스하고 다시 한번 그녀를 애무했다. 잠시 후 그는 손으로 침대 위를 짚어 자기 몸을 지지한 채 그녀의 몸 위로 올라갔다. 얼마 지나서 그녀의 몸안으로 들어간 그가 천천히 몸을 움직이기 시작했다. 실제로 그래도 괜찮은 것 같았다. 하지만 그녀는 여전히 걱정이 되었다.

얼마 후 두 사람은 말없이 침대에 누워 있었다. 방은 그렇게 크지 않았다. 벽에 장식용 포스터 두어 장이 핀으로 꽂혀 있었다. 하나 있는 창문에는 가리개가 내려와 있었고 창을 사이에 두고 한밤중 덴버 거리를 지나가는 차 소리가 들려왔다.

이윽고 그들은 침대에서 몸을 일으켰다. 그가 전화로 피자를 시켰다. 배달 청년이 피자를 가져오자 그는 청년에게 돈을 지불하며 농담을 해서 청년을 웃겼다. 청년이 가고 난 후 그들은 거실에서 함께 피자를 먹고 자정이 될 때까지 텔레비전을 보았다. 다음날 그는 일찍 일어나 일을 하러 갔다. 그가 아파트를 나서자마자 그녀는 외로움을 느꼈고 무엇을 해야 할지 알 수 없었다.

맥퍼런 형제

어둠이 내리고 세 시간 후 그들은 매기 존스의 집 앞 도로변에 픽업트럭을 세우고 차가운 공기 속으로 나와 포치로 올라갔다. 문간에 나온 매기는 학교에 입고 갔던 긴 스커트와 스웨터 차림이었지만 신발을 벗고 스타킹만 신고 있었다. 무슨 일이에요? 들어오시겠어요? 그녀가 물었다.

그들은 현관에 들어가 섰다. 그런 다음 두 사람이 거의 동시에 입을 열었다.

그애가 오늘 집에 오지 않았소. 우리는 그애를 찾으러 차를 타고 온 데를 다 돌아다녔다오. 해럴드가 말했다.

어디부터 어떻게 찾아봐야 할지 모르겠더군요. 레이먼드가 말했다.

세 시간 넘게 차로 여기저기를 돌아다니며 우리가 생각해낼 수 있는 모든 곳을 다 찾아봤다니까.

그러니까 지금 빅토리아 얘기를 하시는 거죠? 매기가 말했다.

물어볼 만한 그애의 친구가 하나도 없는 것 같아요. 적어도 우리가 아는 친구는 없어요. 레이먼드가 말했다.

빅토리아가 오늘 저녁 방과후에 버스를 타고 집에 오지 않았다는 건가요?

그래요.

전에도 이런 적이 있었나요?

없어요. 이번이 처음이라오.

그애에게 무슨 일인가 일어난 게 틀림없어. 납치를 당했는지도 모르지. 해럴드가 말했다.

말조심하라고. 그건 우리도 모르는 일이잖아. 난 아직 그렇게까지 생각하고 싶지 않다고. 레이먼드가 말했다.

알겠어요. 우선 제가 몇 군데 전화를 해볼게요. 안으로 들어와서 좀 앉으시겠어요? 매기가 말했다.

그들은 무슨 법정이나 교회 지성소에라도 들어가는 사람처럼 거실로 들어가 조심스럽게 주위를 둘러본 다음 마침내 소파를 골라 그 위에 앉았다. 매기가 전화가 있는 주방으로 갔다. 그들이 있는 곳에서 그녀가 통화하는 소리가 들려왔다. 그녀가 거실로 돌아올 때까지 그들은 모자를 무릎 사이에 쥐고 기다렸다.

매기가 말했다. 같은 반 여학생 두세 명에게 전화를 걸어봤는데요. 마침내 앨버타 윌리스와 연결이 됐어요. 그애 말이 자기가 빅토리아에게 쪽지를 건네줬대요. 주차장에 차를 세우고 기다리던 어떤 청년이 준 쪽지라는군요. 그 쪽지에 뭐라고 적혀 있었는지 아느냐고 물었더니, 그건 사적인 쪽지고 자기 것이 아니라고 대답하더군요. 그래서 제가 말했죠. 하지만 넌 그걸 읽어봤을 테지?

네. 하지만 딱 한 번만 봤어요.

제발 부탁인데 그 내용 좀 말해주겠니? 거기에 뭐라고 적혀 있었지?

존스 선생님, 별말 아니었어요. 그냥 주차장으로 나오라는 내용뿐이었어요. 그리고 그 남자 이름이 있었어요. 드웨인이라고요.

네가 아는 남자니?

아뇨. 하지만 그 남자가 노카 출신이라는 건 알아요. 지금은 거기 살지 않지만요. 그 사람이 지금 어디 사는지는 아무도 몰라요.

그래서 빅토리아가 그 쪽지에 적힌 대로 그 청년을 만나러 주차장으로 간 거야?

네, 빅토리아는 그 남자한테 갔어요. 전 말리려고 했고요. 조심하라고 말했죠.

그후에는 그애를 보지 못했어?

네, 그뒤로는 그애를 보지 못했어요.

매기가 맥퍼런 형제에게 그런 통화 내용을 전했다. 그러니까 빅토리아는 그 청년을 따라간 게 분명해요. 그 청년과 함께 간 거죠.

두 노인 형제는 꽤 오랫동안 아무 말 없이 그저 서글프고 지친 얼굴로 그녀를 지켜보았다.

당신은 그 청년에 대해 아는 바가 없다는 거요? 이윽고 해럴드가 물었다.

네, 본 적도 없는 것 같아요. 학생들은 그 청년에 대해 좀 아는 것 같았지만요. 지난해, 특히 지난여름에 몇 군데 댄스파티에 왔었대요. 그때 빅토리아가 그 남자를 만난 것 같아요. 빅토리아가 그때 일에 대해 제게 얘기를 조금 했어요. 하지만 그 남자애 이름은 도무지 말하려 들지 않았죠. 그 청년의 이름을 들은 것도 이번이 처음이에요.

당신과 통화한 그 여학생은 그 청년의 성을 알고 있소?

아뇨.

형제는 무슨 말이든 더 나오기를 기다리듯 잠시 동안 그녀를 빤히 쳐다보았다.

그러니까 그애가 다친 것은 아니로군. 단순히 실종된 것도 아니고. 해럴드가 말했다.

네, 제 생각에도 그런 것 같아요.

그애는 실종되지는 않았어. 그게 우리가 아는 전부야. 다쳤는지 아닌지는 아직 모르는 일이잖소. 레이먼드가 말했다.

아, 전 그애가 무사할 거라 믿어요. 우리, 그렇게 생각하기로 해요. 매기가 말했다.

그런데 어째서 그애가 떠난 걸까? 혹시 당신은 알고 있소? 당신 생각에 우리가 그애한테 뭔가 잘못한 일이 있는 것 같소? 레이먼드가 물었다.

설마요. 매기 존스가 대답했다.

정말 그렇게 생각해요?

그럼요, 전 지금껏 한순간도 두 분이 잘못했다는 생각은 해본 적이 없어요. 그녀가 대답했다.

해럴드가 천천히 거실을 둘러보았다. 우리가 그애에게 어떤 행동을 해서 일어난 일 같지는 않아. 아무리 생각해도 오해할 만한 행동 같은 건 없었어. 그렇게 말하고 그는 매기를 바라보았다. 정말 열심히 생각해봤다오.

그런 게 있을 리가 없어요. 전 두 분이 그런 행동을 하시지 않았다는 것을 잘 알아요. 매기가 말했다.

해럴드가 고개를 끄덕였다. 그는 다시 주위를 둘러본 다음 자리에서 일어섰다. 이제 우리는 집에 가야 할 것 같군. 그것 말고 달리 할 일도 없으니까. 그는 낡은 작업모를 다시 머리에 썼다.

레이먼드는 여전히 자리에 앉아 있었다. 당신 생각에 찾아왔다는 청년이 그 녀석인 것 같소? 빅토리아에게 아기를 준 녀석 말이오. 그가 물었다.

네, 분명 그럴 거예요. 매기가 대답했다.

레이먼드는 잠시 동안 그녀를 뚫어져라 쳐다보았다. 이윽고 그가 말했다. 이런. 그는 다시 말을 멈추었다. 아무래도 내가 늙은 모양이야. 말귀를 빨리 알아듣지 못하겠어. 그런 다음 그는 더이상 할말이 생각나지 않는 모양이었다. 그는 형 옆에 섰다. 그리고 매기 너머로 거실을 건너다보았다. 이제 그만 가봐야 할 것 같군. 친절하게 도와줘서 고마워요, 매기 존스. 그가 말했다.

그들은 그녀의 집에서 다시 차가운 대기 속으로 나와 차를 타고 출발했다. 집에 돌아와서는 캔버스 천으로 된 작업복으로 갈아입고 손전등을 들고 캄캄해진 밖으로 나와, 그들이 암소 한 마리를 옮겨둔 송아지 우리로 갔다. 첫 출산을 앞둔 암소 하나가 새끼를 낳을 기미를 보이고 있었던 것이다. 두 살배기 어린 암소들 중 하나였다. 그들은 암소의 젖 역시 퉁퉁 불어오르기 시작했음을 눈여겨보았다. 그래서 전날 그 소를 목장 옆, 삼면이 막힌 우리로 옮겨놓았던 것이다.

그들은 정문을 지나 우리로 간 다음 지붕 밑에서 손전등을 들어 비춰보았다. 암소의 상태는 별로 좋아 보이지 않았다. 소는 얼어붙은 땅에 깔린 밝은색 짚더미 위에서 고개를 그들 쪽으로 향하고 꼬리를 들어올린 채 등을 둥글게 치켜올린 자세로 서 있었다. 두 눈은 휘둥그레졌고 신경이 곤두선 듯했다. 암소는 휘청거리며 두어 차례 초조한 듯 잔걸음을 쳤다. 그때 암소의 몸밖으로 밀려나온 태반이 뒷다리에 걸리고 꼬리 아래로 축 늘어져 매달려 있는 것이 보였다. 몸밖으로 밀려나온 자궁 밖으로 분홍색 발굽 하나가 비어져나와 있었다. 암소는 고통스러운 듯 뒤쪽 벽을 향해 몇 발짝 떼어놓으면서 등을 둥글게 말아올렸다. 암소의 뒤쪽으로 태어나지 않은 새끼 송아지의 발굽이 나와 있었는데, 마치 더러운 삼베로 싼 것처럼 보였다.

그들은 암소의 목에 밧줄을 걸고 그것을 고삐 삼아 재빨리 잡아당겨 암소를 우리의 벽 쪽으로 바짝 밀어붙였다. 해럴드는 아예 손모아장갑을 벗고 맨손으로 비어져나온 새끼의 발굽을 소의 몸안으로 천천히, 지긋하게 밀어넣었다. 이어 자기 손을 소의 몸속으로 집어넣어 자궁 안에서 새끼의 머리가 정상적인 경우처럼 새끼의 두 앞발 사이로 오도록 만들려고 했지만 쉽지 않았다. 머리의 위치가 제자리에 있지 않아서 송아지가 나올 수가 없었다. 이제 어린 암소는 기운이 다 떨어진 모양이었다. 암소의 머리가 축 늘어지고 등이 위로 잔뜩 굽었다. 암소는 그 자리에 선 채 울었다. 이제 송아지용 분만 고리를 쓰는 방법밖에 없었다. 그들은 암소의 몸속으로 고리를 집어넣어 자궁 안에 들어 있는 새끼의 뒷다리 무릎 관절에 걸고, 어미의 엉덩이 부위에 U자형 도구를 받침대처럼 걸쳐 힘을 받게 한 다음 새끼를 끌어내기 시작했다. 분만 고리를 당겨 새끼를 천천히 끌어내는 방식이었다. 암소는 목과 머리에 감긴 밧줄이 팽팽해지도록 있는 대로 몸을 뻗대며 괴로운 듯 헐떡거리는 신음소리를 냈다. 한번은 고개를 치켜들고 울었는데, 공포로 눈동자가 돌아가 흰자위만 보였다. 이윽고 새끼의 머리와 앞다리가 함께 나오기 시작하더니 축축하고 미끈거리는 몸 전체가 묵직한 덩어리처럼 단번에 쑥 빠져나와 땅에 떨어졌다. 그들은 새끼를 받아들어 코를 깨끗하게 닦아주고 주둥이를 살펴 숨이 통하도록 했다. 그런 다음 태어난 송아지를 밀짚 위에 내려놓았다. 그다음 한 시간 동안 형제는, 헐떡거리며 울고 있는 어미소 밑으로 삐져나온 자궁을 잘 닦아 몸속으로 도로 밀어넣고는 그 자리를 두꺼운 실로 봉합했다. 그러고는 페니실린을 주사하고 송아지를 일으켜세워 어미소의 젖 쪽으로 방향을 잡아주었다. 어미소는 송아지의 냄새를 맡더니 어느 정도 정신이 돌아온 듯 새끼를 핥기 시작했다. 송아지는 어미에게 몸을 부딪쳐가며 젖을 빨기 시작했다.

시간은 자정이 지나 있었다. 우리 밖은 춥고 황량하고 더할 나위 없이 조용했다. 머리 위 구름 한 점 없는 하늘에는 극지방을 연상케 하는, 얼음처럼 찬 별들이 떠 있었다.

그들은 캔버스 천 작업복을 그대로 입고 집안으로 들어가 지치고 피로 범벅이 된 채 주방의 나무 식탁에 주저앉았다.

형 생각엔 괜찮을 것 같아? 레이먼드가 물었다.

어리잖아. 튼튼하고 건강해. 하지만 무슨 일이 일어날지는 알 수 없지. 장담할 순 없어.

그럼. 장담할 순 없지. 그애가 어떤 상태인지 모르잖아. 그 녀석이 그애를 어디로 데려갔는지도 정확히 모르는걸.

녀석은 그애를 푸에블로나 윌슨버그에 데려다놓았을지도 몰라. 어쩌면 덴버가 아니라 엉뚱한 곳으로 데려갔을지도 모르지. 그걸 누가 알겠어.

그애가 무사하기만 바라는 수밖에. 레이먼드가 말했다.

그래, 내가 바라는 것도 그거야. 해럴드가 말했다.

그들은 이층으로 올라갔다. 어둠 속에서 침대에 누웠지만 잠을 이룰 수 없었다. 복도를 사이에 두고 각자의 방에 말짱한 정신으로 누워 그들은 빅토리아를 생각했다. 집이 완전히 달라진 것 같았다. 갑자기 텅 비고 쓸쓸해진 듯했다.

거스리

그날 오후 늦은 시간에 로이드 크라우더 교장이 거스리에게 전화를 걸었다. 이쪽으로 좀 오는 게 좋겠군요. 아무래도 선생의 뒤통수를 칠 모양이에요. 혹시 서류나 성적표 같은 게 있으면 뭐든 가져오는 게 좋겠어요.

누가 내 뒤통수를 친다는 겁니까? 거스리가 물었다.

베크먼 일가 말입니다.

거스리는 집에서 나와 픽업트럭을 타고 시내를 가로질러 자신이 근무하는 고등학교 옆 군청으로 향했다. 안으로 들어서자마자 베크먼 일가의 모습이 보였다. 그들은 방청석 안쪽 세번째 줄에 앉아 있었다. 베크먼 부부와 러셀이었다. 거스리가 들어서자 그들이 고개를 돌려 그를 바라보았다. 그는 뒤쪽 자리에 앉았다. 전면 탁자에는 교육위원회 위원들이 청중이 볼 수 있도록 각각 이름표를 탁자에 올려놓고 앉아 있었다. 그들 뒤쪽 벽에는 지난 세월 동안 뛰어난 업적을 쌓은 역대 위원들의 사진 액자가 걸려 있었다. 위원들은 이미 이전 회의를 검토하고 제출된 의안과 여러 주제의 안을 승인하고 이제 예산에 관한 토론을 마무리하는 중이었다. 교육감이 차례로 진행해나가고 있었다. 그들은 규정상 필요한 경우에는 해당 사안에 대해 투표를 하기도 했다. 앞서 가진 간부 회의에서 준비를 해놓은 만큼 회의는 순조롭게 진행되었다. 이윽고 의장이 학부모 발언 시간이 됐음을 공지했다.

몸이 마른 여자 하나가 일어나 스쿨버스에 대해 불평하기 시작했다. 한 가지 탄원할 것이 있어요. 제 아이들은 평소에 아침 일곱시에 버스로 등교하고 오후 네시에 하교했는데, 지금은 여섯시 반에 등교하고 네시 사십오분에 하교해요. 그건 신경이 곤두선 버스 기사가 속력을 낮춰 운전을 천천히 하기 때문이에요. 버스에 탄 아이들이 자리에서 일어나 욕설을 지껄이며 버스 안을 돌아다니고 있거든요. 그애들이 하는 말 중에 욕 아닌 게 없어요. 욕 없이 말해보라고 하면 그애들은 한마디도 못할걸요.

의장이 말했다. 안전은 중요한 문제입니다. 그렇지 않습니까. 안전이야말로 우리가 중요하게 고려해야 할 부분이죠.

여자가 다시 말했다. 얘기 아직 안 끝났어요. 한번은 버스 기사가 결국 길 한쪽으로 차를 대야 했다더군요. 기사는 버스를 세우고 통로를 걸어가 문제의 여자애에게 이렇게 말했다죠. 넌 오전 내내 목이 터져라 소리를 지르고 있던데 어디 지금 한번 소리를 질러보렴. 그랬더니 그 여자애가 글쎄 정말로 악을 쓰더라는군요. 그게 믿어지세요? 내 딸도 그 여자애가 목이 터져라 악을 써대서 몹시 힘들었다더군요. 내 딸이 그런 걸 견뎌야 할 의무는 없다고 생각해요.

의장이 말했다. 스쿨버스를 타는 건 학생의 권리입니다. 규칙을 지키기만 한다면요. 그렇지 않습니까? 그가 교육감을 바라보았다.

그렇습니다, 잘못된 행동을 세 차례 하면 차에서 내려야 합니다. 교육감이 말했다.

그러면 누군가는 셋을 헤아리는 법을 배워야겠네요. 여자가 응수했다.

자, 학부모님께서는 교장 선생님과 상의해보시는 게 좋겠습니다. 지금 말씀하신 이 문제에 대해서요. 의장이 말했다.

벌써 그렇게 했어요.

그럼, 다시 한번 말씀해보시는 게 좋겠습니다. 오늘 저녁 여기까지 와주셔서 고맙습니다. 의장은 그렇게 말하고는 방안을 둘러보았다. 또 말씀하실 분 계신가요?

베크먼 부인이 일어나 말했다. 네, 여기 다른 안건이 있어요. 그런데 누군가가 벌써 그 작자를 여기에 불렀네요. 그녀는 거스리를 바라보았다. 그 작자가 여기 있어도 난 상관하지 않겠어요. 할말은 할 거라고요. 저 작자는 내 아들을 미워해요. 지난 학기에 저 작자는 우리 애를 낙제시켰어요. 미국사 과목에 낙제점을 줬다고요. 이게 공정하지 못한 처사라는 건 누구나 알 거예요.

학부모님, 지금 무슨 말씀을 하시는 건가요? 그러니까 뭐에 관한 이야기입니까? 의장이 물었다.

방금 내가 한 말 그대로예요. 우선 저 작자는 그 걸레 같은 계집애 건으로 우리 애와 복도에서 싸웠어요. 그러더니 우리 애를 농구 토너먼트 게임에 출전하지 못하게 했죠. 그 결과 우리 애는 필립스주니어대학의 장학금을 받지 못할지도 몰라요. 그러더니 이제는 우리 애를 낙제시켜 한 학기를 더 다니게 만들었어요. 지금 나는 그 얘기를 하고 있는 거예요. 이 일에 관해 무슨 조치를 취할 건지 들어야겠어요.

의장이 교육감을 바라보았다. 교육감은 옆 탁자에 앉아 있는 로이드 크라우더 교장을 바라보았다. 의장이 로이드 크라우더 쪽으로 몸을 돌렸다. 이 사건의 배경을 좀 설명해주시겠습니까, 크라우더 선생님?

교장 선생 얘긴 들을 필요 없어요. 내가 금방 말했잖아요. 베크먼 부인이 말했다.

예, 학부모님. 하지만 우리는 교장 선생님 말씀도 듣고 싶군요. 의장이 대답했다.

로이드 크라우더가 일어나 이 분쟁의 당사자 양쪽이 한 행동을 설명하고 그 일로 학생이 오 일간의 정학 처분을 받았다고 밝혔다.

거스리 선생님 여기 와 계십니까? 의장이 물었다.

저기 뒤에 앉아 있는 게 그 작자예요. 베크먼 부인이 말했다.

이제 저도 보이는군요. 거스리 선생님, 뭔가 하실 말씀 있습니까? 의장이 물었다.

조금 전 들으신 그대로입니다. 러셀 군은 반드시 해야 하는 과제를 하지 않았습니다. 저는 러셀 군에게 여러 차례 말했습니다. 과제를 하지 않으면 낙제를 면할 수 없다고 말입니다. 러셀 군은 아무 노력도 하지 않았고, 그래서 저는 러셀 군에게 낙제 점수를 주었습니다. 거스리가 말했다.

들었죠? 저 작자는 저런 거짓말을 모든 사람에게 되풀이하고 있어요. 당신은 거기 앉아서 저 작자가 또 저런 거짓말을 하는 걸 듣고만 있을 건가요? 베크먼 부인이 말했다.

성적표를 보셔야겠다면 여기 갖고 있습니다. 하지만 공공연하게 성적표를 공개하는 일은 피하고 싶습니다. 그렇게 하는 게 합법적인지도 잘 모르겠고요. 거스리가 말했다.

공개하라고 하세요. 공개했으면 좋겠네요. 그럼 저 작자가 우리 러셀에게 무슨 짓을 했는지 모두들 알 수 있을 테니까요. 어쨌든 이 모든 게 저 작자가 꾸며낸 거라고요. 베크먼 부인이 악을 썼다.

의장이 한순간 그녀를 바라보고는 말했다. 자, 학부모님, 제가 한말씀 드리자면, 우리는 교실 안에서 교사가 가르치는 행위에 지나치게 개입하는 것을 권장하지 않습니다.

흠, 개입하는 게 좋을걸요. 저기 거스리란 작자는 거짓말쟁이에다 나쁜 자식이니까요.

학부모님, 여기서 그런 말투를 쓰시면 안 됩니다. 민원을 제기하고 싶으면 교육감에게 이 건을 제출하셔야 합니다. 그러면 간부 회의에서 이 문제를 논의하겠습니다. 모든 안건을 이런 식으로 공개적으로 결정할 수는 없습니다.

이제 알겠어요. 당신도 한통속이군. 우리는 당신에게 표를 줬는데 이런 식으로 본색을 드러내는군요. 그녀가 말했다.

학부모님, 제가 드릴 수 있는 말은 이뿐입니다. 지금으로서는요.

그럼 우리 애는 졸업을 할 수 있나요?

미국사 과목에서 낙제했다면 졸업할 수 없습니다. 저는 그렇게 알고 있습니다.

최소한 그 과목만 빼고 임시 수료증을 받을 수는 있겠죠?

어쩌면요. 하지만 러셀 군은 여름방학 동안 낙제한 과목의 수업을 들어야 할 겁니다. 지금으로서는 러셀 군이 개인적으로 다른 선생님에게 나머지 미국사 수업을 듣는 게 좋을 것 같습니다. 이게 절차상 맞습니까, 교육감님?

네, 가능합니다.

그렇군요, 그럼 그렇게 하는 걸로 하겠습니다. 의장이 말했다. 그가 그들을 바라보았다. 베크먼 씨는 아무 말씀도 안 하셨는데요. 뭔가 덧붙일 말씀 있습니까?

빌어먹을, 할말이 있고말고. 베크먼이 말했다. 그가 일어섰다. 우리는 여기서 끝내지 않을 거요. 내가 지금 당장 말해주지. 제기

320

랄, 내가 장담하겠어. 난 필요하다면 이 일을 법정으로 가져갈 거
야. 내가 그렇게 하지 못할 것 같소?

빅토리아 루비도

빅토리아는 얼마 동안 덴버에서 일했다. 정규 일자리가 아니라 주유소 편의점의 파트타임 일이었다. 그녀가 사는 아파트에서 1마일쯤 떨어진 워즈워스대로에 있는 주유소인데, 전화가 오면 정규 직원을 대신해서 밤시간에 일하는 자리였다. 그녀는 면접을 보러 갔다. 작은 키에 흰 셔츠를 입은 남자 매니저가 그녀에게 편의점 안을 한 바퀴 돌아보고 오라고 한 다음 질문을 던졌다. 비엔나소시지와 정어리 통조림을 어디에 진열하시겠어요? 그녀가 대답했다. 통조림 제품이 있는 선반에요. 그러자 그가 말했다. 그렇지 않아요, 크래커 옆에 진열해야 해요. 고객들이 두 가지를 동시에 사게 만들어야 하니까요. 우리가 여기서 그렇게 하는 데는 이유가 있어요.

그는 그녀에게 출산 예정일이 언제냐고 물었고 그녀는 그 질

322

문에 거짓말로 답했다. 실제보다 더 늦은 5월 말이라고 한 것이다. 입덧 같은 걸 하나요? 매니저가 물었다.

아뇨, 초기에만 했어요. 그녀가 대답했다.

이건 파트타임 일일 뿐이에요. 거의 임박해서 연락이 가죠. 우리가 필요로 할 때, 아가씨가 와야 할 때 곧장 연락할 거예요. 누군가 아파서 나오지 못한다는 전화가 올 때면 말이에요. 자, 그래도 이 일을 하겠어요?

네.

좋아요. 그럼 내일부터 교육을 시작하기로 해요.

그녀는 그곳에서 사흘에 걸쳐 매일 일정 시간 교육을 받았다. 오후 근무를 맡은 여직원에게 교육을 받은 데 이어 야간 근무를 맡은 여자에게 하룻밤 교육을 받았다. 일하러 나오라는 첫번째 전화가 온 것은 그로부터 일주일 반이 지나서였다. 그녀가 일할 시간은 월요일 저녁식사 시간이었는데 드웨인이 피곤하다며 차로 데려다주려 하지 않았다. 그래서 그녀는 걸어가겠다고 했다. 그녀가 탁자에서 일어나 집을 나서려 하자 자책감이 든 그가 결국 그녀를 차로 데려다주었다. 차를 타고 가는 동안 두 사람은 한마디도 대화를 나누지 않았다. 그녀는 별일 없이 그날 밤 내내 일하고 아침이 되어 다음 근무자와 교대한 후 버스를 타고 집으로 돌아왔다. 그 시각 드웨인은 이미 게이츠 공장으로 출근한 후였다. 층계를 올라와 아파트 안으로 들어온 그녀는 탁자 위에서 그가 남겨놓은 쪽지를 발견했다. '저녁에 보자. 난 이제 화 풀렸어.

넌 어때?' 한 달 전에 받았던 쪽지처럼 그것 역시 노트 쪼가리에 연필로 아이처럼 글자를 한쪽으로 눕혀 갈겨쓴 것이었다.

그로부터 이 주 후 그녀는 세번째 전화 연락을 받았다. 새벽 한 시 반에 그녀가 계산대 뒤에 있는데 한 남자가 편의점 안으로 들어왔다. 그 시각 상점 안에는 그녀 혼자뿐이었다. 남자는 통로 안을 어슬렁거리며 몇 가지 물건을 집어들었다가 도로 내려놓곤 했다. 힘없는 갈색 직모에 얼굴에는 심하게 주름이 잡힌 마른 사내였다. 이윽고 그는 계산할 물건도 없이 계산대로 다가와 말했다. 당신 도리스 알지?

누구요?

도리스. 여기서 일하는 여자 말이야.

네, 만난 적 있어요.

그 여자를 어떻게 생각해?

좋은 분 같던데요.

아니, 그년 나쁜 년이야. 나를 쫓아내고 문을 걸어 잠근 다음 경찰을 불렀다고.

저런. 빅토리아가 말했다. 그녀는 그가 무슨 일을 하려는지 지켜보았다.

지금 내 차 안에 뭐가 있는 줄 알아? 알아맞혀봐. 그가 말했다.

모르겠는데요.

지금 저기 있는 내 차에 총이 있어. 남자가 그녀의 눈을 똑바로 응시하면서 말했다. 총알을 세 발 장전해놨어. 왜냐하면 우리가

324

셋이니까. 그년, 나, 그리고 그년이 키우는 그 빌어먹을 개새끼까지 말이야. 난 그 개새끼를 기꺼이 죽여줄 거야. 도저히 그 개새끼를 참을 수가 없거든. 당신은 지금 내가 미쳤다고 생각하지?

전 손님을 모르는걸요.

난 미쳤어. 그 빌어먹을 개새끼. 하지만 당신을 해치지는 않아. 근무가 언제 끝나지?

아직 잘 몰라요.

알면서 뭘 그래.

아뇨, 일이 늦어지는 경우도 있어요. 언제나 끝나는 시간을 아는 건 아니에요.

자. 껌을 살게. 어쨌든 난 그년의 그 빌어먹을 개새끼를 잡아놨어. 지금 차 안에 잡아놨다고. 그년은 나를 내쫓고 문을 잠갔지만 난 그년의 개를 잡았지. 그년이 원하는 게 그거라면 그 개새끼부터 해치울 거야. 좋아, 너무 힘들게 일하지 말라고. 그가 말하고는 껌을 집어들고 밖으로 나갔다.

빅토리아는 그가 차를 타고 떠나는 것을 지켜본 후 자동차 번호를 적어서 편의점 매니저에게 주었다. 이후 며칠간 그녀는 그 남자에 관한 소식이 있는지 신문을 눈여겨보았으나 그런 기사는 보이지 않았다. 그녀가 그에 관해 말해주자 도리스는 그 남자는 해를 끼칠 만한 사람이 아니라고 말했다. 그리고 빅토리아가 하는 이야기는 금시초문이라고 했다. 그녀는 개를 키우지 않았다. 그녀가 마지막으로 개를 키운 것은 오 년 전이었다고 했다.

드웨인은 덴버에서 한두 차례 그녀를 파티에 데려갔다. 어느 금요일 밤 그들은 드웨인이 직장에서 알게 된 칼과 랜디의 아파트에서 열리는 파티에 갔다. 랜디는 날씬한 다리에 딱 맞는 청바지를 입은 키 크고 몸집 큰 여자로, 수술한 가슴에 달라붙는 튜브톱을 입었다. 칼은 말이 많은 사람이었다. 빅토리아와 드웨인이 도착했을 때 칼은 잔뜩 흥분한 상태였다. 그 아파트에는 많은 사람들이 와 있었다. 모두 술을 마시고 담배를 피웠고, 커피 탁자 위에는 누구나 피울 수 있도록 대마초 바구니가 놓여 있었다. 실내의 벽은 은박지로 덮여 있고, 아직 치우지 않은 크리스마스 전구 장식이 반짝거렸다. 실내는 더웠고 음악소리가 너무 커서 빅토리아는 소리가 뱃속까지 울리는 느낌이었다. 사람들은 춤을 추며 웃음을 터뜨리고 있었다. 한 여자가 소파 위에서 머리카락을 앞뒤로 흔들면서 춤을 추었고, 한 청년은 두 여자 사이에서 서로 엉덩이를 부딪쳐가며 춤을 추었다. 랜디가 빅토리아에게 옆방에서 마실 것을 갖다주었다. 빅토리아는 벽에 기대서서 다른 사람들을 지켜보았고 드웨인은 칼과 함께 주방으로 들어갔다. 랜디가 빅토리아를 보더니 말했다. 이봐요, 즐기라고, 알았지? 그러고는 활짝 웃으며, 여기서는 무엇이든 마음껏 즐겨도 좋다는 의미로 두 팔을 펼쳐 보이고는 모습을 감추었다. 빅토리아는 벽을 등진 채 사람들을 바라보았다.

얼마 후 그녀는 드웨인을 찾으러 주방으로 갔다. 그는 식탁에 앉아 몇몇 사람들과 술을 마시며 카드로 유커 게임을 하고 있었다. 빅토리아는 그의 뒤에 가서 섰다. 그는 한 손을 뻗어 그녀의 배 위에 올리며 말했다. 우리 꼬마 신사는 어때? 그러고는 그녀를 토닥인 다음 잔을 들어 술을 마셨다. 그녀는 잠시 게임을 지켜보다가 화장실을 찾으려고 여기저기 돌아다녔다. 어떤 문 앞에서 노크를 하자 누군가 안에서 문을 조금 열어주었다. 열린 문 사이로 그 안에서 벌어지고 있는 광경이 얼핏 보였다. 욕조 가장자리에 남자 둘이 앉아 차례를 기다리고 있었고, 변기 위에 앉은 남자의 몸 위에 여자 하나가 올라탄 자세로 앉아 있었다. 여자는 윗옷만 입은 채 희고 긴 다리를 벌리고 있었다. 여자는 랜디처럼 보였지만 문이 너무 빨리 닫히는 바람에 빅토리아는 여자의 얼굴을 제대로 보지 못했다. 문을 열었던 남자는 그저 이렇게 말하고는 다시 문을 닫았다. 화장실 잘못 찾았어. 이층으로 올라가.

드웨인이 그녀를 데리고 집에 왔을 때는 새벽 네시경이었다. 그때쯤 빅토리아는 유혹에 넘어가 보드카 스쿼트를 네다섯 잔 마시고 사람들이 대마초를 돌렸을 때 자기 차례가 될 때마다 대마초를 피운 상태였다. 마음의 갈피를 잡지 못하고 너무 외로운 나머지 잠시 방심한 것이다. 다른 사람들이 하는 대로 하고 싶었던 그녀는 결국 음악과 떠들썩한 분위기에 취해 자제력을 잃고 쉴새 없이 춤을 추기도 했다. 그녀는 두 손으로 배 아래쪽을 감싸 아기를 받친 자세로 방안을 빙글빙글 돌았다. 다음날 아침 잠에서 깬 그녀는 임신 초기에 그랬던 것처럼 구역질이 치밀어오르는 느낌을 받았다. 다만 이번에는 그때와 이유가 달랐다. 다리 위쪽에 손가락으로 쓸면 느낄 수 있을 정도로 부풀어오른 붉은 멍자국이 있었는데, 어쩌다 멍이 든 것인지 도무지 기억이 나지 않았다. 그녀는 침대 속에서 몸을 옆으로 돌렸다. 드웨인은 곁에서 여전히 자고 있었다. 그녀는 구역감과 슬픔을 동시에 느끼며 한참 동안 누운 채 창문 가리개 가장자리를 따라 가늘게 들어오는 햇빛 줄기를 바라보았다. 날씨가 어떤지조차 가늠이 되지 않았다. 햇빛이 비치고 있다는 것만 겨우 알 수 있을 뿐이었다. 그녀는 슬픔과 믿기지 않는 마음이 뒤섞인 몽롱한 상태 속을 떠돌았다. 지난밤이 아기에게 어떤 영향을 끼쳤을지는 생각도 하고 싶지 않았다. 그녀가 기억하는 것은 파티의 앞부분뿐이었다. 춤을 춘 것은 기억나지만 그것 말고 다른 일들도 있었다. 그녀는 그것에 대해서는 생각하고 싶지 않았다. 그러나 그녀가 가장 두려워하는 것은 자신이 기억할 수 없는 그 부분이었다.

맥퍼런 형제

겨울이 끝나가는 어느 날 밤 레이먼드 맥퍼런은 시내로 가서 홀트 카운티 농민생활 협동조합 창고관리위원회 회의에 참석했다. 그는 위원회에 선임된 일곱 명의 농장주 및 목장주 가운데 한 사람이었다. 회의가 끝나자 그는 몇몇 위원과 술을 한잔하기 위해 차를 몰고 리전으로 갔다. 그가 일행과 함께 탁자에 앉아 있는데 위원회 소속 농부도 아니고 이름만 겨우 알고 있는, 시내에 사는 남자가 그에게 다가왔다.

그 여자애 일이 잘 풀리지 않았다니 안됐군요.

그러게 말이오. 레이먼드가 말했다.

어쨌든 그 여자애로 인해 재미는 좀 봤겠죠?

그게 무슨 말이오?

두 사람이 번갈아 그애랑 했을 테니까요. 어떻던가요? 한번 털어봐보시죠. 좋던가요? 사내가 씩 웃었다. 작고 고르고 가지런한 치아가 드러났다.

레이먼드는 아무 말 없이 잠시 그를 바라보았다. 그런 다음 탁자 앞으로 몸을 기울여 그의 셔츠 소맷단 바로 아래의 팔목을 움켜쥐고 말했다. 빅토리아 루비도에 대해 그딴 말을 한 번만 더 하면 네 빌어먹을 머리통을 날려주겠어.

아니, 왜 이럽니까? 사내가 외쳤다. 그러면서 손목을 빼려 애썼다. 이거 놔요.

내 말 들었지? 레이먼드가 그에게 말했다.

이거 놓으라니까. 별 뜻 없이 한 말이라고요.

아니. 별 뜻 없이 한 말이 아니지.

그저 다른 사람들이 하는 말을 한 것뿐이에요.

난 지금 다른 사람들과 얘기하고 있는 게 아냐.

이거 놔요. 도대체 왜 이럽니까?

내 말 잘 들어. 그애에 대해 그 비슷한 생각조차 하지 마.

그런 다음 레이먼드는 손힘을 풀고 사내를 놓아주었다. 사내가 일어나 섰다. 이런 망할 노인네 같으니, 그저 농담한 걸 가지고. 그가 말했다.

내 말을 제대로 알아듣긴 했군. 레이먼드가 말했다.

사내는 그를 바라보더니 바 쪽으로 걸어가 그 앞에 서서 바텐더와 그곳에 있는 또다른 남자에게 무슨 말인가 하기 시작했다. 그들은 방금 일어난 일을 지켜보고 있었다. 사내는 레이먼드 쪽을 돌아보고 자기 손목을 문지르면서 그들과 이야기를 주고받았다.

탁자에 앉아 있던 레이먼드는 남은 맥주를 비우고 일어서서 밖으로 나와 픽업트럭을 타고 늦겨울 달빛 하나 없는 길을 달려 집으로 돌아왔다. 집안으로 들어온 그는 빅토리아의 방으로 들어가 천장등을 켜고 그 자리에 서서 퀼트 이불로 덮어놓은 낡은 더블 침대와, 새 시트가 단정하게 깔리고 담요가 개켜진 채 놓여 있는, 벽에 붙어 있는 새 아기 침대를 바라보았다. 엄마와 아기를 위해 준비해놓은 그 모든 것이 빅토리아가 집을 나가 돌아오지 않은 그날 아침의 모습 그대로였다. 레이먼드는 방을 둘러보며 한동안 서 있었다. 그는 여러 가지 일들을 생각하고 떠올리고 숙고해보았다. 이윽고 스위치를 끄고 이층으로 올라가 복도에서 걸음을 멈추었다. 그는 문 열린 형의 침실 앞에 섰다. 안 자고 있었어? 그가 물었다.

안 잤어. 네가 층계를 올라오는 소리를 들었지. 요란한 소리를 내는 걸 보고 무엇 때문인지는 몰라도 몹시 심란한 모양이라고 생각했지. 해럴드가 대답했다. 복도에서 들어오는 빛만 있을 뿐 방안은 어두웠다. 안쪽 벽에 난 사각 창은 희뿌연 색이었다. 창은 뜰과 헛간과 목장에 면해 있었다. 해럴드가 침대에서 몸을 일으켰다. 무슨 일이야? 위원회 모임에서 뭔가 잘못됐어? 옥수숫값이 곤두박질쳤나?

아니.

그럼 뭐야?

끝나고 한잔하러 갔었어. 몇몇 위원들과 함께 리전에 갔지.

그랬군. 그게 범죄는 아니잖아. 그런데 그게 어쨌다는 거야?

형은 사람들이 하는 얘기 알고 있었어? 레이먼드가 물었다.

누가 하는 얘기?

시내 사람들 말이야. 사람들이 빅토리아에 대해 수군대고 있어. 형하고 나, 빅토리아의 관계에 대해서 말이야. 우리 셋에 관해서 숙덕거리고 있다는 거야.

그래서 이러는 거야? 그럼 넌 사람들이 무슨 소리를 할 줄 알았어? 두 늙은이가 주위에 보는 눈 하나 없는 한적한 시골집에 여자애 하나를 같이 살게 했잖아. 여자애는 비록 임신중이긴 하지만 젊고 예쁘고, 그애를 데리고 있는 두 늙은이는 말라붙은 말똥처럼 늙고 팍팍하긴 하지만 아직 사내란 말이야. 그러니 충분히 그럴 법한 일이지. 사람들이 수군거릴 만한 일이라는 거야.

사람들이 수군거릴 수 있다고 치자. 레이먼드가 말했다. 그는 사각 창을 등진 채 어두운 방안에 서서 형을 바라보았다. 그런데 난 그게 싫어. 그애에 대해 그 빌어먹을 입들 좀 닥쳤으면 좋겠어. 난 그런 말이 도는 것 자체가 싫다고.

네가 어쩔 수 없는 일도 있는 거야.

그럴지도 모르지. 레이먼드가 말했다. 그는 몸을 돌려 복도를 가로질러 자기 방으로 들어가려다 뒤돌아섰다. 사람들이 충분히 그럴 수 있는 일이라고 생각해야겠지. 그렇다고 해서 그런 수군거림이 옳은 건 아냐. 난 절대로 그걸 당연시하지 않을 거야.

아이크와 보비

이른아침 같은 침대에서 자던 두 아이는 거의 동시에 잠에서 깼다. 방 안쪽의 북쪽 창에 벌써 뚜렷하게 나타난 얼룩이 눈에 띄었다. 아이크가 일어나 옷을 입기 시작했다. 곧 보비도 일어나 옷을 입었고, 그동안 아이크는 빗물로 생긴 얼룩 밑에 서서 펌프실 너머 헛간과 울타리와 풍차 쪽을 내다보았다. 울타리 너머에서 엘코가 자해하는 듯한 행동을 하고 있었다. 저놈이 미쳤나봐. 아이크가 말했다.

누구 말이야?

엘코 말이야.

보비도 그쪽을 바라보았다.

이윽고 보비가 옷을 다 입자 소년들은 아래층으로 내려갔다. 거스리가 주방 식탁에서 블랙커피를 마시며 담배를 피우고 있었다. 일요일 아침이면 늘 그런 것처럼 그는 햇빛 비치는 식탁 위에 신문과 잡지를 펼쳐놓고 읽고 있었다. 아이크와 보비는 주방을 지나 포치로 나간 다음 서둘러 자갈길을 가로질렀다. 그들은 방목지의 문을 열고 들어갔다. 엘코는 죽은 것은 아니었다. 계속 자기 배 쪽으로 발길질을 하고 있을 뿐이었다. 엘코는 암말 이스터와 고양이들로부터 뚝 떨어져 마구간을 등진 채 홀로 서 있었는데, 목과 늑골 언저리와 옆구리로 땀이 흘러 그 부분의 털빛이 진해져 있었다. 말은 아이들의 눈앞에서 고꾸라져 땅 위로 구르더니 등을 바닥에 댄 채 곤충이나 벌레가 그러는 것처럼 다리를 버둥거리며 허공에 발길질을 해댔다. 말의 몸이 뒤집히자 몸의 다른 부분에 비해 밝은 갈색을 띤 복부가 드러났다. 이윽고 말은 끙소리를 내며 다시 일어서더니 자기 배를 보려는 듯 어깨 너머로 길고 검은 목을 홱 젖혔다. 그러더니 파리들이 성가시게 굴 때처럼 즉각 자기 몸을 발로 차기 시작했다. 하지만 이번엔 파리떼 때문이 아니었다. 아이크와 보비는 조금 더 지켜보다가 말이 마구간 옆 땅바닥으로 다시 쓰러지자 집으로 달려갔다.

거스리는 레인지 앞에서 달걀을 젓고 있었다. 그가 말했다. 애들아, 잠깐만. 한 사람씩 말해보겠니?

아이들이 다시 한번 사태를 설명했다.

알았다, 내가 가보마. 하지만 너희는 여기 있으렴. 아침이나 먹고 있거라. 그가 말했다.

거스리가 밖으로 나갔다. 아이크와 보비는 아버지가 포치로 나가는 소리를 들었다. 방충망 문이 닫히는 소리가 나자 그들은 탁자보를 깔지 않고 벽에 붙여놓은 나무 식탁에 앉아 아침을 먹기 시작했다. 아이들은 마주앉아서 말없이 음식을 먹다가도 밖에서 나는 소리에 귀를 기울이며 서로 얼굴을 마주보곤 했다. 그런 다음 꼭 닮은 푸른 눈과 갈색 머리를 도기 접시 위로 기울이고는 다시 음식을 먹었다. 식사를 마친 아이크가 일어나 창밖을 내다보았다. 아빠가 와. 그가 말했다.

죽을 것 같아. 보비가 말했다.

누가?

형의 말 말이야. 내 생각에 엘코는 오늘 죽을 것 같아.

아냐, 그렇지 않아. 아침이나 먹어.

다 먹었는걸.

더 먹어.

거스리가 집안으로 들어왔다. 그는 전화기가 있는 곳으로 가서 딕 셔먼에게 전화를 걸었다. 딕과의 통화는 짧았다. 그가 전화를 끊고 나자 아이크가 물었다. 의사 선생님이 엘코를 어떻게 할까요? 엘코를 아프게 하지는 않겠죠?

그럼. 엘코는 이미 아픈걸.

대체 왜 그러는 거예요?

그건 나도 잘 모르겠다.

아직도 자기 몸에 발길질을 하고 있어요?

그래. 아무래도 뭔가 문제가 있는 것 같다. 뱃속에서 뭔가가 잘못된 것 같아. 딕 선생님이 와서 봐주실 거야.

저러다 엘코가 죽겠어. 보비가 말했다.

조용히 해, 보비.

하지만 정말 죽을지도 몰라.

네가 그걸 어떻게 알아. 넌 그런 거에 대해 아무것도 모른다고. 그러니 입 좀 다물고 있어.

이제 그만들 하거라. 거스리가 말했다.

두 아이는 서로 얼굴을 바라보았다.

너희 둘은 신문 배달을 시작하는 게 좋겠다. 반시간 전에 열차 소리를 들었어. 집을 나서야 할 시간이야.

그 일은 나중에 하면 안 될까요?

그건 안 돼. 사람들은 제때 돈을 냈으면 제때 신문이 오기를 바란단다.

하지만 이번 딱 한 번만 그러면 안 돼요? 우리가 돌아오면 딕 선생님은 이미 가버리셨을 거잖아요.

그럴지도 모르지. 만약 의사 선생님이 가버린 후라면 내가 무슨 일인지 말해줄게. 자, 이제 어서 가렴.

선생님이 엘코를 아프게 하지 않게 해주세요.

그래, 선생님이 엘코를 아프게 못하도록 할게. 말하지 않아도 딕 선생님은 엘코를 아프게 하지 않겠지만.

어쨌거나 엘코는 이미 아픈데 뭐. 보비가 말했다.

해가 나긴 했어도 여전히 차가운 이른아침 대기 속으로 다시 나온 아이들은 뜰을 지나 자전거를 세워둔 곳으로 갔다. 그들은 헛간과 방목지 쪽을 바라보았다. 엘코는 여전히 등을 둥글게 굽히고 세 다리로 서서 자기 몸에 발길질을 하고 있었다. 아이들은 자전거에 올라 진입로를 벗어난 다음 깔린 자갈 때문에 자전거가 쿨렁거리는 레일로드 스트리트로 나서고 이어서 동쪽으로 반 마일가량 떨어진 홀트역을 향해 달렸다.

신문 배달을 마친 두 소년은 메인 스트리트와 레일로드 스트리트 모퉁이에서 다시 만나 자전거를 타고 집으로 돌아왔다. 이제 날씨는 조금 따뜻해져 있었다. 여덟시 삼십분경이었고 아이들의 머리카락 아래 이마에는 땀이 조금 나 있었다. 아이들은 철로 옆 오래된 발전소를 지났다. 이어 레일로드 스트리트에 있는 프랭크 부인의 집을 지나고 그 집 옆뜰에 줄지어 선 라일락 덤불을 지나쳤다. 가지를 따라 작은 하트 모양의 새잎이 나고 있었다. 소년들의 집 진입로 안 방목지 옆에 픽업트럭이 한 대 더 서 있는 것이 보였다.

어쨌든 딕 선생님이 아직 안 가신 모양이야. 저건 딕 선생님 픽업트럭이잖아. 아이크가 말했다.

틀림없이 녀석은 아직도 발길질을 하고 있을 거야. 발길질을 하면서 끙끙거리고 있을 거라고. 보비가 말했다.

아이들은 쿨렁거리는 자갈 위로 페달을 밟으며 좁은 목초지와 은백양나무를 지나고 진입로로 커브를 틀어 집 앞에 자전거를 세웠다. 그들은 방목지로 다가갔지만 안으로 들어가지는 않았다. 그 대신 울타리 판자 틈으로 안을 들여다보았다. 엘코는 이제 땅바닥에 누워 있었다. 아버지와 딕 선생님이 말 옆에 서서 이야기를 하는 중이었다. 말은 마치 물을 마시려는 것처럼 헛간의 석회암 주춧돌 쪽으로 목을 뻗은 채 땅바닥에 옆으로 누워 있었다. 말의 거무스름한 한쪽 눈이 보였다. 그 눈은 멍하니 허공을 응시하고 있었다. 땅바닥에 박힌 다른 쪽 눈 역시 멍하니 땅속을 응시하고 있을지 궁금했다. 말의 주둥이가 벌어져 있어서 흙이 묻은 크고 누런 이빨과 연어색 혓바닥이 보였다. 거스리가 울타리 사이로 아이들을 보고 다가왔다.

너희들, 온 지 오래됐니?

얼마 되지 않았어요.

너희는 집안에 들어가는 게 좋겠어.

아이들은 움직이지 않았다. 아이크는 여전히 울타리 사이로 방목지를 바라보고 있었다. 엘코는 죽은 거죠? 그애가 물었다.

그래, 죽었단다, 애야.

엘코한테 무슨 일이 있었던 건데요?

나도 모르겠구나. 하지만 너희는 집으로 돌아가는 게 좋겠다. 딕 선생님이 지금 무슨 일인지 알아보려는 중이니까.

선생님이 엘코를 어떻게 할 건데요?

선생님은 엘코의 몸을 열어봐야 한단다. 그걸 부검이라고 부르지.

무엇 때문에요? 엘코는 이미 죽었다면서요. 보비가 말했다.

왜냐하면 그렇게 해야 원인을 알 수 있거든. 그런 걸 보고 싶진 않을 테지?

아뇨, 볼래요. 우린 보고 싶어요. 아이크가 말했다.

거스리는 잠시 아이들을 바라보았다. 소년들은 울타리를 사이에 두고 푸른 눈으로 아버지를 바라보며 서 있었다. 아이들의 이마에 맺혔던 땀이 말라가고 있었다. 아이들은 얼마간 절박하게, 하지만 여전히 참을성 있게 말없이 기다렸다.

좋아, 하지만 집에 가 있을 걸 그랬다고 후회하게 될 거다. 그리 보기 좋은 장면은 아닐 테니까.

저희도 알아요. 아이크가 말했다.

네가 그걸 어떻게 아니, 아이크?

전에 닭 잡는 걸 본 적이 있어요. 보비가 말했다.

그래. 하지만 이번엔 닭이 아니란다.

아이들은 울타리 위에 앉아서 모든 과정을 지켜보았다. 딕 셔먼은 이런 경우 대개 금속 손잡이가 달린 칼을 사용했다. 그러면 사용한 후 세척하기가 쉬웠고 나무로 된 손잡이처럼 부러질 걱정도 없었다. 칼날은 날카로웠다. 딕 셔먼은 먼저 말의 배에 칼날을 넣은 다음 마치 톱질하듯 움직이면서 한 손으로 질긴 가죽과 갈색 털을 잘라내고 동시에 다른 손으로는 자른 부위를 넓게 벌렸다. 피에 젖어 칼이 미끄러워지자 그는 칼과 피 묻은 손을 말의 갈비뼈 위쪽 털에 문질러 닦았다. 절개 부위가 1야드쯤 되자 딕 셔먼과 거스리는 함께 가죽을 벗기기 시작했다. 거스리가 털과 그 바로 밑에 붙은 살갗을 당기는 동안 딕 셔먼은 아래로 칼을 집어넣어 갈비뼈와 복막에서 가죽을 분리해냈다. 얇고 노란 지방층과 가늘고 붉은 근육 다발이 드러났다. 딕 셔먼은 칼을 든 채 말의 복부 앞쪽에 무릎을 꿇고, 거스리는 말 등 위로 웅크린 자세였다. 두 사람 모두 땀을 흘리기 시작했다. 그들의 셔츠가 등줄기를 따라 땀으로 젖기 시작하고 얼굴이 번들거렸다. 하지만 그들은 이따금씩 하던 동작을 멈추고 팔뚝으로 번들거리는 이마의 땀을 닦아냈을 뿐 곧 다시 엎어져 있는 말 위로 몸을 굽히고 하던 일을 이어나갔다. 아이들은 울타리에 앉아 바로 앞에 보이는 말의 한쪽 눈을 바라보고 있었다. 아무 변화도 없이 줄곧 크게 뜬 눈을 한 말은 지금 자기 몸에 일어나고 있는 일에 대해서는 아예 모르거나 아무래도 좋다는 듯, 혹은 이제 다시는 다른 곳은 보지 않기로 작정하기라도 한 듯 여전히 멍하니 특별할 것 없는 텅 빈 하늘을 응시하고 있었다. 하지만 딕 셔먼에게는 아직 할일이 남아 있었다.

그는 위쪽에 놓인 말 뒷다리 안쪽 사타구니로 칼날을 밀어넣어 큰 근육을 잘라냈다. 이어서 관절 안의 힘줄을 절단한 다음 거스리의 도움을 받아 그쪽 뒷다리를 뒤로 잡아당겨 배를 드러내 살펴볼 수 있도록 했다. 칼을 찔러넣어 가죽을 가르고 힘줄을 찾아내 잘라 관절을 젖히는 데에는 꽤 오랜 시간이 걸렸지만 마침내 그는 그 일을 해냈다.

당겨봐. 녀석의 다리를 뒤로 당겨보라고, 톰. 셔먼이 말했다.

거스리가 엘코의 뒷정강이뼈를 잡고 강하게 잡아당기며 비틀었다. 길고 가는 뼈로 지지된 다리가 뒤로 들어올려져 몸뚱이와 거의 직각을 이루면서 끔찍하고 무시무시한 모양으로 위로 세워졌다. 울타리 위에 앉아 그것을 지켜보던 아이들은 비로소 엘코가 죽었다는 사실을 실감하기 시작했다.

딕 셔먼이 갈라놓은 서혜부의 커다란 근육이 두툼하고 묵직하고 날것으로, 마치 스테이크감처럼 드러났다. 거스리가 잡아당길 때 찢어진 가죽에서 찢긴 자리를 따라 피가 흘렀다. 하지만 이제 말의 배를 열 수 있게 되었다. 셔먼이 복막을 갈랐다. 그러자 노란 자루와 푸른 덩어리 같은 것이 흙과 푸슬푸슬한 배설물 위로 쏟아져내렸다. 노르스름하고 불그스름한 점액과 핏덩어리도 섞여 있었다. 햇빛을 받아 투명한 막이 은색으로 빛났다.

셔먼이 말했다. 혹시 나무 절단기가 있나, 톰? 그걸 쓰면 좋겠는데.

헛간에 있네. 거스리가 대답했다. 그가 뻣뻣해진 몸을 일으켜 헛간 옆을 따라 걸어가 어두컴컴한 수납장 가운데 칸에서 양손으로 작동시키는 이중 톱날 절단기를 가져왔다. 집 주변에 있는 조팝나무 덤불이나 나뭇가지를 자를 때 쓰는 것이었다. 그는 절단기를 딕 셔먼에게 건넸다.

셔먼은 들고 있던 칼을 내려놓았다. 이 가죽 좀 당겨주겠나?

거스리는 말의 몸뚱이 위로 몸을 굽히고 갈비뼈에 붙은 말가
죽을 두 손으로 잡아당겼다. 그사이에 딕 셔먼이 나무 절단기로
말의 갈비뼈를 자르기 시작했다. 마른 나뭇가지가 부러지는 것
같은 소리가 나면서 갈비뼈가 하나씩 잘렸다. 말의 흉강이 드러
났다. 그제야 아이들은 그 말이 정말로 죽었다는 것을 알 수 있었
다. 그런 일을 겪고도 살 수는 없었다. 그 장면을 바라보는 소년
들의 눈이 휘둥그레지고 얼굴은 창백해졌다. 아이들은 울타리 위
에 앉은 채 꼼짝도 하지 않았다.

필요한 만큼 갈비뼈를 자르고 나자 거스리는 딕 셔먼이 심장
과 폐를 살펴볼 수 있도록 지지대를 잃고 축 늘어진 흉벽을 잡아
당겼다. 딕 셔먼이 양손으로 심장과 폐를 들어올리더니 뒤집어보
고 칼로 갈라보기도 했다. 심장에는 이상이 없었다. 폐도 마찬가
지였다. 그는 칼로 대동맥과 대정맥을 잘라 그 부위의 조직에 기
생충으로 인한 흉터가 있는지 살펴보았지만 그런 것은 전혀 없
었다. 그 말은 꼬박꼬박 기생충 약을 복용했던 것이다. 딕 셔먼은
다시 배 쪽으로 돌아가 내장을 들어올렸다. 위장을 살피고 축축
한 노란색 창자를 좀더 밖으로 끌어냈다. 그는 무거운 내장을 말
의 몸뚱이 밖으로 힘들게 떼어냈는데 필요한 만큼보다 더 나온
모양이었다. 그는 그중 일부만 들어올려 살펴보고 나머지는 도로
내려놓았다. 그러자 그가 내려놓은 내장이 움직이며 뱃속에서 제

자리를 잡으려는 것이 보였다. 이윽고 딕 셔먼이 창자의 한 부분을 손에 쥐었다. 그 부위는 유독 비정상적으로 비대하고 빛깔이 까맣게 변색되어 있었다. 그가 동작을 멈추었다.

바로 이거야. 이게 보이나? 크고 까만 부분, 이 검푸른 부분 말일세. 그가 말했다.

거스리가 고개를 끄덕였다.

이 말은 장이 꼬였던 거야. 그래서 죽은 거지. 셔먼이 양손으로 그 부위를 받쳐들고 보여주었다. 이 부분이 꼬이는 바람에 그 아래쪽 창자가 괴사한 거라고. 이 부분이 이렇게 까맣고 부풀고 변색된 것은 바로 그래서라네. 그가 괴사한 창자를 내려놓자 그것은 마치 살아 있는 것처럼 꿈틀거리며 다른 창자 사이로 접혀 들어갔다. 가엾은 녀석, 몹시 아팠겠는걸.

두 남자가 일어나 섰다. 딕 셔먼이 몸을 굽히고 다리를 펴고 팔을 머리 위로 뻗으며 몸을 푸는 동안 내장을 드러낸 말 뒤쪽에 서 있는 거스리가 아이들을 바라보았다. 아이들은 아까와 다름없이 울타리 맨 위 판자에 앉아 있었다. 너희 괜찮니? 그가 물었다.

소년들은 아무 말도 하지 않고 고개만 끄덕였다.

정말 괜찮아? 이제 넌더리가 났을 텐데.

아이들은 고개를 저었다.

좋아. 어쨌든 가장 힘든 일은 끝났다. 이제 거의 다 됐어.

이제 오전도 절반이 지났다. 4월 하순의 화창한 일요일 아침이었다. 딕 셔먼이 말했다. 포장용 철사가 필요해, 톰. 아니면 노끈이라도. 그래, 노끈이 더 낫겠군.

방목지에서 나온 거스리가 다시 한번 헛간으로 들어가서 이번에는 노랗고 긴 노끈 몇 가닥을 가져왔다. 셔먼이 노끈을 받아들어 엘코의 배를 꿰매기 시작했다. 그는 가슴 아래부터 먼저 가죽에 칼로 구멍을 낸 후 구멍 안으로 노끈을 넣고 잡아당겨 매듭을 짓고는 첫번째 구멍 맞은편에 구멍 하나를 더 만들어서 덜렁거리는 가죽 두 장이 서로 이어지도록 잡아당긴 다음 6인치 정도 간격을 두고 같은 작업을 여러 번 반복했다. 매번 노끈을 단단히 잡아당겨 조이면서 아래쪽으로 내려왔다. 그러는 동안 거스리는 밖으로 나왔던 기름진 내장과 미끈거리는 창자를 뱃속으로 도로 밀어넣고 끈이 잘 조여지도록 가죽 양면을 잡고 있었다. 그의 양손도 이내 셔먼의 손과 마찬가지로 벌겋고 미끈거렸다. 그들은 엘코의 뱃가죽을 완벽하지는 않아도 최선을 다해 꿰맨 후, 이어 뒷다리 위쪽에 끈을 감아 아래로 끌어내린 다음 더이상 몸 위로 치켜올라가지 않도록 다른 쪽 뒷다리에 단단히 묶고 몇 차례 매듭을 지었다. 이제 다 됐군. 그가 말했다.

말은 두 눈을 뜨고 입을 벌리고 목을 젖힌 채 헛간 옆 땅바닥에 누워 있었다. 길쭉한 갈색 뱃가죽은 노란 끈으로 듬성듬성 봉합된 채였다. 하지만 절개 부분을 대강 꿰매놓은 것뿐이어서 울타리에 앉아 있는 두 소년의 눈에는 여전히 너덜대는 가죽 사이로 비어져나온 검붉은 내장이 보였다. 내장은 흘러넘칠 정도였다. 그것은 땅에 큰 구덩이를 팠을 때, 땅속에서 나온 흙을 원래의 구덩이에 도로 다 넣을 수 없는 것과 같은 이치였다. 아직도 내장의 일부가 보였다. 여전히 벌어진 곳이 있었던 것이다. 아이들의 눈에는 지금도 엘코의 몸속에 들어 있던 내용물이 보였다. 심지어 다시 말의 몸뚱이 속으로 집어넣어서 더이상 보이지 않게 된 부위들도 여전히 기억 속에 남아 있어 그중 어떤 것은 그 기억을 떠올리고 싶은 밤이면 떠오를 터였다.

정오에 가까운 시각이었다. 두 남자는 땀에 젖은 뻣뻣한 몸을 일으켜 방목지 구석에 있는 물탱크 쪽으로 가서 풍차에 연결된 주철 파이프에서 쏟아져나오는 차가운 지하수에 손과 팔을 씻었다. 그런 다음 딕 셔먼은 칼을 씻었고 거스리는 나무 절단기를 씻었다. 마침내 두 남자는 가늘게 흐르는 차가운 물 아래 몸을 숙인 채 얼굴을 문지르고 물을 마신 다음 몸을 일으켰고, 그러자 목덜미에 물방울이 흘러내렸다. 그들은 소맷자락으로 입과 눈을 닦았다.

그때 거스리가 말했다. 점심때가 다 됐을 거야. 카페에서 내가 점심을 사고 싶은데.

좋지, 나도 그러고 싶어. 하지만 그럴 수가 없네. 아들 녀석을 데리고 치프강으로 잉어 낚시를 하러 가기로 약속했거든. 딕 셔먼이 말했다.

자네가 아들을 데리고 낚시를 다닐 만큼 늙은 줄 몰랐는데.

내가 늙은 게 아냐. 아들 녀석이 해보고 싶은 모양이야. 오늘 아침 내가 나올 때 녀석 말이 내가 절대로 시간 맞춰 돌아오지 못할 거라더군. 그런 다음 셔먼은 잠시 말을 끊고 생각에 잠겼다. 난 아직 꽤 젊은 것 같아, 톰.

물론 자네는 젊지. 우리 둘 다 젊다네. 거스리가 말했다.

두 사람은 방목지 밖으로 나왔다. 딕 셔먼은 픽업트럭의 시동을 걸고 자기 집을 향해 차를 몰았다. 두 소년은 울타리에서 내려와 아버지 곁에 섰다. 거스리는 햇빛을 받아 보송하고 뜨거워진 아이들의 갈색 머리카락 위에 손을 얹고 그들의 얼굴을 살폈다. 아이들의 얼굴은 아까처럼 창백하지 않았다. 그는 아이들의 이마에 흘러내려온 머리카락을 뒤로 넘겨주었다.

한 가지 할일이 더 남았단다. 그걸 하고 나면 이 일은 끝이야. 너희, 이런 일을 견딜 수 있겠니? 그가 말했다.

무슨 일인데요? 아이크가 물었다.

엘코를 목초지로 끌고 가야 해. 여기에 내버려둘 수 없단다.

그렇겠네요. 아이크가 말했다.

너희가 문을 열어주겠니?

좋아요.

먼저 저 방목지 문부터 열어. 그리고 보비.

네.

넌 이스터를 잘 지켜봐. 문이 열려 있는 동안 이스터가 밖으로 나오면 안 돼. 밖으로 나오지 못하게 하렴.

거스리는 픽업트럭을 후진시켜 방목지로 들어갔다. 그가 엘코의 목에 견인용 쇠사슬을 거는 동안 아이크가 문을 닫았다. 그런 다음 두 소년은 픽업 짐칸에 올라타고 트럭 뒷문 너머를 지켜보았다. 트럭이 움직이자 엘코의 몸이 한 바퀴 빙그르 돌더니 머리부터 시작해서 땅바닥 위로 무겁게 끌려왔다. 머리 앞으로 얼마간의 흙이 밀려 올라오고 밝은 햇빛 속에 흙먼지가 일어나 공중에 잠시 떠돌았다. 말은 두 다리를 축 늘어뜨린 채 뭔가에 부딪힐 때마다 튕겨오르면서 줄곧 그들 뒤로 덜거덕거리며 끌려왔다. 차는 땅바닥에 커다랗게 끌린 자국을 남기면서 헛간을 돌아 목초지로 향했다. 이스터가 무슨 일인지 궁금한 듯 50야드가량 종종걸음으로 따라오다가 걸음을 멈추었다. 말은 고개를 떨구며 펄쩍 뛰어올랐다가 가만히 서서 멀어져가는 픽업트럭과 엘코를 지켜보았다. 그들은 북쪽으로 헛간에 면해 있는 가장 가까운 작은 목초지를 가로질러 엘코를 끌고 갔다. 서쪽에 있는 광활한 목초지로 통하는 문 앞에서 거스리가 트럭을 멈추자 아이크가 뛰어내려 트럭이 지나갈 수 있도록 문을 열었다.

문을 열어놓으럼, 금방 돌아올 거니까. 거스리가 말했다.

아이크가 올라타자 트럭이 다시 달렸다. 이제 말은 온통 흙먼지투성이였다. 배를 꿰맨 노끈 한 군데가 끊어져서 트럭이 산쑥으로 뒤덮인 목초지를 가로지르는 동안 말의 내장 한 부분이 삐져나와 무슨 더러운 밧줄처럼 질질 끌려오다가 뭔가에 걸려 끊어지며 떨어져나갔다.

거스리는 목초지 끝에 있는 자갈 여울에서 트럭을 멈춰 세웠다. 그러고는 차에서 내려 엘코의 목에 감았던 쇠사슬의 고리를 풀었다. 이제 일이 다 끝난 셈이었다.

돌아갈 때 운전해보고 싶은 사람 있니? 그가 물었다.

소년들은 고개를 저었다.

싫다고? 둘이 번갈아 해도 돼.

아이들은 여전히 말을 바라보고 있었다.

운전을 하지 않아도 좋으니 앞으로 건너와서 아빠 옆자리에 앉는 게 어떻겠니?

그냥 여기 뒤에 있겠어요. 아이크가 말했다.

뭐라고?

여기 뒤에 있고 싶다고요.

좋아. 하지만 운전 연습을 하고 싶으면 말하렴.

그들은 집으로 돌아왔다. 거스리는 아이들을 데리고 메인 스트리트에 있는 홀트 카페로 점심을 먹으러 갔지만 아이들은 식욕이 없어 보였다. 그날 오후 아이들은 집에서 나와 건초 다락방으로 들어갔다. 두어 시간이 지나도 아이들이 집으로 돌아오지 않고 바깥에서 아무 소리도 나지 않자 거스리는 아이들이 무엇을 하고 있는지 보려고 헛간으로 갔다. 사다리를 올라가보니 아이들은 건초 더미 위에 앉아 다락 창을 통해 시내 쪽을 내다보고 있었다.

무슨 일 있니? 그가 물었다.

아무 일 없어요.

너희들 괜찮니?

이제 어떻게 될까요? 아이크가 물었다.

엘코 말이니?

네.

음, 시간이 얼마간 지나고 나면 녀석은 거기 없을 거다. 뼈만 남게 될 거야. 너희도 전에 본 적이 있을 것 같은데, 안 그래? 자, 이제 집으로 들어가자.

그러고 싶지 않아요, 아빠 먼저 가세요. 보비가 말했다.

저도 그러고 싶지 않아요. 아이크가 말했다.

하지만 너무 늦지 말거라, 알았지? 거스리가 말했다.

저녁이 되자 주방 식탁에서 식사를 하고 난 다음 아이들은 텔레비전을 보고 거스리는 책을 읽었다. 그리고 밤이 찾아왔다. 소년들은 이층의 낡은 간이침실에 놓인 침대에 누웠다. 창문 하나가 조금 열려 있어서 조용한 바깥 기운이 흘러들어왔다. 한밤중에 그들의 아버지가 자고 있는 동안, 소년들은 집 북서쪽에 있는 광활한 목초지에서 개들이 싸우며 짖어대는 소리를 분명히 들었다고 생각했다. 아이들은 자리에서 일어나 창밖을 내다보았다. 하지만 아무것도 보이지 않았다. 그저 늘 보는 높이 뜬 하얀 별과 거무스름한 나무 그리고 허공뿐이었다.

매기 존스

그날 밤 그와 함께 천천히 춤을 추면서 그녀가 물었다. 끝나고 들르겠어요?

그래야 할까요?

내 생각엔 그래요.

그럼 그러는 게 좋겠군요.

그들은 홀트 내 고속도로 근처에 있는 리전에서 두 시간 동안 술을 마시고 춤을 추었다. 춤추는 사이사이에는 같은 고등학교에서 근무하는 다른 교사 몇몇과 함께 옆에 딸린 룸의 탁자에 가서 앉았다. 토요일 밤에는 그곳 룸의 커다란 미닫이문이 활짝 열려서 앉은 자리에서도 악단과 댄스 플로어가 잘 보였다.

아이크와 보비는 주말을 엄마와 보내려고 덴버에 가고 거스리 혼자 밤 열시쯤 술집에 왔다. 그가 술집 층계를 내려와 출입구 의자에 앉은 여자에게 입장료를 내고 그녀를 지나 바에 있는 사람들에게 다가갔을 무렵, 실내는 이미 담배 연기가 자욱하고 시끄러웠다. 악단이 잠시 쉬는 중이었으므로 사람들은 바 앞에 모여 서서 이야기를 나누고 음료를 더 주문했다. 돈을 내고 맥주 한 잔을 받아든 거스리는 댄스 플로어 끝으로 가서 벽 쪽에 늘어선 부스와 탁자를 살펴보았다. 매기 존스가 룸 왼쪽 탁자에 다른 교사 몇 사람과 함께 앉아 있었다. 그녀가 손을 흔들어 보이자 그는 잔을 들어 보이고는 비어 있는 댄스 플로어를 가로질러 그쪽으로 다가갔다. 합석하시겠어요? 그녀가 물었다.

남는 의자가 없는 것 같은데.

이제 곧 빈 의자가 나올 거예요.

그는 주위를 둘러보았다. 부스와 탁자에 모여 앉은 사람들, 댄스 플로어 주위에 서 있는 사람들, 바 앞에 몰려 있는 사람들을 전부 합하면 백 명은 될 것 같았다. 모두 술을 마시고 수다를 떨고 이야기를 하고 있었고 간간이 큰 소리로 웃거나 고함을 지르는 사람도 있었다. 요란한 소음과 연기로 가득찬 난장판이었다. 거스리는 교사들이 앉아 있는 탁자를 내려다보았다. 매기 존스는 아주 보기 좋은 모습이었다. 검은 진에 검은 블라우스를 입고 있었는데, 블라우스 앞섶을 여민 끈을 꽤 느슨하게 풀어놓아 보기 좋은 가슴이 엿보이고, 귀에는 은으로 된 커다란 링 귀고리를 하고 있었다. 리전의 어둑한 조명 속에서 보이는 그녀의 검은 눈은 칠흑처럼 새까맸다. 잠시 시간이 흐른 후에도 아무도 자리에서

일어나지 않자 그녀가 자리에서 일어서더니 거스리 옆 벽에 기대
섰다. 오늘밤 당신이 여기에 올 것 같았어요. 그녀가 말했다.

그 말대로네요. 그가 말했다.

악단이 휴식을 마치고 무대로 올라가 악기를 잡았다. 그들이
준비삼아 짤막한 악절을 반복해서 연주하는데 매기가 말했다. 제
게 춤을 청하시는 게 좋겠는데요.

지금 위험을 자초하고 계시는군요. 거스리가 말했다.

내가 뭘 하는지는 나도 알아요. 전에 당신이 춤추는 걸 본 적이
있어요.

어디서 그런 걸 봤는지 도저히 모르겠는데요.

바로 여기서요.

거스리가 고개를 저었다. 그건 정말 오래전인데요.

그래요, 오래전이죠. 난 오랫동안 당신을 지켜보고 있었어요.
당신이 짐작도 하지 못할 정도로 오래전부터요.

이제 슬슬 당신이 무서워지기 시작하는군요.

나 무서운 사람 아니에요. 하지만 어린 여자도 아니랍니다. 매
기가 말했다.

당신이 날 지켜보고 있다는 생각은 한 번도 하지 못했어요. 거
스리가 말했다.

좋아요. 그럼 이제 그 사실을 명심해요. 이제 내게 춤을 청해
야죠.

정말 그래야 한다고 생각해요?

그렇고말고요.

좋아요. 저와 춤추시겠습니까, 매기 존스? 거스리가 말했다.

신사다운 춤 신청이라고는 할 수 없군요. 하지만 그 정도면 괜찮을 것 같아요. 그녀가 말했다.

거스리는 손을 잡고 매기를 플로어로 이끌었다. 그는 빠른 곡에 맞추어 그녀를 한 바퀴 돌렸다가 놓아주고 춤을 추던 그녀가 되돌아오면 다시 같은 동작을 반복했다. 그의 곁으로 돌아온 그녀가 말했다. 맙소사, 톰 거스리, 힘든 건 내가 다 하고 있네요.

하지만 거스리는 그녀의 눈을 보고 그녀가 웃고 있다는 것을 알 수 있었다.

이윽고 밤이 깊었다. 조명이 들어오고 악단은 그날의 마지막 곡을 연주했다. 사람들은 연주가 계속되기를 바랐지만 지친 악단 단원들은 집으로 돌아가고 싶어했다. 조명이 한층 밝아지더니 갑자기 홀 전체와 바까지 환해졌다. 사람들은 잠을 자거나 꿈을 꾸다가 깬 것처럼 부스와 탁자에서 몸을 일으키고는 기지개를 켜고 주위를 둘러보며 외투를 입고 출구 쪽을 향해 천천히 걸어나가기 시작했다.

내가 어디 사는지는 알죠? 매기 존스가 말했다.

최근 이사하지 않았다면요. 거스리가 대답했다.

여전히 그곳에 살아요. 그럼 거기서 봐요. 그녀가 말했다. 그녀는 그보다 앞서 나가고 그는 층계를 올라 중앙홀 옆에 딸린 화장실에 들렀다. 소변기 앞에 사람들이 두 줄로 기다리고 있었다. 그는 차례를 기다렸다. 오른쪽 앞에서 푸른 셔츠를 입은 늙은 사내가 옆에 있는 사내에게 이야기하고 있었다. 그들 둘 다 소변을 거의 다 봐가는 중이었다. 결혼한 지 얼마나 됐지, 래리?

십이 년 됐죠.

맙소사, 자네 아직 갈 길이 멀군.

래리는 고개를 돌려 그를 바라보고는 바지 지퍼를 올리고 화장실을 나갔다. 거스리는 래리가 섰던 자리로 갔다.

한밤중에 밖으로 나오자 공기가 차고 얼어붙을 듯했다. 가로등 아래에서 얼음 조각들이 아름답게 반짝이며 떨어져내리는 것이 보였다. 사람들이 주차장 이곳저곳에서 서로 부르고 고함치는 소리가 났다. 머리 위 갈라진 구름 사이로 수많은 별들이 깜박거리고 있었다. 별들은 순수하고 싱싱해 보였다. 거스리는 낡은 픽업트럭의 시동을 걸고 자갈 깔린 진입로를 빠져나와 고속도로로 들어서서 두 블록을 달린 다음 남쪽으로 커브를 틀고 다시 한 블록을 더 가서 매기의 집 앞에 이르렀다. 포치에 불이 들어와 있었고 낮은 스탠드가 거실을 밝히고 있었다. 그는 문으로 다가갔지만 노크를 하는 것이 좋은지 어떤지 알 수 없어서 잠깐 망설이다가 그냥 안으로 들어가기로 했다. 집안은 조용했다. 이윽고 매기가 주방에서 나와 그에게 다가왔다. 그의 앞에서 걸음을 멈춘 그녀는 맨발이었다. 이제 내게 키스할래요?

집안에 누가 있죠? 그가 물었다.

아버지가 계세요. 방금 살펴보고 오는 길이에요. 아버지는 밤에는 안정적이세요. 깊이 잠드셨어요.

흠, 그럼 한번 해볼까요. 그가 말했다.

그녀가 몸을 기울이자 그가 그녀에게 키스했다. 맨발이었음에도 그녀는 그와 키가 거의 비슷했다. 그는 앞으로 조금 다가가 그녀를 두 팔로 안았다. 그들은 좀더 강하게 키스했다.

침실로 가요. 그녀가 말했다.

옷을 벗은 매기는 보드랍고 뽀얗고 그림처럼 풍만했다. 가슴은 크고 둥글었으며 엉덩이는 풍만하고 다리는 길고 근육질이었다. 그는 침대 옆 의자에 앉아 그녀를 바라보았다. 그가 그녀를 알고 지낸 후 처음으로 그녀는 말수가 없어지고 주저하는 듯했다. 난 그저 키 큰 중년 여자일 뿐이에요. 당신이 익숙하게 알던 여자와는 다를 거예요. 그녀는 한 손으로 배를 가리고 서 있었다.

맙소사, 매기, 당신은 정말 아름다워요. 그걸 모른단 말이에요? 당신 때문에 숨이 막힐 지경이라고요. 거스리가 말했다.

그렇게 생각해요?

그렇고말고요. 그걸 모른단 말이에요? 난 당신이 모르는 게 없는 줄 알았는데.

난 아는 게 많죠. 어쨌든 그런 말을 들으니 기분이 좋은데요. 고마워요. 그녀가 침대 안으로 들어갔다. 자, 어서요. 대체 지금 뭐하고 있는 거예요? 그녀가 물었다.

부츠를 벗으려 애쓰고 있어요. 당신하고 춤을 추느라 발이 너무 부어서 신발이 벗겨지질 않네요. 두 발이 땀에 흠뻑 젖어서 마치 강물 속을 걷다 온 것 같아요.

딱하기도 해라.

제기랄, 그렇다니까요.

내가 내려가서 도와줘요?

그냥 잠깐 시간을 좀 줘요. 그가 말했다.

마침내 그는 겨우 부츠를 벗고 일어서서 옷을 벗었다. 그러고는 나체로 그 자리에 서서 부르르 몸을 떨며 그녀를 내려다보았다. 그녀가 그를 위해 침대 커버를 들춰주자 그가 침대 안으로 들어왔다. 맙소사, 당신 몸이 얼음장이네요. 이리 좀더 가까이 와요. 매기가 말했다. 침대 속에 있는 그녀의 몸은 믿기지 않을 정도로 따뜻하고 매끄러웠으며, 그녀는 그가 일찍이 알고 지냈던 어떤 여자보다도 더 너그러웠다. 그는 자신의 몸에 닿는, 새틴처럼 매끄러운 그녀의 몸을 느낄 수 있었다.

잠깐만요. 그녀가 말했다.

뭔데요.

설마 정말로 내가 무서운 건 아니죠, 그렇죠?

음, 정말인데요.

진실을 말해줘요. 난 지금 진지하다고요.

그게 진실이에요. 가끔 난 당신을 어떻게 생각해야 할지 모르겠거든요.

그래요?

그래요.

그게 무슨 뜻이에요. 어째서 모른다는 거죠?

왜냐하면 당신은 다른 사람들과는 다르니까. 당신은 삶에 겁을 먹거나 삶에 진 적이 없는 사람 같아요. 어떤 상황에서도 당신 자신을 잃지 않죠.

그녀가 그에게 키스했다. 희미한 조명 속에서 그녀의 검은 눈이 그를 보고 있었다. 나도 가끔씩 삶에 지곤 해요. 겁을 먹은 적도 있고요. 난 그저 당신한테 미친 것뿐이에요. 그녀는 손을 아래로 내려서 그의 몸을 만졌다. 여기 있는 당신의 일부는 나를 어떻게 해야 할지 아는 것 같은데요.

당신은 정말이지 흥미로운 사람이군요. 거스리가 말했다.

이윽고 그들은 잠이 들었다. 밤이 지나는 동안 별들이 서쪽으로 돌고 바람이 조금 불었다. 새벽 네시 반쯤 그녀가 그를 깨우더니 날이 밝기 전에 집으로 돌아가고 싶은지 물었다.

그게 당신한테 중요해요?

나는 아무래도 좋아요. 그녀가 대답했다.

그들은 다시 잠에 빠져들었다. 희뿌연 새벽녘, 노인이 주방을 돌아다니는 소리에 매기는 잠에서 깼다. 난 일어나서 아버지 시리얼을 챙겨줘야 해요. 매기가 말했다.

거스리는 침대에서 일어나 실내복을 걸치고 방을 나가는 그녀를 지켜보았다. 그는 잠시 침대에 누워 부녀가 나누는 이야기를 듣고 있다가 옷을 입고 욕실로 갔다. 그가 주방으로 들어가보니 매기의 아버지는 식탁에 앉아 행주를 목에 두른 채 오트밀 그릇을 앞에 놓고 있었다. 노인이 그를 바라보았다. 당신은 대체 누구요?

아빠, 톰 거스리 아시죠. 전에 만난 적 있잖아요.

저 사람이 뭘 원하는 거냐? 우리는 차가 더 필요 없다. 저 사람이 네게 차를 팔려고 하는 거냐?

거스리는 그녀에게 작별인사를 하고 집으로 돌아와 부츠를 운동화로 갈아신은 다음 다시 밖으로 나가 역으로 차를 몰았다. 철로 옆에 노끈으로 묶인 일요일자 〈덴버 뉴스〉 더미가 들쭉날쭉하게 쌓여 있었다. 그는 포석이 깔린 플랫폼 끝에서 두 다리를 철로 자갈 위로 뻗고 앉아 신문을 하나씩 말고는 일어나서 말아놓은 신문을 픽업트럭 앞자리에 실었다. 그는 자동차도 소음도 거의 없는 이른아침 홀트 거리를 누비며 현관문이나 포치로부터 적당히 떨어진 곳에 픽업트럭을 멈추고는 차창을 통해 신문을 던졌다. 메인 스트리트에서는 상가 위쪽에 있는 어두컴컴한 아파트로 통하는 층계를 올랐다. 오전이 절반쯤 지났을 무렵 그는 아이들을 대신해 신문 배달을 끝내고 집으로 돌아와 헛간으로 가서 홀로 남은 말을 비롯해서 개와 고양이들에게 먹이를 주었다. 그러고는 집안으로 들어와서 주방에 앉아 햇살이 접시 위를 비스듬하게 비추는 가운데 달걀과 토스트를 먹고 블랙커피를 두 잔 마셨다. 그런 다음 잠시 그 자리에 앉아 담배를 피웠다. 그다음에는 소파에 누워 신문을 읽었다. 세 시간 후 그는 노숙자가 담요 대신 덮듯이 접은 신문으로 가슴을 덮은 채 잠에서 깼다. 홀로 조용한 집안에서, 그는 잠시 그대로 누운 채 어젯밤 일을 떠올려보았다. 어젯밤이 어땠는지, 지금 무슨 일이 벌어지기 시작한 것인지 자문해보았다. 자신이 진심으로 그 일이 시작되기를 원하는지, 그렇다면 어떻게 해야 좋을지 생각했다. 늦은 오후가 됐을 때 그는 매기에게 전화를 걸었다. 당신 괜찮아요? 그가 물었다.

네, 당신은 괜찮지 않은가요?

아뇨, 나도 괜찮아요.

잘됐네요.

난 즐거웠어요. 우리 언제 또 만날까요?

지금 진짜 데이트를 하자는 건 아니죠? 밝은 대낮에요? 매기가 물었다.

명칭은 아무래도 좋아요. 난 그저 당신을 태우고 새턱에 가서 저녁으로 햄버거를 사고 싶은 것뿐이에요. 그러면 어떨까 하고요.

언제 그럴 생각인데요?

당장이요. 오늘 저녁에.

준비하게 십오 분만 줘요. 그녀가 말했다.

그는 전화를 끊고 이층으로 올라가 새 셔츠로 갈아입고 욕실

로 들어가 이를 닦고 머리를 빗었다. 그리고 거울에 비친 자신의
모습을 바라보았다. 네게는 과분해, 네가 그 여자를 사귈 자격이
있다는 생각 같은 건 절대 하지 마. 그는 소리 내어 중얼거렸다.

빅토리아 루비도

그다음주가 됐을 때 귀가한 드웨인이 또다른 파티에 가고 싶다고 말했다. 하지만 빅토리아는 가고 싶지 않았다. 그녀는 파티에서 무슨 일이 일어날지, 나중에 어떤 느낌이 들지 두려웠다. 왜냐하면 그런 일은 아기에게 위협이 될 터였기 때문이었다. 그녀는 무엇이든 나쁜 것은 먹어서는 안 된다는 것을 알고 있었을뿐더러, 어차피 파티에는 가고 싶지 않았다. 그녀는 드웨인과 함께하는 생활이 행복하지 않았다. 그녀가 꿈꾸며 기대했거나 예상했던 생활과 달랐다. 그들은 밀월이나 재미, 청춘의 시간을 건너뛰고 곧장 닳고 닳은 결혼생활 한가운데로, 여러 가지 문제 속으로 들어와버린 듯했다.

그녀가 파티에 가지 않겠다고 하자 드웨인은 벌컥 화를 내며 소리 나게 문을 닫고 혼자 나가버렸다. 그가 나간 후 그녀는 한동안 텔레비전을 보다가 일찍 잠자리에 들었다. 한밤중, 그러니까 새벽 세시 무렵 주방에서 드웨인이 뭔가를 뒤엎으면서 병인지 컵인지가 깨지는 소리가 들려왔다. 그가 거칠게 욕설을 내뱉으며 깨진 조각들을 발로 걷어차는 것 같았다. 이어 침실 옆에 붙은 욕실로 들어가는 소리가 났다. 얼마 후 그가 침실로 들어와 옷을 벗었다. 침대 속으로 들어온 그에게서 담배와 맥주 냄새가 났다. 두 눈을 감고 있었음에도 그녀는 그가 자신을 보고 있다는 것을 느낄 수 있었다. 안 자? 그가 물었다.

응.

넌 좋은 시간을 놓쳤어.

무슨 일이 있었는데.

넌 좋은 걸 놓친 거야. 말해주지 않겠어.

그는 그녀 옆으로 바싹 다가오더니 그녀의 잠옷 속으로 손을 넣어 엉덩이와 허벅지를 만지기 시작했다. 이제 그는 그녀의 얼굴 가까이에서 숨을 쉬고 있었다. 뺨에 와닿는 그의 뜨거운 숨결에 그녀의 머리카락이 흔들렸다.

싫어, 난 너무 졸려. 그녀가 말했다.

난 졸리지 않은데.

그는 그녀의 잠옷 자락을 걷어올리고는 불룩 솟은 배를 쓸면서 화끈거리는 가슴을 만졌다.

그러지 마. 그녀가 말하고는 그에게서 몸을 떼고 돌아누웠다.

그가 다시 그녀의 몸을 끌어당기며 키스했다. 그에게서는 강한 욕정과 열기가 느껴졌다. 그가 그녀의 잠옷 바지를 아래로 끌어내렸다.

안 돼, 아기에게 좋지 않아. 그녀가 말했다.

언제부터.

지금부터.

그럼 네가 나한테 해주는 건 어때?

그러면서 그가 그녀에게 몸을 밀착시켰는데, 그의 성기는 이미 단단해져 있었다. 그는 그녀의 손에 몸을 밀어붙여 자신의 것을 느끼게 했다. 그녀의 손에 생생한 근육이 느껴졌다.

그럼 네가 다른 걸 해주면 되잖아. 그가 말했다.

시간이 너무 늦었어.

내일은 일요일이야. 얼른.

그가 등을 대고 누웠다. 그녀는 즉각 움직이지 않았다. 얼른. 그가 말했다. 그녀는 잠옷 자락을 커다란 배와 엉덩이까지 끌어내린 후 그의 곁에 무릎을 꿇고 앉아서 담요를 숄처럼 어깨에 두르고 그의 성기를 한 손에 잡은 다음 손을 움직이기 시작했다.

그것 말고. 그가 말했다.

결국 그녀는 몸을 접고 그에게로 기울이지 않을 수 없었다. 긴 머리카락이 앞으로 쏟아져내리자 그녀는 머리카락을 모아 한쪽으로 들어올렸다. 그는 두 다리를 뻣뻣하게 벌리고 발가락을 위로 쳐든 채 등을 대고 누워 있었다. 그가 술에 취해 있어서 그 일을 하는 데 시간이 오래 걸리는 것 같았다. 그의 몸 위로 허리를 굽히고 있는 동안 그녀는 머릿속을 비웠다. 그녀는 그에 관해, 심지어 아기에 관해서도 생각하지 않았다. 마침내 그가 신음을 내며 몸을 떨었다. 잠시 후 그녀는 일어나 욕실로 가서 이를 닦고 거울 속에 비친 자신의 눈을 바라보았고, 그가 잠들기를 바라며 일부러 천천히 세수를 했다. 그녀가 침실로 돌아와보니 그는 잠들어 있었다. 그녀는 다시 그의 옆에 누웠지만 잠을 자지는 않았다. 그녀는 두 시간 동안 누워서 텅 비고 높기만 한 천장을 바라보며 생각하고 갈등하면서, 캄캄했던 방이 차츰차츰 연한 잿빛으로 바뀌는 것을 지켜보았다. 그 시간 내내 그녀는 자신이 해야 할 일에 대해 마음을 다지고 있었다. 여섯시 삼십분경이 되자 그녀는 천천히 침대에서 내려와 소리 없이 방문을 닫고 거실로 나왔다. 그녀는 교환원에게 전화를 걸어 홀트에 있는 번호로 연결해달라고 했다. 전화기 너머로 막 잠에서 깬 듯한 매기 존스의 목소리가 들려왔다.

존스 선생님이세요?

빅토리아, 너니? 맙소사, 너 지금 어디니?

존스 선생님, 제가 돌아가도 될까요? 그분들이 절 다시 받아주실까요?

얘야, 너 지금 어디야?

여기 덴버예요.

괜찮은 거니?

네. 그런데 제가 돌아가도 될까요?

물론 돌아와도 되지.

제 말은 그곳으로요. 그분들이 계신 집으로요.

그건 내가 뭐라고 말할 수 없구나. 우리가 그분들 의향을 여쭤봐야 할 것 같다.

네, 알았어요. 그녀가 말했다.

그녀는 전화를 끊고 욕실로 가서 덴버에 와서 산 얼마간의 물건을 챙겨서 지퍼가 달린 작은 가방에 넣었다. 그러고는 침실로 들어가 옷장에서 그가 그녀에게 사준 몇 벌의 옷을 꺼내 팔에 걸쳤다. 그녀가 막 방을 나서려는데 그가 돌아눕더니 눈을 떴다.

너 지금 뭐하는 거야? 그가 물었다.

아무것도 안 해.

그 옷들을 가지고 어쩌려고?

빨래 좀 하려는 거야. 그녀가 그에게 말했다.

그는 잠깐 동안 그녀를 바라보았다. 지금 몇시야?

아직 이른 시각이야.

그가 그녀를 물끄러미 바라보았다. 그러더니 눈을 감았는데, 그러자마자 거의 동시에 다시 잠들어버렸다. 그녀는 거실로 돌아왔다. 주방 식탁 위 뒤집힌 그의 챙모자 안에 그의 지갑과 열쇠가 들어 있었다. 그녀는 지갑에서 돈을 꺼냈다. 그런 다음 세면도구와 함께 몇 가지 되지 않는 소지품을 판지 상자에 넣고 상자를 끈으로 묶었다. 그러고는 새로 산 임신부용 바지에다 이곳에 올 때 입고 온 셔츠와 겨울 외투를 입고 늘 갖고 다니던 빨간 핸드백을 메고 아파트를 나섰다. 그녀는 상자를 묶은 끈을 쥐고 복도를 걸어 건물 밖 냉랭한 대기 속으로 나섰다. 빠른 걸음으로 정류장까지 걸어가서 그곳에 앉아 한 시간 이상을 기다렸다. 차들이 지나갔고 이른 시간 일터나 교회에 가는 사람들도 있었다. 한 여자가 리본에 묶인 작고 하얀 개를 데리고 걷고 있었다. 대기는 차고 건조했으며 시의 서쪽에 자리잡은 황량한 산들이 가까워 보였다. 이른아침 햇빛에 붉은 암석만 보일 뿐 그 위쪽으로 군데군데 눈이 쌓인 거뭇거뭇한 봉우리는 시야 밖에 머물러 있었다. 이윽고 그녀가 탈 시내버스가 왔다. 그녀는 버스에 올라 자리에 앉아서 일요일 아침 덴버 풍경을 바라보았다.

시외버스터미널에 온 그녀는 자신이 타고 갈 버스를 다시 세 시간 동안 기다렸다. 동쪽으로 콜로라도 고원지대를 가로지르고 그곳에서 다시 오마하를 향해 동쪽으로 달린 다음 디모인과 시카고까지 가는 버스였다. 마침내 그녀가 탈 버스가 도착했다는 안내 방송이 나왔다. 그녀는 옷가지가 든 상자를 들고 다른 사람들과 함께 줄을 선 다음, 차문 앞에서 차표를 검사하는 흑인 운전기사에게 다가갔다. 앞쪽에 이르렀을 때 그녀는 자기를 찾으러 그곳에 와 있는 드웨인을 발견했다. 그녀는 갑자기 두려움에 사로잡혔다. 드웨인은 터미널 출구에 서서 주위를 둘러보고 있었다. 그녀를 발견한 그가 뻣뻣하고 빠른 걸음으로 다가왔다. 어둑한 버스 승강장에 있는 그는 머리카락이 제멋대로 뻗쳐 있고 화가 난 것 같았다.

대체 어디를 가려는 거야? 그가 물었다. 그가 그녀의 팔을 잡고 그녀를 줄 밖으로 끌어냈다.

드웨인, 이러지 마. 날 가게 내버려둬.

어디로 도망치려는 건데?

여기 무슨 일이죠? 운전기사가 물었다.

내가 지금 당신한테 말했어요? 드웨인이 따졌다.

기사는 그를 바라보고는 빅토리아에게 몸을 돌렸다. 차표를 갖고 있어요? 기사가 물었다.

네.

보여주시겠어요?

그녀가 차표를 보여주었다. 기사는 그녀를 가까이서 보고 임신중임을 알고는 얼굴을 찬찬히 살핀 다음 다시 드웨인 쪽을 바라보았다. 기사가 그녀의 손에서 판지 상자를 받아들었다. 거기에는 '콜로라도주 홀트 카운티 빅토리아 루비도'라고만 적혀 있었다. 이거 당신 건가요? 그가 물었다.

네, 제 거예요. 그녀가 대답했다.

그럼 가서 타세요. 이건 내가 화물칸에 실어주죠. 그게 당신이 원하는 거죠?

당신은 여기서 빠져요. 이건 당신과는 상관없는 일이라고요. 드웨인이 말했다.

그렇긴 하죠, 선생. 그런데 이거 한 가지는 말씀드려야겠군요. 여기 이 여자분은 이 버스를 타고 싶어하는 것 같은데요. 기사가 두 사람 사이에 와서 섰다. 회색 셔츠에 넥타이를 맨 중간 키의 사내였다. 그리고 그렇게 될 겁니다.

빌어먹을, 비키. 드웨인이 말했다. 그가 그녀를 잡더니 그녀의 빨간 백을 낚아챘다. 가방끈이 끊어졌다.

그러지 마, 돌려줘. 그녀가 말했다.

그럼 이리 와서 가져가라고. 드웨인이 그녀의 손이 닿지 않도록 가방 쥔 손을 길게 뻗었다.

자, 여보시오. 그건 당신 물건이 아니잖아요. 버스 기사가 말했다.

내가 지금 그런 걸 상관할 것 같아요? 그러면서 드웨인은 뒷걸음질을 쳤다. 갖고 싶으면 와서 가져가라 그래요.

빅토리아는 그를 바라보고는 더이상 생각해볼 것도 없다는 걸 알았다. 그녀는 몸을 돌렸다. 기사가 그녀가 넘어지지 않도록 잡아주려고 손을 내밀자 그녀는 그 손을 잡고 조심스럽게 버스에 올랐다. 그녀가 버스에 올라서서 안쪽을 바라보자 양쪽 좌석에 앉은 사람들이 그녀를 바라보았다. 버스 승객들이 천천히 통로를 지나는 그녀를 지켜보았다. 그런 다음 이번에는 밖에서 일어나고 있는 일에 눈길을 돌렸다. 드웨인이 버스 밖에서 그녀를 따라오고 있었다. 이윽고 그녀가 자리에 앉자 그는 걸음을 멈추고 한 손은 바지 뒷주머니에 찔러넣고 다른 한 손으로 빨간 핸드백을 휘둘러댔다. 그는 그녀를 응시하면서 언성조차 높이지 않고 말하고 있었다. 넌 돌아올 거야. 내가 얼마나 그리울지 지금 몰라서 그래. 넌 돌아올 거야.

말소리는 들리지 않았지만 그녀는 입술의 움직임으로 그가 무슨 말을 하고 있는지 알 수 있었다. 그는 같은 이야기를 반복했다. 그녀는 고개를 저으며 유리창에 대고 속삭였다. 아니, 난 돌아가지 않을 거야. 절대로 돌아가지 않아. 그녀는 창문에서 고개를 돌리고 버스 앞을 똑바로 바라보았다. 얼굴이 눈물로 번들거렸지만 의식조차 하지 못했다. 얼마 지나지 않아 기사가 운전석에 타더니 차문을 닫았다. 차가 어둑한 지하 버스터미널 승강장을 떠났다. 버스가 경사로를 돌아 환한 거리로 나왔을 때 그녀는 다시 한번 드웨인 쪽을 바라보았다. 그는 조금 전 그 자리에 선채 떠나는 그녀의 뒤를, 떠나가는 버스를 바라보고 있었다. 그녀는 그가 안됐다는 생각이 들었다. 가엾게 여겨지기까지 했다. 그 정도로 그의 모습은 몹시 외롭고 버림받은 것처럼 보였다.

차가 달리는 동안 그녀는 한참 잠이 들었다. 버스가 포트모건에 정차했을 때 그녀는 잠에서 깼다. 버스는 이어 브러시에 정차했다. 고원지대로 나오자 바깥 풍경은 다시 초록으로 바뀌었다. 시골 풍경을 보자 마음이 조금 가벼워지는 느낌이 들었다. 날씨가 다시 따뜻해지기 시작했다. 그녀는 좌석에 앉아 창을 통해 목초지의 거무스름한 덤불 속에 흩어져 있는 유카와 산쑥을 바라보았다. 목초와 큰조아재비의 새순이 올라오고 있었다.

버스는 다시 노카에 정차했다. 드웨인의 어머니가 사는 곳이었다. 빅토리아는 한 번도 그의 어머니를 본 적이 없었다. 그녀가 드웨인이 있는 곳을 알아내려고 고속도로변의 공중전화 부스에서 전화를 걸었을 때 통화한 것이 전부였다. 이제 그녀는 그의 어머니를 만날 일도, 보게 될 일도 없을 터였다. 더이상 그런 것은 아무 의미도 없었다. 여기서 겨우 40마일 떨어진 곳에서 손주가 태어나겠지만 그의 어머니는 결코 그 존재를 알지 못할 터였다.

버스는 계속 달려 이윽고 홀트 카운티로 들어섰다. 온통 평평한 모랫빛 땅이 다시 나오고, 외따로 떨어진 농장에는 제대로 자라지 못한 것 같은 나무들이 서 있었으며, 자갈 깔린 도로는 아이들 그림책에 그려진 것처럼 정확히 남북으로 뻗어 있었다. 길가의 낮은 배수로를 따라 가로대 네 개짜리 울타리들이 설치되어 있었다. 가시철조망 너머 목초지에서는 암소들이 갓 태어난 송아지를 데리고 풀을 뜯고, 새로 태어난 수망아지를 거느린 채 군데군데 흩어져 있는 붉은 암말들도 보였다. 저멀리 남쪽 지평선에는 자두처럼 푸르고 낮은 모래언덕이 펼쳐져 있었다. 진짜 녹색을 띤 것은 겨울 밀뿐이었다.

버스가 홀트의 서쪽으로 마지막 커브길을 돌고 고가철도 아래를 지나 새틱 휴게소와 리전 클럽을 지나면서 속도를 늦추고 홀트에 들어섰을 때는 황혼녘이었다. 가로등에 막 불이 들어왔다. 버스는 34번 도로와 메인 스트리트 교차 지점에 있는 가스 앤드 고 주유소 앞에서 섰다. 빅토리아는 자리에서 일어나 천천히 버스에서 내렸다. 저녁 공기가 살을 에는 듯 차가웠다.

운전기사가 화물칸에서 그녀의 짐을 꺼내 포장도로 위에 내려놓은 다음 그녀에게 고개를 끄덕여 보였다. 그녀는 그에게 고맙다고 말했다. 기사는 주유소로 걸어가 종이컵에 담긴 커피를 한잔 사서는 커피를 흘리지 않으려고 손을 앞으로 뻗은 채로 돌아왔다. 이윽고 버스가 다시 출발했다.

빅토리아는 상자를 들고 건물 옆벽 작은 지붕 밑에 설치된 공중전화 쪽으로 갔다. 그녀는 매기 존스에게 다시 전화를 걸었다.

빅토리아? 너니? 지금 어디니?

저 돌아왔어요. 여기 홀트예요.

정확히 어딘데?

가스 앤드 고 주유소요. 그분들이 절 다시 받아주실까요?

애야, 아침에 통화했을 때와 달라진 건 아무것도 없단다. 아마 그분들은 널 다시 받아주실 거야. 하지만 확실치는 않구나. 그분들을 대신해서 내가 대답할 수는 없으니까.

제가 그분들께 전화를 하는 게 좋을까요?

내가 널 데려다주마. 내 생각에 아무래도 직접 만나서 얘기하는 게 좋을 것 같다.

제가 온다고 아직 그분들께 얘기하지 않으셨죠? 제가 돌아온다고요.

그래. 이제 네가 말해야 해.

맥퍼런 형제

지난가을 어느 일요일에 그랬던 것처럼 매기 존스는 빅토리아를 차에 태우고 홀트에서 남쪽으로 17마일 떨어진 그곳으로 다시 차를 달렸다. 빅토리아는 지난번처럼 겁에 질려 있긴 했지만 이번에는 차가 길을 따라 달리는 동안 모든 것을 유심히 바라보았다. 이제는 그 풍경이 그녀에게 낯설지 않았던 것이다. 이십 분후 그들은 국도에서 조금 떨어진 낡은 시골집으로 통하는 길에 접어들었고 철망으로 된 대문 앞에 차를 세웠다. 빅토리아는 차에 앉아 풍상에 시달린 그 집을 한참 동안 바라보았다. 집안 주방에 불이 켜져 있었다. 이윽고 문 위에 있는 포치 불이 켜지더니 레이먼드가 방충망이 달린 작은 포치로 나왔다.

자, 이제 어떻게 될지 알아보는 게 좋겠다. 매기 존스가 말했다.

저분들이 뭐라고 하실지 겁이 나요. 빅토리아가 말했다.

확실한 건 네가 여기 차 안에 그냥 앉아 있으면 저분들이 아무 말씀도 하지 않을 거라는 거야.

빅토리아는 집과 포치에 서 있는 노인에게서 눈을 떼지 않은 채 문을 열고 차에서 내렸다. 이윽고 해럴드가 동생 옆에 모습을 나타냈다. 두 사람은 꼼짝도 하지 않고 그녀를 지켜보았다. 그녀는 균형을 잡기 위해 몸을 약간 뒤로 젖힌 채 무거운 걸음으로 천천히 포치를 향해 다가갔다. 어둠이 깔리는 쌀쌀한 저녁 그녀는 맨 아래 계단에서 걸음을 멈추고 그들을 올려다보았다. 돌풍이 몰아쳤다. 그녀가 입은 겨울 외투는 이제 몸에 너무 끼어서 배 위로는 단추가 열려 있었다. 외투 자락이 그녀의 엉덩이와 허벅지에서 펄럭거렸다.

저예요, 제가 돌아왔어요. 그녀가 말했다.

그들은 그녀를 바라보았다. 그런 것 같구나. 그들 중 한 사람이 말했다.

그녀는 그들을 올려다보았다. 제가 돌아온 건 두 분이 혹시…… 혹시 다시 저를 두 분과 함께 살게 해주실 수 있는지 여쭤보려고요.

그들은 그녀를 바라보았다. 형제는 작업복 차림이었고 짧은 철회색 머리카락은 빗질이 되지 않아 뻣뻣했으며 바지는 무릎 부분이 늘어나 있었다. 그들은 아무 말도 하지 않았다.

그녀는 주위를 둘러보았다. 모든 것이 전과 똑같네요, 그래서 기뻐요. 그녀가 말했다. 그녀는 다시 한번 두 사람에게로 몸을 돌렸다. 그러고는 잠시 뜸을 들이고 난 후 말을 이었다. 어쨌든 두 분께 감사하다는 말씀을 드리고 싶어요. 제게 해주신 일들에 대해서요. 그리고 문제를 일으켜서 죄송하다는 말씀도 드리고 싶어요. 두 분은 제게 잘해주셨는데 말이에요.

노인 형제는 아무 말도 움직임도 없이 그저 빅토리아를 바라보며 서 있었다. 마치 그녀가 모르는 사람이라는 듯이, 혹은 그녀를 알긴 알지만 그 사실을 떠올리고 싶지 않다는 듯이. 그녀는 그들이 무슨 생각을 하는지 알 수 없었다. 두 분 모두 잘 지내시기 바라요. 더이상 두 분을 귀찮게 하지 않을게요. 그렇게 말한 뒤 그녀는 몸을 돌려 차를 향해 걷기 시작했다.

그녀가 정문을 향해 중간쯤 갔을 때 해럴드가 입을 열었다. 또다시 네가 그런 식으로 떠나는 걸 우리는 두고 볼 수가 없다.

그녀가 걸음을 멈추었다. 그녀가 두 사람 쪽으로 몸을 돌리고 말했다. 저도 잘 알아요, 그러지 않을게요.

그런 일이 두 번 다시 없었으면 좋겠구나. 앞으로 다시는 말이야.

네.

넌 그걸 알아야 해.

알아요. 그녀는 그 자리에 선 채 다음 말을 기다렸다. 바람에 그녀의 외투 자락이 펄럭거렸다.

괜찮니? 어디 다친 건 아니고? 레이먼드가 물었다.

네. 전 괜찮아요.

차에 있는 사람은 누구니?

존스 선생님이에요.

그래?

네.

그럴 거라고 생각했다.

안으로 들어오는 게 좋겠다. 이런 날씨에 밖에 있기는 너무 추우니까. 해럴드가 말했다.

제 물건을 가져올게요. 그녀가 말했다.

넌 들어가거라. 그건 우리가 가져올 테니. 해럴드가 말했다.

그녀는 층계를 올라가고 레이먼드가 그녀를 지나쳐 자동차 쪽으로 다가갔다. 매기 존스가 차에서 내려 뒷좌석에서 상자를 꺼내 건네주는 동안 해럴드와 빅토리아는 포치에서 기다리고 있었다.

저애 괜찮은 거 같소? 레이먼드가 나직하게 매기에게 물었다.

그런 것 같아요, 제가 보기에는요. 그런데 두 분은 정말 이 일을 다시 하고 싶은 거예요?

저애에겐 지낼 곳이 필요해.

그건 저도 알아요, 하지만……

레이먼드는 갑자기 몸을 돌리고 어둠이 짙어지는 마구간과 축사 너머를 내다보았다. 저애가 일부러 우리를 힘들게 한 건 아니잖소. 저애는 여기서 우리에게 좋은 변화를 가져다주었지. 저애가 가버리자 우린 저애가 보고 싶었다오. 어쨌거나 새로 산 아기 침대는 어떡하라고?

그는 다시 고개를 돌려 매기 존스를 지그시 바라본 다음 빅토리아의 옷가지가 든 상자를 들고 집으로 걸어갔다. 매기가 뒤에서 소리쳤다. 제가 연락드릴게요. 그런 다음 그녀는 다시 차를 타고 그곳을 떠났다.

오래된 집안에서 노인 형제와 임신한 소녀는 주방 식탁에 앉았다. 주위를 둘러본 빅토리아는 주방이 다시 예전처럼 엉망이 됐음을 알았다. 맥퍼런 형제가 정리하지 않고 그대로 내버려둔 것이었다. 힐볼트와 U자형 갈고리와 나사가 풀린 바이스그립과 거무스름해진 스프링 들이 여분의 의자를 점령했고 안쪽 벽에는 신문과 잡지 더미가 쌓였으며 조리대에는 며칠분의 설거짓거리가 있었다.

해럴드가 일어나 그녀에게 커피를 만들어주고 통조림 수프를 가스레인지에 올렸다. 그동안 무슨 일이 있었는지 말해주겠니? 그가 물었다.

그건 내일 말씀드려도 될까요? 그녀가 물었다.

그래, 네가 말할 준비가 되면 그때 듣자꾸나.

고맙습니다. 그녀가 말했다.

바람소리와 음식이 레인지 위에서 데워지는 소리뿐인 낡은 집안은 조용했다.

우리는 네가 몹시 걱정됐어. 레이먼드가 말했다. 그는 식탁 옆자리에 앉아 그녀를 바라보고 있었다. 정말 걱정했단다. 네가 어디 있는지 알 수가 없어서. 우리가 혹시 뭔가를 잘못해서 네가 그렇게 떠난 건지 어떤지 몰랐어.

두 분은 그럴 일은 전혀 하신 적 없어요. 두 분 때문에 떠난 게 아니에요. 그녀가 말했다.

흠, 우리로서는 그걸 알 도리가 없었거든.

제가 떠난 건 결코 두 분 때문이 아니었어요. 아, 죄송해요. 정말 죄송해요. 이윽고 그녀는 울기 시작했다. 눈물이 두 뺨을 타고 흘러내리자 그녀는 눈물을 닦으려 했지만 눈물은 계속 솟아나왔다. 그녀는 소리 없이 한동안 그렇게 울었다.

노인 형제는 어쩔 줄 몰라하며 그런 그녀를 지켜보았다. 자, 이제 다 괜찮다. 레이먼드가 말했다. 이제 우린 그런 생각을 하지 않으마. 네가 돌아와서 기쁘구나.

두 분을 곤란하게 할 생각은 없었어요. 그녀가 말했다.

그래, 그건 우리도 알아. 이제 다 괜찮아. 마음 쓰지 말거라. 이제 괜찮아졌으니까. 그는 식탁 위로 손을 뻗어 빅토리아의 손등을 토닥였다. 그것은 투박한 동작이었다. 그는 그 동작을 어떻게 마무리해야 좋을지 모르는 듯했다. 그가 그녀에게 말했다. 신경쓰지 마. 네가 여기로 돌아와서 기쁘단다. 그러니 이제 더이상 신경쓰지 말거라.

아이크와 보비

극장 안에서 아이크와 보비는 다른 아이들과 함께 제일 앞줄에 앉아서 화면을 바라보고 있었다. 화면에서는 두 사람이 고개를 4분의 3쯤 서로에게 돌린 자세로 상대의 얼굴을 마주보고 있었다. 크게 확대된 그들의 입에서 말이 오가는 동안 순찰차가 세 번째 인물을 싣고 갔다. 순찰차가 지나가자 빙글빙글 돌아가는 붉은 경광등 불빛이 사람들의 얼굴을 비추고, 그 뒤편으로 전원 풍경이 마치 설명하기 어려운 바람에 날려가는 어떤 꿈속의 풍경처럼 미끄러지듯 화면을 지나갔다. 이윽고 음악이 나오고 객석의 조명이 켜졌다. 아이들은 통로를 지나 사람들로 붐비는 로비로 나온 다음 어두운 인도로 나섰다. 가로등 위의 하늘은 강에 흩뿌려진 하얀 자갈처럼 밝고 단단해 보이는 별들로 가득했다. 도로변에는 아이들을 태워 가기 위해 이중으로 주차한 차들이 기다리고 있었다. 아버지들은 운전석에서, 어머니들은 더 어린 아이들을 데리고 기다렸다. 극장에서 남녀 고등학생들이 쏟아져나오더니 요란하게 자기들 차에 올랐다. 그들은 즉각 차를 출발시켜 메인 스트리트로 들어서면서, 몇 주나 몇 달 만에 만나기라도 한 것처럼 다른 차에 탄 친구들에게 요란하게 경적을 울려댔다.

아이크와 보비는 널찍한 인도를 따라 북쪽을 향해 걷기 시작했다. 그들은 서드 스트리트를 가로질러 가구점 쇼윈도에서 벨벳 소파와 목재 흔들의자를 구경하고 이어 〈홀트 머큐리〉 사무소와 철물점 안을 들여다보았다. 두 군데 모두 안에 불이 꺼져 있었다. 그들은 세컨드 스트리트를 건너, 점심 식탁들이 모두 치워지고 의자가 뒤집혀 올라가 있는 카페, 코스트 투 코스트, 스포츠용품점, 수예점을 지난 다음 건널목에서 빛을 받아 번쩍이는 철로를 건넜다. 그곳 교차로 아래로 하얀 벽에 그림자가 진 곡물 창고 건물이 교회처럼 거대하고 위압적인 모습으로 어렴풋이 보였다. 아이들은 레일로드 스트리트로 접어들어 텅 빈 거리를 따라 가로수 아래를 걸어 집으로 향했다. 밤이면 아직 매서울 정도로 추웠지만 나무에서는 새잎이 나고 있었다. 아이들이 린치 부인의 집에 거의 이르렀을 무렵 갑자기 자동차 한 대가 앞에 와서 섰다. 아이들은 차 안에 탄 세 사람을 금방 알아볼 수 있었다. 오 개월 전인 지난가을 레일로드 스트리트 끝에 있는, 촛불이 깜빡거리던 그 방에 있던 몸집이 큰 붉은 머리 고등학생과 금발의 여자애, 그리고 또 한 명의 고등학생이었다.

어이, 예쁜이들, 태워줄까? 운전석에 앉은 붉은 머리 남자애가 물었다.

아이들은 그를 쳐다보았다. 그의 옆얼굴이 계기판의 불빛을 받아 노랗게 보였다.

보비, 그냥 가자. 아이크가 말했다.

아이들이 길을 건너려 했지만 차가 그들의 앞을 가로막았다.

아직 내 질문에 대답하지 않았잖아.

아이들은 그를 바라보았다. 우리는 타고 싶지 않아요. 아이크가 말했다.

붉은 머리가 몸을 돌려 또다른 남자애에게 말했다. 이 녀석들이 차에 안 타겠다고 하는데.

그것 참 안됐다고 녀석에게 말해줘. 어쨌든 타게 될 거야. 녀석에게 그렇게 말해줘.

붉은 머리 남고생이 다시 몸을 돌렸다. 이 친구 말이 어쨌든 너희는 차를 타게 될 거라는데. 그러니 어떻게 하고 싶냐? 네 아빠한테 전화라도 할래? 지금 너희가 어디 있는 줄 그치가 알고 있을까?

러스, 아이들을 보내줘. 이러다가 사람들 눈에 띄겠어. 앞좌석 두 남자 고등학생 사이에 앉아 몸을 앞으로 기울이고 그 광경을 지켜보던 여자애가 말했다. 얼굴 주위를 에워싼 그녀의 머리카락이 솜사탕처럼 보였다. 러스, 얼른 가자.

아직은 안 돼.

그만 가자, 러스.

제기랄, 아직은 안 된다니까.

내가 녀석들을 차에 태울까? 두번째 남자애가 물었다.

녀석들이 제 발로 탈 것 같지 않은데.

내가 태울게.

두번째 남자애가 조수석에서 내렸다. 그가 길에 내려서서 그들을 향해 다가오자 아이들이 뒷걸음질치기 시작했다. 하지만 이어서 붉은 머리 고등학생도 차에서 내렸다. 그는 몸이 건장했고 아이들이 보기에 아버지만큼 키가 컸다. 그는 교복 상의를 입고 있었다.

보비, 얼른. 아이크가 말했다.

아이들이 몸을 돌려 달아나려 했지만 붉은 머리가 그들의 외투를 붙잡았다.

어딜 달아나려고?

우릴 그냥 내버려둬요. 아이크가 말했다.

붉은 머리가 외투를 붙잡자 아이들은 그의 손에서 벗어나려 발길질을 하고 주먹을 휘두르며 소리를 질러댔다. 하지만 붉은 머리가 팔을 길게 뻗고 있어서 아이들의 팔다리가 그의 몸에 닿지 않았다. 두번째 남자애가 보비를 붙잡아 팔을 뒤로 꺾었다. 아이크의 발은 땅에서 들려 있었다. 두 아이는 차 뒷좌석에 패대기쳐졌다. 몸집 큰 남자애가 다시 차에 올라탔다. 아이크와 보비는 뒷좌석에 앉아 앞으로 벌어질 일을 기다렸다.

우릴 보내주는 게 좋을걸요. 이런 짓 그만둬요. 우린 형한테 아무 짓도 하지 않았잖아요.

너희는 하지 않았겠지, 이 꼬맹이들아. 하지만 누군가가 했어.

러스, 대체 뭘 하려는 거야? 여자애가 물었다. 그녀는 자리에서 반쯤 몸을 돌리고 두 아이를 바라보았다.

아무 짓도 하지 않을 거야. 그저 저놈들을 잠깐 드라이브만 시켜주려고.

그녀가 다시 몸을 돌려 그를 바라보았다. 어디로 갈 건데?

그냥 입 좀 다물어. 가보면 알 거 아냐.

이중 한 놈이 날 발로 걷어찼어. 두번째 남자애가 말했다.

네 방울이라도 맞힌 거야?

아마 그걸 노렸던 모양이지.

붉은 머리가 기어를 넣자 자갈길에서 바퀴가 돌고 앞쪽으로 기울어지며 차가 달려나갔다. 이어 요란한 바퀴 소리와 함께 유턴을 해서 레일로드 스트리트 쪽으로 달려가더니, 다시 바퀴 소리를 내며 애시 스트리트로 들어선 다음 북쪽으로 평평하고 탁 트인 들판으로 통하는 흙길을 달리기 시작했다.

차창을 통해 보이는 바깥은 온통 검푸른 어둠뿐이었다. 도로 앞을 비추는 전조등 불빛이 부채꼴로 양쪽 배수로를 밝혀 덤불과 잡초와 울타리 기둥을 알아볼 수 있을 뿐 그 너머로는 캄캄한 들판 가운데 군데군데 자리잡은 농장의 푸른 전등 불빛만 보였다. 앞좌석에 앉은 세 사람은 맥주를 마셨다. 남자애 하나가 차창을 내리더니 고함을 지르면서 다 마신 맥주 캔을 밖으로 던지고 다시 창문을 올렸다. 뒷좌석에 앉은 아이크와 보비는 시골 토끼처럼 꼼짝도 하지 않고 그들이 하는 양을 지켜보았다. 얼마 지나지 않아 여자애가 고개를 돌려 아이들 쪽을 바라본 다음 다시 앞으로 고개를 돌렸다.

아이들이 겁에 질려 있어. 쟤들은 아직 어린아이잖아, 러스. 두려워하고 있다고. 이제 그만 쟤들을 놔주는 게 어때? 그녀가 말했다.

너야말로 입 좀 다물라는 내 말을 듣는 게 어때. 그가 말했다. 그가 그녀를 바라보았다. 젠장, 도대체 오늘밤 왜 이렇게 삐딱하게 구는 거야?

그는 계속 차를 몰았다. 차 밑에서 자갈이 달그락거리며 튀어올랐다. 나지막한 언덕에 오르자 그가 갑자기 속도를 늦추더니 차를 세웠다. 이 정도면 꽤 멀리 온 것 같군. 그가 말했다.

그가 차에서 내리자 옆자리에 있던 두번째 남자애도 차에서 내렸다. 그들은 뒷좌석 쪽으로 몸을 굽혀 두 소년을 캄캄한 언덕 위로 끌어냈다. 눈은 다 녹고 없었지만 바람이 불고 있었다. 그들이 서 있는 흙길 양쪽의 가시철망 뒤에서 말라비틀어진 작년의 나도기름새와 산쑥이 새로 난 풀 위로 삐죽삐죽 튀어나와 있었다. 흐릿하고 차가워 보이는 그 모든 것이 높이 뜬 하얀 별들이 내뿜는 푸른빛을 받아 어렴풋하고 어둑해 보였다.

러스. 여자애가 말했다.

또 왜?

러스, 설마 쟤들을 여기서부터 걸어가게 만들려는 건 아니겠지?

그럴 생각인데. 5마일 정도밖에 안 되는데 뭘 그래. 다시 말하는데 입 좀 다물고 있어. 아니면 너도 걸어서 돌아가든지. 그러고 싶어? 그가 말했다.

아니.

그럼 이 일에서 빠져.

그는, 어둠 속에서 두 눈을 동전처럼 크게 뜬 채 나란히 차에 기대서서 무슨 일이 일어날지 기다리고 있는 두 소년을 바라보았다. 차에는 여전히 시동이 걸려 있었고 전조등이 흙길 앞을 비추어 울퉁불퉁한 흙길과 고르지 않은 경사를 보여주었다.

꼬맹이들아, 여기가 어딘지 알겠냐?

아이들은 주위를 둘러보았다.

저쪽이 시내야. 저기 불빛이 보이는 곳 말이야. 내가 가리키고 있는 곳을 보라고, 빌어먹을. 날 보지 말고. 너희가 할 일은 그저 이 길을 죽 걸어서 집으로 가는 거야. 그런데 이 일에 대해 누구에게든 일러바치지 않는 게 좋아. 누군가 이 일을 알게 되면 그다음에 내가 무슨 짓을 할지 생각하기도 싫으니까. 그가 말했다.

아이들은 시내의 불빛 쪽을 바라보았다. 그다음에는 차 안에 말없이 앉아 있는 여자애에게로 눈길을 돌렸다. 열린 차문을 통해 차 안에서 반짝이는 반구형 조명이 보였다. 여자애는 소년들을 보고 있긴 했지만 무표정한 얼굴이었다. 그녀에게서는 도움을 기대할 수 없을 듯했다. 아이들은 잿빛이 된 얼굴로 겁에 질린 채 모자도 없이 모직 외투 차림으로 서 있었다.

너희들 내 말 들었어?

들었어요.

좋아. 그럼 가.

아이들은 차에서 몸을 떼고 시내를 향해 걸음을 떼어놓았다.

두번째 남학생이 말했다. 잠깐만. 그러니까 제기랄, 네가 하려던 게 이게 다야?

뭐 생각해둔 거라도 있어?

뭔가 더 있을 것 같은데.

그는 두 아이를 바라보았다. 아이들은 그를 피해 뒷걸음질치기 시작했다. 그가 외투 위로 보비의 팔을 움켜쥐었다. 이 빌어먹을 꼬맹이 자식이 날 걷어찼어. 그러면서 그는 보비를 길 복판으로 끌어냈다. 보비가 소리를 지르고 두 팔을 휘두르면서 그를 걷어차려 했다. 하지만 그는 보비를 돌려세우더니 얼굴을 땅에 처박았다.

그만해. 그애를 놔줘, 이 나쁜 자식아. 아이크가 소리쳤다.

붉은 머리가 아이크를 잡아 자동차 보닛에 밀어붙였다. 두번째 남자애가 보비의 몸뚱이 위로 몸을 숙이더니 신발을 벗겨 뒤쪽 어둠 속으로 던지고는 이어서 바지를 벗겨 손으로 빙빙 돌려 아래쪽 배수로 속으로 집어던지고, 그런 다음 팬티를 아래로 끌어내려 그것 역시 멀리 던져버렸다. 보비는 하얀 맨다리로 흙바닥 위에서 버둥거렸다.

아이크가 붉은 머리의 손아귀에서 빠져나와 보비를 잡고 있는 두번째 남자애에게 달려가 그의 목을 때리고 발길질을 했다. 붉은 머리가 아이크를 뒤에서 잡았다.

그놈 잡았어? 두번째 남자애가 물었다.

그래, 잡았어. 붉은 머리가 대답했다.

그럼 잘 잡고 있어, 빌어먹을.

이 녀석은 아무데도 못 가.

난 아직 이쪽 놈한테 볼일이 남았거든.

그는 일어서서 보비가 무슨 살펴봐야 할 표본이라도 되는 것처럼 공중으로 들어올렸다. 그러고는 보비를 들어올린 채 차 안에 있는 여자애 쪽으로 몸을 돌렸다.

이 쪼그만 고추를 빨아주는 게 어떨까, 샬린?

여자애는 보비를, 이어서 보비를 치켜들고 있는 두번째 남자애를 바라보았을 뿐 아무 대꾸도 하지 않았다.

모직 외투 아래로 하얀 맨다리를 드러낸 보비는 살가죽이 벗어지기라도 한 듯 누에고치처럼 몸을 쪼그라뜨리고 있었다. 이제 그애는 울고 있었다.

내 동생 놔줘, 그애를 놔주라고. 아이크가 소리쳤다. 그는 붉은 머리의 손에서 빠져나가려 애썼다. 이 나쁜 자식. 내 동생이 너한테 무슨 짓을 했다고 그래. 왜 저애를 가만두지 않는 거야. 이 더러운 나쁜 자식들아.

이 쪼그만 놈 아가리에서 나오는 소리 좀 들어봐. 두번째 남자애가 말했다. 그 자식 입 좀 닥치게 할 수 없어?

내가 닥치게 해주지. 붉은 머리가 말했다. 그는 아이크의 팔을 잡아 단숨에 그를 길바닥에 엎고는 무릎을 접고 그 위에 앉았다. 그러고는 아이크의 신발을 하나하나 벗기고 바지를 끌어내려 벗기고 팬티 역시 벗겨 어깨 너머로 던져버렸다. 그런 다음 일어서서 아이크를 일으켜세운 다음 그의 몸이 잘 보이도록 붙잡고 있었다.

이놈 역시 거기에 곱슬거리는 털이 아직 나지 않았는걸. 두번째 남자애가 말했다. 저 집안에 털이 난 사람이 있긴 있는 거야? 쟤들 아버지도 털이 없는 거 아냐?

그 자식 얘긴 하기도 싫어. 빨간 머리가 말했다. 그는 아이크를 앞으로 홱 떠밀었다. 이제 아이크도 울고 있었다. 아이크는 보비에게 달려갔다. 두 소년은 함께 길바닥에 주저앉았다. 외투 자락을 펼쳐 무릎을 가린 그애들의 모습은 흙길에서 한밤중에 커다란 어려움에 처했으나 주위에 도움을 청할 데가 아무데도 없는 외로운 난쟁이들 같았다.

가자, 난 이제 볼일 다 봤어. 두번째 남자애가 말했다.

우린 간다. 하지만 내가 아까 말한 거 기억해두는 게 좋을 거야. 오늘밤 이 일에 대해서 아무에게도 말해선 안 돼. 붉은 머리가 아이크와 보비를 바라보며 말했다.

아이들은 길 위에 웅크리고 앉아 그를 올려다보았다. 그들은 아무 대답도 하지 않았다.

내 말 들려? 잘 기억해두란 말이야.

두 남자애가 다시 차에 오르고 차는 어둠 속에서 요란한 소리를 내며 달려갔다. 차 뒤로 먼지가 피어오르고 자동차의 희미한 미등 불빛이 좁은 길 위에서 점점 희미해지다가 이윽고 완전히 사라져버렸다.

얼마 후에는 차의 모습이 보이지 않고 소리만 들려왔다. 곧 정적이 찾아들었다. 아이들의 머리 위 아득히 먼 곳에서 하얗고 차가운 별들이 무수히 반짝였다. 여전히 바람이 불었다.

너 괜찮아, 보비? 어디 다친 데 없어?

보비가 몸을 떨더니 외투 소매로 눈과 코를 닦았다. 신발이 어디 있는지 찾을 수가 없어. 보비가 말했다. 보비는 차가운 땅바닥 위를 맨발로 디디며 이곳저곳을 찾아보았다. 그 여자애는 우리를 도와주려고도 하지 않았어. 보비가 말했다.

그랬다 해도 그 자식이 못하게 막았을 거야.

제대로 도우려는 시도조차 하지 않았다고. 보비가 말했다.

소년들은 삼십 분이 걸려서야 겨우 캄캄한 어둠 속에서 신발과 바지와 팬티를 찾아냈다. 그애들은 차갑고 뻣뻣해진 옷을 입은 다음 홀트의 불빛이 한데 모여 있는 남쪽으로 방향을 잡고 걸어가기 시작했다. 불빛은 아주 멀리 떨어져 있는 것 같았다.

아무 농장에나 좀 들러야 할 것 같아. 보비가 말했다.

사람들에게 이 얘기를 하고 싶어? 무슨 일이 있었는지 사람들한테 얘기할 거냐고?

뭐 꼭 그 일을 말해야 하는 건 아니잖아.

어쨌든 뭐라고 둘러대기는 해야 하잖아.

형제는 서로 몸을 꼭 붙이고 걸었다. 아이들 앞에 펼쳐진 길이 희미하게, 양쪽 낮은 곳에 있는 배수로보다 더 옅은 색깔로 보였다.

어쨌든 농장에는 다 개가 있어, 너도 알잖아. 아이크가 말했다.

아이들이 레일로드 스트리트로 들어서서 집으로 통하는 눈에 익은 자갈 진입로로 접어든 것은 자정이 지나서였다. 그곳에 이르기 한참 전 고요한 교외의 흙길을 걷던 아이들은 자신들을 향해 다가오는 자동차 전조등 불빛을 보았다. 붉은 머리와 두번째 남자애가 되돌아오는 것이라고 여긴 두 아이는 기겁해서 배수로 속으로 뛰어들었다. 그 차는 아이들의 등에 흙과 자갈을 흩뿌리면서 덜덜거리며 지나갔다. 땅바닥은 얼음처럼 차가웠고 먼지와 잡초에서는 악취가 풍겼다. 차가 지나가고 나서야 아이들은 그것이 그 고등학생들이 탄 차가 아니라는 사실을 알았다. 다른 사람의 차였던 것이다. 다른 차, 그러니까 집으로 돌아가는 누군가의 차였다. 따라서 손을 흔들어 태워달라고 할 수도 있었다. 그런데 이제는 이미 지나간 일이어서 어쩔 수 없었다. 아이들은 다시 길 위로 올라와 걷기 시작했다. 그들은 말도 거의 주고받지 않았다.

그저 걷고 또 걸었다. 들판 어딘가에서 두어 차례 코요테가 사납게 짖으며 우는 소리가 들려왔다. 아이들은 그곳 서쪽 어딘가에 소들이 있다는 것을 알고 있었다. 소들이 옥수수밭 그루터기 속을 오가는 소리가 어둠 속에서 들려왔다. 앞쪽에 보이는 홀트의 불빛은 여전히 까마득하게 멀리 있는 듯했다. 두 다리에 힘이 빠지고 기운이 다 떨어져갈 무렵 아이들은 마침내 도시의 경계를 넘어 길모퉁이에 가로등이 켜진 도로 위를 걸을 수 있었다.

두 소년이 집에 와보니 아버지가 보이지 않았다. 아이들은 아버지를 불렀지만 대답이 없었다. 아이들은 또다시 두려움에 사로잡혔다. 그들은 현관문을 잠그고 외투를 벗어 거실 바닥에 던지고는 이층으로 올라가 욕실 세면대에서 몸을 씻기 시작했다. 욕실장에 달린 거울에 비친 그들의 얼굴은 더러웠고 코 옆으로는 흘러내린 눈물 자국이 나 있었으며 두 눈은 그늘지고 낯설었다. 아이들이 세면대 위로 몸을 굽히고 있을 때 아버지가 돌아오는 소리가 들렸다. 집안으로 들어오자마자 그는 아이들을 불렀다.

아이크? 보비? 너희들 들어왔니?

아이들은 대답하지 않았다.

거스리는 거실 바닥에 놓여 있는 두 아이의 외투를 보고 황급히 이층으로 올라가보았다. 아이들은 욕실에 있었다. 얼굴에서 물이 뚝뚝 떨어지는 가운데 그들은 둘 다 문 쪽으로 고개를 돌리고 마치 뭔가 부끄러운 짓을 하다가 들키기라도 한 것처럼 아버지를 바라보았다.

거스리는 욕실로 들어갔다. 왜 부르는데도 대답이 없는 거야? 대체 어디 갔었어? 영화가 끝나고 한참 후에도 너희가 집에 오지 않아서 찾으러 나갔단다. 버드 실리 보안관한테 전화를 걸려던 참이었어.

소년들은 서서 아버지를 바라보았다.

대체 무슨 일이야? 둘 중 하나는 어찌된 일인지 말해주는 게 좋을 거다. 그가 말했다.

아이들은 아무 말도 하러 들지 않았다. 하지만 보비의 눈에 눈물이 차오르더니 두 뺨으로 주르르 흘러내렸다. 보비는 마치 숨이 막힌 것처럼 격격대며 격하게 흐느꼈지만 그렇게 울면서도 한마디도 하지 않았다.

뭐가 잘못된 거야? 자, 무슨 일인지 말해보렴. 거스리가 그렇게 말하며 수건을 집어 보비의 얼굴을 닦아준 다음 아이크의 얼굴도 닦아주었다. 무슨 고약한 일이 있었던 거야? 그가 물었다. 그는 아이들을 복도로 데리고 나와 집 뒤편의 낡은 간이침실로 데려가 침대에 앉히고 자신은 두 아이 사이에 앉아 양팔로 아이들을 얼싸안았다. 뭐가 잘못됐는지 말해보렴. 무슨 일이 있었니?

보비는 여전히 울고 있었다. 이제는 몸을 부르르 떨기까지 했다. 두 아이 모두 아버지를 외면한 채 북쪽 창을 바라보았다.

아이크, 뭐가 잘못됐는지 네가 말해보거라. 거스리가 말했다.

아이는 고개를 내저었다.

분명 무슨 일인가 있었어. 너희들 온통 흙투성이가 됐잖아. 너희들 바지 좀 보거라. 대체 무슨 일이야?

아이크가 다시 고개를 저었다. 아이크와 보비는 그저 창만 바라보았다.

아이크. 거스리가 다시 한번 재촉했다.

마침내 아이크가 아버지에게 고개를 돌렸다. 아이의 얼굴은 금방이라도 울음을 터뜨릴 것처럼 절박하고 뭔가에 잔뜩 짓눌린 표정이었다. 우리를 내버려두세요, 우리를 그냥 좀 내버려두시라고요. 아이크가 소리를 질렀다.

난 너희를 그냥 내버려둘 수가 없어. 무슨 일이 있었는지 어서 말해보렴. 거스리가 말했다.

우리는 아무 말도 하면 안 돼요. 아무한테도 말하면 안 된다고 했어요.

너희에게 아무한테도 말하지 말라고 한 게 누구냐? 대체 그게 무슨 소리야? 거스리가 말했다.

붉은 머리에 몸집이 큰 남자애가 그랬어요. 그 남자애가……이 얘기는 절대로 하면 안 된다고 했다고요. 제 말 아시겠어요? 아이크가 말했다.

거스리는 아이크를 바라보았다. 아이의 두 눈은 충혈되고 분노에 차 있었지만 입은 꼭 다문 채였다. 아이는 더이상 아무 말도 하지 않기로 마음먹은 듯했다. 적어도 지금은 그랬다. 또다시 눈물이 터지려고 하자 아이는 다시 창문 쪽으로 고개를 돌렸다.

거스리

그날 밤 그는 아이들이 잠들 때까지 두 아이 곁에 앉아 있었다. 아이들이 어떤 꿈을 꾸게 될지 생각도 하고 싶지 않았다. 다음날인 일요일 아침, 아침식사를 한 다음 아이들은 춥고 캄캄한 전날 밤에 있었던 일에 대해 조금 더 이야기를 꺼냈다. 아침 햇빛 속에서는 그 일이 그렇게까지 두렵게 여겨지지 않았던 것이다. 잠시 후 거스리는 차를 몰고 홀트 남쪽에 있는, 시내에서 가장 좋고 오래된 동네인 검 스트리트로 향했다. 이른 초봄인 이 무렵에는 모든 것이 아직 연한 녹색을 띠었지만 그 동네는 네군도단풍나무와 느릅나무와 팽나무가 자라고 옆뜰을 따라 라일락 덤불이 있고 잔디가 잘 손질된 쾌적한 주택가였다. 서쪽으로 한두 블록 떨어진 감리교회 종탑에서 종이 울리기 시작했다. 이어서 동쪽으로 한 블록 떨어진 성당에서도 종소리가 나기 시작했다.

거스리는 픽업트럭에서 내려 외벽에 물막이판자를 촘촘히 덧댄 하얀 집으로 다가간 다음 포치 위로 올라서서 문을 두드렸다. 잠시 후 문이 열렸다. 문간에 선 베크먼 부인이 그를 바라보았다. 땅딸막한 몸집에 벽돌처럼 단단해 보이는 그녀는 거스리를 보자마자 악의부터 드러냈다. 홈웨어 차림에 앞이 뚫린 슬리퍼를 신고 머리카락을 뻣뻣하게 세워 고정시킨 모습이었다. 아니 당신, 당신이 여기 무슨 일이야?

러셀에게 이리 나오라고 해요. 거스리가 말했다.

대체 무슨 일인데 그래요?

그애에게 할 말이 있으니까요.

그애는 당신과 할 말이 없어요. 그녀는 두툼한 손으로 문손잡이를 잡고 있었다. 여긴 학교가 아니에요. 여기서 당신이 할 말이 뭐가 있어요. 이제 그만 꺼져버려요.

어서 그애에게 나오라고 하세요. 난 그애와 이야기할 겁니다.

도리스, 그 빌어먹을 문 좀 닫아. 찬바람이 들어오잖아. 집안에서 남자의 목소리가 들려왔다.

당신이 이리 와보는 게 좋겠어. 그녀는 고개도 돌리지 않고 말했다. 줄곧 거스리를 쏘아보고 있었다. 이리 와보라고. 그녀가 외쳤다.

누군데?

그 작자야.

발소리가 나더니 그녀의 남편이 문간에 모습을 나타냈다. 왜

왔대?

이번에도 러셀한테 볼일이 있대.

무슨 일로?

무슨 일인지는 얘기하지 않는걸.

거스리는 문간에 선 부부를 바라보았다. 키가 작고 뚱뚱한 부인과 달리 베크먼은 키가 크고 마른 몸에 하얀 셔츠와 광택나는 진한색 바지 차림에 손에 신문을 들고 있었다.

무슨 일이오, 거스리 선생?

러셀이 어젯밤 내 아이들을 괴롭혔어요. 그애에게 그 문제에 대해 얘기를 하러 온 거요.

지금 도대체 무슨 말을 하고 있는 거요? 지금은 일요일 아침이오. 일요일 아침까지 그애를 괴롭힐 작정이오?

그애에게 이리 나오라고 해요. 거스리가 말했다.

베크먼은 거스리를 살펴보았다. 좋아, 빌어먹을. 무슨 일인지 알아보자고. 그가 자기 아내에게 몸을 돌렸다. 러셀 좀 데려와.

아직 자는데.

깨워.

저 작자가 여기서 이럴 권리는 없잖아. 저자가 무슨 권리로 이러는 거야? 그녀가 말했다.

내가 그걸 몰라서 이러는 거 같아? 내 말대로 해.

그녀가 자리를 뜨자 베크먼은 뒤로 물러나 현관문을 닫았다. 거스리는 포치에서 기다렸다. 그는 거리와 연석, 공원처럼 널찍한 도로를 따라 새순을 틔우기 시작하는 가로수들, 길가에 평화롭고 조용하게 서 있는 저택들을 바라보았다. 바로 옆 하얀 집에서 프레이저가 일요일 복장으로 나와 바깥 현관문 앞 층계에 잠시 서 있다가 담배 한 개비를 꺼내 불을 붙였다. 주변을 둘러보다가 거스리를 발견한 그가 묵례를 보냈다. 거스리도 묵례로 답했다. 이어서 프레이저 부인이 밖으로 나왔고 프레이저는 아내에게 집 앞에 있는 꽃밭 속 무엇인가를 가리켜 보였다. 두 사람은 층계를 내려왔고 프레이저 부인이 꽃밭 위로 몸을 굽혔다. 그녀가 고개를 들고 무어라 말하자 프레이저가 그 말에 대답했다. 두 사람이 나직하게 말을 주고받고 있는데, 베크먼이 포치로 나왔다. 러셀이 그의 뒤를, 베크먼 부인이 아들 뒤를 따랐다. 그들 세 사람은 난간이 달린 포치 위쪽 환하고 맑은 대기 속으로 나왔다. 러셀은 청바지에 티셔츠 차림으로 신발은 신지 않고 있었다. 막 잠에서 깬 것 같았다.

자, 우리 앞에서 이애한테 대체 무슨 일로 이러는 건지 이야기하시오. 무슨 일이 일어났다는 거요? 베크먼이 거스리에게 말했다.

거스리가 직접 러셀에게 말했다. 잔뜩 날이 선 그의 목소리는 딱딱했다. 결국 네가 선을 넘었군. 이제 내 두 아들까지 다치게 했어. 너와 머피, 두 녀석이 말이야. 어젯밤 너는 우리 애들을 교외로 태우고 나가서 겁을 줬지. 아이들 바지를 벗기고 거기서부터 집까지 걸어가게 만든 걸 잘한 짓이라고 생각했겠지. 그애들은 어린아이들이야. 고작 아홉 살, 열 살밖에 되지 않았다고. 그애들은 너한테 아무 잘못도 하지 않았어. 네가 한 짓을 아이들에게 들었어. 넌 한마디로 비겁한 자식이야, 안 그래? 나한테 불만이 있다면 나한테 와서 얘기해. 내 아이들을 끌어들이지 말고.

이게 다 무슨 말이야? 이 사람이 무슨 이야기를 하는 거냐? 너이 일에 대해 알아? 베크먼이 말했다.

무슨 얘기를 하는 건지 전 몰라요. 도대체 무슨 얘기를 하는 건지 도무지 모르겠어요. 이 사람은 언제나처럼 개소리를 하는 거예요. 전 이 사람 아이들이 어떻게 생겼는지도 모른다고요. 러셀이 말했다.

아니, 넌 잘 알고 있어. 거스리가 말했다. 그는 이제 제대로 말을 하기조차 힘들었다. 그의 목소리는 자신의 귀에도 통제할 수 없을 정도로 불안하게 들렸다. 넌 또 거짓말을 하고 있어. 내가무슨 말을 하고 있는지 넌 너무나도 잘 알지.

전 이 사람 아이들을 몰라요! 그애들이 여기 내 앞에 서 있어도 알아보지 못할걸요. 이 사람은 언제나 나를 못살게 굴어요. 이사람 여기서 쫓아내요. 러셀이 말했다.

이런 나쁜 자식, 또 거짓말을 하네. 그렇다면 이제 말로 할 단계는 지났군. 거스리는 러셀에게 달려들어 그애의 멱살을 움켜쥐었다. 이 망할 자식. 내 아이들을 건드리지 말라고. 그는 러셀을 집 전면 벽에 밀어붙이며 턱밑에 주먹을 갖다댔다. 한 번만 더 내애들을 건드리면……

하지만 베크먼도 가만있지 않았다. 그가 거스리의 팔을 잡았다. 그애를 놔줘. 그애한테서 손을 떼라고. 그가 고함을 질렀다.

난 지금 경고하는 거야. 거스리가 악을 쓰며 말했다. 그의 목소리는 여전히 딱딱했고 잔뜩 날이 서 있었다. 그는 러셀의 얼굴에 자신의 얼굴을 바짝 갖다댔다. 이 나쁜 자식 같으니라고. 그가 머리를 꼼짝 못하게 집 벽에 밀어붙이자 러셀의 눈이 경계와 놀람과 분노로 휘둥그레졌다. 거스리의 주먹 때문에 그의 턱은 위로 들리고 머리는 뒤로 비스듬히 기울어졌다. 그애는 발끝으로 선 자세로 거스리의 손목을 잡으려고 두 손을 허우적거렸다.

빌어먹을, 그애를 놔줘! 베크먼이 소리쳤다. 그의 아내가 한마디도 알아들을 수 없는 분노에 찬 소리로 날카롭게 비명을 지르며 거스리의 재킷을 긁어대고 뒤에서 그를 때렸다. 그때 거스리의 팔을 잡아당기던 베크먼이 손을 놓고 한 걸음 뒤로 물러서더니 거스리의 옆얼굴을 후려쳤다. 거스리는 러셀을 잡은 채 옆으로 쓰러졌다. 거스리의 얼굴에 비스듬하게 걸린 안경이 덜렁거렸다. 베크먼이 몸을 숙이며 거스리의 귀 위쪽을 다시 한번 가격했다.

옆집에서 프레이저 부부가 이 광경을 지켜보고 있었다. 프레이저 부인이 집안으로 달려가 경찰에 전화를 걸고, 그녀의 남편이 양쪽 집 사이의 뜰을 황급히 건너왔다. 자, 자, 여러분, 그만들 해요. 그가 외쳤다.

거스리가 일어나며 러셀을 밀쳐내자 베크먼이 홱 몸을 돌려 다시 그에게 다가왔다. 그 순간 거스리가 베크먼의 팔 밑으로 몸을 숙이면서 단추를 풀어놓은 하얀 셔츠 위로 드러난 베크먼의 목을 후려쳤다. 베크먼이 껙껙거리며 뒤로 넘어졌다. 그의 아내가 고함을 지르며 도와주려고 달려왔으나 베크먼은 그녀를 밀쳤다. 그때 러셀이 고개를 낮추더니 옆에서 거스리에게 달려들며 그를 뒤로 밀쳤다. 두 사람은 그대로 포치 난간에 부딪혔다. 거스리가 옆구리에 뭔가 퍽 하고 부딪히는 느낌을 받는 것과 동시에, 두 사람은 바닥에 나동그라졌다. 거스리의 몸 위로 러셀의 몸이 겹쳐졌다.

거스리는 나무 바닥을 뒹굴며 러셀과 몸싸움을 벌였다. 이윽고 기운을 차린 베크먼이 다시 다가와 자기 아들 위로 몸을 숙이면서 빈틈을 노려 거스리의 얼굴을 후려쳤다. 거스리가 러셀을 놓자 이번에는 베크먼 부자가 함께 달려들어 그에게 주먹질을 하기 시작했다. 거스리는 두 사람에게서 벗어나려 애썼다. 그들이 주먹질을 멈추자 이번에는 베크먼 부인이 앞으로 달려나와 거스리의 등을 발로 걷어찼다. 거스리는 그녀 쪽으로 몸을 굴려 그녀가 다시 한번 발길질을 하려고 뒤로 물러선 순간 그녀의 발을 붙잡았다. 그녀는 포치 바닥에 호되게 엉덩방아를 찧었고 그 바람에 치맛자락이 허벅지 위로 말려 올라갔다. 그녀가 주저앉은 채 소리를 질러대자 베크먼이 아내의 겨드랑이에 손을 넣어 일으켜 세우고는 그녀에게 입 닥치라고 말했다. 그녀는 훌쩍거리면서 옷 매무새를 바로잡았다. 거스리는 무릎을 바닥에 대고 힘겹게 몸을 일으켰다. 그의 얼굴은 피투성이였다. 코피가 흐르고 눈 바로 위가 찢어진 상태였다. 재킷 윗주머니는 찢어져서 혓바닥처럼 펄럭였다. 겨우 일어선 그는 숨을 헐떡였다. 한쪽 눈은 벌써 부어올라 감기다시피 했고 난간에 부딪힌 옆구리는 아팠다. 그는 안경을 찾으려고 주위를 두리번거렸지만 안경은 보이지 않았다.

자, 여러분, 이런 식으로는 일이 해결되지 않습니다. 프레이저가 말했다.

거스리, 그만 여기서 꺼지는 게 좋아. 괜히 하는 말이 아니야. 베크먼이 말했다.

이 나쁜 자식. 거스리가 헐떡거리며 말했다.

어디 계속해보시지. 또 한번 두들겨패줄 테니까.

저 녀석에게 말해……

빌어먹을, 난 저애에게 아무 얘기도 하지 않을 거야. 저앨 가만 내버려둬.

거스리가 그를 바라보았다. 저놈한테 두 번 다시 우리 애들을 건드리지 말라고 말해두는 게 좋을 거야. 당신들 모두 내 말 명심하라고.

잠깐만요, 제 말 좀 들어보세요, 여러분. 프레이저가 말했다.

그때였다. 보안관의 청색 자동차가 길가에 서더니 버드 실리가 황급히 차에서 내렸다. 그는 차문도 닫지 않은 채 그들에게로 달려왔다. 보안관은 복근이 단단하고 체구가 건장한 붉은 얼굴의 사내였다. 이게 대체 무슨 일입니까? 주일학교 모임 같지는 않군요. 그가 말했다. 보안관이 포치로 올라와 그들을 바라보았다. 이게 무슨 일입니까? 누가 말 좀 해보세요.

여기 거스리라는 작자가 먼저 내 아들을 폭행했소. 오늘 아침 우리집에 들이닥쳐 화를 내더니 다짜고짜 자기 애들이 어떻게 됐느니 하는 헛소리를 늘어놓았소. 그러고는 내 아들을 불러내 달려들었지. 그래서 우리가 손 좀 봐준 거요.

이 사람 말이 맞나, 톰? 이게 도대체 무슨 일인가?

거스리는 아무 말도 하지 않았다. 그는 여전히 베크먼 일가를 바라보고 있었다. 두 번 다시 우리 애들한테 손대지 마, 경고는 이번 한 번뿐이야. 그가 말했다.

내가 이런 얘기를 참고 들어야 하오? 베크먼이 보안관에게 말했다. 여긴 내 집이오. 내 집 현관 앞에서 내가 이런 헛소리를 들을 이유가 없잖소.

내 말 잘 들으십시오. 지금 세 사람 모두 함께 경찰서로 가야겠습니다. 어떻게 된 일인지 조사해봐야겠습니다. 톰, 자네는 나와 함께 타고 가는 게 좋겠네. 그리고 베크먼 씨, 당신과 저 아이는 함께 당신 차로 따라오십시오.

나는요? 저 작자가 나한테도 달려들었다고요. 베크먼 부인이 물었다.

그럼 부인도 오시죠, 두 사람과 같은 차로 오십시오. 보안관이 말했다.

맥퍼런 형제

그날 아침 빅토리아는 노인들에게 자초지종을 털어놓았다. 드웨인이 그녀를 데리러 학교로 찾아온 일, 자신이 왜 그래야 하는지 정확한 이유도 깨닫지 못한 채 그의 차에 올라 덴버로 간 일, 그리고 자신이 바랐던 상황과 실제로 벌어진 상황에 대하여, 덴버의 그 작은 아파트 이층에서의 생활이 어땠는지에 대하여 이야기했다. 그녀가 이야기하는 내내 맥퍼런 형제는 그녀의 얼굴을 지켜보며 귀를 기울였다. 그런 다음 아침식사를 마치고 밖으로 나가 소들에게 먹이를 주고 다시 집으로 돌아왔다. 그들은 몸을 씻고 멋진 베일리 모자를 쓴 차림으로 빅토리아를 태우고 시내에 있는 마틴 박사를 만나러 갔다.

가는 길에 그녀는 두 시간 전 식탁에 앉아 있을 때 빠뜨린 이야기를 했다. 드웨인과 함께 파티에 가서 자제력을 잃고 술을 지나

치게 많이 마셨다고 말한 다음 말을 멈추었다. 그러고는 픽업트
럭 앞자리 두 노인 사이에 앉아 마치 배를 받치듯이 손가락을 오
므린 두 손을 무릎 위에 올려놓고 침묵을 지켰다.

그랬니? 맥퍼런 형제가 말했다.

네, 그랬어요. 그녀가 대답했다. 다음 순간 예고도 없이 갑자기
그녀의 두 눈에 눈물이 차오르더니 뺨 위로 흘러내렸다. 그녀는
정면의 계기판 너머 고속도로를 바라보았다.

뭔가 다른 게 또 있니? 뭔가 다른 할말이 있는 것 같구나, 빅토
리아. 레이먼드가 말했다.

네.

무슨 말이냐?

그걸 피웠어요.

마리화나 말이니?

네. 그리고 제가 또 무엇을 했는지 전부 기억이 나지 않아요.
다음날 아무리 해도 전날 일을 기억해낼 수가 없었어요. 몸에 멍
도 들고 상처도 있었는데 어디서 다친 건지 알 수가 없었어요.

그후에도 그런 일이 있었니? 그 녀석과 함께 또 그런 파티에
갔어?

아뇨. 그때 딱 한 번뿐이었어요. 하지만 겁이 나요. 아기에게
뭔가 안 좋은 일을 했을까봐서요.

흠, 네 생각엔 그런 것 같니?

사실은 저도 잘 모르겠어요. 바로 그게 문제예요.

내 생각엔 괜찮을 것 같다. 처음으로 새끼를 밴 어린 암소가 어쩌다가 철망 조각을 삼킨 일이 있었는데 암소도 새끼도 다치지 않았거든. 레이먼드가 말했다.

다치지 않았어요?

그래, 둘 다 멀쩡했어.

빅토리아가 모자챙 아래로 보이는 그의 얼굴을 살펴보았다. 정말 둘 다 괜찮았단 말이죠?

그렇다니까요, 숙녀분.

둘 다요? 정말로요?

그렇단다. 둘 다 그 일로 아무런 해도 입지 않았어.

빅토리아는 잠시 동안 그를 바라보았다. 레이먼드가 그녀의 눈길을 받아주며 고개를 한두 차례 끄덕여 보였다.

고맙습니다. 그렇게 말해주셔서 고마워요. 그녀가 두 뺨과 눈을 닦았다.

내가 기억하기로는 그 어린 암소가 낳은 송아지는 몸집도 상당히 컸지. 레이먼드가 말했다.

그들은 계속 달렸다. 차는 홀트로 들어가 병원 옆 부속 진료소로 향했다. 청자 그릇 안쪽처럼 맑고 푸른 하늘에 해가 빛나는 눈부시고 깨끗한 날씨였다. 진료소로 들어간 빅토리아는 접수대 창구 안에 있는 중년 여자에게 이름과 찾아온 이유를 말했다.

여러 달 동안 오지 않았네요. 여자가 말했다.

그동안 다른 곳에 있었거든요.

앉아서 기다리세요. 여자가 말했다.

빅토리아는 맥퍼런 형제와 함께 대기실에 앉아 차례를 기다렸다. 대기실에 다른 사람들이 있어서인지 맥퍼런 형제는 저희끼리도 이야기를 하지 않았다. 한 시간이 지난 뒤에도 여전히 차례가 돌아오지 않았다.

해럴드가 몸을 돌려 빅토리아를 바라보더니 자리에서 벌떡 일어나 접수대 창구 너머로 접수원에게 말했다. 지금 우리가 여기왜 와 있는지 모르는 모양이구려.

뭐라고요? 여자가 물었다.

저 아이가 여기 온 건 의사를 만나보기 위해서요.

그건 저도 알아요.

우리가 여기 온 지 한 시간이 지났소. 의사에게 가서 그렇게 말하시오. 해럴드가 말했다.

차례를 기다리셔야 해요.

아니, 난 바로 여기 있겠소. 당신이 의사에게 말하고 올 때까지 말이오. 의사에게 우리가 여기에서 한 시간째 기다리고 있다고 하시오. 지금 당장 가서 말해요.

여자가 믿기지 않는다는 듯 화난 얼굴로 물끄러미 바라보자 그는 그 눈길을 피하지 않고 맞받았다. 결국 여자가 일어나더니 진찰실로 통하는 복도로 걸어갔다가 금방 되돌아와서 말했다. 다음번에 보시겠대요.

좀 낫군, 딱 원하는 대로 된 건 아니지만. 하지만 그 정도면 됐소. 해럴드가 말했다.

그가 자리에 앉았다. 잠시 후 빅토리아의 이름이 불리고 두 형제는 진찰실로 가는 빅토리아를 지켜보았다. 그들은 자리에 앉아 그녀가 돌아오기를 기다렸다. 오 분쯤 지났을 때 해럴드가 동생 쪽으로 몸을 기울이더니 속삭인다고 보기에는 조금 큰 소리로 말했다. 픽업트럭에서 네가 한 얘기가 도대체 뭔지 이제 말 좀 해봐.

무슨 얘기 말인데? 레이먼드가 물었다.

철망 조각을 삼킨 어린 암소에 관한 얘기 말이야. 도대체 그게 어디서 나온 얘기야? 내 기억에 그런 일은 없었는데.

내가 지어냈어.

지어낸 얘기라고? 해럴드가 말했다. 그는 눈앞을 응시하고 있는 동생을 바라보았다. 앞으로는 또 어떤 얘기를 지어낼 건데?

필요하다면 어떤 얘기든 지어낼 거야.

설마.

빅토리아가 나오고 나면 나도 의사를 만나서 얘기 좀 하려고 해.

무슨 얘기?

의사에게 물어볼 게 좀 있어.

그럼 나도 같이 가겠어. 해럴드가 말했다.

같이 가든 말든 상관없어. 난 내가 뭘 하고 있는지 잘 아니까. 레이먼드가 말했다.

두 사람은 기다렸다. 그들은 의자에 똑바로 앉아 뭔가를 읽지도 누군가와 얘기하지도 않고 대기실 건너편 창문 쪽만 바라보면서, 마치 바람 없는 날 야외에 나와 있기라도 한 것처럼 멋진 모자를 쓴 채 두 손을 움직거렸다. 사람들이 대기실을 드나들었다. 창을 통해 들어오는 햇살이 대기실 바닥에서 어지럽게 움직였다. 반시간쯤 지나서 빅토리아가 나오더니 얼굴에 보일락 말락 머뭇거리는 미소를 띠고 그들에게 걸어왔다. 그들이 자리에서 일어났다.

이 주일 정도 지나면 아기가 태어날 거래요. 그녀가 말했다.

그래?

네.

의사가 또 무슨 말을 했니?

선생님 말씀이 제 몸은 괜찮대요. 아기와 저 둘 다 괜찮은 것 같다고 하셨어요.

다행이구나, 잘됐어. 이제 넌 먼저 차에 가 있거라. 레이먼드가 말했다.

왜요? 두 분은 같이 안 가세요?

먼저 가 있어. 오래 걸리지 않을 거야.

빅토리아가 밖으로 나가자 맥퍼런 형제는 여전히 창구에 앉아 있는 중년 여자를 지나쳤다. 그들이 아무 말도 없이 복도로 걸어가자 여자가 즉각 일어나 달려왔다. 그녀는 그들을 부르면서 무슨 일로 그러는지 묻고는, 들어가서는 안 된다고, 그 정도도 모르냐고 소리쳤다. 그들은 그녀의 말을 듣지 못했거나 그 말에 전혀 신경이 쓰이지 않는다는 듯이 태평하게 걸음을 계속 옮겨놓으면서 문이 열려 있는 방마다 고개를 들이밀었고 닫힌 문이 나오면 그 문을 벌컥 열어 안에서 무방비 상태로 기다리던 환자들을 놀라게 했다. 환자들은 복도로 나와 충격과 놀라움을 금치 못하며 노인들의 뒷모습을 지켜보았다. 맥퍼런 형제는 복도 맨 끝에 있는 닫힌 문 앞에 이르렀다. 문 너머로 여자 환자를 진찰중인 늙은 마틴 선생의 목소리가 들려왔다. 형제는 은색 모자를 쓴 고개를 젖히고 잠깐 집중해서 귀를 기울였다. 이윽고 레이먼드가 노크를 하고는 문을 열었다.

잠깐 밖으로 나와봐요, 선생과 얘기를 좀 해야겠습니다. 그가 말했다.

이게 대체 무슨 짓입니까! 맙소사, 여기서 나가요. 늙은 의사가 소리쳤다.

의사에게 청진기로 가슴 진찰을 받고 있던 여자가 황급히 일회용 종이 가운의 앞섶을 여미며 그들을 바라보았다. 출렁거리는 가슴이 얇은 가운에 눌렸다.

이리 좀 나와봐요. 레이먼드가 다시 말했다. 해럴드는 그의 등 뒤에 서서 어깨 너머로 바라보고 있었다. 접수원이 해럴드 뒤에서 꽤나 큰 소리로 줄곧 이의를 제기하며 항의했다. 형제는 그 여자가 하는 말에는 조금도 신경쓰지 않았다. 의사가 진찰실에서 나와 문을 닫았다. 말쑥한 푸른 양복과 새하얀 셔츠, 손으로 묶은 나비넥타이 위쪽으로 테 없는 안경을 쓰고 있는 그의 눈에는 몹시 화난 기색이 엿보였다.

대체 지금 무슨 짓을 하는 겁니까? 의사가 물었다.

선생과 이야기를 좀 해야겠소. 레이먼드가 말했다.

기다릴 수 없습니까?

그래요, 선생, 기다릴 수 없소.

그럼 좋아요. 얘기해보세요. 도대체 무슨 일입니까?

이건 저분과는 상관없는 일이오. 레이먼드가 접수원을 가리키며 말했다.

늙은 의사가 그녀에게 몸을 돌리고 말했다. 자리로 돌아가도 됩니다, 반스 부인. 내가 알아서 하지요.

이건 제 잘못이 아니에요. 저분들이 막무가내로 밀치고 왔어요. 제가 이리로 들여보낸 게 아니에요. 그녀가 말했다.

압니다. 이제 접수대로 돌아가도 됩니다.

그녀가 몸을 돌려 멀어져가자 의사는 맥퍼런 형제를 비어 있는 옆 진찰실로 들여보냈다.

두 분은 의자에 앉는 것 같은 문명인다운 일에 시간을 쓰고 싶어하진 않으실 것 같군요. 그가 말했다.

그렇소.

네, 그럴 줄 알았죠. 자, 무슨 얘기를 하고 싶은 건가요?

괜찮은 거요? 레이먼드가 물었다.

누구 말씀입니까?

빅토리아 루비도 말입니다.

네, 그녀는 괜찮습니다. 의사가 대답했다.

그 사내놈이 그애에게 좋지 않은 짓을 한 건 아니군요.

덴버에 있는 그 청년 말씀이군요, 제가 알기에는요.

그렇소. 그 한심한 자식 말이오.

그애가 그 청년에 대해 얘기하더군요. 거기서 무슨 일이 있었는지 말입니다. 하지만 다 괜찮은 것 같습니다.

그 녀석이 빅토리아에게 영구적인 상처 같은 걸 남겼으면 곤란하오. 선생도 그 점을 확실히 하는 게 좋을 거요. 레이먼드가 말했다.

나를 협박해봤자 아무 소용이 없어요. 늙은 의사가 말했다.

괜한 말이 아니오. 선생은 이 일을 제대로 해야 하오. 그애는 이미 충분히 힘든 일을 겪었으니 말이오.

난 최선을 다할 겁니다. 하지만 나 혼자 잘해서 될 일이 아닙니다.

어느 정도는 그럴 일이오.

그리고 두 분도 그렇게 흥분하지 않는 게 좋아요. 의사가 말했다.

난 흥분했소. 그리고 앞으로도 계속 이렇게 흥분할 거요. 아기가 건강하고 순조롭게 태어나고 빅토리아가 괜찮아질 때까지 말이오. 이제 그애에게 한 얘기를 우리에게도 해주시오. 레이먼드가 말했다.

아이크와 보비

　어느 일요일 오후 거스리가 픽업트럭에 매기 존스를 태우고 텅 빈 시골길을 따라 드라이브를 하느라 집을 비운 동안, 아이크와 보비는 할일을 찾아 집안 이곳저곳을 돌아다녔다. 그들은 이층 앞쪽에 있는 부모의 침실로 가서 부모의 물건들을 살펴보았다. 여러 해 동안 모였을 갖가지 물건들을 찬찬히 들여다보았다. 대부분 그들이 태어나기 전부터 사거나 모은 물건들이었다. 사진, 옷가지, 속옷이 든 서랍, 넥타이 핀이니 오래된 회중시계니 흑요석 화살촉이니 방울뱀 꼬리니 육상대회 메달 따위가 들어 있는 상자 등등이었다. 그들은 상자를 제자리에 두고 그곳을 나와 복도를 지난 다음 엄마의 물건이 아직 그대로 남아 있는 손님방으로 갔다. 그들은 엄마가 쓰던 물건들을 집어들어 냄새를 맡고 만져보았다. 은팔찌를 차보기도 했다. 이윽고 아이들은 집 뒤쪽에 위치한 자신들의 방으로 와서 유리창을 통해 노인이 사는 옆집과, 레일로드 스트리트 서쪽 끝에 있는 폐가와 그 너머의 탁 트인 들판을 내다보았다. 헛간 너머 목초지를 가로질러 북쪽으로는 박람회장과, 하얀 페인트칠을 한 텅 빈 야외 경기장 관람석이 있었다. 그 방을 나와 아래층으로 내려온 아이들은 집밖으로 나와 자전거에 올라탔다.

그들은 메인 스트리트에 있는 그 아파트로 갔다. 아이들은 어둑한 복도를 따라 걸어가 맨 끝에 있는 집 문 앞에서 걸음을 멈추었다. 이바 스턴스가 신문을 들여놓은 듯, 그날 아침 일찍 자신들이 매트 위에 놓아둔 〈덴버 뉴스〉는 보이지 않았다. 하지만 아이들이 노크를 해도 안에서는 대답이 없었다. 아이들은 몇 달 전 그들이 식품점에 갈 때 할머니가 '너희를 믿고 맡기마'라고 말하며 준 열쇠를 사용했다. 아이들은 그 열쇠로 문을 열고 안으로 들어갔다. 방을 가로질러 벽 앞에 놓인 안락의자에 앉아 있는 이바 스턴스가 보였다. 노파의 머리가 집안에서 입는 푸른 홈웨어의 어깨 위로 기울어져 있었다. 언제나처럼 방안은 몹시 더웠고 병실처럼 답답했으며 그녀가 쌓아놓은 물건으로 가득차 있었다.

아이크가 문간에서 그녀를 불렀다. 스턴스 할머니.

그녀는 대답하지 않았다. 아이들은 그녀에게 좀더 다가가보았다. 폭넓은 의자 팔걸이 위에 놓인 재떨이에는 다 타버린 담배 한 대가 들어 있었다. 담뱃재는 길고 하얗고 차가웠다.

스턴스 할머니, 저희 왔어요.

아이들은 그녀 앞에 가만히 서 있었다. 아이크가 앞으로 한 걸음 나서며 그녀를 깨울 셈으로 여윈 팔을 건드렸다. 다음 순간 아이크는 뭔가에 부딪히거나 데기라도 한 것처럼 화들짝 놀라며 내밀었던 손을 뒤로 거두었다. 그녀의 팔은 차갑고 뻣뻣했다. 마치 겨울철 지하실의 쇠막대나 나뭇가지에 차가운 피부를 씌워놓은 것처럼 단단하고 차가웠다.

네가 할머니 좀 만져봐. 아이크가 말했다.

왜?

그냥 해봐.

보비가 앞으로 나서서 그녀의 팔을 만졌다. 그애도 황급히 손을 떼서 바지 주머니에 넣었다.

두 소년은 축 늘어진 채 앉아 있는 이바 스턴스 앞에 서서 말도 움직임도 없는 그녀의 얼굴을 한참 동안 바라보았다. 방은 지나치게 덥고 조용했고 정체된 공기 속에서는 여전히 담배와 먼지 냄새가 났으며 거리의 소음이 마치 먼 데서 나는 소리처럼 한풀 꺾여 희미하고 어렴풋하게 들려왔다. 아이들이 발견했을 때 그녀는 이미 숨을 거둔 지 여러 시간이 지난 것 같았다. 그 시간 동안 늙은 여인의 얼굴은 허물어져 내렸다. 얼굴 한가운데에 높다랗고 뾰족하게 솟은 코는 번들거리며 밀랍처럼 창백해 보였고, 반면 안경 너머로 보이는 두 눈은 안으로 푹 꺼져 내린 것 같았다. 무릎 위에 놓인, 푸른 정맥이 불거진 반점투성이의 늙은 두 손은 땅에서 파낸 나무뿌리처럼 고요하고 무시무시한 정지 상태 속에서 단단하고 조용하게 서로 깍지를 낀 채였다.

할머니를 다시 만져보고 싶어. 아이크가 말했다.

아이크는 그렇게 했다. 이번에는 그녀의 팔에 좀더 오래 손을 갖다댄 채 가만히 있었다. 이어서 보비도 그녀의 팔을 다시 한번 만져보았다.

좋아, 이제 가도 되겠지? 아이크가 물었다.

보비가 고개를 끄덕였다.

아파트를 나와 문을 잠근 다음 자전거를 타고 집으로 간 아이들은 자전거를 집에 두고 이번에는 헛간으로 가서 이스터 위에 안장을 얹었다.

그렇게 해서 그 봄날 오후가 반쯤 지났을 무렵 보비는 안장에, 아이크는 보비 뒤에 앉아 마치 대자연의 탐험가처럼 말을 타고 달려나갔다.

해질 무렵 아이들은 홀트 남쪽 약 11마일 지점에 있었다.

아이들은 아직도 빠져나갈 갈림길을 찾지 못했다. 집을 나선 후 두 아이는 홀트를 에둘러 돌다가 울타리가 늘어선 2차선 포장 도로변의 배수로를 따라 남쪽으로 말을 몰았다. 고속도로를 달리는 차들 때문에 신경이 곤두선 말은 조바심을 치면서 고개를 치켜든 채 마른 잡초와 봄에 새로 자란 풀 사이로 꾸준히 나아갔다. 저물어가는 햇살 속에서 차들이 빠른 속도로 옆을 지나가며 때때로 경적을 울리기도 했다. 차 안에 탄 사람들이 고함을 치고 손짓을 하기도 했다. 커다란 트럭이 굉음을 내며 지나가면서 그들을 가시철망 울타리 쪽으로 밀어붙인 적도 세 차례나 있었다. 그럴 때마다 암말이 주춤하며 도망치려 했지만 아이들이 고삐를 잡아당겼다. 말은 고개를 약간 젖히면서 옆걸음질로 움찔대다 곧 다시 앞으로 나아가기 시작했다.

어두워질 무렵 아이들은 너무 멀리까지 왔다는 사실을 깨달았다. 어떻게 된 일인지 빠져나갈 갈림길을 놓친 것이다. 처음에는 길을 찾을 수 있으리라고 생각했지만, 막상 그곳까지 와보니 길들이 모두 똑같아 보여서 구별할 수가 없었다. 마침내 아이들은 고속도로 옆에 있는 단층집 앞에서 말을 세웠다. 말에서 내려 현관으로 간 아이크가 길을 물어보았다.

문을 열어준 남자는 검은 바지에 일요일에나 입는 흰 셔츠 차림으로 슬리퍼를 신고 손에는 신문을 들고 있었다. 잠깐 들어오지 않겠니, 얘야? 그가 물었다.

저희는 거기 가야 해서요.

그 집에 말이니?

예, 아저씨.

알겠다.

그 집을 어떻게 찾아가면 되는지 알려주실 수 있어요? 저희가 그 집으로 가는 길을 놓쳤어요.

너무 멀리까지 왔어. 2마일 정도 되돌아가면 나오는 길로 접어

들어야 해. 여기서 1마일 가면 나오는 첫번째 길 말고 그 다음번 길 말이야. 그는 아이크에게 지표로 삼을 만한 것도 일러주었다. 기억할 수 있겠니? 그가 물었다.

아이크가 고개를 끄덕였다.

정말 들어왔다 가지 않을래?

네. 저희는 가야 해요.

알았다. 하지만 고속도로에서는 조심해야 한다.

아이크는 여전히 말 위에 앉아 있는 보비에게 돌아갔다. 말은 그 집 마당에 있는 새잎이 올라오는 나무 아래에 서 있었다. 보비가 등자에서 발을 빼자 아이크가 말에 올랐다. 그들은 진입로를 되짚어 나왔다. 그리고 돌진하는 차들의 전조등 불빛을 받으며 고속도로를 따라 북쪽으로 되돌아가기 시작했다. 짙어져가는 어둠 속에서 가까이 다가오며 점점 더 크고 밝아지는 전조등 불빛에 그들은 눈이 부셔서 더이상 아무것도 보이지 않았고, 그러고 나면 차와 불빛 모두 마치 지옥을 향해 달려가는 폭주 기관차처럼 쏜살같이 지나가버렸다. 그럴 때마다 말은 배수로 속에서 위로 펄쩍 뛰어오르고 좌우로 날뛰고 점프라도 하려는 듯이 몸을 잔뜩 웅크리곤 했다. 그때마다 아이들이 할 수 있는 일은 고삐를 잡아당기는 것뿐이었다. 결국 그들은 말을 단단한 아스팔트 위로 오르도록 만든 다음 고속도로로 나아갔다. 그들은 다가오는 차들이 없는 때를 틈타 고삐를 늦추어 말을 달리게 했다. 그런 식으로 첫번째 국도를 지나치고 두번째 국도에 이르렀으며, 그곳 갈림길에서 고속도로를 벗어나 동쪽으로 방향을 틀었다. 자갈길에 이른 그들은 고삐를 늦추어 말이 숨을 돌릴 수 있게 해주었다.

아이크가 말했다. 그 아저씨 말이 여기서 7마일 정도 가면 된다고 했어. 그러면 우체통이 나오는데 거기서 다시 흙길로 접어들라고 했지. 흙길을 조금 가다보면 삼나무와 집과 별채들이 보일 거래. 마구간과 축사와 목장 같은 것들이 보일 거라고.

이제 주위는 완전히 캄캄해졌다. 해가 넘어가자 날이 다시 추워지고 있었다. 아이들은 계속 말을 타고 나아갔다. 온통 평평한 벌판이었고 주위에는 별들이 반짝였다. 남쪽에서 소들이 움직거리는 소리가 들려왔다. 아이들이 자갈길 옆에서 갈라지는 우체통 옆 흙길을 발견한 것은 밤 열시 반쯤이었다.

삼나무가 보이지 않는걸. 그 아저씨가 삼나무 한 그루가 있다고 하지 않았어? 보비가 물었다.

별채 옆에 있다고 했어. 헛간 옆에.

우체통에 쓰인 글씨가 보이지 않아.

하지만 그 아저씨 말처럼 이 흙길이 저 안쪽으로 통하잖아. 저기 농장 불빛이 있는 방향으로 말이야.

형은 어떻게 하고 싶어?

한번 가보자. 다른 수가 없어. 밤이 늦었다고.

아이들은 말을 몰고 그 오래된 흙길로 접어들었다. 말의 몸은 땀에 젖었다가 말랐다가 다시 땀에 젖었다. 아이들은 말이 그 집을 향해 편하게 걷도록 내버려두었다. 뜰에 하나뿐인 전등이 높다란 전봇대 위에서 비치고 있을 뿐 집은 온통 어둠에 싸여 있었다. 아이들이 진입로로 접어들자 차고에서 늙은 개가 나와 자갈 위에 뻣뻣하게 서서 짖어댔다. 아이들은 말에서 내려 이스터의 고삐를 철망 울타리 기둥에 묶었다. 그러는 사이에 개가 다가와 냄새를 맡더니 비로소 누군지 알아차린 듯 아이들의 손을 핥았다. 그들은 철망으로 된 문을 지나 포치로 올라가서 노크를 했다. 잠시 후 주방에 불이 켜졌다. 이윽고 누군가 문간에 나타났다. 잠옷 차림을 한 여자였다. 아이들이 처음 보는 사람이었다. 자신들이 집을 잘못 찾아왔다고 생각했다. 여자는 어딘가 몸에 이상이 있는 사람처럼 몸이 무거워 보이고 겉모습도 이상했다. 배 아랫부분을 손으로 받치고 있었는데 거대한 배를 덮은 잠옷의 부드러운 옷감이 팽팽하게 당겨져 있었다. 그제야 아이들은 그 여자를 전에 시내에서 본 적이 있다는 사실이 기억났지만 이름이 무엇인지는 전혀 알 수 없었다. 아이들이 말없이 몸을 돌려 떠나려는 순간 여자애의 뒤쪽으로 맥퍼런 형제가 모습을 나타냈다.

허, 이게 무슨 일이야? 이게 누구람? 해럴드가 말했다.

여기 있는 게 누구야? 거스리네 아이들이잖아? 레이먼드가 말했다.

두 노인은 줄무늬 플란넬 잠옷 차림이었고 뻣뻣하고 짧은 머리카락이 철사 뭉치처럼 솟아 있었다. 그들은 자다가 깬 것이었다.

맞아요, 할아버지. 아이크가 대답했다.

이런 세상에, 얘들아. 들어와라, 어서 들어와. 뭘 하고 있는 거냐? 저기 밖에 있는 게 너희 말이니? 해럴드가 물었다.

네, 할아버지.

너희, 여기까지 말을 타고 왔니?

네, 할아버지.

너희 말고 또 누가 있니? 아빠가 같이 왔니?

아무도 없어요. 저희뿐이에요.

이런 세상에, 얘들아, 상당히 먼길을 왔는걸. 길을 잃었니?

길을 잃은 게 아니에요, 할아버지.

그저 일요일 저녁에 너희끼리 말을 타고 달리기로 한 거구나.
그런 거니?

저희는 할아버지들을 만나러 와야겠다고 생각했어요. 보비가
말했다.

그랬어? 해럴드가 말했다. 그는 아이들의 차분하고 진지한 얼
굴을 살펴보았다. 그런데 우리를 보러 와야겠다고 생각한 특별한
이유라도 있니?

아뇨.

특별한 건 없다는 거지? 하긴 꼭 특별한 이유가 있어야 하는
건 아니지. 내 생각엔 안으로 들어오는 게 좋을 것 같은데?

저희 말이 저기 있어도 괜찮을까요? 아이크가 물었다.

말이 달아나지 않도록 단단히 묶어놨니?

네, 할아버지.

그럼 괜찮을 것 같구나. 잠시 후에 우리가 가서 볼게.

고속도로와 자갈길을 오느라 이스터가 땀에 젖었어요.

알겠다. 조금 후에 우리가 말을 닦아주마. 이제 너희는 안으로 들어오렴.

그들은 집안으로 들어갔다. 바깥의 어둠 속에 오랫동안 있었던 다음이라 그런지 안에 들어서자마자 주방이 무척 따뜻하고 조명이 눈부시게 여겨졌다. 막상 목적지에 도착하고 나자 무엇을 해야 좋을지 알 수 없어 그냥 식탁 옆에 서 있었다.

그제야 빅토리아가 처음으로 입을 열었다. 너희들 자리에 앉지 않겠니? 그녀의 목소리는 부드러웠다. 그들은 그녀를 바라보았다. 밝은 데서 보니 그녀가 그들보다 겨우 몇 살 많은 고등학생이라는 것을 알 수 있었다. 하지만 그녀의 배가 너무 컸다. 그들은 그녀가 임신중이라는 것은 짐작했지만 그럼에도 그녀를 똑바로 쳐다보기가 어색했다. 아이들은 아무 말 없이 의자를 끌어내서 자리에 앉았다.

피곤하겠구나. 뭘 좀 먹었니? 내 생각에 너희가 지금 배가 고플 것 같구나. 그녀가 말했다.

아까 뭘 좀 먹었어요. 아이크가 말했다.

그게 언젠데?

아까요, 점심때 뭘 좀 먹었어요. 아이크가 대답했다.

그럼 정말 배가 고프겠구나, 내가 먹을 걸 차려줄게. 그녀가 말했다.

그녀는 상당히 능숙하게 움직였다. 아이들은 식탁에 앉아 주
방에서 일하는 그녀를 지켜보았다. 머리가 까만 그 여자는 정말
배가 엄청 나와 있었다. 그녀가 자기들을 쳐다볼 때마다 시선을
돌리며 되도록 그녀와 눈이 마주치지 않도록 했다. 그녀는 익숙
한 태도로 냉장고와 레인지 사이를 오가면서 아이들이 먹을 음식
을 데웠다. 다 준비되자 나무 식탁 위에 음식을 차려주었다. 고기
와 감자, 따뜻하게 데운 통조림 옥수수, 컵에 든 우유, 버터 바른
빵 한 접시였다. 어서 먹어, 많이 먹으렴. 그녀가 말했다.

다른 분들은 안 드세요? 아이크가 물었다.

우리는 몇 시간 전에 먹었단다. 원한다면 내가 같이 앉아 있을
게. 나도 우유를 한 잔 마셔야겠다. 그녀가 말했다.

아이들이 음식을 먹는 동안 해럴드는 아이들의 말을 보러 나
갔다. 그는 암말을 몰고 목장으로 가서 물탱크에서 물을 마시게
한 다음 헛간으로 데리고 가 안장을 풀고 마대로 몸을 닦아주고
먹이를 주고는 목이 마를 경우 물탱크로 가서 물을 마실 수 있도
록 헛간 문을 반쯤 열어두었다.

그동안 레이먼드는 전화기가 있는 방으로 들어가 긴 선을 잡
아당겨 전화기를 거실로 끌어낸 다음 전화를 걸었다. 그는 아주
나지막하게 말했다. 톰인가?

네.

자네 애들이 여기 우리와 같이 있네.

아이크와 보비가요?

세상에, 톰. 애들이 여기까지 말을 타고 왔어. 그 먼길을 말이야.

애들이 말을 타고 간 건 알고 있었어요. 제가 신고해서 경찰이 지금 아이들을 찾고 있죠. 그애들이 어디 있는지 몰랐거든요. 몹시 걱정했어요. 거스리가 말했다.

흠, 하지만 이제 아이들은 여기 있네.

애들은 괜찮은가요?

겉으로는 그래 보이네. 내 생각엔 괜찮은 것 같아. 하지만 어딘지 좀 불안해 보이는군. 아이들이 너무 조용해.

제가 지금 당장 그쪽으로 갈게요.

톰, 노인이 말했다. 그는 아이들이 빅토리아와 함께 식탁에 앉아 있는 주방 쪽을 건너다보았다. 빅토리아가 아이들에게 무슨 말인가 하고 있었고 아이들 둘 다 골똘히 그녀를 바라보고 있었다. 애들을 오늘밤 여기서 재우면 어떨까 싶은데.

거기서요?

그래.

왜요?

그편이 나을 것 같네.

그게 나을 것 같다니 무슨 뜻으로 하시는 말씀이에요?

음, 방금 말했듯이 아이들이 좀 불안정해 보여서 말이야.

전화선 저쪽에서는 잠시 말이 없었다.

내일 아침에 와서 애들을 데려가게. 올 때 말을 실어갈 트레일러도 가져와야 할 거야. 레이먼드가 말했다.

생각 좀 해볼게요. 잠깐만 기다려주시겠어요? 거스리가 말했다.

거스리가 누군가와 이야기하는 소리가 레이먼드의 귀에 들려왔다. 잠시 후 거스리가 말했다.

그래도 괜찮을 것 같아요. 여기 지금 매기 존스랑 같이 있는데 그녀가 아저씨 생각이 옳다고 하네요. 내일 아침에 갈게요.

좋아. 그럼 내일 보세.

하지만 아이들에게 저와 통화했다고 말씀해주세요. 내일 아침 일찍 갈 거라고요. 거스리가 말했다.

그러지. 레이먼드는 전화를 끊고 주방으로 돌아갔다.

아이들이 식사를 마치자 빅토리아는 거실에 담요를 깔아 아이들에게 잠자리를 마련해주었다. 맥퍼런 형제는 낡은 안락의자들을 한쪽으로 치웠다. 빅토리아가 거실 한가운데 마룻바닥에 두꺼운 담요를 깐 다음 낡은 베개 두 개를 찾아 건네주면서 말했다. 나는 내 방에 있을 거야.

너희들 괜찮겠니? 해럴드가 물었다.

네, 할아버지.

뭐든 필요한 게 있으면 부르렴.

큰 소리로 불러야 한다, 우리 귀가 좀 어둡거든. 레이먼드가 말했다.

지금 당장 뭐 필요한 건 없니? 해럴드가 물었다.

없어요, 할아버지.

그럼 됐다. 우린 그만 가서 자는 게 좋겠구나. 밤이 상당히 깊었단다. 오늘밤은 이것만으로도 충분히 흥미진진한 것 같다.

빅토리아는 식당 옆에 붙어 있는 자기 방으로 돌아가고 맥퍼런 형제는 이층으로 올라갔다. 그들이 자리를 뜨자 아이들은 신발을 벗어 낡은 텔레비전 앞 바닥에 가지런히 놓아두고 바지를 벗었다. 그리고 셔츠와 팬티만 입은 채 집 가장 안쪽 오래된 거실 바닥에 깔린 두꺼운 담요 속으로 들어갔다. 그들은 바닥에 누워 방안을 바라보았다. 마당의 전등 불빛이 벽지와 천장 위에서 어른거렸다.

저 누나 뱃속엔 아기가 두 명 있는 것 같아 보이더라. 보비가 말했다.

어쩌면 그럴지도 모르지.

저 누나 결혼한 거야?

누구랑?

저분들이랑. 저 할아버지들이랑.

아냐. 아이크가 말했다.

그럼 저 누나는 여기서 뭘 하고 있는 거야?

나도 몰라. 우리는 여기서 뭘 하고 있는 건데?

아이들은 둘 다 천장에 어른거리는 창백한 불빛을 바라보았고 낡은 벽지의 퇴색한 무늬를 살펴보았다. 거실 전체를 바른 벽지에는 군데군데 얼룩과 물이 샌 자국이 있었다. 잠시 후 그들은 두 눈을 감았다. 이윽고 그들은 고른 숨을 쉬며 깊은 잠 속으로 빠져들었다.

다음날 아침 일찍 거스리는 맥퍼런 형제의 집에 왔다. 아이들이 빅토리아가 준비한, 햄과 달걀을 곁들인 푸짐한 식사를 마쳤을 즈음 그는 이미 말을 트레일러에 실어놓은 상태였다.

시내로 돌아오는 차 안에서 거스리가 말했다. 너희가 보고 싶었단다. 너희가 없어져서 걱정했어.

아이들은 아무 말도 없었다.

오늘 아침에는 기분 괜찮니?

소년들은 고개를 끄덕였다.

정말이니?

네.

좋아. 하지만 다시는 이러지 않았으면 좋겠다. 그가 픽업트럭 옆자리에 탄 아이들을 바라보았다. 아이들의 얼굴은 해쓱하고 고요했다. 거스리가 어조를 바꾸었다. 다시는 이런 일이 있어서는 안 돼, 다시는 이런 식으로 집을 떠나지 마라. 거스리가 말했다.

아빠, 스턴스 할머니가 돌아가셨어요. 아이크가 말했다.

누구?

메인 스트리트에 사시는 할머니 말이에요. 아파트에서요.

너희가 그걸 어떻게 알아?

어제 우리가 봤어요. 할머니는 그때 이미 돌아가신 다음이었어요.

그 말을 다른 사람한테 했니?

아뇨, 지금 아빠한테 말씀드리는 거예요.

누군가 할머니를 어떻게 해드리는 게 좋겠어요, 누군가 할머니를 돌봐드리는 게 좋겠다고요. 보비가 말했다.

시내로 돌아가면 내가 적당한 사람에게 전화를 하마. 거스리가 말했다.

차는 계속 달렸다. 잠시 후 아이크가 물었다. 그런데요 아빠?

말하렴.

엄마는 다시 집으로 돌아오지 않을 건가요?

그래. 거스리가 대답했다. 그는 잠시 생각하더니 다시 이렇게 말했다. 내 생각엔 돌아오지 않을 것 같구나.

하지만 옷과 장신구를 두고 가셨는데요.

맞아, 그건 우리가 엄마한테 갖다줘야 할 것 같구나. 거스리가 말했다.

엄마는 그것들이 있었으면 하실 거예요. 보비가 말했다.

426

빅토리아 루비도

　진통은 화요일 정오 무렵 시작되었다. 그리고 그녀가 출산한 것은 수요일 정오 무렵이었으므로 늙은 의사가 말해준 예상 시간보다 족히 열두 시간은 더 걸린 셈이었다. 하지만 화요일 정오에 처음 시작되었을 때 진통은 그렇게 심하지 않았다. 처음 얼마 동안 그녀는 그것이 진짜 진통인지조차 확신할 수 없었다. 그저 진통이라고 볼 수 있는 경련이 등에서 몸의 앞쪽으로 옮겨갔을 뿐이었다. 그다음 몇 시간에 걸쳐 그 증세가 좀더 뚜렷해지면서 그녀는 점차 확신을 가질 수 있었다. 그러자 겁이 나는 동시에 자랑스럽고 기쁘기도 했다.

　하지만 그녀는 호들갑을 떨고 싶지 않았다. 이 일을 제대로 해내고 싶었다. 불안이나 쓸데없는 감정에 속아넘어가고 싶지는 않았다. 그래서 그녀는 진짜 진통이 시작될 때까지 맥퍼런 형제에게 알리지 않았다. 노인 형제는 오후 내내 집밖 목장에서 일을 하고 있었다. 화창하고 따스한 늦봄 오후 그들은 최근에 송아지를 낳은 어미소들의 상태를 점검했다. 빅토리아와 함께 의사를 만나고 온 이후 그날까지 이 주 동안 형제는 되도록이면 집에서 멀리 떨어지지 않으려 했다. 그들은 주로 목장이나 헛간에서 일했고, 두 사람 모두 집 가까이에 있을 수 없는 경우에는 적어도 한 사람이라도 항상 집 근처에 있으면서 빅토리아가 부르는 소리를 들을 수 있도록 주의를 기울였다.

상황이 확실하지 않은 그 화요일 오후 몇 시간 동안 빅토리아는 작은 침실을 들락날락하며 새로 산 아기 침대와 시트와 담요를 정돈했다. 깨끗하고 작은 방안을 이리저리 돌아다니며 어질러지지도 않은 것을 정돈하고 흐트러지지도 않은 것을 바로 놓고 그녀가 덴버에서 돌아온 후 한 번도 쌓인 적이 없는 먼지를 한 번 더 털었다. 그 결과 충분하고도 남을 정도로 모든 준비가 끝났다. 그녀는 짐을 적어도 두 차례 싸놓았다가 풀었다가 다시 쌌다. 잠옷과 패드와 아기 옷과, 책에 필요하다고 적힌 모든 것, 매기 존스가 가져가라고 말한 모든 것, 병원에 가져갈 필요가 있는 것들을 모조리 여행가방에 꾸려넣었다. 원래는 진통이 시작되면 매기에게 전화를 걸 생각이었지만 최근에는 마음을 바꿔 그러지 않기로 했다. 매기에게는 병원에 가서 뭔가 확실해지면 전화하기로 정했다. 그저 자신을 위해서 그렇게 하는 것이 좋겠다는 느낌이 들었다. 그리고 되도록 다른 사람을 개입시키지 않으려는 데는 맥퍼런 형제를 배려한 면도 있었다. 빅토리아는 그 노인들에게 충분히 그럴 자격이 있다고 생각했다. 그래서 그녀는 집안과 작은 침실을 들락거리며 진통이 좀더 강하고 분명해지기를 기다렸다. 늦은 오후 다섯시쯤 그녀는 맥퍼런 형제가 일하는 목장으로 나가 나무 울타리 앞에 서서 암소와 송아지를 검사하고 있는 두 사람이 눈길을 돌려 자신을 발견할 때까지 기다렸다. 이윽고 노인들이 고개를 들자 그녀가 큰 소리로 말했다.

이제 시작됐어요. 그냥 미리 말씀드리는 거예요. 아직 시내로 가진 않을 거예요. 그러기엔 너무 일러요. 의사 선생님 말씀이 진통이 시작되고 나서도 한참 걸릴 거라고 했거든요. 열두 시간 정도라고 했으니까 아직 서두를 필요가 없어요. 그냥 미리 말씀드리는 거라고요.

맥퍼런 형제는 몸집이 크고 털이 붉은 송아지를 붙잡아 목장 땅바닥에 옆으로 눕혀놓고 이상이 없는지 살펴보고 있었고, 그동안 흥분한 어미소는 그들에게서 10피트가량 떨어진 곳에서 못마땅한 눈길로 쏘아보고 있었다. 맥퍼런 형제는 빅토리아를 올려다보았다. 곧 그들은 일시에 사태를 깨달은 듯했다. 둘 다 같은 순간에 지금 그녀가 자신들에게 무슨 말을 하려는 것인지를 이해했다. 그들이 송아지를 묶었던 밧줄을 손에서 놓자 송아지는 울면서 펄쩍 뛰어 제 어미에게로 달려가 그 뒤에 숨었고 어미소는 얼른 송아지를 핥아서 달래고 어르기 시작했다. 형제는 빅토리아가 서 있는 울타리 쪽으로 서둘러 달려와서 물었다. 정말이야? 확실하니?

네. 그녀가 말했다.

그런데 너 괜찮니? 레이먼드가 물었다.

전 괜찮아요.

하지만 여기 이렇게 나와 있는 것도 안 돼. 집으로 들어가야
해. 해럴드가 말했다.

두 분께 말씀드리러 나온 거예요. 진통이 시작되었다고요. 그
녀가 말했다.

그래 그런데, 맙소사, 빅토리아, 넌 서 있어도 안 돼. 집으로 들
어가는 게 좋겠다. 여긴 네가 있을 곳이 아냐. 그가 말했다.

전 괜찮아요, 그저 두 분께 말씀드리고 싶었어요. 이제 들어갈
거예요. 그녀가 말했다.

그녀는 몸을 돌려 걷기 시작했다. 맥퍼런 형제는 울타리 앞에
나란히 서서 그녀를 지켜보았다. 검고 긴 머리카락을 등까지 늘
어뜨리고 날씬한 몸에 만삭인 아직 어린 여자애가 늦은 오후의
햇빛 속에서 바큇자국이 깊게 팬 자갈 진입로를 가로질러 천천
히 조심스럽게 걸음을 옮겨놓고 있었다. 집까지 가다 말고 그녀
가 걸음을 멈추었다. 그리고 고개를 숙인 채 두 손으로 배를 받치
고 가만히 서서 진통이 지나가기를 기다렸다. 잠시 후 그녀는 고
개를 들고 다시 걸음을 옮겨놓기 시작했다. 오 분 후 맥퍼런 형제
는 그 문제에 대해 서로 더이상 의논 같은 것도 하지 않고, 뭘 어
떻게 하겠다는 결정을 내릴 것도 없이 어미소와 송아지를 목초지

로 돌려보내고 목장 일에서 손을 뗐다. 두 사람은 차례로 빅토리아의 뒤를 따라 곧장 집으로 향했다.

그들은 자기 방의 낡고 푹신한 침대에 누워 있는 빅토리아를 보았다. 그들은 그녀의 주위를 맴돌았다. 그리고 그녀에게 일어나는 게 좋겠다고, 더이상 기다리지 말고 지금 당장 시내로 가자고, 아무래도 그러는 편이 훨씬 낫고 안전할 것 같다고, 어떤 위험도 무릅쓰고 싶지 않다고 말했다. 일어날 때 조심하라고, 지금 당장 차로 태워다주겠다고, 그녀는 그저 서둘러서, 그렇지만 천천히 나오기만 하면 된다고도 했다. 그러나 그녀는 그들을 바라보며 다시 이렇게 말했다. 아직 아니에요. 전 사람들을 번거롭게 하고 싶지도 않고 저 자신을 바보로 만들고 싶지도 않아요.

그래서 그들은 오후가 다 지나가도록 기다렸다. 햇빛이 남아 있는 동안 줄곧 기다렸다. 이윽고 해가 지기 시작하고 주위가 어두워졌다. 형제는 집안에 불을 켰다. 레이먼드가 주방으로 가서 레인지에 세 사람이 먹을 저녁을 데웠다. 식사가 준비되었지만 빅토리아는 먹으려 들지 않았다. 그녀는 방에서 나와 그들과 함께 식탁에 잠시 앉아서 따뜻한 차를 조금 마셨을 뿐 더이상은 아무것도 먹지 않았다. 그들과 함께 앉아 있을 때 한차례 진통이 찾아오자 그녀는 힘들여 숨을 쉬면서 앞을 똑바로 응시했다. 이윽고 진통이 지나가자 그녀는 고개를 들어 그들을 바라보며 미소를 지어 보이고는 별일 아니라는 듯이 손을 저었다. 노인 형제는 식탁을 사이에 두고 깜짝 놀란 눈으로 그런 그녀를 지켜보았다. 이제 그녀는 자리에서 일어나 방으로 돌아가 다시 누웠다. 형제는 서로를 마주보았다. 잠시 후 그들은 자리에서 일어나 거실로 들어가 하나뿐인 전기스탠드 아래에 앉아 〈홀트 머큐리〉를 읽는 척했다. 주위는 아주 조용했다. 이십 분마다 그들 중 한 사람이 일어나 문간으로 가서 낡은 침대에 누워 있는 빅토리아를 바라보았다.

이윽고 아홉시쯤 빅토리아가 가방을 들고 작은 방에서 식당으로 나왔다. 그리고 호두나무 식탁 옆에서 걸음을 멈추었다. 이제 가야 할 것 같아요, 때가 된 것 같아요. 그녀가 말했다.

진료소에 도착하자 간호사들이 빅토리아에게 온갖 질문을 쏟아냈다. 이름이 무엇이고 분만 예정일이 언제인지, 혈액형은 무엇인지, 양수가 터졌는지, 터졌다면 언제인지, 진통은 어떤지, 얼마나 자주, 얼마나 오래 지속되는지, 어디서 진통이 느껴졌는지, 이슬이 비쳤는지, 이슬의 양과 빛깔은 어떤지, 아기의 움직임은 어떤지, 마지막으로 언제 무엇을 먹었는지, 알레르기는 없는지, 복용하는 약이 있는지 물었다. 빅토리아가 이 모든 질문에 참을성 있게 꼬박꼬박 대답하는 동안 맥퍼런 형제는 입 밖으로 내서 말할 수 없는 공포와 참기 어려운 분노 같은 감정을 느끼며 접수대 앞에서 빅토리아 곁에 선 채 기다렸다. 그들은 그런 말도 안되는 시간 낭비 절차가 어서 끝나 빅토리아가 안전한 곳으로 가게 되기를 기다렸다. 이윽고 간호사들이 빅토리아를 휠체어에 태우고 분만 대기실로 들어가자, 형제는 복도에 남아 기다렸다. 빅토리아는 입고 온 옷을 헐렁한 분만 가운으로 갈아입었다. 간호사 하나가 그녀를 검진하더니 자궁이 이제 겨우 3센티미터 열렸을 뿐이라고 말했다. 그녀는 빅토리아에게 진통이 시작된 지 얼마나 되었는지 물었다. 빅토리아가 대답했다. 그러자 간호사가 그럼 맞는다고, 이 정도밖에 열리지 않았으니 아직 시간이 걸릴 거라고 말했다. 하지만 실제로 어떻게 될지는 알 수가 없다, 왜냐하면 아기가 나오려고 일단 작정하면 아주 빨리 나오는 경우를 직접 목격한 적도 있다, 그렇게 됐으면 좋겠다고도 말했다.

한 시간 후에도 빅토리아에게 아무 변화가 없자 간호사들은 맥퍼런 형제가 분만 대기실로 들어와 빅토리아와 같이 있어도 좋다고 말했다. 빅토리아가 간호사들에게 그렇게 부탁했던 것이다. 맥퍼런 형제는 어떤 통제할 수 없는 상황 때문에 본의 아니게 종교 의식이나 공식 행사에 늦게 도착한 사람들처럼 손에 중절모를 들고 아주 신중하고 차분한 태도로 대기실로 들어섰다. 그들은 침대 옆 벽에 기대앉아 처음에는 빅토리아를 제대로 바라보지조차 못했다. 그곳은 커튼으로 침대를 가릴 수 있도록 천장에 레일이 달린 2인용 병실이었는데, 빅토리아가 기대앉도록 침대머리 쪽을 올려놓은 상태였다. 간호사들이 이미 정맥주사를 연결해놓았고 침대 머리맡에는 스탠드형 모니터가 놓여 있었다. 맥퍼런 형제는 그녀를 바라보았다. 그녀의 얼굴이 상기되고 조금 부은 것처럼 보였다. 그녀의 눈에 어두운 기색이 떠올라 있었다.

아직 한참 기다려야 한대죠? 그녀가 물었다.

그들이 고개를 끄덕였다.

제가 좀더 기다렸다가 출발했어야 했어요. 너무 빨리 온 거예요. 그녀가 말했다.

이런, 아니야. 넌 꼭 맞게 왔어. 오히려 너무 늦게 왔지. 네가 집에 있는 것보다 여기 있는 게 훨씬 낫다. 레이먼드가 말했다.

상황을 이렇게 번거롭게 만들고 싶지 않았는데. 전 낳을 때가 가까워진 줄 알았어요. 그녀가 말했다.

아냐, 덕분에 우리가 한시름 덜었어. 시내에서 멀리 떨어진 곳에서 그런 식으로 기다리니까 우리는 애가 탔거든. 사실 우리는 다섯 시간 전부터 이미 여기 올 준비가 되어 있었지. 해럴드가 말했다.

전 병원에 와서 바로 아기를 낳았으면 했어요. 두 분이 이렇게 기다리시지 않도록 말이에요. 이제 그러기는 틀린 것 같지만요.

그런 걱정은 그만하렴. 우리 생각은 아예 하지도 마. 넌 그저 네 몸만 신경쓰고 네게 필요한 일만 하면 돼. 그리고 혹시 우리가 해야 할 일이 있으면 알려줘야 해. 우리는 이런 일에 대해서 아는 게 아무것도 없으니까. 우리는 어떻게 널 도와야 할지 모른단 말이야. 레이먼드가 말했다.

음, 내 생각엔 송아지 분만기는 가져올 수 있을 것 같아. 출산에 그런 것이 필요하다는 것 정도는 알고 있거든. 해럴드가 말했다.

그녀가 그를 쳐다보았다. 그녀의 얼굴에 어리둥절한 표정이 떠올랐다.

오, 이런. 용서해주렴. 농담을 한다고 한 소리였어. 무슨 의미가 있어서 한 말은 아니란다, 빅토리아.

그녀는 고개를 살짝 저으며 미소를 지어 보였다. 그녀의 얼굴이 몹시 상기되어 있어서 치아가 무척 하얘 보였다. 그녀가 말했다. 저도 알아요. 원하시면 얼마든지 농담을 하셔도 좋아요. 저는 두 분이 그러시는 게 좋아요. 두 분 모두 제게 무척 잘해주셨어요.
이윽고 또다시 진통이 찾아왔다. 두 사람은 빅토리아가 침대에서 두 눈을 꼭 감고 힘들여 숨을 헐떡이며 몸을 잔뜩 긴장시키는 모습을 지켜보았다. 잠시 후 진통이 지나가자 그녀는 다시 눈을 떴지만, 자신의 몸안에서 일어나는 일에 신경이 집중되어 그 밖의 다른 일에는 신경을 쓸 여력이 없는 것이 분명했다. 맥퍼런 형제는 그녀의 침대 옆쪽 벽에 붙여놓은 의자에 앉아서, 지난 오십 년 사이에 했던 그 어떤 걱정보다 더 깊이 빅토리아를 걱정했다. 그들은 그 모든 것을 지켜보며 그녀 옆에서 그날 밤을 보냈다.

자정이 되자 늙은 마틴 선생이 분만 대기실로 들어와 맥퍼런 형제에게 잠시 집에 다녀와도 된다고 말했다. 그전에도 의사는 몇 번인가 직접 빅토리아의 상태를 점검했고 분만이 아직 한참 남았다는 사실을 확인했다. 초산일 경우에는 흔히 있는 일입니다. 그가 말했다. 그는 자신이 그날 밤 병원에 있을 것이라고, 빅토리아의 출산이 가까워지면 간호사들이 자기를 호출할 거라고, 원한다면 간호사들이 그들에게도 연락할 수 있게 하겠다고 말했다. 하지만 맥퍼런 형제는 자리를 뜨지 않았다. 그들은 빅토리아 곁을 지켰다. 빅토리아는 진통 사이사이에 잠깐씩 토막잠을 잘 수 있었지만, 그들은 말없이 침대 옆에 앉아 조금 멍한 상태로 내내 깨어서 그녀를 지켜보았다. 매시간 간호사들이 그녀의 상태를 점검하기 위해 들어왔고 그럴 때면 형제는 복도로 나가서 간호사들이 할일을 하도록 충분히 시간 여유를 두었다가 다시 들어오곤 했다. 밤새도록 그런 일이 계속되었다. 동이 틀 무렵이 되자 맥퍼런 형제의 안색이 나빠졌다. 얼굴은 초췌했고 백묵처럼 핏기가 없었으며 두 눈은 충혈되고 따끔거렸다. 하지만 빅토리아는 비교적 평온했고 잘해내겠다고 굳게 마음을 먹은 것 같았다. 그녀는 무척 지쳐 있었지만 몸 상태는 괜찮았다. 여전히 집중하고 있었고 잘해내고 있었다. 그녀는 노인들에게 집에 가서 좀 쉬라고 간청했지만 그들은 의사의 말에 그랬던 것처럼 그녀의 부탁에도 자리를 뜨지 않았다.

마침내 아침 아홉시쯤 그들이 복도에 나와 잠깐 기다리는 동안 해럴드가 동생에게 말했다. 우리 둘 중 하나는 집에 가서 가축들에게 먹이를 줘야 해. 너도 알지.

난 가지 않을 거야. 레이먼드가 말했다.

나도 그럴 거라고 생각했어. 그 정도는 예상했지. 그럼 내가 다녀올게. 넌 여기 있어. 우리 둘을 대신해서 네가 여기 있는 거야. 가능한 한 빨리 돌아올게.

그들은 다시 분만 대기실로 들어왔다. 해럴드가 빅토리아에게 집에 다녀오겠다고 말하자 그녀가 대답했다. 네, 제발 그러세요. 그는 그녀의 팔에 살짝 손을 갖다댄 다음 병실을 나갔다. 레이먼드는 침대 곁에 놓인 의자에 다시 앉았다. 진통이 찾아오자 그는 자신이 생각해낼 수 있는 모든 말을 동원해 그녀를 격려해주었고 그녀는 힘들게 진통을 겪어냈다. 시간이 흘렀다.

얼마 후 사람들이 들어와 레이먼드에게 복도로 나가달라고 말했다. 그는 복도에 서서 진찰이 끝나기를 기다렸지만 이번에는 다른 때보다 시간이 더 걸렸다. 이윽고 사람들이 빅토리아를 침대째 밀고 나왔다. 레이먼드가 바라보자 그녀가 그에게 희미하게 미소를 지어 보였다. 다음 순간, 그가 그녀에게 할 말을 생각해내기도 전에, 기운 내라는 손짓도 보내기도 전에 사람들이 그녀를 데려가버렸다. 마틴 선생이 분만을 촉진하기 위해 그녀에게 정맥으로 옥시토신을 주사했고 이제 분만실로 가는 거라고 간호사 하나가 그에게 알려주었다. 그러니 밖에 나가서 신선한 공기를 좀 쐬고 오라고, 그럴 필요가 있어 보인다고 간호사가 말했다. 간호사가 나중에 그를 부르러 오겠다는 것이었다.

그애는 괜찮을까요?

네, 걱정하지 않으셔도 돼요.

그는 병원으로 통하는 뒷문 밖 시원한 대기 속으로 나와 아무
것에도 기대지 않고 벽과 현관 기둥 사이에 서서 숨만 쉬며 기다
렸다. 마치 무슨 우연한 일로 그곳에 서 있게 된 사람처럼, 누군
가 와서 자유롭게 움직여도 좋다고 말하기 전까지 어떤 것도 붙
잡거나 기대지 말고 그 자리에 꼼짝 말고 있으라는 지시라도 받
은 것 같았다. 주위에는 아무도 없었다. 그는 골목길과 뒤쪽 주차
장을 바라보았다. 두 팔을 옆으로 늘어뜨린 채 가만히 서서 움직
이지 않았다. 한 시간 후에 마틴 선생이 그런 엄중한 격리 상태에
갇힌 채 뒷계단 위에 여전히 꼼짝 않고 서 있는 레이먼드를 발견
했다.

맥퍼런 씨?

레이먼드가 천천히 고개를 돌렸다.

이제 만나보셔도 됩니다.

빅토리아를요?

네.

그애가 살아 있나요?

뭐라고요? 물론 살아 있고말고요.

그애는 괜찮은가요?

이제 깨어나서 말도 합니다. 하지만 몹시 지쳐 있어요. 아기에

438

대해서는 알고 싶지 않으신가요?

아들인가요, 딸인가요?

딸입니다.

그러니까 빅토리아 루비도는 괜찮다고 하셨죠?

그래요.

레이먼드가 의사의 얼굴을 찬찬히 살폈다.

그 말, 사실이지요.

그래요, 그애는 괜찮습니다.

도무지 알 수가 없었어요. 난 혹시라도 그애가…… 레이먼드
가 말했다. 그러고는 갑자기 몸을 앞으로 숙여 마틴 선생의 손을
잡고 두 차례 힘껏 흔든 다음 그 손을 놓고 건물 안으로 걸음을
옮겼다.

그가 분만실로 들어가보니 빅토리아는 침대에 누운 채 아기를
품에 꼭 끌어안고 아기의 얼굴을 들여다보고 있었다. 그가 들어
가자 그녀가 고개를 들었다. 그녀의 눈이 빛나고 있었다.

의사 말이 네가 괜찮다더구나. 레이먼드가 말했다.

그래요. 아기 예쁘죠? 그녀가 아기의 얼굴을 그가 있는 쪽으로
돌려 보여주었다.

그는 아기를 보았다. 숱 많은 머리카락은 까마귀처럼 윤기 나
는 까만색이고 붉은 얼굴에 머리통은 원래의 모양이 좀 찌그러진

것처럼 보였으며 뺨에는 뭔가에 긁힌 자국이 나 있었다. 신생아를 본 적이 없는 그는 아기가 노인처럼 보이지만 그렇다고 늙고 주름 많은 진짜 노인 같지는 않다고 생각했다. 그래도 그는 이렇게 대답했다. 그래, 정말 예쁜 아기로구나.

한번 안아보시겠어요?

이런, 난 아기를 안을 줄 몰라.

하실 수 있어요.

아기를 다치게 하고 싶지 않아.

다치게 하실 리 없어요. 자, 어서요. 아기 머리를 손으로 받쳐야 해요.

그는 하얀 병원 담요에 싸인 아기를 받아들고는, 아기가 단단하긴 하지만 깨지기 쉬운 도자기라도 되는 것처럼 겁을 내며 아기를 안은 팔을 자신의 늙은 얼굴 앞으로 멀찍이 뻗었다.

잠시 후 그가 말했다. 이런 세상에, 이럴 수가. 아기는 눈을 깜빡이지도 않고 그를 올려다보았다. 이런, 세상에, 세상에. 맙소사.

그가 아기를 안고 있는데 해럴드가 병실로 들어왔다. 네가 지금 여기 있을 거라더구나. 너 괜찮은 거냐? 그가 빅토리아에게 물었다.

네, 딸이에요. 아저씨도 안아보세요. 그녀가 말했다.

해럴드는 여전히 작업복 차림이었다. 캔버스 천으로 된 윗옷 양쪽 어깨에는 건초 먼지가 묻었고 몸에서는 들판과 소와 땀 냄새가 났다. 난 가까이 가지 않는 게 좋겠다. 내가 지금 깨끗한 상태가 아니라서 말이다. 그가 그녀에게 말했다.

담요로 아기를 좀더 단단히 싸매면 돼요. 이 아기도 조만간 두 분한테 익숙해져야 하거든요. 그녀가 말했다.

해럴드도 아기를 안아들었다. 레이먼드는 의자에 앉아 빅토리아의 팔을 토닥여주었다. 그녀는 지치고 창백하고 몽롱해 보였다.

음, 그러니까 말이다. 음, 그러니까. 해럴드가 아기를 바라보며 말했다. 그가 팔을 몸에서 멀찌감치 뻗어 아기를 안자 아기는 조금 전 레이먼드에게 그랬던 것처럼 눈도 깜박이지 않고 그를 빤히 바라보았다. 그가 어떤 사람인지 알아내기라도 하려는 것 같았다. 네게 하려는 말은 말이다. 이제 우리집 여성 인구 비율이 두 배가 됐다는 거야. 내 생각에 우린 거기에 적응할 수 있을 것 같구나.

또다른 간호사가 병실로 들어왔다. 그녀는 화를 내면서 그들은 그 방에 들어오면 안 된다고, 아기가 같이 있을 때는 남편이나 아이 아버지를 제외하고는 분만실에 들어와서는 안 되는데 그런 것도 모르냐고, 당장 나가라고, 산모가 쉬어야 한다고, 산모가 기진맥진한 게 보이지 않느냐고 쏘아붙였다. 그녀는 아기가 청결하고 균이 없는 상태로 있어야 한다고 요란하게 나무라더니 아기를 데리고 가버렸다. 하지만 맥퍼런 형제도 빅토리아도 간호사의 말에 반박하지 않았다. 왜냐하면 이제 모든 것이 괜찮아졌기 때문이었다. 빅토리아는 마침내 아기를 순산했고 그녀가 낳은 아기는 엄마의 까만 머리색을 물려받았으며 눈동자가 맑고 건강했다. 그들은 홀트는 물론 세상 어디에 사는 그 누구도 부럽지 않았고, 그러므로 모든 게 다 괜찮았다.

다음날 아침 해가 뜨고 나서 한 시간 정도 지났을 무렵 마틴 선생은 집에서 전화 한 통을 받았다. 메인 스트리트에 있는 홀트 카운티 냉동식품 창고 직원에게서 온 전화였는데 비육우 반 마리에 관한 내용이었다. 남자는 그것을 어떻게 처리할 것인지 의사에게 물었다.

뭘 말이오? 늙은 의사가 물었다.

여기 이 고기 말입니다.

무슨 고기 말입니까?

맥퍼런 씨네 고기 말입니다. 그 사람들이 아까 한 시간 전에 들이닥쳤어요. 일할 준비는커녕 아침 커피도 마시기 전인데 다짜고짜 문을 열라는 거예요. 어린 블랙볼디종의 일등급 비육우를 통째로 4분의 1로 나누어 몸통 뒤쪽 두 덩이를 가져왔다면서요. 내가 지금 전화를 한 건 이 고기를 어떻게 하실 건지 알고 싶어서예요. 그 양반들 말이 이 고기가 선생님 것이라는군요.

내 것이라고?

그분들 말로는 선생님이 이유를 알 거라는데요.

맙소사, 그들이 그렇게 말했다는 거요?

그렇게 말했답니다.

좋아요, 알 것도 같군요. 그러니까 내가 그걸 받을 만한 일을 한 것 같기도 해요. 이윽고 의사의 목소리가 높아졌다. 이런, 그 고기 잘 보관하고 있어요. 다른 사람 주면 안 됩니다. 내가 옷을 입는 대로 바로 가리다.

아이크와 보비

학교가 방학한 지 팔 일이 지났다. 하지만 홀트 카운티 공원의 수영장은 아직 개장하지 않았다. 여름 야구 프로그램도 아직 시작 전이었다. 축제와 사육제 행진은 8월 첫 주나 되어야 시작할 터였다.

아침에 두 소년은 신문 배달을 마치고 집으로 돌아와 헛간으로 가서 허드렛일을 하고 이스터와 개와 고양이들에게 먹이를 주고 집안으로 들어와 아침을 먹었다. 거스리는 일주일에 세 차례 오후에 필립스에 있는 시민 직업학교의 여름학기 수업을 하러 갔다. 그리고 소년들의 엄마는 여전히 덴버에서 살고 있었다. 아이들은 엄마가 앞으로도 계속 덴버에서 살 것이라는 사실을 받아들여야 했다. 아이들은 오전 시간에 종종 이스터를 타고 흙길을 따라 달리곤 했다. 그럴 때면 점심을 싸 가지고 갔다. 한번은 노카

가는 길에 있는 작은 묘지까지 가서 바람에 나뭇잎이 흔들리는 미루나무의 아른거리는 그늘 아래에서 점심을 먹고 오후 늦게 돌아온 적도 있었다. 등뒤로 햇살이 비스듬히 비쳐 말과 아이들의 그림자를 하나로 만들었다. 그들 앞에는 호리호리하고 검은 괴짜 선구자의 모습 같은 그림자가 드리워졌는데, 실제로 아이들은 그런 선구자가 함직한 괴상한 일을 벌일 참이었다. 학교가 방학한 지 벌써 여드레가 지났고 외로운 아이들에겐 시간이 너무 많았다.

어느 날 오후 거스리가 필립스에서 강의를 하느라 집을 비운 동안 아이들은 철로까지 걸어갔다. 그들은 서쪽으로 향하는 철로에 놓인 타르가 발린 침목 위를 디디며 앞으로 나아갔다. 노인의 집을 지나고 레일로드 스트리트 끝에 있는 버려진 집도 지났다. 날은 덥고 건조했다. 소년들은 두 줄의 반짝이는 선로 바닥에 깔린 붉은 자갈밭에 박혀 있는 검은 침목을 디디며 서쪽으로 1마일 이상을 걸어갔다. 이윽고 그들은 철로가 나지막한 모래언덕을 관통하는 지점에서 걸음을 멈추고 주머니에서 동전과 접착제가 든 병을 꺼냈다.

잠시 후 햇볕에 달궈진 철로 위에 반짝이는 동전 네 개가 접착제로 고정된 채 다음에 일어날 일을 기다리고 있었다. 1센트짜리, 5센트짜리, 10센트짜리, 25센트짜리 동전 네 개가 보란듯이 죽 늘어서 있었고, 높이 떠오른 오후의 태양이 구리와 은빛 동전들 위에서 번쩍거렸다. 햇빛은 아이들이 손님방 서랍장에서 꺼내 온 엘라의 팔찌 위에서도 눈부시게 빛났다. 몇 달 전 그녀가 두고 간 팔찌, 아이들이 죽은 지 다섯 시간이 된 이바 스턴스를 발견한 그날 그 아파트로 가기 전 집에서 손목에 차보았던 바로 그 팔찌였다. 처음에는 그 팔찌를 동전 네 개와 함께 어떻게 철로 위에 움직이지 않게 올려놓으면 좋을지 알 수 없었다. 옆으로 눕혀 놓으면 십중팔구 움직이는 기차의 커다란 바퀴에 닿는 순간 반짝이는 얼음이나 유리 조각처럼 빙그르 돌면서 튀어올라 치트풀과 털비름 속으로 굴러떨어질 것이 분명했다. 그러면 그들은 팔찌를 찾기 위해 수풀 속을 뒤져야 할 텐데 어쩌면 영영 찾지 못할 수도 있었다. 예전에, 그러니까 접착제를 쓸 방법을 궁리해내기 전에 아이들은 그런 식으로 1센트짜리와 25센트짜리 동전을 잃어버린 경험이 있었다. 아이들은 그 팔찌를 사람 팔에 채우듯 철로에 끼우는 방법을 생각해냈고 실행에 옮겼다. 결과는 그런대로 만족스러웠다. 그래서 이제 그 팔찌는 동전들 아래쪽 선로에 끼워진 채 다음에 일어날 일을 기다리고 있었다. 이제 곧 기차가 올 터였다.

그들은 기다렸다. 언덕을 깎아낸 부지에 흙을 돋워 앉힌 선로로부터 15피트가량 떨어져 있는, 깎여 드러난 붉은 흙더미 때문에 그늘진 높다란 언덕 경사면을 등지고 쭈그리고 앉아 있었다. 5월 말 오후 한복판인 그 시각에 혹시 누군가 나와 있다 해도 그 고지대까지 와서 그들을 엿볼 사람은 없을 터였다. 아이크는 아버지의 셔츠 주머니에서 꺼내 온 담뱃갑에서 담배 두 개비를 꺼내 한 개비를 보비에게 내밀었다. 그는 주머니에서 성냥갑을 꺼내 먼저 자기 담배에, 이어 동생의 담배에 불을 붙이고 불붙은 성냥 머리를 땅속에 꽂았다. 불꽃이 꺼지면서 하얀 연기가 조금 피어올랐다. 두 아이는 담배를 피우며 기다렸다. 잠시 후 아이들은 차례로 두 발 사이의 땅바닥에 침을 뱉었다. 아직 기차가 오는 기척은 없었다. 그들은 연기를 뿜고 담배를 쥔 손을 앞으로 뻗어 담배를 바라본 다음 다시 한 모금을 빨고 연기를 뿜고 서로를 바라보고 다시 연기를 내뿜었다. 기차는 여전히 오지 않았다. 아이크가 철로를 향해 길게 포물선을 그리며 침을 뱉었다. 보비도 철로쪽으로 똑같이 침을 뱉었다. 아이들은 담배를 모두 피운 다음 눌러 껐다. 아이크가 일어나 철로를 바라보았다. 기차의 불빛도, 어른어른 번쩍이는 검은 몸체도 아직 보이지 않았다. 아이는 선로로 올라가 철길과 나란히 누워 레일에 귀를 갖다댔다. 잠시 후 아이크의 눈빛이 달라졌다. 아이가 말했다. 온다, 지금 오고 있어.

그걸로는 알 수 없어. 보비가 말했다.

오고 있다니까. 아이크가 말했다. 머리는 레일 옆에 대고 있었다. 소리가 들린다니까.

보비도 일어나 자기 귀를 갖다대보았다. 맞아. 보비가 말했다. 두 아이는 흙 둔덕으로 되돌아가 몸을 기대고 그 그늘 속에 나란히 쪼그려앉아 기차를 기다렸다. 잡초 위에 앉은 메뚜기가 입을 오물거리며 그들을 바라보고 있었다. 아이크가 메뚜기를 향해 흙을 조금 뿌리자 메뚜기는 철길로 튀어올랐다. 1마일쯤 떨어진 건 널목에서 갑자기 길게 뽑는 경적소리가 나면서 멀리에서 기차가 오고 있었다. 아이들은 기다렸다. 동전과 엄마의 팔찌는 철로 위에 잘 놓여 있었다. 잠시 후 희뿌연 공기 속에서 천천히 모습을 드러내는 거뭇거뭇한 기차가 보였다. 기차는 가까이 다가오면서 점점 더 요란한 소리를 내고 커졌으며 꿈에서 본 그대로 무시무시한 모습을 하고 땅을 뒤흔들었다. 메뚜기는 여전히 두 아이를 바라보고 있었다. 이윽고 기차가 그들 앞을 지나갔다. 아이들은 요란한 소리를 내는 기관실 안에 위압적으로 서 있는 남자를 바라보았다. 먼지가 너무나도 갑작스럽고 세찬 하얀 돌풍을 일으키며 어찌나 거칠게 사방을 날아다니는지 아이들은 눈을 가려야만 했다. 곧 화물차의 긴 행렬이 덜거덕 끼이익 삐이익 소리를 내면서 빠르게 지나갔다. 육중한 열차 바퀴가 지나갈 때마다 바로 앞에 있는 철로 연결 부위가 무게에 눌려 아래로 처지며 덜컹거리고 딸각거렸다. 이윽고 열차의 모든 칸이 지나가면서 맨 끝 승무원실의 남자가 아이들을 돌아보았다. 아이들은 손을 흔들지 않고 그 시선을 맞받았다. 그리고 기차의 모습이 멀어지자 앉은 자리에서 일어나 동전과 팔찌를 회수했다.

아이들은 절단된 언덕의 그늘 속에 쭈그리고 앉아 손안에 든 것들을 살펴보았다. 동전은 모두 타원형 원반처럼 일그러졌다. 대통령의 옆얼굴에는 유령처럼 그늘이 생겼고 눈부시게 반짝이긴 했지만 모양이 일그러졌다. 얼굴은 윤곽만 남았을 뿐 깊이도

질감도 입체감도 없었다. 엄마의 팔찌 역시 납작해지고 종잇장처럼 얇아져서 힘을 주면 부러질 것 같았다. 아이들은 손바닥 위에서 동전들을 뒤집어보고 팔찌를 살펴보았다. 잠시 후 그들은 가파른 제방 밑 땅바닥에 구멍을 파고 동전 네 개와 엄마의 팔찌를 함께 묻은 다음 그 위에 돌을 하나 올려놓았다.

담배 또 피울래? 아이크가 물었다.

응.

좋아.

아이크는 셔츠 주머니에서 담배를 두 개비 더 꺼냈다. 그들은 철로에서 15피트쯤 떨어진 그늘에 앉아 함께 담배를 피웠다. 아이들은 선로 위에 쏟아지는 햇빛을 바라보면서 한동안 말을 하지도, 움직이지도 않았다.

맥퍼런 형제

그달이 끝나갈 무렵이었다. 어느 날 오후 마구간에서 돌아온 맥퍼런 형제는 집으로 들어가는 문 앞에 서 있는 까만 차를 보았다. 처음 보는 차였다.

누구 차지?

내가 아는 사람 차는 아닌데. 해럴드가 말했다.

차에는 덴버 번호판이 달려 있었다. 노인들은 차 옆을 돌아 포치 위로 올라섰다. 집안에 들어가자 식당의 호두나무 식탁에서 빅토리아와 마주앉아 있는 남자가 보였다. 빅토리아는 아기를 안고 있었다. 키가 크고 몸이 마른 남자는 그들이 들어가도 자리에서 일어나지 않았다.

난 이 여자를 데려가려고 왔어요, 아기도요. 내 딸 말입니다. 그가 말했다.

그러니까 자네가 그 친구로군. 해럴드가 말했다.

그와 맥퍼런 형제는 서로를 마주 바라보았다.

자네는 주인이 자기 집에 들어오는데도 자리에서 일어나지 않는군. 해럴드가 말했다.

대개는 일어나지 않죠. 청년이 말했다.

이쪽은 드웨인이에요. 빅토리아가 말했다.

그럴 거라고 생각했지. 여기 왜 온 건가?

말했잖아요, 내 것을 찾으러 왔다고요. 저 여자와 아기 둘 다요. 그가 대답했다.

난 가지 않을 거야. 빅토리아가 말했다.

아니, 넌 가게 될걸. 남자가 말했다.

가고 싶니, 빅토리아? 레이먼드가 물었다.

아뇨. 전 가지 않을 거예요. 이미 저 사람에게 말했어요. 난 여기를 떠나지 않을 거예요.

아뇨, 저 여잔 갈 겁니다. 그저 비싸게 굴고 있는 거예요. 달콤한 말로 구슬려주기를 바라는 것뿐이라고요.

아니, 그렇지 않아. 이건 그런 게 아냐.

이보게, 자넨 이만 가는 게 좋겠네. 여기엔 자네를 원하는 사람이 아무도 없으니까. 빅토리아는 그 점을 분명히 밝혔네. 그리고 레이먼드와 나도 자네에게 전혀 볼일이 없어. 해럴드가 말했다.

저 여자가 준비되면 나도 갈 겁니다. 청년이 해럴드에게 대답한 다음 빅토리아에게 말했다. 어서 가서 짐 싸.

싫어.

어서, 내가 말한 대로 하라고.

난 안 가.

이보게. 자네 혹시 청각에 문제라도 있나? 저애가 하는 말을 들었고 지금 내가 한 말도 들었을 텐데.

그리고 영감님은 내 말을 들었을 거 아닙니까. 청년이 응수했다. 빌어먹을, 이제 어서 움직여. 짐을 싸라고. 빨리. 그가 빅토리아에게 말했다.

싫어.

청년이 자리를 박차고 일어서더니 식탁을 돌아가 빅토리아의 팔을 움켜쥐었다. 그리고 그녀를 의자에서 일으켜세웠다.

제기랄, 내 말대로 해. 내가 아까부터 말한 대로 하라니까. 빨리 움직여.

맥퍼런 형제가 식탁을 돌아 그에게로 다가갔다.

젊은이. 이제 그애 좀 내버려두지. 그애를 놔줘.

드웨인이 그녀의 팔을 홱 잡아당겼다. 그 서슬에 아기가 바닥에 떨어져 놀라서 울기 시작했다. 빅토리아가 잡힌 팔을 뿌리쳐 빼고 바닥에 주저앉아 아기를 안아올렸다. 아기가 자지러지게 울어댔다.

미안해, 그럴 생각은 아니었어. 얼른 좀 움직여. 그애는 내 딸이기도 하잖아.

싫어, 난 안 가. 우리는 가지 않을 거야. 빅토리아가 소리쳤다.

이제 그만해, 그만하면 됐네. 맥퍼런 형제가 청년의 팔을 잡자 그는 그들에게 달려들었다. 그들은 몸부림을 치고 몸을 뒤틀고 악을 써대는 청년을 번쩍 들어올려 집밖으로 나갔다. 그들은 청년보다 강하고 단호하고 힘이 셌다. 그들은 계단을 지나 정문 밖으로 청년을 데려갔다.

날 놔줘.

그들은 자갈 깔린 진입로에 청년을 내려놓았다.

청년이 그들을 바라보았다. 좋아요, 가죠, 지금은요.

다시는 오지 말게.

지금은 간다는 마지막 말을 못 들은 모양이군요. 그가 말했다.

다시는 여기 와서 그애를 괴롭히지 말게.

청년은 몸을 돌려 차에 올라탄 다음 시동을 걸고 방향을 돌렸다. 차 뒤로 자갈들이 튀어올랐다. 차는 요란한 소리를 내며 좁은 길로 접어들었다가 국도 쪽으로 달려갔다. 맥퍼런 형제는 집안으로 돌아왔다. 빅토리아는 아기를 안고 낡은 식탁에 앉아 있었다. 아기의 울음소리는 이제 훌쩍임으로 잦아들었다.

너 괜찮니, 빅토리아? 레이먼드가 물었다.

네.

다치지는 않았니?

다치지 않았어요. 하지만 그 사람 때문에 무서웠어요. 두 분이 빨리 오셨으면 하고 생각하면서 오실 때까지 이야기를 했어요. 두 분이 얼른 돌아오시기를 바라면서 시간을 끄느라고 짐을 싸는

척도 했고요.

저 친구가 다시 올 것 같니? 해럴드가 물었다.

아뇨.

하지만 올지도 모르잖아. 안 그러니?

잘 모르겠어요. 올지도 모르죠. 하지만 제 생각에 그 사람은 그저 허세를 부려보고 싶었던 것 같아요.

넌 저 친구를 따라가고 싶지 않았던 거고, 그렇지? 레이먼드가 물었다.

네. 전 여기 있고 싶어요. 여기가 지금 제가 있고 싶은 곳이에요.

좋아. 그렇게 될 거다.

빅토리아가 몸을 돌려 블라우스 단추를 풀고 아기에게 젖을 먹이기 시작하자, 아기는 훌쩍거림을 멈추었다. 맥퍼런 형제는 빅토리아에게서 시선을 돌려 방안을 바라보았다.

홀트

전몰장병기념일이었다. 저녁 무렵 두 여자가 포치 계단 위로 나왔다. 열린 문틈으로 그들을 뒤에서 비추고 있는 주방 불빛이 보였다. 몸집 차이를 제외하면 두 여자는 어머니와 딸이라고 해도 좋을 정도로 닮아 있었다. 검은 머리카락이 축축하게 젖어 얼굴 주위에 달라붙었고, 평온해 보이는 얼굴은 더운 주방에서 요리를 하느라 상기되었다. 그들 뒤로 보이는 식당에는 양쪽을 잡아당기고 가운데에 덧판을 끼워 확장한 식탁에 흰 식탁보가 덮여 있었고, 그 위에는 오래된 도기와 높은 촛대가 놓여 있었다. 빅토리아가 주방 위쪽 선반에서 찾아낸 것들이었다. 수십 년 동안 처박혀 있던 그 오래된 접시들은 이가 나가고 무늬가 흐릿했지만 아직 사용할 수 있었다.

식탁에는 백발노인이 혼자 앉아 있었다. 매기 존스의 늙은 아버지였다. 그는 창문을 마주보고 앉아 한마디 말도 어떤 불평도 없이 벌써 마른행주를 목에 두른 채 기다리고 있었다. 늘 하던 대로 혼자만의 생각에 잠긴 채 커튼 없는 창밖을 응시했다. 멍한 표정으로 접시 옆에 놓인 숟가락과 포크를 집어들고 기다리고 있었다. 문득 그가 허공에 대고 말했다. 이보시오. 거기 누구 없소?

포치에서 두 여자는 두 소년이 아기를 데리고 그네에 앉아 있는 마당을, 그리고 그 너머의 헛간 주변과 목장 쪽을 내다보았다. 목장 울타리 앞에 세 남자가 서서 맨 아래 가로대에 부츠 신은 발을 올려놓고 맨 위 가로대에는 팔을 걸친 채 편안한 자세로 이야기를 나누고 있었다.

아이들은 저녁 빛을 받으며 그네에 앉아 아기를 부드럽게 흔들어주고 있었다. 탐스러운 머리에 까만 눈동자를 한 여자 아기였다. 한 시간 전 거스리는 이 문제를 두고 이렇게 말했다. 그래도 좋을지 난 잘 모르겠구나. 아이들은 아기를 부주의하게 다룰 수도 있고 잠깐 아기의 존재를 잊어버릴 수도 있어. 하지만 빅토리아는 이렇게 대답했다. 아뇨, 저애들은 그러지 않을 거예요. 저애들이 아기를 잘 봐주리라는 걸 전 알아요. 그러자 매기 존스가 말했다. 맞아요. 결국 거스리가 아이들에게 이렇게 말했다. 하지만 너희들, 아기를 조심해서 봐야 한다.

그렇게 해서 아이들은 낡은 철망 울타리 안쪽에 있는 땅딸막한 느릅나무들 중 하나에 매어놓은 그네에 아기와 함께 앉아 있게 되었다. 시원한 저녁 공기 속에서 그들은 차례로 아기를 무릎 위에 올려놓고 흔들어주었다. 아기의 얼굴에 농장의 푸른 불빛이 어른거렸다.

한편 맥퍼런 형제와 거스리는 목장 울타리 너머 소떼와 송아지들을 바라보았다. 그들 중에는 붉은 다리 암소도 있었다. 거스리는 그 암소를 알아보았다. 늙은 암소가 적의에 찬 눈길로 그를 노려보았다. 저게 그 녀석인가요? 제가 생각하는 그 녀석 같은데요.

그 녀석일세.

녀석은 새끼를 안 낳았나요? 곁에 송아지가 보이지 않는데요.

그렇소, 선생. 녀석은 줄곧 새끼를 배지 않은 상태라네. 레이먼드가 말했다.

이번 봄에 새끼를 낳지 않았다고요?

그렇다네.

저 녀석을 어떻게 하실 계획인데요?

시내로 데려가 팔 생각일세.

해럴드가 그 붉은 암소 너머로 어둠이 내려앉는 지평선 쪽을 바라보았다. 시내에서 들었는데 베크먼 일가가 변호사를 고용했다더군. 그가 말했다.

네, 저도 소식 들었어요. 거스리가 대답했다.

자넨 어떻게 할 건가?

아직 잘 모르겠어요. 마음의 결정을 내리지 않았어요. 어떤 결과가 나오느냐에 달렸지요. 어쨌든 전 괜찮을 겁니다. 필요하다면 다른 일을 할 겁니다.

농장 일 같은 건 하지 말게. 해럴드가 말했다.

네, 농장 일은 제외하고요. 거스리가 씩 웃으며 말했다. 농장
일을 하면 어떻게 되는지 잘 아니까요. 그가 집 쪽을 향해 고개를
뒤로 까딱였다. 요즘 저애는 어떤가요?

우리는 저애가 오랫동안 여기 있어줬으면 좋겠어. 저애는 학
교를 일 년 더 다녀야 해. 게다가 이번 학기도 마치지 못했고. 우
리 생각에 저애는 그래도 한동안 여기 있을 것 같아. 정말이지 그
랬으면 좋겠어. 레이먼드가 말했다.

저애가 대학을 가고 싶어할 수도 있잖아요. 거스리가 말했다.

우리는 그 문제에 찬성일세. 하지만 시간이 충분하니 그 문제
는 나중에 생각해보면 될 것 같네. 지금부터 생각할 필요는 없어,
내 생각엔 그런 것 같아.

나무 높다란 곳에서 일기 시작한 바람이 높은 가지들을 흔들
었다.

제비들이 날아와 석양 속의 풀잠자리와 풀벌레를 사냥하기 시
작했다.

대기가 따뜻해지고 있었다.

늙은 개가 차고에 깔린 깔개에서 일어나더니 밖으로 나와 울
타리 쳐진 마당을 돌아다녔다. 개는 아이들의 바짓가랑이와 아기
의 냄새를 맡아보고는 뜨겁고 붉은 혀로 아기의 이마를 핥았다.

그런 다음 종종걸음으로 포치에 있는 여자들에게 다가가 그들을 올려다보았다. 이윽고 개는 주위를 돌아보더니 옆으로 누워서는 털이 엉겨붙은 꼬리를 땅에 털썩 내려놓았다.

두 여자는 시원하고 부드러운 바람을 얼굴에 맞으며 서 있었다. 블라우스 앞섶을 조금 열어 바람이 가슴과 겨드랑이로 들어갈 수 있도록 했다.

이제 곧 그들은 저녁을 먹으라고 사람들을 부를 터였다. 하지만 아직은 아니었다. 5월 말의 그 저녁, 홀트에서 남쪽으로 17마일 떨어진 그 집의 포치 위에 그들은 조금 더 서 있을 터였다.

다음에 이름을 올린 분들의 아낌없는 격려와 지지에 감사를 표한다.

마크 하루프, 번 하루프, 이디스 러셀과 브라이언 러셀, 소렐 하루프, 휘트니 하루프, 채니 하루프, 로드니 존스와 글로리아 존스, 리처드 피터슨, 로라 헨드리, 존 워커, 존 트리블, 켄 키스, 피터 맷슨, 게리 피스켓존, 톰 파크스 박사, 더글러스 게이츠 박사, 그레그 슈웝스, 앨리사 케이턴, 수 하월, 캐런 그린버그, 서던일리노이대학교, 일리노이 예술위원회, 그리고 특별히 캐시 하루프에게 감사한다.

구릿빛 매의 시선으로

켄트 하루프(1943~2014)는 목장과 건설 현장, 병원, 학교 등지에서 다양한 직업으로 반평생을 보낸 뒤 마흔이 넘은 1984년 첫 작품을 발표했으며, 이후 삼십여 년간 여섯 편의 작품을 발표했다.

『플레인송』(1999) 역시 켄트 하루프의 다른 작품들처럼 가공의 공간 홀트를 배경으로 하고 있다. 『이븐타이드』(2004), 『축복』(2013)과 함께 3부작을 이루는 작품 가운데 첫번째로 쓴 이작품은 2004년에는 TV영화로 제작되기도 했다. 그의 다른 작품들처럼 이 작품에서도 포크너와 헤밍웨이의 강한 영향을 받은 흔적이 곳곳에서 엿보인다. 서술은 간결하고 이야기는 소가 걸어가듯 느릿느릿 진행된다. 소박하고 수사적 기교를 부리지 않는 그의 문장들은 사실은 고도의 절제력이 없으면 나올 수 없는 것이기도 하다. 그러나 얼핏 냉담한 서술처럼 보이는 그 문장 속에 감춰져 있는 것은 인간에 대한 따뜻한 시선이다. 그는 선악을 가르거나 어느 한 편에 서지도 않는다. 여기에서는 어설픈 비판이나 훈계도 찾아볼 수 없다. 타자의 삶에 함부로 개입하지 않고 그저 밋밋하게 제시하기만 하는 이런 방식은 읽는 이로 하여금 작가가 보여주는 삶의 다양성을 고스란히 경험하게 함으로써 '지금 읽고 있는 것'이 그저 타자의 삶에 그치는 것이 아님을 깨닫게 만들기도 한다.

이 작품은 지극히 평범한 인물들, 하지만 그 삶의 행로는 무척이나 다채로운 인물들의 삶을 깔끔하게 보여주는 한 편의 드라마다. 이 책이 출간된 후 한 인터뷰에서 작가는 "삶이란 것은 지독하게 엉망이기pretty messy 마련이다. 나는 이 작품을 통해 작은 공동체 안에서 서로 위안을 주고받으며 교감하는 사람들의 삶을 보여주고 싶었다"고 말한 바 있다.

번역하다가 문득, "전신주 가로대 위에 구릿빛 매 한 마리가 지는 해를 배경으로 앉아 있었다. 소년들은 매를 바라보았지만 매는 차가 바로 밑을 지나갈 때도 고개조차 돌리지 않았다" 같은 문장을 만나면, 온갖 물상 속에 숨어서 때로는 휘청거리다 쓰러지고 때로는 꿋꿋하게 털고 일어서는 사람들을 말없이 지켜보고 있는 작가 자신과 마주하는 느낌을 받기도 했다.

한기찬